Julia Greve, Jahrgang 1975, lebt mit ihrer Familie (2 Kinder) in Bonn. Sie arbeitet mit ganzem Herzen bei einer kleinen NGO, die sich mit dem Thema nachhaltige Textilproduktion beschäftigt. «Herzkur» ist ihr erster Roman, in dem sie ihre eigenen Erfahrungen aus zwei Mutter-Kind-Kuren verarbeitet.

ro
ro
ro

Julia Greve

Herzkur

Roman

Rowohlt Taschenbuch Verlag

Originalausgabe
Veröffentlicht im Rowohlt Taschenbuch Verlag,
Hamburg bei Reinbek, April 2019
Copyright © 2019 by Rowohlt Verlag GmbH, Hamburg bei Reinbek
Redaktion Heike Brillmann-Ede
Umschlaggestaltung any.way, Barbara Hanke / Cordula Schmidt
Umschlagillustration Gerhard Glück
Satz bei Dörlemann Satz, Lemförde
Druck und Bindung CPI books GmbH, Leck, Germany
ISBN 978 3 499 29178 4

*Für alle, die mich auf dieser unglaublichen Reise
zu meinem ersten Buch begleitet haben.
Meine Familie, meine Freunde und diejenigen,
die ich auf dieser Reise neu kennenlernen durfte.
Danke für alles.*

«Unterm Anzuch sind wa alle nackt.»
Die Moni

Hamburg Hauptbahnhof

Der Zug fährt auf Gleis 13 ein.

«Meine Damen und Herren, in wenigen Minuten erreichen wir Hamburg Hauptbahnhof. Aufgrund von Behinderungen durch störrische Jugendliche im Einstiegsbereich hat unser Zug zurzeit eine Verspätung von acht Minuten. Wir freuen uns, Ihnen mitteilen zu dürfen, dass trotzdem alle Anschlusszüge erreicht werden. Der Ausstieg befindet sich in Fahrtrichtung links.»

Die Stimme aus dem Lautsprecher klingt knarzig, aber hoch motiviert.

«Mama, was haben die Jugendlichen denn gemacht? Wieso sind die störrisch?»

Ich stehe im Gang zwischen gutgefüllten Sitzreihen und klaube geschäftig Jacken, Kinderrucksäcke, Verpflegungstasche und meinen Reiserucksack zusammen. Anschließend helfe ich meiner siebenjährigen Tochter Anni in die Jacke. Damit es schneller geht. Zumindest ist dies das Ziel meiner Anstrengungen.

«Schatz, die haben wohl zu lange im Eingang rumgelungert, und der Zug konnte nicht weiterfahren. Und jetzt zieh bitte, bitte deine Jacke an, der nächste Zug wartet nicht auf störrische Kinder!»

Natürlich halten meine Bitten Anni nicht davon ab, mich

weiter mit Fragen zu traktieren. Und aus Erfahrung weiß ich, Anziehen und Reden funktionieren bei Anni nicht gleichzeitig. Wie so oft in letzter Zeit werde ich ungeduldig. «Nun mach schon, der Zug wartet nicht auf uns!»

«Warum haben die da rumgelungert?»

«Das machen Jugendliche schon mal. Jetzt, bitte, hier, nimm deinen Rucksack!»

«Wieso machen Jugendliche das?»

Ich verdrehe die Augen und schiebe ihr den Rucksack unsanft über die dicke Winterjacke. Annis zehnjährige Schwester Ella steht bereits seit Minuten fix und fertig im Gang und zerrt nun ebenfalls genervt an ihrer Schwester.

«Boah, jetzt hör auf zu quatschen. Wir müssen aussteigen!»

«Lass mich in Ruhe, ich zieh mich doch an. Immer meckert ihr mit mir rum.»

Noch eine Sekunde, und die Anni-Sirene geht los. Das kann ich gerade wirklich nicht gebrauchen.

Der Zug steht mittlerweile im Bahnhof, und vor und hinter uns schieben sich die aussteigewilligen und vollbepackten Mitreisenden dem Ausgang entgegen.

«Ruhe», zische ich mit letzter Beherrschung zwischen zusammengebissenen Zähnen hervor, «raus jetzt, los!»

«Ich habe überhaupt nichts gemacht, immer meckerst du mit mir rum. Das ist so unfair», beschwert sich Ella, ganz der Teenager, der sie im Begriff ist zu werden, setzt sich jedoch immerhin in Bewegung. Anni, dem Himmel sei Dank, tut es ihr nach. Meinen schweren Rucksack auf dem Rücken, mit dem ich kaum durch den schmalen Gang passe, dirigiere ich die beiden zum Ausgang und kann es kaum glauben. Wir stehen tatsächlich auf dem Bahnsteig.

«Wieso machen Jugendliche das?»

Anni vergisst nichts – nie!

«Weil Jugendliche manchmal denken, sie können sich alles erlauben, weil Jugendliche manchmal nicht ganz richtig ticken und – ach, ist doch auch egal. Auf DIE Zeit mit euch freue ich mich schon! Los, hier lang, beeilt euch! Wir müssen auf Gleis 6. Noch drei Minuten. Wenn wir uns nicht beeilen, ist der Zug weg!»

Endlich wird meinen Kindern bewusst, dass uns die Zeit davonläuft. Anni vergisst sogar, mich mit weiteren Fragen auf Trab zu halten.

«Ich will den Zug nicht verpassen, Mama, ich will nicht!»

«Dann lauf!»

Ich scheuche die Kinder vor mir her. Mittlerweile bin ich trotz Temperaturen nahe am Gefrierpunkt schweißgebadet. Wir hetzen den Bahnsteig entlang, hieven uns auf die Rolltreppe, laufen so schnell wie möglich mit der Treppe mit und eilen anschließend durch die Menschenmasse, die sich oben auf der Galerie an den Treppenaufgängen vorbeischiebt.

«Anni, an meine Hand, Ella, bleib bei uns. Hier ist Gleis 6!»

Wir ächzen mit dem Gepäck die Treppe runter. Zum Glück ist noch kein Zug in Sicht, wir werden es also schaffen. Unten angekommen, stellen wir, wie so oft, wenn wir mit dem Zug unterwegs sind, fest, dass die ganze Eile – natürlich – völlig unnötig war.

«Zehn Minuten Verspätung, na toll.» Ich verdrehe die Augen.

Wieder bahnen wir uns den Weg durch die Menschenmenge, diesmal sichtlich entspannter. Vor dem Wagenstandanzeiger beziehen wir Stellung und bauen eine Burg aus unseren zahlreichen Gepäckstücken.

«Auf welcher Seite kommt der Zug?», erkundigt sich Ella.

«Hier, Gleis 6», antworte ich versöhnlich, «es ist der Zug nach Kopenhagen. Stellt euch vor, der fährt von Puttgarden aus mit dem Schiff nach Dänemark weiter. Komische Vorstellung, oder?»

«Wie kommt der denn aufs Schiff?» Ella fixiert mich ungläubig.

«Im Bauch des Schiffes befinden sich ebenfalls Schienen. Der Zug kann hineinfahren und auf dem dänischen Festland fährt er dann auf dänischen Schienen weiter.»

«Und die Leute bleiben alle sitzen?»

«Das weiß ich, ehrlich gesagt, gar nicht, aber jetzt hört bitte mit der Fragerei auf, mir wird schon ganz schummrig im Kopf.»

«Ich hab die ganze Zeit nichts mehr gesagt», entgegnet Anni mit patzig verschränkten Armen.

«Dann fang jetzt bitte nicht wieder damit an und halte einfach mal deinen Mund.» Genervt von allem, seufze ich tief. «Eine Minute. Bitte! Ich muss schauen, zu welchem Gleisabschnitt wir müssen.»

Es hilft, sie geben Ruhe. Anscheinend merken sie doch, wenn ich kurz vorm Explodieren stehe. Dabei haben sie mir eigentlich nichts getan. Aber manchmal, und in letzter Zeit leider viel öfter, als mir lieb ist, ist es mir einfach zu viel. Heute sind es die lange Zugfahrt, die Eile, der Lärm, die Menschen, die Kinder – ich verzehre mich nach meinem Sofa und einer Tasse Tee. Hoffentlich ist wenigstens der nächste Zug nicht so voll wie der vorherige. Ein bisschen Ruhe könnte ich gerade wirklich gebrauchen. Ich atme einmal tief durch und vergleiche konzentriert die Angaben auf meiner Reservierung mit den Angaben des Wagenstandanzeigers. Aha, Abschnitt D, das ist nicht weit, wir müssen nur ...

Mein Blick bleibt an einer Frau hängen, die mit ihrer etwa zehn- oder elfjährigen blutleeren Tochter direkt neben mir steht. Ihr strähniges grauschwarzes Haar ist zu einem unordentlichen Knoten zusammengefasst, und ihre mausgraue Kleidung vermittelt von Kopf bis Fuß den Eindruck: schlampig. Sie schaut müde und gleichzeitig genervt in der Gegend herum. Okay, das sind halt DIESE Leute, denke ich, schließlich stehe ich direkt neben der Raucherecke, und mein Blick zieht weiter zur nächsten ... Mutter. Aber die sieht nicht viel besser aus, nur dass sie zwei Kinder im Kindergartenalter dabeihat. Daneben die nächste ... Mutter, und noch eine und noch eine. Stutzig, nein fassungslos, lasse ich meine Fahrkarte sinken, als mir das Ausmaß klar wird. Habe ich in den letzten Minuten vor lauter Stress und Aufregung etwas verpasst?

Mütter! Der Bahnsteig ist voll von ihnen. Graue Mütter, bunte Mütter, schrille Mütter. Dicke und dünne, junge und alte. Und sie sind nicht alleine. Unzählige Kinder jeder Altersstufe haben sie im Schlepptau. Vom kreischenden Baby bis zum gelangweilten, kaugummikauenden Teenager, dessen Smartphone an der Hand festgewachsen scheint. Dazu gefühlte Berge von buntem Gepäck. Rollkoffer, Kinderwagen, Taschen mit Verpflegung, Wickeltaschen, Spielzeugtaschen, Schulranzen, Kuscheltiere.

Teils stehen sie einzeln, damit beschäftigt, ihren Berg an Gepäck und ihre Kinder im Auge zu behalten, teils in Grüppchen, heftig diskutierend, lachend und gestikulierend. Die Lautstärke, die hier herrscht, ist erstaunlich.

Aber das beinahe Schlimmste ist: Wir sind mittendrin – eins zu eins in das Bild passend, das sich mir in diesem Moment eröffnet.

Die Erkenntnis prasselt wie ein Eimer Eiswasser auf mich herab. Wir sind nicht die Einzigen. Natürlich sind wir nicht die Einzigen! Das hätte ich mir auch denken können. Aber selbst in meinen kühnsten Albträumen habe ich nicht damit gerechnet.

Seit heute Morgen, sechs Uhr dreißig, sind wir auf dem Weg zu einer Maßnahme, die sich Mutter-Kind-Kur nennt. Eine Möglichkeit für ausgelaugte und von Krankheit bedrohte Mütter mit ihren gegebenenfalls ebenfalls ausgelaugten und von Krankheit bedrohten Kindern, auf Kosten der Krankenkassen eine dreiwöchige Auszeit vom Leben und dessen Protagonisten zu nehmen, in der man sich – losgelöst von den schnöden Problemen des Alltags – um sich selbst, seinen Körper und seine Kinder kümmern kann. Das soll laut Werbebroschüre zumindest das Ziel einer solchen Maßnahme sein. An Nord- und Ostsee gibt es eine Vielzahl von Mutter- (oder auch Vater-) Kind-Kliniken, die diese Möglichkeit anbieten.

Und so, wie es hier aussieht, ist der Mittwoch wohl in allen Kliniken der allgemeine An- und Abreisetag. Jetzt, wo ich darüber nachdenke oder vielmehr das Elend sehe, erklärt sich natürlich das Bild auf dem Bahnsteig. Hier in Hamburg treffen nämlich sämtliche Bahnlinien aus dem Süden und Osten Deutschlands zusammen. Von hier aus werden die Teilfamilien auf die gesamte norddeutsche Küste verteilt.

Diese Masse an kurwilligen Frauen macht mich nervös. Warum hat mir das vorher niemand gesagt? Warum auch hätte ich das wissen wollen? Es ist schließlich nur die Anreise. Die sagt ja wohl nichts darüber aus, wie es wirklich ist in so einer Mutter-Kind-Klinik. Was also macht mir Angst? Die Tatsache, dass die Frauen, die mir ins Blickfeld springen,

Klischees erfüllen, die ich mir in meinen ärgsten Träumen nicht hätte ausmalen können?

Ich versuche zur Beruhigung meiner angespannten Nerven wenigstens eine Frau auszumachen, die mir sympathisch sein könnte. Die mit den blondierten Fisselhaaren und dem Nackentattoo wohl eher nicht. Die Dicke mit der graumelierten Wolle-Petry-Frisur, den müden Augen und der mächtigen Unterlippe, auf der man eine Teetasse abstellen kann? Die Hagere in den biederen Klamotten mit dem verhärmten Gesicht und den fast am Boden klebenden Mundwinkeln? Oder vielleicht doch lieber die aufgedrehte, schrille Madame mit drei Tonnen Schminke im Gesicht? Ach, komm, denke ich, jetzt mal den Teufel nicht an die Wand. Nichts wird so heiß gegessen wie gekocht. Auch ein blindes Huhn findet mal ein Korn.

Die Erkenntnis, dass ich mir mit Hilfe leerer Phrasen das Bild schönrede, lässt mich schmunzeln. Ich reiße mich von dem Anblick los und tue das, was ich mir im Vorfeld ganz fest vorgenommen habe: Ich kümmere mich um mich und meine Kinder. Die Aussicht auf eine ruhige Zugfahrt kann ich mir allerdings abschminken, und die Hoffnung, dass diese Kur, zu der ich nicht ganz freiwillig aufgebrochen bin, doch nicht so schlimm wird, schwindet ebenfalls.

«Wo fahren die denn alle hin?», fragt Anni skeptisch. Ihr ist die Besetzung des Bahnsteigs ebenfalls aufgefallen.

«Ich denke, die fahren alle zur Kur», erwidere ich stirnrunzelnd.

«So viele?», fragt Ella mit großen Augen. «Alle dahin, wo wir hinfahren?»

«Nein, sicher nicht, es gibt ganz viele Kliniken hier im Norden. Aber vielleicht ist tatsächlich jemand dabei, der in unser Haus fährt. Wer weiß, vielleicht steht hier schon eine zukünftige Freundin von euch.»

Postwendend fällt unser Blick auf eine der Mütter in direkter Nachbarschaft.

«Chantal», nur das schießt mir bei ihrem Anblick durch den Kopf. Mit ihrer blondierten Fransenfrisur («fesch», hätte meine Omi gesagt), ihren langen, «gemachten» Nägeln in schwarz-weiß glitzernder Blümchenoptik, ihrem Kunstfellblouson und der Leopardenleggings, die in unechten Ugg-Boots stecken, macht sie nicht gerade den Eindruck, als wäre sie eine Kandidatin auf den Titel «neue beste Freundin». Einen kleinen Jungen von vielleicht eineinhalb Jahren auf dem Arm, faucht sie gerade einen weiteren Jungen von vielleicht drei Jahren an, der an ihrer Jacke zerrt und jaulend auf sie einredet. Daneben steht ein gelangweilter Grundschüler und schneidet Grimassen in Richtung meiner Kinder. Die drei Jungs sind eindeutig als Söhne ihrer Mutter erkennbar. Mit dem gegelten Undercut (alle drei), den stone-washed Jeans im coolen Look und ihren reinweißen Markenturnschuhen gleichen sie in ihrer Proletenhaftigkeit wie ein Ei dem anderen. Und geben wunderbare Accessoires ihrer Mutter ab.

«Hör auf, Jan-Luca, du kriegst jetzt keine Cola, du kriegst deine Cola, wenn wir im Zug sitzen», faucht die Mutter herzerwärmend ihrem größten Sohn entgegen.

Klischeealarm!

«Wieso darf der Cola trinken?», flüstert mir Anni postwendend zu.

«Das weiß ich auch nicht, mein Schatz, aber du weißt doch: andere Familien, andere Regeln.» Mein Standardspruch, wenn andere Kinder mehr dürfen als meine eigenen.

«Außerdem ist Cola total ungesund und schädlich. Das

weißt du doch, du Dummi», belehrt Ella prompt ihre kleine Schwester.

«Ich bin nicht dumm, du bist dumm», giftet Anni zurück.

«Kinder, bitte nicht. Ella, Anni ist nicht dumm. Lass diese doofen Sprüche. Trotzdem hast du natürlich recht. Cola IST ungesund – für das Gehirn und für die Zähne.»

Wie aufs Stichwort entblößt der kleine Junge eine Reihe Zähne, die selbst von weitem nicht mehr als gesund durchgehen. Anni verstummt augenblicklich. Manchmal bietet doch das Leben selbst die beste Erziehung.

Ich seufze. Wie bin ich nur hierhergeraten? Wenn ich mich so umsehe, habe ich nicht die geringste Lust, auch nur mit einer dieser Mütter und ihren Kindern die nächsten drei Wochen zu verbringen. So viele gemachte Nägel habe ich schon lange nicht mehr gesehen. Wenigstens ist es kalt, und ich muss mir nicht auch noch die vermutlich unendlich vielen Tätowierungen anschauen. Das ist neben gemachten Nägeln die zweite Sache, die ich auf den Tod nicht ausstehen kann. Nein, da bin ich wirklich intolerant. Oder sagen wir, ich wurde im Laufe der Zeit intolerant. Früher fand ich tätowierte Menschen eigentlich gar nicht so schlimm. Gut, für mich wäre das nie in Frage gekommen, aber es gab durchaus Leute, zu denen passte es. Seitdem jedoch gefühlt die Hälfte der Bevölkerung auf die Idee gekommen ist, Tattoos wie Unterhosen bei H&M direkt im Zehnerpack zu erwerben, reicht es mir. Dieses fleischgewordene Mitteilungsbedürfnis irritiert mich. Mittlerweile freue ich mich über jeden Menschen unter vierzig, der mir keine Mitteilungen über seine nackte Haut sendet. So viel Chuzpe muss man erst mal haben, seinen Körper unbefleckt durchs sommerliche Freibad zu schieben.

Tätowierungen haben sogar meine Abneigung gegen nackte

Füße von Platz eins meines persönlichen «Was-ich-gar-nicht-mag-Rankings» verdrängt. Und das will schon was heißen. Aber das ist wieder ein anderes Thema, und zum Glück haben wir tiefsten Winter, und dicke Jacken, Schals und Handschuhe ersparen mir diesen Anblick.

Ich sitze mit einer Tasse Tee am Küchentisch, vor mir die Einkaufsliste für die nächste Woche, als meine Mutter schwer bepackt zur Tür reinkommt.

«Meine Güte, hast du die Stadt leer gekauft?»

«Och, ich war doch sowieso beim Arzt, und danach bin ich noch bummeln gegangen. Du musst unbedingt in den nächsten Tagen auch in die Stadt. Die haben im Moment wirklich phantastische Sonderangebote. Ehrlich, wenn man da nicht zuschlägt, ist man selbst schuld.»

Ich stöhne und erspare mir jeden Kommentar. Was sich in den Tüten befindet, die meine Mutter angeschleppt hat, kann ich mir gut vorstellen. Dekomaterial in Hülle und Fülle. Seitdem sie vor einigen Wochen ihre eigene kleine Wohnung vorübergehend eingemottet hat und bei mir eingezogen ist, um mich zu unterstützen, bis ich eine Ganztagsbetreuung für die Kinder habe, und «dafür zu sorgen, dass du vor lauter Kummer nicht das Essen und Putzen vergisst», hat sie es sich zur Aufgabe gemacht, mein Haus «endlich einmal herzurichten».

Das Problem ist nur: Mein Haus ist hergerichtet, nur eben nicht so, wie meine Mutter es sich vorstellt. Ich hasse künstlich ins Haus geschlepptes, unnötig ressourcenverschwendendes Dekomaterial – und genau hier sieht meine Mutter dringenden Handlungsbedarf. Dass bald Weihnachten ist, macht die Sache nicht besser. Ich gebe meinem armen Haus noch zwei Stunden, ehe es für die nächsten Wochen in weihnachtlichem Kitsch und Tand untergeht.

Die ersten Geschmacklosigkeiten in Form weihnachtlich glänzender Wichtel hat meine Mutter bereits auf dem Tisch ausgebreitet. Ich schlucke und überlege, wie ich wenigstens minimalen Widerstand leisten kann.

«Mein Schlafzimmer bleibt dekofrei, ja?», nuschle ich ihr resigniert entgegen, aber selbst das kommentiert sie mit verächtlichem Kopfschütteln, kramt weiter in ihren Tüten und häuft die nächsten Verschönerungsscheußlichkeiten auf den Tisch. Ich seufze und vertiefe mich wieder in meine Einkaufsliste.

Als nach einer gefühlten Ewigkeit alle Tüten leer sind, hält sie mir einen dünnen Stapel Papier unter die Nase. «Hier, das ist für dich.»

«Was ist das?» Skeptisch nehme ich ihr den Stapel aus der Hand und werfe einen flüchtigen Blick darauf.

«Das ist der Antrag für eine Mutter-Kind-Kur.»

«Mama, jetzt ist es aber gut. Was soll ich denn bei einer Mutter-Kind-Kur? Ich bin doch nicht krank!» Ich versuche, ihr den Stapel gleich wieder zurückzugeben, aber sie verschränkt demonstrativ die Arme hinter dem Rücken.

«Du bist nicht krank, nein, das stimmt. Aber ausgebrannt. Du schläfst schlecht, bist gereizt und unglücklich. Du hast ständig Kopfschmerzen und behandelst deine Kinder anders als früher. Dein Ehemann ist weg, und du tust so, als sei nichts geschehen. Trotzdem arbeitest du neuerdings Vollzeit, damit du zukünftig ohne Rainers Geld klarkommst, und redest dir ein, es würde dir nichts ausmachen, deine Kinder nur noch abends zu sehen. Deine Kinder leiden, und du redest dir ein, es gehe ihnen gut. Außerdem wirst du immer dünner. Möchtest du noch mehr hören?»

Sie macht eine Pause und mustert mich sorgenvoll. Ich lege meine Stirn in Falten, weiche ihrem Blick aus und muss erst mal sacken lassen, dass sie gerade leider lauter wahre Dinge aufgezählt hat.

«Rainer und ich haben uns nicht getrennt, er ist nur beruflich unterwegs, und dünner zu werden ist ja nun nichts Schlechtes, so viele Kilos, wie ich mir vorher angefressen habe», unternehme ich einen zaghaften Verteidigungsversuch.

«Das kannst du mir erzählen, sooft du willst. Du weißt, ich glaube dir das nicht. Ich bin mir nicht einmal sicher, ob du es dir selbst glaubst. Fakt ist, es muss sich etwas ändern. So geht es nicht weiter. Eine Luftveränderung und die Zeit, deine Situation zu überdenken, würden dir sehr guttun. Und den Kindern auch. Du schmorst hier viel zu sehr im eigenen Saft. Lass dir helfen, Verena, bitte.»

«Lass mich endlich mit deiner Theorie zu Rainer in Ruhe», entgegne ich spitz. «Und für eine Luftveränderung kann ich auch ein paar Tage in die Eifel fahren. Es muss ja nicht gleich eine Kur sein. Und wieso sollte die überhaupt genehmigt werden? Außerdem stelle ich mir das echt gruselig vor. Ein Haus mit Dutzenden ätzenden Müttern und ihren Kindern. Nein danke, ich glaube, das fällt für mich nicht unter das Stichwort Erholung.»

Meine Mutter atmet tief durch. Anscheinend bereite ich ihr ziemliche Magenschmerzen.

«Das sind doch alles Vorurteile. Ilses Tochter hat nur Gutes über ihre Kur berichtet, und Ilse sagt, es gehe ihr noch Monate danach viel, viel besser. Ich habe außerdem mit Frau

Wenning bereits über alles geredet, und sie befürwortet die Maßnahme in vollem Umfang. Sie kennt dich und deine Krankengeschichte ja schließlich sehr gut.»

Frau Wenning ist seit Jahren meine Hausärztin, und neuerdings geht auch meine Mutter bei ihr ein und aus. Na toll, jetzt hat meine Mutter nicht nur mein Haus annektiert, sondern macht auch noch gemeinsame Sache mit der Ärztin. Dürfen die das überhaupt? Hallo, Schweigepflicht?

«Mutter, meine Ärztin darf mit dir überhaupt nicht über solche Sachen reden. Wie kommt ihr überhaupt dazu?»

«Ach, Schatz, deine Ärztin hat mir doch gar nichts erzählt. Sie hat mir nur die Antragsunterlagen gegeben, nachdem ich ihr erklärt habe, worum es geht. Und sie hat gesagt, du solltest schnellstmöglich einen Termin vereinbaren.»

Meine Mutter grinst verschmitzt und wartet auf meine obligatorische Gegenwehr, doch den Gefallen tue ich ihr nicht. Ich schüttle genervt den Kopf und wende mich demonstrativ erneut meiner Einkaufsliste zu. So leicht lässt sich meine Mutter jedoch nicht abschütteln.

«Ich habe einen Termin für dich gemacht, denn das darf man ja schließlich, und ich bestehe darauf, dass du wenigstens darüber nachdenkst.»

Ich seufze und täusche Resignation vor, um endlich Ruhe zu haben. «Ich lass es mir durch den Kopf gehen, okay? Und jetzt geh dekorieren.»

«Oh, das ist mehr, als ich erwartet habe, du störrisches Kind.»

Zufrieden rauscht sie ab, um ihre neuerstandenen Schätze im ganzen Haus zu verteilen. Hoffentlich zeigt sie wenigstens Respekt vor meinem Schlafzimmer.

Trotz aller Abneigung und Gegenwehr informiere ich mich in den folgenden Tagen gründlich zum Thema Mutter-Kind-Kur. Warum, weiß ich selbst nicht so genau. Ich rede mir ein, es gehe nur um das Interesse. Dass es nämlich etwas gibt, von dem ich so gar keine Ahnung habe, macht mich grundsätzlich nervös, und ich will zumindest wissen, was ich nicht will.

Erstaunlicherweise quillt das Netz geradezu über vor nützlichen und weniger nützlichen Informationen, und es dauert eine Weile, bis ich die wirklich relevanten Dinge herausgefiltert habe.

Weil es eine sogenannte Vorsorgemaßnahme ist, muss man nicht akut krank sein, um eine Kur zu beantragen. So weit, so gut. Es genügt, wenn es einem miserabel geht und der Arzt bescheinigt, dieser Zustand könnte zu gesundheitsschädigenden Folgeerscheinungen führen. Hat man wie ich eine solide Krankenakte, stehen die Chancen gut, die Maßnahme genehmigt zu bekommen. Die Kinder, sofern sie nicht selbst krank sind, nimmt man als sogenannte Begleitkinder mit, falls es keine Möglichkeit gibt, sie für drei Wochen anderweitig unterzubringen.

Nachdem ich das formelle Prozedere durchgeackert habe und zu dem Schluss komme, dass ich nach allen Kriterien tatsächlich «kurbedürftig» bin, lande ich auf den richtig interessanten Seiten: den einschlägigen Foren, in denen man Kurberichte zuhauf lesen kann. Neben Lobhudeleien von Frauen, für die die Kur der Wendepunkt ihres bisherigen Lebens bedeutete, gibt es natürlich auch etliche Horrorberichte. Sie erzählen von verdreckten Kurhäusern, unfreundlichem Personal, unterirdischem Essen und unendlichen Magen-Darm-Epidemien. Und von unerträglichen Reisegenossinnen mit ätzenden Kindern. Ich sitze vor dem PC und wäge ab. Wie schlimm ist es wohl wirklich? Womit könnte ich mich, also theoretisch, arrangieren? Essen, Unterbringung und unfreundliches Personal würden mich nicht schocken. Ich brauche weder Komfort noch Luxus, weniger ist ja oft mehr. Vieles von dem, was bemängelt wird, verbuche ich unter zu hohen Erwartungen von Seiten der Mütter. Es hilft außerdem dabei herauszufiltern, was *ich* von einem Kurhaus erwarten würde und was nicht. Also theoretisch. Klein müsste es sein und am Meer liegen. Darauf würde ich achten.

Bleibt die soziale Komponente. In letzter Zeit habe ich mich nicht gerade liebevoll um meine Freundschaften gekümmert. Lediglich Lynn, meine beste Freundin seit Kindertagen, darf sich regelmäßig anhören, wie schlecht es mir geht. Allen anderen gaukle ich ein sonnendurchflutetes Leben vor, während mein gesellschaftliches Leben quasi brachliegt. Ich bin einfach viel zu sehr mit mir selbst und meinen Kindern beschäftigt. Wie sollte ich es also mit jeder Menge Frauen mehrere Wochen auf engstem Raum aushalten? Gar nicht, lautet mein abschließendes Urteil, drei Tage, nachdem mir meine Mutter die Unterlagen vor die Nase gehalten hat. Ich fahre den Rechner runter, gehe in die Küche, wo meine Mutter energisch die Dunstabzugshaube schrubbt, und teile ihr mit, dass ihre Idee zwar nett gemeint, für mich aber nicht die richtige sei.

Sie unterbricht ihre Arbeit und schaut mich mitleidig an. Dabei wirkt sie nicht, als habe meine Absage sie überrascht.

«Verena, wenn du es nicht für dich tun willst, wobei ich nach wie vor glaube, dass es dir sehr, sehr guttun würde, dann tu es wenigstens für die Mädchen.»

Damit hat sie mich.

Drei Wochen später liegt die Kurgenehmigung in meinem Briefkasten.

Das Parkplatzmeer

Der Zug fährt ein. Endlich. Wir raffen ein weiteres Mal unser Gepäck zusammen.

«Welcher Wagen, welche Plätze?», fragt meine zugerfahrene Tochter Ella.

«Wagen 27, Plätze 26, 27 und 29.»

«Haben wir einen Tisch?», fragt Anni fordernd.

«Ich weiß es nicht», seufze ich und weiß genau, was nun kommt.

«Ich will aber einen Tisch, sonst fahre ich nicht mit diesem Zug.»

Alles andere würde mich wundern. «Natürlich fahren wir mit diesem Zug, das weißt du ganz genau. Bitte, keine Zickereien jetzt.»

Wagen 27 zuckelt an uns vorbei, obwohl wir laut Wagenstandanzeiger genau an der richtigen Stelle stehen. Natürlich. Umgekehrte Wagenreihung. Was sonst. Muss denn heute alles schiefgehen? Ich stöhne und schiebe meine nervösen Kinder durch das aufbrausende Gedränge. Warum sind wir auch immer so gut organisiert, wenn es dann nichts nützt? Wir hechten sechs oder sieben Waggons weiter und mit uns alle anderen auf diesem Bahnsteig. Das Gedränge ist furchtbar. Mütter, Koffer, Kinder – alles läuft durcheinander, zetert, weint und keucht. Wenn nur nicht der ganze Krempel wäre!

Unter der dicken Winterjacke gerate ich erneut ins Schwitzen und bete, dass wenigstens unsere reservierten Plätze frei sind.

Als wir Wagen 27 erreichen, steht direkt vor uns die Leopardenfrau und hievt keifend ihre drei Kinder, zwei Koffer, einen Buggy und eine riesige Strandtasche in den Waggon. «Jan-Luca, rein da, du kriegst gleich die Cola. Justin, nimm deinen Bruder mit. Nee, ich weiß nicht, welche Plätze, da muss ich erst schauen. Los jetzt, hier sind noch andere Leute. Boah, ich krieg gleich 'nen Anfall!»

Ich auch, wenn die Dame so weitermacht. Es ist richtig schlimm, wie sie ihre Kinder anschnauzt, und man spürt, dieser Ton ist eher die Regel als die Ausnahme. Wie schön, dass sie das Bild, das ich mir in der kurzen Zeit von ihr gemacht habe, haarklein bestätigt. Natürlich darf jede Mutter gelegentlich von ihrem Nachwuchs genervt sein, aber ob man gelegentlich genervt ist oder seine Kinder behandelt, als wäre es eine Zumutung, dass sie auf der Welt sind, ist ein himmelweiter Unterschied. Ich hoffe inbrünstig, niemals SO mit meinen Kindern zu reden, egal, wie gestresst ich bin. Und wenn es doch passiert, weiß ich zumindest, dass es falsch und ungerecht ist.

Tja, manchmal hält einen die Arroganz der Besserwissenden am Leben.

Endlich haben es Leopardenfrau & Co. geschafft, und wir können ebenfalls einsteigen. Anni und Ella steht die Erleichterung ins Gesicht geschrieben. Wenn die Leopardenfrau jetzt noch am anderen Ende des Waggons sitzt ... Aber was erwarte ich nur? Sie sitzt natürlich direkt neben uns. Wir kommen kaum an den Massen ihres Gepäcks vorbei, so dreist hat sie alles in den Gang geschoben. Justin und Jan-Luca, oder wie auch immer ihre tollen Söhne heißen, sind bereits munter damit beschäftigt, mit den Füßen gegen den Vordersitz zu trommeln, was begleitet wird vom Dauergekeife der Mutter. Großartig. Ich könnte heulen vor Glück!

Wenigstens haben wir den von Anni eingeforderten Tisch, und dank daher nicht stattfindenden Gezeters sind wir ein Beispiel an musterhafter Familie. Ruhig, organisiert, adrett. So habe ich uns gerne.

Nachdem wir in dem allgemeinen Gewusel unser Gepäck verstaut haben und endlich sitzen, versorge ich die Kinder mit Brezeln und Malzeug und stöpsle mir – was äußerst selten vorkommt, aber Leopardenfrau und ihre Brut mit Aussicht auf Cola zwingen mich quasi dazu – meine Kopfhörer ins Ohr. Was für eine Wohltat. Alle Geräusche ausgeblendet, lehne ich mich zurück, knabbere ebenfalls ein paar dieser drögen Brezeln und hänge meinen Gedanken nach.

Rainer parkt das Auto auf einem Wanderparkplatz.

Er wolle abends einen kleinen Ausflug mit mir machen, eröffnete er mir heute Morgen beim Frühstück, unsere Nachbarin passe auf die Kinder auf. Ich habe mich zwar gewundert, aber mir keine weitergehenden Gedanken gemacht. Vielleicht, weil der Tag voll wie immer war, vielleicht aus Nachlässigkeit oder einfach, weil es keinen konkreten Anlass gab, sich Gedanken zu machen.

Diese Unbedarftheit verschwindet in dem Augenblick, als wir losfahren. Die Atmosphäre im Auto ist dick und schwer, als würden wir nicht in einem Raum voller Luft, sondern voll mit schwerem Rohöl sitzen, das sich fies und klebrig in alle Ritzen setzt. Irgendetwas stimmt nicht, das wird sofort deutlich.

Rainer stellt den Motor aus und lehnt sich demonstrativ seufzend zurück. Regen trommelt gegen die Scheiben, und unser Auto steht völlig alleine auf dem Parkplatz.

«Und? Bist du vielleicht jetzt bereit, mir endlich zu verraten, was das hier soll?», frage ich gereizt und deute mit der Hand ausladend einmal im Wagen herum. Die ganze Fahrt über wollte er mir partout nichts erklären.

Rainer geht nicht weiter darauf ein und schaut stoisch in den herbstlichen Wald. «Ich wollte in Ruhe etwas mit dir besprechen, deshalb sind wir hier», sagt er vorsichtig und ohne mich anzusehen.

Meine Alarmglocken schrillen augenblicklich.

«Du willst reden? Und worüber willst du bitte schön reden, was wir nicht auch zu Hause klären können?» Mein Ton ist scharf.

Rainer schweigt.

«Rainer, bitte, ich habe keine Lust, dir die Würmer aus der Nase zu ziehen. WAS ist so wichtig, dass du es mir nicht zu Hause sagen kannst?»

«Ich wollte mit dir in Ruhe reden, weil ... weil ich eine Entscheidung getroffen habe. Sie ist unangenehm, und du wirst sie sicher nicht verstehen.»

Alles in mir zieht sich zusammen. Plong! macht die Kugel mit den schlechten Gefühlen in meinem Bauch und drückt gegen die Magenwand wie ein rotierender Kreisel. Plötzlich ist alles ganz weit weg. Die fünfzig Zentimeter zwischen mir und Rainer erscheinen mir wie fünfzig Meter, der Wagen wie ein Fußballplatz. Und ich mittendrin mit viel zu viel Nichts um mich herum. Ängste, die eine Beziehung unbewusst begleiten, scheinen Realität zu werden. Mir fällt nur eine Sache ein, die Männer solche Sätze sagen lässt.

«Wer?», presse ich zwischen meinen Lippen hervor.

«Es ist nicht, wie du denkst.»

Welch klischeehafter Satz.

Rainer schüttelt vehement den Kopf. «Es gibt keine andere. Wirklich nicht. Und ich habe auch nicht vor, mir eine andere zu suchen. Nein, es ist …»

Er stockt, sieht an mir vorbei aus dem Fenster und sucht nach den Worten, die er sich wohl in den letzten Tagen zurechtgelegt hat. Dann schüttelt er den Kopf und setzt erneut an. «Versprich mir, mich ausreden zu lassen. Ich habe lange nachgedacht, sehr lange. Meine Entscheidung steht fest, egal, wie du reagierst. Wenn ich fertig bin, darfst du ausrasten und mir alles an den Kopf werfen, was dir einfällt.»

Na toll. Ich nicke folgsam und versuche, den aus meinem Bauch emporkriechenden Ausraster zurück an seinen Ursprungsort zu verbannen. Seltsamerweise ist es einfacher als gedacht, denn nun ist meine Neugier geweckt.

Rainer atmet tief ein, sammelt Kraft.

«Ich habe ein Angebot bekommen. Ein wirklich gutes Angebot, und ich habe beschlossen, es anzunehmen. Ein Kollege hat mich empfohlen, und sie wollen, dass ich ein Projekt in Jordanien übernehme. Das Projekt ist hochinteressant, es geht um Solaranlagen von fast unvorstellbaren Ausmaßen, und sie wollen mich dort als leitenden Ingenieur.»

Ich atme laut und keuchend aus, habe gar nicht bemerkt, dass ich das Atmen vorübergehend eingestellt hatte. Neben der Freude, keine Nebenbuhlerin zu haben, sackt die Erkenntnis langsam, aber dafür umso bitterer.

«Nach Jordanien? Wie stellst du dir denn das vor? Wie

lange soll das gehen? Und was ist mit meinem Job? Außerdem – wir können die Kinder doch nicht in so ein unsicheres Land verschleppen. Hast du sie eigentlich noch alle? Ich ...»

Weiter komme ich nicht, weil Rainer mir über den Mund fährt. Was er dann sagt, fühlt sich einfach nur grausam an.

«Verena, ich werde alleine gehen. Nein, du redest jetzt nicht! Ich habe lange darüber nachgedacht, aber ich glaube, es ist das Beste für unsere Beziehung. Jetzt noch nicht, aber vielleicht später. Wir sind in eine Sackgasse geraten. Klar, wir kommen zurecht, die Familie funktioniert, aber was ist mit uns? Seit Jahren hassen wir uns die Hälfte der Zeit, und in der anderen Hälfte sind wir mit den Kindern beschäftigt. Sex haben wir schon seit Ewigkeiten nur noch als Pflichtprogramm, und außer unseren Urlauben verbindet uns nicht mehr viel. Ich will mich nicht von dir, von euch trennen, das musst du mir glauben. Aber ich denke, eine Trennung auf Zeit kann eine Chance für uns sein. Vielleicht merken wir dann wieder, was wir aneinander haben, und können danach von vorne anfangen. Glücklicher werden. Aber im Moment ... Verena, ehrlich, ich muss raus aus unserer kleinbürgerlichen Enge, ich habe das Gefühl zu ersticken. Seit Jahren derselbe Job, seit Jahren redest du mir jede Veränderung aus, weil ich ja so schrecklich gute Arbeitsbedingungen habe. Aber mir reicht es nicht mehr, zwei Wochen im Jahr Überstunden abbummeln zu dürfen und dreimal im Jahr Familienurlaub zu machen. Dazu knirscht es einfach viel zu sehr zwischen uns.»

Während er redet und redet und mir die Unglaublichkeit seines Plans darlegt, bin ich innerlich erschreckend ruhig geworden. Ich kann einfach nicht glauben, was er mir da erzählt, so absurd erscheint es in meinen Augen. Und so schweige ich, lange, nachdem er längst aufgehört hat zu reden.

«Verena, bitte, jetzt sag doch was.»

Und dann fange ich an zu heulen.

«Was ist mit den Kindern?», ist alles, was ich herausbringe.

Der Rest des Gespräches verschwimmt, so als würde alles nur noch hinter Milchglas stattfinden. Rainer beteuert, die Kinder würden es verstehen, wenn wir es ihnen nur richtig erklärten. Außerdem würden wir uns schließlich «nicht richtig» trennen. Außer uns würde niemand den wahren Grund seiner Entscheidung kennen. Auch die Kinder nicht. Auf ein Jahr ist die Stelle zunächst befristet, danach würde er weitersehen. Sein jetziger Arbeitgeber hält sogar seine Stelle frei, und vielleicht könnten wir danach besser weitermachen als vorher.

Aber tief im Inneren weiß ich es: Es gibt keine Trennung auf Zeit. Blöd ist der, der darauf hofft. Und nach vielen durchwachten Nächten ist genau das das Ergebnis, welches ich für mich selbst finde: Mein Mann verlässt mich und die Kinder. Und niemand weiß davon. Ich organisiere mein Leben von nun an ohne Mann und ohne Hoffnung. Die Kinder werden sich an seine Abwesenheit gewöhnen, und dann ist eine offizielle Trennung vielleicht gar nicht mehr so schlimm. Das zumindest rede ich mir wieder und wieder ein. Natürlich bleibt die Hoffnung, penetrant, wie sie ist.

Sechs Wochen später ist Rainer weg.

«Mama, schau mal die Brücke, ist das die Brücke nach Fehmarn?» Ella hat mir einen Stöpsel aus dem Ohr gerissen und brüllt mir aufgeregt ins selbige.

Ihr Gebrüll lässt mich zusammenzucken. Vor lauter Grübelei ist mir gar nicht aufgefallen, dass wir fast da sind. Na, dann war die Zugfahrt wohl doch nicht so schlimm, grinse ich in mich hinein und schaue unauffällig nach meinem temporären Hassobjekt, der Leopardenfrau. Die schnarcht selig mit offenem Mund vor sich hin, während sich ihre drei Kinder Salzstangen in die Nase stecken.

«Ja, Schatz, das ist die Brücke nach Fehmarn. Dann kann es nicht mehr lange dauern. Gleich haben wir es geschafft, und dann ist es nur noch eine kurze Fahrt mit dem Bus.»

«Och nö, Bus fahren. Ich fahre nicht mehr mit dem Bus. Auf keinen Fall steige ich noch in einen Bus ein, nein, kein Kacka-Bus.»

Anni ist direkt wieder in ihrem Element. Nämlich zu betonen, dass sie auf keinen Fall etwas tut, was sie für nicht sinnvoll erachtet. Meine kleinere Tochter ist in ihrer chronischen Unlust und Fäkalaffinität wirklich völlig durchschaubar. Ich beschließe, sie zu ignorieren, und schiebe ihr stattdessen einen Müsliriegel über den Tisch.

«Hier, iss, im Bus kannst du nicht mehr essen.»

Sie nimmt den Riegel ohne weiteres Murren an. Wenigstens ist sie bestechlich.

Um uns herum bricht Geschäftigkeit aus. Mindestens die Hälfte des Abteils ist noch immer mit Müttern und Kindern besetzt, obwohl wir schon die halbe Ostseeküste abgeklappert haben. Wie viele Kliniken gibt es hier denn? Die Wahrscheinlichkeit, dass keine von ihnen dasselbe Ziel hat wie wir, sinkt rapide, und ich muss mich wohl darauf gefasst machen, wenigstens einen Teil von ihnen zukünftig im selben Speisesaal sitzen zu haben. Ich stöhne innerlich. Wo bitte schön sind die normalen Mütter? Oder, umgekehrt formuliert: Was bin ich, wenn die normal sind?

Achtunddreißig bin ich dieses Jahr geworden. Ein Alter, der vierzig beängstigend nah. Schon fast greifbar, und doch, entgegen allen Erwartungen und Ankündigungen meiner Mutter, nicht so beängstigend, wie ich es mir mit zwanzig ausgemalt habe. Eigentlich ein gutes Alter, denn man muss endlich keine Zeit mehr dafür aufwenden, herauszufinden, wer man ist und was man vom Leben will. Die wichtigsten Lebensentscheidungen sind in der Regel getroffen: einen Mann gesucht und mit etwas Glück gefunden und behalten zu haben, das Thema Heirat, Kinder und Beruf ist abgehakt, und nun könnte man entspannt und positiv in die Zukunft schauen.

Na ja, natürlich nur, wenn alles glattläuft.

Und da das bei mir leider nicht der Fall ist, befinde ich mich tatsächlich an einer Stelle meines Lebens, an der wieder alles ungewiss ist. Sozusagen eine nicht gewollte Ereigniskarte im Lebensmonopoly – «Gehe zurück auf LOS, ziehe nicht viertausend Mark ein». Auf ein Neues.

Was hat das für mich zu bedeuten? Ein Vorteil unserer Generation, der Mitte der siebziger Jahre Geborenen, ist eindeutig, dass wir noch nicht so alt sein müssen wie die Generationen davor. Mit Ende dreißig geht man fast noch als jung durch, wenn man beschließt, sich auch so zu fühlen. Der Spiegel ist noch nicht allzu grausam, und so kann man sich selbst wunderbar einreden, dass ja noch gar nichts vorbei ist, die vierzig nicht so schlimm sind wie früher und überhaupt alles entspannter ist heutzutage. Ja, das alles kann man sich durchaus schönreden.

Mein Gefühl im Moment? Ich bin alt, verlassen, einsam und frustriert.

Vor dem Bahnhofsgebäude warten die Mitarbeiter der verschiedenen Kurkliniken und halten brav ihre Schilder hoch. Ich nenne der biederen Dame, die das Schild meiner Klinik umklammert, als wäre es ihr kostbarster Besitz, unsere Namen, und wir werden in einen altersschwachen Bus verladen. Das Gepäck wird pauschalreisemäßig durch einen freundlichen Herrn in blauer Arbeitskleidung in den Tiefen des Reisebusses verstaut. Ich versuche, nicht allzu beeindruckt zu sein.

Dass es ein Reisebus ist, der uns die letzten Kilometer transportiert, stimmt sogar Anni versöhnlich. Reisebusse sind schließlich viel besser als diese langweiligen Stadtbusse bei uns zu Hause. Auf die Frage nach dem Warum bekomme ich die Antwort von beiden Mädchen einstimmig: weil man schön hoch sitzt und alles so gemütlich ist. Ich freue mich, wenn wenigstens sie langsam Gefallen an dieser eigenartigen Reise finden.

Weil ich im Zug den Großteil der Strecke verträumt habe, nehme ich erst jetzt die Landschaft richtig wahr. Begeistert bin ich nicht. Im Gegenteil, eine Fahrt im Winter durch die Ausläufer des Ruhrgebiets könnte meiner Meinung nach nicht trister sein. Graue Straße, eingerahmt von matschigen Feldern. Darüber ein Himmel, der den Namen nicht verdient, so schwer und tief hängt die monotone Wolkendecke. Am Horizont ein Meer wie ein Parkplatz. Ein einsamer alter

Baum steht am Straßenrand, knorrig und ohne Blätter. Weitere Bäume wären auch schön, scheint er mir entgegenzuschreien, und ein bisschen fühle ich mit ihm, denn genau so komme ich mir vor. Einsam und knorrig in einer faden Landschaft aus Graunuancen.

Vielleicht wäre ich doch besser in die Berge gefahren? Wer fährt denn auch im tristen Februar an die Ostsee?

Der bemühte Busfahrer bereitet uns auf die Ankunft vor, erklärt den Ablauf mit leiernder Stimme, so oft hat er denselben Text unzähligen Müttern und Kindern gegenüber schon von sich gegeben. Regen klatscht derweil nadelspitz gegen die Scheiben. Zusammen mit der Wärme, die der alte Bus aus seinen Ritzen bläst, verbreitet sich eine müde Stimmung. Kein Wunder nach der stundenlangen Fahrt, die hier alle hinter sich haben. Anni ist bereits eingedöst, und ihr Kopf klappert bei jeder Kurve an das altersgegerbte Fenster, Ella schaut wie ich gedankenverloren hinaus.

Dem öden platten Land folgt ein ödes Feriendorf, samt und sonders mit Bausünden der sechziger und siebziger Jahre bestückt. Das, was man im Vorbeifahren von der Promenade und dem dahinterliegenden Strand sehen kann, ist ... verbaut. Verbaut und leer. Kein Wunder, wenn sich bei dieser Trostlosigkeit außer uns verzweifelten Müttern niemand hierher verirrt.

Die Kurklinik selbst liegt in zweiter Reihe und ist ein fünfstöckiger Betonklotz, dessen einziger Lichtblick darin besteht, dass alle Zimmer einen großzügigen Balkon besitzen. Na toll, ein Balkon im Februar. Da habe ich bei der Klinikauswahl ja wirklich auf die richtig wichtigen Dinge geachtet. Der Meerblick, auf den ich bei meinen Planungen gesetzt habe, ist wohl eher ein Fangangebot. Geschätzt bieten vielleicht zehn

Prozent der Zimmer einen Blick auf die Ostsee. So zumindest mein Eindruck, als wir im Gänsemarsch den kurzen Weg zwischen Bus und Klinik zurücklegen. Auch diesen Aspekt habe ich eindeutig nicht sorgfältig genug durchdacht. Das ärgert mich. In der Regel plane ich die Dinge gründlich und mag es gar nicht, wenn ich derart danebenliege. Aber ich werde auch das überleben. Ebenso wie die Leopardenfrau, die natürlich gleichfalls in unserer Klinik untergekommen ist und vor uns den Weg entlangschlurft. Ich bin fest davon überzeugt, sie bis zum bitteren Ende ignorieren zu können!

Dutzende Mütter mit gefühlten hundertfünfzig Kindern füllen einen überheizten, aber hell und freundlich eingerichteten Vorraum mit ihrem Geschnatter und warten darauf, die Schlüssel für ihr Apartment in Empfang nehmen zu können. Leider dauert es noch eine Weile, denn der letzte Kurgang ist gerade einmal fünf Stunden zuvor abgereist, und das Personal hatte bis jetzt alle Hände voll zu tun, die Zimmer für die nächste Runde vorzubereiten. Es gibt eine Cafeteria, in der man sich auf Kosten des Hauses einen Kaffee holen kann, aber dort ist es so voll, dass wir uns lieber eine einigermaßen ruhige Ecke suchen und abwarten. Wir haben das zweifelhafte Vergnügen, direkt neben «Otto» zu warten. «Otto» ist der Name des Desinfektionsautomaten, der bereitsteht, sämtlichen aus der Bundesrepublik eingeschleppten Keimen den Garaus zu machen. Ein Schild, das «Otto» gut sichtbar um den Hals hängt, informiert über das Prozedere: Er ist bei jedem Betreten des Kurhauses sowie vor jedem Essen im Speisesaal zu benutzen, vor allem wegen der Magen-Darm-Seuchen, die die Kurhäuser in schöner Regelmäßigkeit heimsuchen.

Nun gut, das ist jetzt nichts Überraschendes.

Erste Bekanntschaften werden geschlossen, und das gegenseitige Beäugen, Abschätzen, Taxieren und Schubladenöffnen ist in vollem Gange. Ich nehme mich da nicht aus. Drei Mütter vom Hamburger Bahnhof erkenne ich wieder. Die Leopardenfrau, die große rothaarige Dürre mit den eingefallenen Wangen sowie eine Schwäbin mit graumelierter Pudelfrisur und Angela-Merkel-Gedächtnis-Mundwinkeln. Ist hier vielleicht jemand Normales? Hallo? Immer noch schlummert die Hoffnung in mir, irgendjemand hier könne mir zumindest im Ansatz ähnlich sein.

Zwei Väter stehen verloren inmitten der geballten Weiblichkeit. Natürlich wusste ich, dass auch Väter eine Kur machen können. Dennoch finde ich es ausgesprochen mutig, sich als Mann für drei Wochen in so eine Umgebung zu stürzen, weshalb ich sie mir genauer ansehe. Der eine steht neben seiner prüde wirkenden Frau und seinem etwa fünfjährigen Sohn, ist hager, alt (jenseits der fünfzig) und sieht ziemlich verkniffen aus. Der andere steht alleine mit seiner Tochter ganz in unserer Nähe, ist etwa in meinem Alter, mittelgroß, blond und trägt einen akkurat gestutzten Vollbart. Er ist der Typ Holzfäller. Gerade beugt er sich zu seiner Tochter runter und spricht leise und beruhigend auf sie ein. Das Mädchen ist etwa in Annis Alter, wirkt mit den halblangen rotblond gelockten Haaren eher burschikos und sieht trotzdem verunsichert aus.

Weiter komme ich nicht in meinen Betrachtungen, denn die Schlüsselausgabe beginnt. Wir lassen den ungeduldigen Damen den Vortritt und reihen uns am Ende der Warteschlange ein.

Als wir endlich an der Reihe sind, fragt mich die Dame an der Rezeption freundlich lächelnd nach meinem Namen, nennt mir die Zimmernummer und gibt mir einen Zettel mit ersten Terminen, die Schlüssel und den Tipp, zunächst in Ruhe anzukommen. Beim Abendessen würden wir die ersten wichtigen Informationen bekommen. Außerdem händigt sie uns einen Stoffbeutel mit zwei hauseigenen Wasserflaschen sowie mehrere Prospekte aus.

«Die Flaschen können Sie hier im Café auffüllen lassen, wann immer Sie möchten, allerdings nur bis 22:00 Uhr. Wir hoffen, dass Sie sich wohl bei uns fühlen.»

Das hoffe ich auch.

Ein Aufzug bringt uns rappelnd und klappernd in den vierten Stock. Vom Treppenhaus aus betreten wir einen mit dunkelblauem Teppich ausgelegten Flur. Direkt das zweite Zimmer auf der rechten Seite ist unseres. Ungeduldig warten die Kinder darauf, dass ich endlich die Tür aufschließe. Durch einen kleinen Vorraum mit Garderobe und Schuhregal betreten wir gespannt das «Wohnzimmer».

Wir haben bei der Zimmerauswahl Glück gehabt, denn das Erste, was wir sehen, ist tatsächlich das Meer. Und so von nahem – das Kurhaus liegt etwa fünfzig Meter vom Wasser entfernt – wirkt es auch nicht mehr ganz so parkplatzmäßig. Das gebe ich gerne zu. Die Wellen treiben kleine weiße Schaumkronen an den von Seetang bedeckten Wellensaum. Ich bin ein bisschen versöhnt, die Kinder sind schlichtweg aus dem Häuschen. Sie sind zurzeit definitiv anspruchsloser als ich. Wir lassen unsere Sachen fallen, wo wir gerade stehen, und begutachten das Apartment in aller Gemütlichkeit.

Im Hauptraum stehen das «Mütterbett», mehrere Schränke und Kommoden aus Fichtenholz, ein rotes Ikea-Sofa und ein kleiner Esstisch, ebenfalls aus Fichte, direkt vor einem großen Panoramafenster. Der Venylboden in Holzoptik wirkt freundlich. Vom Hauptraum gelangen wir in ein Miniatur-Kinderzimmer, in das gerade so ein Etagenbett und eine kleine Kommode passen. Auch von dort haben wir Meerblick. Das Badezimmer ist ebenfalls klein, aber sauber und beherbergt alles, was nötig ist. Meine Mutter wird erleichtert sein, wenn ich ihr davon erzähle. Alles in allem ist das Apartment durchaus annehmbar, auch wenn es ein bisschen steril wirkt, so als habe man uns in eine Jugendherberge verfrachtet. Ich habe weniger erwartet, und den Tisch mit Meerblick werde ich die nächsten Wochen definitiv genießen!

Die Kinder fackeln nicht lange und richten sich ein. Natürlich nicht, ohne sich vorher darüber zu streiten, wer denn nun oben und wer unten schläft. Binnen Minuten sind die Umzugskartons, die wir vorausgeschickt haben, aufgerissen, die Rucksäcke geplündert, und das Apartment versinkt im Chaos. Ich starre noch ein paar Minuten auf das Meer, überwältigt von der Leere in meinem Kopf, die sich wie aus dem Nichts eingestellt hat. Ganz leise ist es. Die plötzliche Ruhe ist ein ohrenbetäubender Traum. Zwar höre ich hier und da Türen klappern und weitentferntes Kindergeschrei, aber das ist nichts gegenüber dem Lärm, der mich seit Hamburg begleitet hat. Die nächsten zwei Stunden gehören nur uns!

Und dann entdecke ich das frischbezogene Bett mit den gestärkten Laken. Es ruft nach mir, und ich beschließe, das Gepäck Gepäck sein zu lassen und mich wenigstens ein paar Minuten der Stille hinzugeben.

Kackbratzentisch

Mama, wach auf, wir haben alles eingeräumt, und ich hab Hunger. Wann können wir endlich essen gehen?» Anni rüttelt an meinem Arm. Immer ist es der Arm, an dem sie rüttelt, wenn sie etwas von mir will.

Es dauert ein paar Sekunden, ehe ich weiß, wo ich bin. Das Bett, das Apartment, die Kur. Bitte, muss das sein? Ach Mensch, dabei wollte ich doch gar nicht einschlafen. Hunger? Ja, den habe ich auch. Ich strecke mich in alle Richtungen, bewundere, dass meine Kinder ihr Zimmer nahezu vollständig eingerichtet haben, und bin bereit, mich der nächsten Herausforderung zu stellen. Einigermaßen bereit. So schlimm wird es schon nicht werden. Oder? Also auf in die Mütterhölle. Was kann ein Speisesaal mit fünfzig Müttern und ihren je zwei bis drei Kindern denn sonst sein?

«Hoffentlich gibt es was, das mir schmeckt.» Ella wirkt nicht sehr zuversichtlich, sie ist naturgemäß eine schwierige Kandidatin.

«Irgendwie werden sie uns schon satt bekommen», beruhige ich sie und dirigiere beide liebevoll in die Seite stupsend zum Ausgang.

Der Speisesaal ist riesig. Auch hier dominiert Jugendherbergsatmosphäre. Das Mobiliar ist vor allem zweckmäßig, blumige

Wachsdecken hübschen die Tische auf, der Boden ist pflegeleicht mit grauem Linoleum ausgelegt. An den Wänden und unter der Decke hängen verschiedenste «Kunstwerke», die dem Raum einen Hauch von Originalität verleihen. Eine Raupe aus Styroporkugeln beispielsweise, Muschelbilder oder ein Kunstwerk aus kleinen Badelatschen. Daran hängen Bilder, Sprüche und Danksagungen. Im Flur habe ich ebenfalls ein paar gesehen. Wie es scheint, sind sie im ganzen Haus verteilt; Erinnerungsbasteleien der Kurgänge der letzten Jahre, teilweise recht hübsch anzusehen.

Zielstrebig steuern wir einen kleinen Tisch in der hintersten Ecke des Saales an, als sich uns eine Mitarbeiterin in den Weg stellt und nach meinem Namen fragt.

«Verena Teenkamp», antworte ich gehorsam.

«Kommen Sie, ich zeige Ihnen Ihre Plätze. Die werden Sie für die nächsten drei Wochen behalten. Das ist einfacher für alle und gibt nicht jeden Morgen neues Chaos», zwitschert sie froh gelaunt.

Ooookay. Tischordnung. Das kann ja heiter werden. Als ich sehe, wohin uns die charmante Dame führt, fühle ich mich in all meinen Vorurteilen bestätigt.

«Ach du liebe Scheiße», nuschle ich so leise es mir möglich ist. Denn «wird schon nicht so schlimm» zu denken hilft nicht.

Unser Tisch liegt direkt an der größten Durchflugschneise zum Buffet. Gemütlich ist anders. Ich zähle Plätze für zehn Personen, sieben sind bereits besetzt. Nun könnte ich mir sagen: Wenigstens ist es nicht die Leopardenfrau, aber, ehrlich gesagt, ich weiß nicht, ob das, was ich auf den ersten Blick sehe, so viel besser ist. Unsicher nehmen wir die noch freien Plätze am Kopfende mit Blick auf das Buffet ein.

Ich sitze auf der einen Seite, die Kinder mir gegenüber. Links von mir sitzt ein kleines dunkelhaariges Mädchen von zwei oder drei Jahren, neben ihr eine dünne, überschminkte Frau Ende zwanzig mit blondierten – künstlichen? – Haaren, gemachten Nägeln, pinkem Glitzerpulli und schwarzen Leggings. Ihr gegenüber, direkt neben Ella, sitzt ein blasses, dünnes Mädchen, vom Alter her irgendwo zwischen Ella und Anni. Verstohlen schielen meine Kinder zu ihr hinüber.

Neben der Zweijährigen hat eine rundliche Frau mit aubergine gefärbtem Naturbob, schwarzen altbackenen Jeans und blumigem Flatteroberteil und, tada, gemachten Nägeln Platz genommen. Ihr gegenüber ein ebenfalls dicklicher Teenagersohn mit kurzgeschorenen Haaren und Schwänzchen. Oh Gott, Schwänzchen. Ich wusste gar nicht, dass es die noch gibt. Nicht einmal in meiner Jugend waren die auch nur ansatzweise salonfähig. Das obligatorische Smartphone der neuesten Generation in der Hand, ist er definitiv offline in der realen Welt.

Der Letzte im Bunde ist der Vater mit seiner Tochter, der mir schon bei der Anmeldung aufgefallen ist. Zumindest hat der keine gemachten Nägel, denke ich, und obwohl er als Einziger aussieht, als könne man tatsächlich ein Gespräch mit ihm führen, nützt mir das nicht viel, denn er sitzt am weitesten entfernt. Der arme Kerl tut mir jetzt schon leid. Ich nicke möglichst unaufgeregt in die Runde und hoffe, meine Schuldigkeit damit getan zu haben.

«Also, ich bin die Moni», höre ich, wie die pummelige Frau gerade in schönstem Ruhrpottslang ihren Tischnachbarn informiert. «Und dat is Jan-Hendrik. Jan-Hendrik is zwölf. Da stecken wir mitten in der Pubertät, wat?»

Sie fixiert ihn mit strengem Blick. Jan-Hendrik tippt weiter unbeeindruckt auf seinem Smartphone herum.

«Jan-Hendrik, kannste dat Ding nich mal weglegen und den Leuten hier ‹Guten Tach› sagen?»

«Guten Tach», brummelt Jan-Hendrik, ohne den Blick von seiner Heiligkeit, dem Kommunikator, abzuwenden.

«Ich sach ja immer, er soll dat Ding weglegen, aber da is in dem Alter nix mehr zu machen.» Sie seufzt wissend und lässt einen leidenden Blick durch die Runde schweifen.

«Und wer bist du, wenn ich fragen darf?», wendet sie sich an den Vater der kleinen Tochter, als von niemandem eine nennenswerte Reaktion erfolgt. «Darf ich du sagen? Ich darf doch du sagen, oder? Also, ich find ja, wir duzen uns alle, dat macht doch die schöne Tischgemeinschaft gleich viel lockerer, findet ihr nich?» Wieder ein Blick durch die Runde.

«Ja, äh, guten Abend. Also, also ich, äh, bin Jan, und das ist meine Tochter Lilli.»

Lilli scheint das Stottern ihres Vaters höchst peinlich zu sein, denn sie schneidet unschwer deutbare Grimassen. Anni verrenkt sich fast den Hals, um zu sehen, was das Mädchen an der anderen Seite des Tisches veranstaltet, und findet es äußerst witzig.

Mir schwant, um eine formelle Vorstellungsrunde komme ich nicht herum. Zumindest hat «die Moni» ihren Blick jetzt auffordernd auf das Mädel neben mir gerichtet, und ich bin demnach die Nächste in der munteren Runde. Ich wappne mich für eine möglichst kurze, humorbefreite Einführung, denn ich will gleich klarstellen, dass von mir locker flockige Gesprächseinlagen nicht zu erwarten sind. Nach wie vor werde ich von meiner ablehnenden Einstellung nicht abrücken. Im Gegenteil, die nervige Moderation «der Moni» bestärkt mich in meinem Vorhaben.

«Ich bin die Jenny, und das sind meine Töchter Kathy und Emily», haucht die Blondine in die Runde. Würde ich nicht direkt neben ihr sitzen, hätte ich fast nicht bemerkt, dass sie überhaupt etwas gesagt hat.

«Tut mir leid, ich hab gar nix verstanden, Schätzken, kannste dat bitte noch mal wiederholen?», stellt dann auch die Moni fest.

«Jenny, ich bin die Jenny, und das sind die Kathy und die Emily», haucht sie bemüht etwas lauter.

Aha, auch eine Die-Frau, und dazu eine mit ganz schön vielen Ypsilons in der Familie. Aber wenn sie so weiterhaucht, ist sie zumindest keine rhetorische Belastung wie die Moni. Leider ist diese durchaus in der Lage, das zu kompensieren.

«Jenny, dat is aber lustig, meine beste Freundin heißt auch Jenny. Siehste, da haben wir doch schon wat gemeinsam. Und wie heißen deine beiden Mädels? Kathy und Emily. Dat sind aber auch schöne Namen. Wenn ich ein Mädchen gekriegt hätt, dat hätt auch Emily heißen sollen. Dat werden bestimmt drei schöne Wochen hier am Tisch mit uns.» Die Moni strahlt bis hinter ihren Fusselbob.

Jenny nickt ergeben, der Vater – Jan – tut, als wäre er beschäftigt, und ich, als würde mich das alles nichts angehen. Scheint die Moni aber auch nicht weiter zu interessieren. Glücklicherweise bringen uns ein paar hilfreiche Hausgeister nun das Essen, und wir dürfen uns auf genießbare Spaghetti Bolognese konzentrieren. Leider kommt die Moni jetzt erst so richtig in Schwung. Frei heraus berichtet sie, wie dringend kurbedürftig sie war, ihre Krankenkasse hätte den Antrag in nur zwei Tagen genehmigt, was es ja so ziemlich nie geben würde, aber mit dem Jan-Hendrik, das würde momentan ja gar nicht klappen, und das wäre ja ihr letzter Strohhalm hier. Wir erfahren, dass «der Uli» das am Anfang ja gar nicht verstanden hat, aber weil die Moni ja nur noch Kopfweh hatte und Rücken, und überhaupt ist ja der ganze Körper, also seelisch wie auch vom Körper her, völlig aus dem Gleichgewicht, ja, da hat selbst der Uli eingesehen, dass es doch keine schlechte Idee ist mit der Kur und so. Wir erfahren außerdem, dass der Uli ein guter Mann ist. Nicht so ein Säufer oder so und immer schön am Arbeiten. Nur das mit dem Schalke, das sei immer so lästig, aber eine Männersache müsse man dem Uli ja gönnen, und die drei Wochen alleine würden dem Uli schließlich auch mal guttun. Am Ende ihres Redeschwalls wissen wir, dass der Uli einen total guten Job bei der Müllabfuhr hat, dass die richtig gut bezahlen und nie jemanden auf die Straße setzen, weshalb die Moni das mit den Nägeln machen könne. Zwar nur für Bekannte und Freunde, aber ein bisschen was würde da immer bei rumkommen, und für einmal im Jahr nach die Türkei wäre das toll. Das wäre immer so schön da und würde auch dem Jan-Hendrik gut gefallen.

Ehrlich, so viel Information in so kurzer Zeit überfordert mich. Am liebsten würde ich die Moni in einen meiner Umzugskartons stecken und wieder zu dem Uli nach Hause schicken. Aber da passt sie ja nicht rein, die Moni. Ob ihr überhaupt auffällt, dass sie die Einzige am Tisch ist, die redet? Wohl eher nicht.

Anni und Ella sind während des Essens bemerkenswert still. Ella schlingt das Essen in sich hinein, als hätte sie seit Tagen nichts mehr bekommen, und Anni stochert selig in den fetttriefenden Kantinennudeln. Die Moni ist für uns alle Unterhaltung genug, dabei hat sie mich gar nicht in ihre lustige Vorstellungsrunde einbezogen. Ob ihr das wohl aufgefallen ist? Ich bin nicht böse drum, denn am Ende bin ich damit meinem Ziel, der heiteren Tischgemeinschaft lediglich als Außenseiterin beizuwohnen, ein ganzes Stück näher gekommen.

Erlöst werden wir letztendlich vom Klinikpersonal, das nach der Mahlzeit geschlossen in den Speisesaal marschiert, uns freundlich willkommen heißt, sich einzeln vorstellt und einen ersten Überblick über das gibt, was uns die nächsten drei Wochen erwartet. Glücklicherweise halten sie es knapp und informativ und entlassen uns im Anschluss in eine Zeit ohne Verpflichtungen.

Als wir schließlich im Fahrstuhl stehen, fasst Anni das Essen mit bemerkenswert scharfem Blick für das Wesentliche folgendermaßen zusammen: «Die dicke Frau hat so viel geredet, Mama, ich dachte, die hört nie wieder auf. Der Junge muss ja so viel mit seinem Handy spielen, sonst wird der ganz verrückt im Kopf.»

Dem gibt es nichts hinzuzufügen.

Gestärkt und glücklich, dem Wahnsinn vorerst entkommen zu sein, richten wir weiter unser Apartment ein. Die Kinder bestücken ihre Nachttische und finden Platz für ihre Kuscheltiere. Ich kümmere mich derweil um die Klamotten und verteile sie auf den Kleiderschrank, die verschiedenen Kommoden und das Bad. Wie immer gehe ich dabei sehr sorgfältig vor. Ich liebe es, Schränke schön einzuräumen. Leider schaffe ich es nie, diese Ordnung zu halten, und in der Regel dauert es keine drei Tage, bis alles im Chaos versinkt. Ich bin nämlich eine echte Schrankschlampe. Frei nach dem

Motto «aus den Augen aus dem Sinn» wird im Alltag in die Schränke gestopft, was ich gerade in den Händen halte. Natürlich stört mich das immens. Irgendwann kriege ich dann naturgemäß einen Koller, räume alles akribisch wieder auf und nehme mir ganz fest vor, diesmal alles anders zu machen. Drei Tage später dann ... und so weiter. So geht es in meinem Leben, seitdem ich denken kann. Aber es gibt Schlimmeres, und außerhalb meiner chaotischen Schränke ist immer alles schön ordentlich!

Nachdem wir fertig sind und eine angemessene Zeit lang unser nun heimeliges Apartment bestaunt haben, sitzen wir auf dem Sofa und überlegen, was wir mit dem Rest des Abends anfangen.

«Wie wäre es, wenn wir schwimmen gehen?», schlage ich in einem plötzlichen Anfall von Aktionismus vor. «Die haben hier doch ein Schwimmbad, und ich habe gelesen, man kann es bis 21:00 Uhr nutzen. Die anderen kommen am ersten Abend bestimmt nicht auf die Idee, und vielleicht haben wir das Becken für uns alleine.»

«Au ja», sagt Anni.

«Och nee», sagt Ella.

«Wir ziehen uns hier um, duschen anschließend im Schwimmbad, und ihr zieht euch direkt dort einen Schlafanzug an. Na, wie wär's?»

«Na gut», lenkt Ella gnädig ein, und wir machen uns startklar.

So ein leeres Schwimmbad im dunklen Winter hat schon fast etwas Gruseliges. Leise gluckert das Wasser am Beckenrand, die Lüftungsanlage ist bemerkenswert leise. Das Wasser liegt still wie ein Spiegel. Das Schwimmbad ist frisch renoviert und tipptopp in Schuss. Wir lassen uns langsam in das angenehm warme Wasser gleiten.

Oh, tut das gut!

Das erste Mal an diesem Tag setzt so etwas wie Entspannung ein. Ich schwimme gemütlich einige Bahnen und hänge mich anschließend träge an den Beckenrand. Mit geschlossenen Augen lasse ich meinen Körper im Becken treiben. Herrlich ist das.

Die Kinder vergnügen sich derweil mit zwei Schwimmnudeln, die sie am Beckenrand gefunden haben.

«Verena, kommst du mal bitte?»

Rainers Stimme dringt aus dem ersten Stock zu mir hinunter.

«Was ist denn? Kannst du nicht zu mir kommen, wenn du was willst?», rufe ich genervt zurück.

Er kann es einfach nicht lassen. Obwohl er eiskalt vorhat, mich und die Kinder im Stich zu lassen, bin ich gut genug, ihm Tipps für die Kleiderwahl der nächsten Monate zu geben. Der hat echt Nerven. Trotzdem stapfe ich beherrscht nach oben und tue ihm den Gefallen. Warum? Vielleicht, weil das bald alles vorbei ist und ich vielleicht sogar das vermissen werde.

Überhaupt – seitdem klar ist, dass er weggeht, die ersten Tränen der Kinder getrocknet sind und der erste Schock verdaut ist, tut er geradewegs so, als wäre nichts geschehen. Business as usual, und dazu gehört eben auch sein auf mich ausgelagertes Gehirn für profane Alltäglichkeiten. Manchmal bin ich mir nicht einmal sicher, ob er weiß, was er da eigentlich tut, und bis auf den Abend im Wagen auf dem Waldparkplatz hat er auch nie wieder das Wort Auszeit oder Trennung in den Mund genommen. Mir gegenüber nicht und den Kindern gegenüber sowieso nicht. Es ist ja Teil der Abmachung, den Kindern gegenüber nur den beruflichen Aspekt unseres «Arrangements» zu erwähnen.

In drei Tagen ist es so weit, und ich spiele das Spiel mit und tue, als wäre nichts Aufregendes daran. Insgeheim hoffe ich noch immer, dass er zur Vernunft kommt, obwohl ich weiß, dass das albern ist. Natürlich kann er nicht mehr zurück. Die Verträge sind unterschrieben, die Koffer gepackt, die Flüge gebucht. Und trotzdem hoffe ich bis zuletzt. Im Laufe der Wochen sind die Ansprüche an das, was vielleicht noch zu retten ist, gesunken. Hoffte ich zu Anfang, er möge die Geschichte komplett abblasen, wünsche ich mir nun, drei Tage vorher, der Auslandsaufenthalt werde ihm schon zeigen, was er an uns hat und auf was er verzichten muss. Vielleicht ist letztendlich er es, der seine Entscheidung bitter bereut und schneller zurückkommt als geplant.

Die Ironie offenbart sich, wenn ich mich in manchen Augenblicken auf die Zeit ohne Rainer freue. Die Streitereien über die Kindererziehung und andere Kleinigkeiten fallen weg. Ich darf bestimmen, was ich wie mache. Niemand redet mir hinein oder weiß alles besser. Weil Rainer auch die letzten Jahre beruflich viel unterwegs war, weiß ich, dass der ganze Alltag in der Regel besser ohne ihn klappt. Doch diese Gedanken gebe ich sogar vor mir selbst nur ungern zu.

Wenn ich denn nur wüsste, dass er wiederkommt.

Aus der Umkleidekabine sind Stimmen zu hören. Oh nein, wir bekommen Besuch. Vorbei ist die Idylle im einsamen Schwimmbad.

Als Erstes stürmt Lilli, die Tisch-Lilli, aus der Umkleide und fängt an zu strahlen wie eine Straßenlaterne, als sie Ella und Anni entdeckt. Diese wiederum bemerken Lilli gar nicht, so vertieft sind sie in ihr Schwimmnudelspiel. Jetzt aber. Ein Grinsen, zwei Grinsen, und es ist klar, ab jetzt wird gemeinsam gespielt. Ach, manchmal wäre ich auch gerne noch ein Kind. Einfach losstrahlen, und los geht die Kontaktaufnahme.

Als ihr Vater – Jan – den Raum betritt, ein kurzer Körpercheck. Reine Routine. Beine, Achseln, Bikinizone? Geht durch. Badeanzug? Geht gerade noch. Gut, ich kann im Wasser bleiben.

«Oh, hallo», sagt er geistreich, als er mich sieht, «da hatten wir wohl dieselbe Idee.»

«Ja, hallo. Stimmt. Es ist schön warm.» Auch nicht viel geistreicher.

Das erste Mal habe ich Gelegenheit, ihn mir genauer anzusehen. Halb nackt, wohlgemerkt. Das ist jetzt ein Anblick, den ich in meinen Überlegungen zu dieser Kur überhaupt nicht berücksichtigt habe. Und zu meiner eigenen Verwunderung finde ich den Anblick gar nicht schlecht. Nach wie vor denke ich, er ist etwa in meinem Alter, und auch das Bild «Holzfäller» passt weiterhin ganz gut. Er trägt das blonde Haar mittelkurz und eher lässig, der Bart ist ein paar Nuancen dunkler und steht ihm. Obwohl er blond ist, ist er nicht allzu käsig, er ist nicht dick, aber auch nicht schlaksig. Und er ist nicht tätowiert! Alles in allem wirkt er sympathisch. Und da er der Einzige an meinem Tisch ist, bei dem ich mir vorstellen kann, ein echtes Gespräch zu führen, könnte eine Kontaktaufnahme durchaus einen Versuch wert sein.

Anni und Ella zumindest finden Lilli augenscheinlich super. Die drei Mädchen haben eine dritte Schwimmnudel entdeckt und spielen nun gemeinsam.

Jan ist mittlerweile ins Wasser gestiegen und zieht seine Bahnen. Weil ich mir doof dabei vorkomme, einfach weiter auf der Stelle rumzudümpeln, schwimme ich ebenfalls noch ein paar Runden. Allerdings ist die Entspanntheit dahin. Das wäre sie jedoch bei jedem anderen auch gewesen, der unsere heilige Ruhe gestört hätte. Was ist schlimmer als ein volles Schwimmbad? Eines mit zwei Leuten, die sich nicht einfach ignorieren können – definitiv.

Jan scheint es ähnlich zu gehen. Nach ein paar Bahnen gesellt er sich in gebührendem Abstand zu mir. Ich überlege, wie ich ein leichtes Gespräch in Gang setzen kann, als er mir zuvorkommt.

«Ich weiß gar nicht, wie ihr heißt. Haben wir euch in der Vorstellungsrunde etwa ausgelassen? Immerhin sitzen wir ja an einem Tisch.»

«Das hat *die* Moni wohl vergessen», sage ich möglichst neutral, kann mir aber ein süffisantes Grinsen nicht verkneifen.

«Dafür kennen wir *die* Moni jetzt umso besser», nimmt er meine Anspielung schmunzelnd auf.

«Vermutlich werden wir in den nächsten Wochen noch die eine oder andere Geschichte zu hören bekommen», antworte ich, dankbar, dass er so wohlwollend auf meine Anspielung eingegangen ist.

«Langweilig wird es in den nächsten Wochen beim Essen nicht, das ist sicher», erwidert er und setzt dabei ein lausbübisches Grinsen auf, das mir sehr gefällt.

Ich will nicht weiter lästern, deshalb kehre ich zurück zum Geschäftlichen. «Also, ich bin Verena, und meine große Tochter heißt Ella, die kleine Anni. Wir wohnen in der Nähe von Köln, und ich entschuldige mich jetzt schon, wenn ich die Tischrunden in den nächsten Wochen vermutlich nicht besonders aufheitern werde.»

Jan zieht fragend und amüsiert seine rechte Augenbraue nach oben. Das sieht interessant aus. «Keine Lust auf Moni und Jenny?»

«Nee, eher keine Lust auf Gesellschaft, ist nichts Persönliches.»

«Na dann, Verena aus der Nähe von Köln, freue ich mich auf eine idyllische Tischgemeinschaft.» Er grinst offen.

Humor hat der Mann, das muss man ihm lassen. Ehe ich diesem Gedanken weiter nachhängen kann, kommt Anni angepaddelt.

«Mama, guck mal, was ich mit der Nudel kann.» Die steckt zwischen ihren Beinen, und Anni vollführt gekonnt eine Unterwasserrolle. «Das hat uns Lilli gezeigt, die kann das zehnmal hintereinander. Das übe ich jetzt jeden Tag, und Ella auch! Und dann üben wir noch ganz viele andere Sachen und machen eine Nudelvorführung.»

Jan schmunzelt, und ich lache laut los. Das erste Mal an diesem Tag, wenn ich so darüber nachdenke.

«Das finde ich toll. Aber heute übt ihr nicht mehr allzu lange, ja? Es ist schon spät, und ihr habt ja noch ein paar Wochen Zeit.»

«Och menno, bitte, noch ein bisschen, wir haben doch gerade erst angefangen. Ich glaube, Lilli wird unsere Freundin.»

«Zehn Minuten, keine Minute länger», sage ich möglichst

streng, aber Anni ist längst wieder abgetaucht und unterwegs zu ihrem Training.

«Jetzt schweißen uns wohl der Tisch und die Kinder zusammen», stellt Jan lapidar fest.

Nun, es gibt Schlimmeres, finde ich und nicke zustimmend.

Auf weiteren Smalltalk verzichten wir. Alles, was für den Anfang zu sagen war, ist gesagt. Deshalb dusche ich in Ruhe, während er Bahnen ziehend auf die planschenden Kinder achtet, die ich anschließend unter großem Gemaule ebenfalls unter die Dusche zitiere. Und während sie sich die Haare föhnen und ihre Schlafanzüge anziehen, ziehe ich Bilanz: Ein Horrortag endet halbwegs versöhnlich. Nun muss ich mich für den nächsten Tag wappnen.

Dank des kleinen Schwimmausfluges und der anstrengenden Anreise fallen wir binnen weniger Minuten in einen traumlosen Schlaf. Ich kann mich nicht daran erinnern, wann mir das zuletzt passiert ist. Es ist definitiv schon sehr lange her.

Kuren für Dummies

Ich sitze im fünften Stock der Kurklinik auf einem mit schwarzem Webstoff gepolsterten Stahlrohrsessel. Der Blick aus dem Fenster ähnelt dem aus unserem Apartment, die Ostsee wabert winterlich ruhig vor sich hin, man sieht die weit ins Meer reichende Seebrücke und einen Teil der bräunlich grauen Küstenlinie. Kein schlechter Arbeitsplatz, wie ich unumwunden zugeben muss.

Mir gegenüber sitzt die Ärztin, bei der ich laut Plan heute Morgen zum Erstgespräch antreten muss, und blättert in dem Fragebogen, den ich nach dem Frühstück in aller Eile ausgefüllt habe, weil ich ihn in dem Wust von Papieren, die mir gestern ausgehändigt wurden, schlicht übersehen hatte. Frau Dr. Sprenglein, wie sie sich mir mit festem Händedruck vorgestellt hat, ist eine Frau in den besten Jahren, trägt einen akkuraten grauhaarigen Bob, einen gediegenen schwarzen Hosenanzug und eine moderne Hornbrille in leuchtendem Rot. Sie ist gesegnet mit der Figur eines jungen Mädchens.

Unangenehm berührt, warte ich ab, bis sie sich durch die Liste meiner körperlichen und seelischen Unzulänglichkeiten geblättert hat und endlich loslegt.

«Frau, ähm, Teenkamp, wir wollen heute Morgen besprechen, wie es Ihnen geht, was Sie von Ihrer Kur erwarten und welche Therapien und Angebote Sie wahrnehmen möchten.

Ich bin hierbei für den psychologischen Teil verantwortlich. Falls es zusätzlich medizinische Indikationen gibt, haben Sie sicher nachher noch einen Termin bei meinem Kollegen Dr. Schreier. Scheuen Sie sich nicht, Fragen zu stellen oder sich an uns zu wenden, wenn Sie ein Problem haben, dafür sind wir schließlich hier.»

Sie spricht mit rauchiger Stimme und einfühlsam, wie ihr Berufsstand es erwarten lässt.

Ich nicke wie eine eifrige Fünftklässlerin und bin wahrhaft aufgeregt. Wie wird er wohl aussehen, mein Plan für die nächsten Wochen?

«Zunächst einmal, wie geht es Ihnen denn im Augenblick, Frau Teenkamp?»

«Ja, also, eigentlich ganz gut. Also, natürlich muss ich mich erst mal eingewöhnen, also, na ja, so gut vielleicht auch nicht, aber auch nicht schlecht, na ja ...»

Meine Güte, was für ein peinliches Gestammel. Aber was soll ich auch sagen? Dass es mir beschissen geht, sonst wäre ich schließlich nicht hier?

«Sie dürfen ruhig zugeben, wenn es Ihnen nicht gutgeht. Glauben Sie mir, die wenigsten Frauen wären hier, wenn es anders wäre.»

Oh, Frau Doktor kann Gedanken lesen. Oder aber, sie hat hier alle drei Wochen hilflos stammelnde Frauen sitzen. Gut, werde ich eben ehrlich.

«Na ja, es geht mir wirklich nicht gut. Schon eine Weile nicht. Ich bin wirklich am Limit, und meine Mutter meinte, das hier würde mir vielleicht guttun. Ich kann es mir zwar noch nicht richtig vorstellen, aber das kann sich ja noch ändern.»

Frau Doktor schiebt ihre Brille mit dem rechten Zeigefinger dezent die Nase hinunter und fixiert mich über die Gläser hinweg.

«Eine sehr ehrliche Aussage, das finde ich gut.»

Die folgenden Minuten sezieren wir gemeinsam mein Innenleben und erforschen, was das Ziel dieser Kur sein könnte. Nur eines, empfahl sie mir, höchstens zwei. Alles andere wäre unrealistisch, und ich solle diese Frage mit mir selbst in den nächsten Tagen klären und mich dann auf das Wesentliche konzentrieren. Zum Schluss hat sie einen schönen Knaller im Portfolio.

«Eine Frage müssen Sie mir leider noch beantworten, bevor wir zum praktischen Teil übergehen. Wir stellen diese Frage grundsätzlich zu Beginn. Es ist also nichts Persönliches. Glauben Sie, Sie sind selbstmordgefährdet?»

«Glauben Sie, darauf hat schon jemand ehrlich geantwortet?», frage ich forsch zurück.

Frau Dr. Sprenglein kann sich ein Lächeln nicht verkneifen. «Also darf ich Nein ankreuzen?»

«Na ja», antworte ich schmunzelnd, «ich habe bisher noch nie darüber nachgedacht. Vielleicht sollte ich das einmal tun?»

«Ich denke, es ist ein gutes Zeichen, dass Sie es noch nie in Betracht gezogen haben», entgegnet sie mit einem Lächeln in den Mundwinkeln, vermerkt es in ihren Unterlagen, und wir widmen uns endlich der Therapieverordnung.

«Also, ich würde Ihnen aufgrund Ihres leichten Übergewichts in jedem Fall unsere Diätkost und mindestens zwei Sportprogramme empfehlen. Das sagt im Übrigen auch der Befund Ihrer überweisenden Hausärztin.» Sie blättert munter in meinen Unterlagen.

Jaja, das Übergewicht. Nie mehr losgewordene Schwangerschaftskilos. Geschuldet der Tatsache, dass ich es einfach nicht schaffe, mich mal ein halbes Jahr am Riemen zu reißen. Ich bin nicht wirklich dick, und zum Glück hat der Stress zu Hause ein paar der lästigen Kilos schon getilgt. Trotzdem habe ich, selbst wohlwollend betrachtet, eindeutig zehn Kilo zu viel auf den Rippen.

«Das ist ganz in meinem Sinne», antworte ich daher pflichtbewusst, «meine kleine Tochter ist jetzt sieben Jahre alt. Es ist wirklich keine schlechte Idee, die Schwangerschaftskilos endlich loszuwerden.»

Frau Dr. Sprenglein lacht, und um ihre Augen erscheinen Heerscharen sympathischer Lachfältchen.

«Gut, wir haben Walken, Wassergymnastik, Joggen und Pilates im Programm. Was sagt Ihnen denn am meisten zu?»

Ich überlege. Walken und Joggen scheiden aus. Das eine finde ich peinlich, das andere ist meine Hasssportart Nummer eins. In meinem Weltbild walken dicke und alte Frauen, und die dünnen, sportlichen joggen. Ich fühle mich keiner Gruppe zugehörig und gehe am liebsten spazieren, wandern oder fahre mit dem Rad. Ich finde, dabei sollte ich auch bleiben.

«Ich denke, Pilates und Wassergymnastik wären nicht schlecht.»

«Gut, ich notiere das. Jeder Kurgast bekommt außerdem bei uns zwei Massagen pro Woche. Diese erhalten Sie im örtlichen Kurmittelzentrum am anderen Ende der Promenade. Soll ich Diätkost ebenfalls notieren? Unsere Küche ist wirklich gut, und satt wird man davon auch.»

Wieder lässt sie mich alle ihre Lachfältchen sehen. Kann nicht schaden, nehme ich also auch.

«Wie sieht es mit Entspannungskursen aus? Sie könnten hier schöne Techniken für den Alltag lernen.»

«Ich würde in dieser Zeit viel lieber spazieren gehen. Ist das möglich?»

«Aber sicher, wir zwingen niemanden.»

So viel Wohlwollen ist ja fast nicht auszuhalten. Ich nicke dankbar.

«Die Eltern-Kind-Angebote, aber auch viele andere Zusatzangebote wie Gesprächsrunden, Entspannungstechniken und Lebensberatungen hängen regelmäßig an der großen Pinnwand neben dem Empfang aus. Dort können Sie sich in die Listen eintragen. Aber bitte rechtzeitig, die Plätze sind erfahrungsgemäß schnell weg.»

Damit ich nicht wieder nur gehorsam nicke, schiebe ich ein «Ich werde daran denken» ein.

«Gut, wir sind fast durch.» Frau Doktor lehnt sich zurück und sucht eine bequemere Position auf ihrem ergonomischen Bürostuhl. «Zu guter Letzt haben wir die psychologische Betreuung und Erziehungsberatung. Haben Sie das Gefühl, Sie könnten dort Hilfe gebrauchen?»

Ich denke kurz nach. Habe ich Redebedarf? Echten Redebedarf? Meine Mutter würde das jetzt laut und nachdrücklich bejahen, und insgeheim weiß ich, wie recht sie damit hätte. Aber will ich wirklich meine Lebenssituation vor völlig Fremden ausbreiten?

Frau Dr. Sprenglein bemerkt mein Zögern. «Es tut gut, seine Probleme – und seien wir ehrlich, die haben wir alle – einmal mit jemandem zu teilen, der einen unvoreingenommenen Blick darauf hat. Natürlich gilt die ärztliche Schweigepflicht, da können Sie ganz unbesorgt sein.»

Ein paar Sekunden vergehen, ehe ich antworte. Unentschlossen reibe ich mit der Hand über meine Stirn. «Also, ich bin nicht sicher, ob ich das wirklich brauche.» Das klingt sogar vor mir selbst nach einer sehr faden Ausrede. «Vielleicht könnte ich zunächst nur einen Termin machen und dann weitersehen?»

«Ich würde Ihnen lieber direkt alle Termine geben, im Nachhinein ist es sonst schwierig, weitere Termine unterzubringen, aber wenn Sie merken, es reicht, oder es bringt Sie nicht weiter, können Sie die nächsten Termine nach Absprache jederzeit aussetzen.»

Ich nicke brav, sie notiert auch das und klappt anschließend die Patientenakte zu.

«Gut, von meiner Seite aus wäre es das. Haben Sie noch Fragen, oder kann ich Ihnen sonst irgendwie weiterhelfen?»

Habe ich nicht. Mir dreht sich auch so schon der Kopf von dem ganzen Informationskarussell. Aber dann fällt mir doch etwas ein. Einen Versuch ist es wert.

«Also, ähm, es ist mir ein bisschen peinlich. Aber ist es vielleicht möglich, im Speisesaal einen anderen Tisch zu bekommen? Der Tisch, an dem wir jetzt sitzen, also die anderen Frauen, das passt nicht so gut. Also, es ist jetzt nicht so, dass ich prinzipiell mit anderen Menschen Probleme hätte, aber ein bisschen mehr Ruhe würde uns vielleicht ganz guttun.»

Frau Dr. Sprenglein reagiert professionell. «Dass Ihre Kinder Ruhe brauchen, bezweifle ich. Die werden sich über die sozialen Kontakte freuen. Was Sie selbst angeht», sie macht eine kurze Pause und mustert mich fast streng, «da muss ich Ihre Bitte leider ablehnen. Das hat rein organisatorische Gründe. Stellen Sie sich vor, jede Mutter oder jeder Vater würde diesen Wunsch äußern. Das reinste Chaos wäre das.

Sehen Sie es positiv. Andere Menschen, und gerade dann, wenn sie vielleicht ganz anders sind als man selbst, also man nicht gerade auf einer Wellenlänge liegt», sie setzt das Wort Wellenlänge mit ihren Händen in Anführungszeichen, «erweitern doch den eigenen Horizont sehr. Lassen Sie diese Menschen einfach auf sich wirken.»

Mit diesen Worten erhebt sie sich aus ihrem Stuhl, bereit, mich zurück in die Mütterhölle zu entlassen. Frau Doktor ist also Sozialromantikerin. Ich bin mir sicher, sie weiß ganz genau, was ich zwischen den Zeilen sagen wollte. Ich versuche, mir in Gedanken die Moni als Gewinn für meinen Horizont vorzustellen, doch es will mir einfach nicht gelingen.

Nachdenklich trotte ich durch das Treppenhaus. Ob ich an den Strand gehen soll? Das wäre jetzt genau das, was ich brauche, aber weil ich nicht genau weiß, wann Anni und Ella mit ihrer ersten Schulsitzung fertig sind, beschließe ich, mich in unserem Zimmer zu verbarrikadieren, die Ruhe zu genießen und auf sie zu warten. Sie sind heute Morgen nach dem Frühstück, das bemerkenswert ruhig verlaufen ist, weil die Moni schlecht geschlafen hat und unter unsäglichen Kopfschmerzen litt – von mir aus kann das ruhig öfter der Fall sein –, mit Lilli im Schlepptau ins Schulzimmer im fünften Stock aufgebrochen.

Ich bin wirklich gespannt, was sie zu erzählen haben. Bis es so weit ist, kuschle ich mich mit meiner von zu Hause mitgebrachten Wolldecke auf das rote Ikea-Sofa und lese …

Es klopft an der Tür. Ich muss schon wieder eingeschlafen sein. Keine Ahnung, wie lange, aber Nacken und Rücken schmerzen wegen der unangenehmen Position, in der ich auf dem Sofa gelegen habe. Ich humple zur Tür und empfange zwei strahlende Kinder. So schlimm kann die Schule also nicht gewesen sein, wenn man bedenkt, was mir vor allem Anni vor der Kur aus voller Überzeugung versprochen hat: «Ich gehe nicht in diese Schule, in diese blöde Kack-Schule! Und wenn die Dummies mich zwingen, dann sitze ich da nur und mache gar nix. Das kannst du aber mal sehen.»

Jetzt gerade sehe ich ein kleines Mädchen, das überquillt vor lauter mitteilungswürdigen Erlebnissen.

«Das ist so, so schön da oben. Und wir haben einen Platz direkt am Fenster. Wenn ich mich langweile, guck ich einfach das Meer an. Der Lehrer ist auch gar nicht doof, sondern nett, und einfach ist es auch, was wir machen müssen. Ja, nur die Hausaufgaben, die uns Frau Winter aufgegeben hat.»

«Anni hat sich gar nicht gelangweilt, die hat die ganze Zeit mit Lilli gequatscht», petzt Ella, den Redeschwall ihrer kleinen Schwester unterbrechend.

«Du doch auch», verteidigt sich Annie entrüstet, «Lilli ist voll nett, und sie hat mir beigebracht, wie man Mauerguckmännchen malt. Guck mal hier. Siehst du? Da ist die Mauer, und da guckt ein Männchen drüber.»

Stolz präsentiert sie mir ein vollgekritzeltes Blatt mit unzähligen Mauermännchen. Pädagogisch verpflichtet, frage ich, ob sie denn auch etwas Sinnvolles getan hat.

«Jaha, ich hab eine Seite in meinem Matheheft gemacht. Der Lehrer ...»

«Der heißt Eddi, der Lehrer.»

Nun reden beide gleichzeitig, wie so oft. Klar, Mama hat schließlich ZWEI Ohren.

«Eddi, wie unser Eddi, das ist total lustig. Und der hat 'nen

Zopf und 'ne Glatze gleichzeitig, also oben Glatze und hinten Zopf.»

«Ja, Eddi, wie unser Kater, und der hat gesagt, also eigentlich heißt der ja Herr ... wie noch mal, Ella?»

«Henkel.»

«Ja, Henkel, wie der Henkel von der Tasse. Das ist lustig, ne? Der hat gesagt, wir müssen gar nicht so viel machen, weil Frau Winter nicht so viel aufgeschrieben hat für die drei Wochen, und wenn wir fertig sind, dann dürfen wir malen.»

«Was hast du denn geschafft?», frage ich Ella, froh, überhaupt etwas Sinnvolles aus dem Wust an Wörtern herausgefiltert zu haben.

«Eine Seite Deutsch und eine halbe Seite Mathe. Du weißt doch, dass ich schon totaaaal weit bin im Matheheft. Aber ich hab nicht gemalt, als ich fertig war. ICH hab aus dem Fenster geschaut.»

So geht es weiter und weiter. Zusammengefasst finden sie ihr Klassenzimmer schön, den Lehrer lustig und Lilli «voll toll». Sie sind zehn Schulkinder, von der ersten bis zur «weiß nicht genau, vielleicht achten Klasse». Nur eines hat genervt: «Der Jan-Hendrik hat die ganze Zeit mit einem Lineal Papierkügelchen durch die Gegend geschossen, der musste dann mit dem Lehrer rausgehen und anschließend ganz hinten in der Ecke sitzen.»

Ich kichere innerlich. Manchmal ist es richtig befreiend, wenn die eigenen Vorurteile so wunderbar bestätigt werden.

Das Mittagessen. Oje. An den Gedanken, die nächsten drei Wochen mit der Moni an einem Tisch zu sitzen, werde ich mich so schnell nicht gewöhnen. Wir kämpfen uns durch hungrige Halbfamilien zum Buffet, befüllen maßvoll die Teller und erhaschen einen Blick auf die Moni, die mit der Gabel in der Hand hoch konzentriert und wild gestikulierend auf Jenny einredet. Sie scheinen im Laufe des Vormittags miteinander angebandelt zu haben. Ich sollte beleidigt sein, wo sie uns bisher nicht einmal nach unseren Namen gefragt haben. Ts! Wir setzen uns unauffällig hin, und ich sende mein schon fast obligatorisches Halbnicken in die Runde.

Es gibt Frikadellen, Kartoffelbrei und gekochte Möhren. Für Ella heißt das Kartoffelbrei und Möhren, für Anni Kartoffelbrei pur. Für mich alles puristisch fettfrei. Ich stelle amüsiert fest, dass es auf den Tellern von Emily und Kathy nicht anders aussieht. Und noch bevor ich die erste Gabel zum Mund führen kann, bin ich fällig.

«Mensch, dat tut mir übrigens total leid, aber dich haben wir gestern ganz vergessen, aber et war alles so neu, da bisse mir einfach unten durchgeschlüppt. Die Jenny hat mich da drauf aufmerksam gemacht. Und heute Morgen, weißt ja, hatt ich so Kopfweh, da war dat Denken nicht zu machen. Aber jetzt haben wat ja. Wollen doch wissen, mit wem wir die nächsten Wochen verbringen, wat? Aber jetzt haben wir dat ja nachgeholt, und wie sacht mein Uli immer so schön: Am Ende kackt die Ente.»

Öhm, ja.

«Verena, Ella, Anni, aus der Nähe von Köln», sage ich knapp und deute jeweils mit der Gabel auf uns. Ich hoffe, das reicht an kurz angebundener Unfreundlichkeit. Die Jenny guckt zumindest ganz seltsam und scheint mächtig verwirrt zu sein. Die Moni lässt sich leider nicht so schnell aus der Fassung bringen.

«Der Jan-Hendrik hat ja schon vonne Schule erzählt. Ganz

toll fand der dat, und dann sitzt der ja auch hinter deinen Mädels.»

Eine Erwiderung bleibt mir erspart, denn Jan-Hendrik hat justament ein Anliegen.

«Boah, Mama, ich hass das Essen. Warum gibt es keine Pizza? Wenn es morgen wieder so 'n Essen gibt, bestellste mir Pizza. Und Cola. Ich brauch echt Cola, wenn ich das Zeug hier runterbringen soll.»

«Cola ist aber ungesund», belehrt ihn Anni in einem Anfall plötzlicher Forschheit.

«Ach, der Jan-Hendrik is ja schon immer so wählerisch gewesen. Schon als Kind. Und», die Moni wendet sich matronenhaft direkt an Anni, «der Jan-Hendrik is ja auch schon zwölf und wächst gerade sehr viel.»

Ähm, ja, in die Breite? Mir schwant, Anni wird demnächst Cola für ihr Wachstum einfordern.

Ach, hätten wir doch nur einen Tisch für uns alleine. Meine Mädels benehmen sich wenigstens. Na ja, fast. Anni hat nämlich aus Kartoffelbrei und Möhren ein Gesicht auf ihren Teller gezaubert, und Ella drückt ihren Brei bereits in Form. Ich versuche erst gar nicht, sie davon abzuhalten – manchmal ist Resignation auch eine Erziehungsmethode.

Jan, der mittlerweile auch da ist, ergeht es zum Glück nicht besser.

«Guckt mal, ich hab Haare aus Frikadelle gemacht», grölt Lilli quer über den Tisch.

Fein säuberlich hat sie ihre Frikadelle in tausend kleine Stückchen gerupft und dem Püreegesicht eine Afrofrisur verpasst. Ich kann Ella gerade noch davon abhalten, sich ebenfalls eine Dekofrikadelle zu sichern.

«Warum klappt es eigentlich bei den anderen Familien,

dass die Kinder lieb und brav am Tisch sitzen?», seufze ich enerviert.

«Schläge», stellt Ella knapp fest.

Ich freue mich königlich über diesen Spruch und grinse sie stolz über den Tisch hinweg an.

Kein Essen ohne Neues von der Moni. Diese Erkenntnis reift im Laufe dieser dritten gemeinsamen Mahlzeit. Vielleicht kann ich dem Ganzen ja sogar etwas Positives abgewinnen? Vielleicht etwas Soziologisches? Die Erforschung des unbekannten Homo elementaris?

Wenn ich so darüber nachdenke, in der Tat ist unser – mein – Freundeskreis zu Hause gesellschaftlich ziemlich eingeschränkt. Nicht absichtlich, nein. Es ist eben einfach so passiert. Unsere Freunde und Bekannte haben wie wir alle studiert. Man zog nach dem Abi in eine fremde Stadt, studierte, lernte andere Studenten kennen, freundete sich an, wurde gemeinsam erwachsen, bekam Kinder und zog in ein akademisch geprägtes Wohnviertel. Ohne Hintergedanken oder Standesdünkel. Und so schmoren wir nun seit Jahrzehnten im eigenen Saft. Die Kontakte außerhalb der eigenen Klientel beschränkten sich auf Geschäftliches. Den Handwerker, die Friseurin, die Kindergärtnerin.

Und jetzt die Moni.

«Jetzt stellt euch vor, der Uli hat heute Morgen angerufen und erzählt, dat der Karten für Samstach bekommen hat. Schalke gegen Bayern. Dat Spiel der Saisong. Mann, der hat sich gefreut, dem is fast der Sack aus der Hose gehüpft. Von 'nem Kollegen, die Frau hat dat Kind früher gekriegt, und jetzt kann der Uli da hin. Der Jan-Hendrik is da jetzt richtig neidisch, wa?»

Jan-Hendrik hat seine Nahrungsaufnahme derweil beendet und tippt in Lichtgeschwindigkeit auf seinem Telefon herum. Nach wie vor ignoriert er seine Mutter gekonnt. Die Moni sucht sich schnell ein neues Opfer.

«Sach mal, Jan, du guckst doch bestimmt auch Fußball, oder? Ach, wat frag ich, dat tut doch jeder Mann, wat?»

«Ähm, eigentlich nicht so wirklich. Klar, EM, WM mit Freunden, aber zu Hause nicht», erwidert Jan, leicht irritiert.

Das kommt der Moni spanisch vor, da wechselt sie lieber das Thema.

«Ich find dat ja lustig, dat du auch Jan heißt. Also wenn der Jan-Hendrik so 'n patenter Mann wird wie du, dann können wir uns freuen. Wat, Jan-Hendrik?» Sie kichert verschwörerisch und klopft dem armen Mann kumpelhaft auf den Rücken. Der verschluckt sich fast an seinem Wasser.

Mir fällt es schwer, ernst zu bleiben. Die Frau ist wirklich ein wandelnder Witz. Was bin ich froh, dass die blonde Jenny so schön wortkarg ist. Kann sie gerne bleiben. Obwohl es schon merkwürdig ist, dass die Ypsilons alle stumm wie die Fische sind und man ihnen auf Meter ansieht, dass sie sich am liebsten im nächsten Schrank verkriechen würden.

Die Moni wendet sich nun an selbige. Ich kann gar nicht in Worte fassen, wie froh ich bin, nicht direkt neben ihr zu sitzen. Nicht eine Minute ist man vor ihren Verbalattacken sicher.

«Jennylein, wat macht ihr denn heute so? Termine ham wa ja erst ab morgen, da kann man heute ja mal dat Haus und so erkunden. Haste nich Lust, dat nach dem Essen zusammen zu machen?»

Jennylein nickt ergeben. Die würde die Moni sich schon zurechtformen.

«Wat hat denn der Arzt bei euch gesagt? Die ham sich ja echt viel Mühe gegeben und haben ganz genau gewusst, wat mir hier guttut in den nächsten Wochen. Ein tolles Programm haben die hier, dat muss ich schon sagen. Jenny, wat haben se dir denn verordnet?»

«Massage, Qi Gong, Erziehungsberatung und, äh, ich glaub Walken und dann noch, äh, psychologische Betreuung und dann noch ein paar Sachen für Kathy wegen ihrer Neurodermitis und dem Asthma», wispert sie, und das erste Mal seit gestern Abend höre ich ihre Stimme.

«Ach, dat is ja schön, ich hab ja auch dat Walken da und Qi Gong oder wie dat heißt, da sehen wir uns ja, ne? Erziehungsberatung brauch ich nich, dat klappt ja alles ganz gut mit dem Jan-Hendrik, dat is ja nur das Alter.»

Sie schaut zufrieden in die Runde. Nein, nein, der Jan-Hendrik, der läuft schon wunderbar. Das bisschen Pubertät würde sich schon auswachsen, da würde die Cola für sorgen. Ob «der Jan» wohl dasselbe denkt? Ich meine, einen Anflug von Amüsement über sein Gesicht huschen zu sehen. Ich möchte mich gerade darüber freuen, dass ich keinen Termin zusammen mit der Moni habe, als sie unvermittelt fortfährt: «Und dann mach ich noch dat Pilates da und bisskin Hüpfen im Wasser. Is gut für die Figur, hat die Frau Doktor gesagt.»

Autsch!

Fluchtartig schiebe ich die Kinder aus dem Speisesaal, nachdem sich Anni den letzten Löffel Schokopudding in den Mund geschoben hat, und nutze die Gelegenheit, um endlich den Strand zu erkunden. Dick eingepackt stiefeln wir den kurzen Fußweg von der Klinik an den Strand bis an den

Wellensaum. Obwohl die Wolken noch tiefer hängen als gestern und uns ein unangenehmer Wind den Nieselregen ins Gesicht treibt, ist es eine Wohltat, der Klinik zu entkommen. Strand, Luft und Meer – ganz für uns alleine!

Während Anni und Ella auf Schatzsuche gehen und sich kleine Steine und Muscheln in ihre Taschen stopfen, trödle ich, die Hände tief in den Taschen vergraben, hinter ihnen her. Ich bin gestresst. Von den Müttern, den Kindern, dieser Zwangskasernierung, aber auch von mir. Ich gehöre hier nicht her, das wird mir mit jeder Minute, die ich hier draußen bin, klarer. Was nur hat mich geritten, den Vorschlag meiner Mutter in die Tat umzusetzen? Können wir nicht einfach wieder nach Hause fahren?

Ich beschließe, meinen Frust bei meiner Mutter abzuladen, doch sie geht nicht ans Telefon. Ganz bestimmt hat sie mal wieder ihr Handy zu Hause gelassen und sitzt mit ihrer besten Freundin Annegret im Café Markbach. Bei einer Tasse Kaffee, Sachertorte und sich darüber echauffierend, dass Kinder undankbarer nicht sein können. Seitdem ich selbst Kinder habe, verstehe ich sie manchmal sogar, aber heute nicht. Dazu reicht meine Kraft nicht. Ich überlege, meine Freundin Lynn anzurufen, entscheide mich dann aber dagegen. Auf gute Ratschläge à la «Sieh's positiv» oder «Nimm's mit Humor» habe ich gerade überhaupt keine Lust, doch wenn ich wieder nur jammere, komme ich mir auch blöd vor. Sie hat sich in den letzten Monaten wahrlich schon genug von mir anhören dürfen.

Der Regen wird stärker und klatscht uns fast senkrecht ins Gesicht. Lange würden es meine Kinder hier draußen nicht mehr aushalten. Im Februar an die Ostsee. Was für eine beknackte Idee.

Als könne Ella Gedanken lesen, kommt sie zu mir gelaufen: «Mama, wir wollen rein. Ins Spielhaus.»

Auf geht's, zurück ins Paradies.

Auf dem Weg dorthin kommen wir am Schwimmbad vorbei. Es ist proppenvoll. Dutzende, fast ausschließlich kleine Kinder taumeln mit ihren Schwimmflügelchen durchs Wasser, springen vom Beckenrand oder verdreschen sich mit Schwimmnudeln. Die Mütter sitzen am Rand, unterhalten sich oder versuchen krampfhaft, ihre Zöglinge im Blick zu behalten. Ich beschließe spontan, unsere Schwimmrunden grundsätzlich in die Zeit nach dem Abendessen zu legen, in der Hoffnung, diesem Tohuwabohu aus dem Weg gehen zu können.

Das Spielhaus ist ein überdachter Indoor-Spielplatz mit Schaukeln, Klettergerüsten und Rutschen. Unter der Decke hängt ein Gebläse, das die kalte Winterluft vertreiben soll, bei den draußen herrschenden Temperaturen aber an seine Grenzen stößt. Ich lasse meine Jacke also lieber an und suche mir eine Bank in der hintersten Ecke. Auch hier ist es voll, aber Anni und Ella wollen unbedingt bleiben. Während die beiden die verschiedenen Geräte erkunden, betrachte ich das Treiben um mich herum und entdecke schnell eine alte Bekannte – Leopardenfrau in Leopardenhose, kaugummiknetschend und genervt bis in die versplissten Haarspitzen. Erstaunlich! Ihre drei Kevins kann ich nirgends entdecken, dafür aber eine andere Frau, die meine Aufmerksamkeit erregt. Bereitwillig öffnet sich eine Schublade, in die ich sie stecken kann. Stocksteif, aber rückenfreundlich sitzt sie auf der vordersten Kante der Bank und lässt ihre Tochter, die direkt vor ihr mit ein paar Bauklötzen spielt, nicht eine Sekunde aus den Augen. Diese harmlose Tätigkeit ist nicht weiter gefährlich, jedoch die anderen Kinder, die es wagen, zentimeternah an dem kleinen Mädchen vorbeizurennen. Seht her, da kommt die Gefahr in Form eines kleinen Jungen, der mit einem anderen Fangen spielt, und dahinten bereits die nächste in Gestalt eines munter springenden kleinen Mädchens. Die Frau ist etwa Mitte, Ende vierzig, das Mädchen vielleicht zwei, drei Jahre alt. Die schwarzen, von grauen Strähnen durchzogenen Haare trägt sie als straffen Pferdeschwanz, um ihren Hals baumelt eine Lesebrille über einem hellgelben Wollpulli. Alles von der altmodischen Sorte. Ich stecke sie in die Schublade «späte Mutter, intellektuell, ohne Mann, frustriert» und gebe ihr fürs Protokoll den Titel «Frau Professor». Sie sieht nicht glücklich aus.

Ich will mir das Elend nicht weiter antun und krame meinen Krimi aus der Tasche. Ganz schön kalt hier. Ich krieche tiefer in meine Jacke und verdränge mit Hilfe eines frustrierten Kommissars in winterlicher Skandinavienstimmung das Ostseedebakel. Immerhin zwei Seiten habe ich geschafft, als sich Ella mit hochrotem Kopf neben mich auf die Bank knallt.

«Anni hat mich einfach an der Rutsche angeschubst, obwohl das verboten ist und ich dreimal gesagt habe, sie soll das lassen», verpetzt sie ihre kleine Schwester in schönstem Teenie-Knatschton. Ich drücke sie an mich und küsse sie auf den Scheitel.

«Mein liebes Kind, das Leben ist an Härte nicht zu überbieten.» Eine Antwort bekomme ich keine, vielmehr äfft Ella stumm meine Worte nach, um in derselben Sekunde wieder aufzuspringen und zu der hundsgemeinen Schwester zurückzukehren. Es ist allemal besser, sie lässt bei mir Luft ab, anstatt Anni zu vermöbeln.

Dutzende Male klettern sie nun die Kletterwand hoch und rutschen an der anderen Seite wieder hinunter, in immer neuen Variationen und mit großem Spaß. Leicht wehmütig denke ich an die Zeit zurück, als derlei Spielplatzszenen noch alltäglich waren. Bald wird diese Zeit zu Ende gehen, und obwohl ich mir dieses Ende in endlosen Stunden bei ungemütlichstem Wetter auf den diversen Spielplätzen der Stadt so oft herbeigesehnt habe, wünschte ich jetzt, sie würde niemals enden. Das ist für mich die wahre Ironie des Mutterglücks.

Nach einer halben Stunde sind meine Füße Eiswürfel, und ich scheuche die Kinder zum Ausgang. Anscheinend reicht es ihnen ebenfalls, denn sie sind so schnell weg, ich spüre nur noch den Luftzug, den sie hinterlassen. Ich trotte hinterher wie ein Mensch, der nichts, aber auch gar nichts, zu tun hat, und mache spontan einen Umweg über die Rezeption, um zu sehen, ob der Kurplan bereits da ist. Ja, ist er! Neugierig überfliege ich, welches Programm mich die nächsten Wochen erwartet. Im Schnitt habe ich zwei bis drei Termine am Tag; dazu die der Kinder. Ganz schön viel, wie ich finde. Ich glaube, ich würde die Zeit lieber am Strand verbringen. Aber, wie sagte meine Ärztin so schön: «Es ist kein Urlaub.» Auch da muss ich wohl durch. Während ich mich weiter mit den einzelnen Terminen beschäftige, kommen Jan und Lilli vorbei.

«Na, auch den Stundenplan abgeholt?», fragt Jan freundlich.

«Ja, so ganz weiß ich noch nicht, was ich davon halten soll», antworte ich. «Und? Hast du viele Termine?»

«Eigentlich nicht, ich wollte, ehrlich gesagt, nicht als einziger Mann an den ganzen Sportprogrammen teilnehmen, das könnt ihr Frauen mal schön unter euch ausmachen. Aber Lilli hat einige Termine, und ich bin quasi ihr Hilfssheriff, nicht wahr, Lilli?»

«Jawohl, der Papa ist meine Begleitung, und zwischendurch soll er sich ausruhen. Kommt ihr heute Abend ins Schwimmbad? Bitte!»

Während sie mich mit ihren schönen grünen Augen abwartend ansieht, überlege ich, was wohl die Gründe sind, die für Lilli eine Kur nötig machen. Auf den ersten Blick sieht sie kerngesund aus. Aber wie soll man auch sehen, ob jemand eine Kur nötig hat? Vielleicht frage ich Jan später einmal danach.

«Was sagt denn dein Papa? Ist Schwimmen direkt nach dem Abendessen nicht furchtbar ungesund?», frage ich sie mit einem Augenzwinkern.

«Neeeein», antwortet Lilli gedehnt, «und der Papa will sowieso nur schwimmen gehen, wenn es schön leer ist, ne, Papa?»

«Ich gebe zu, so viele Frauen auf einem Fleck flößen mir einen Mordsrespekt ein, nach dem Abendessen trau ich mich gerade noch so ins Schwimmbad», gesteht er gezwungen, schenkt mir dabei aber ein breites Lachen.

«Ich verspreche, ich werde Abstand halten», gebe ich lachend zurück.

Ich würde mich gerne weiter mit den beiden unterhalten, so nett finde ich das Gespräch, aber erstens sehe ich die Walküre Moni herannahen, und zweitens muss ich dringend zur Toilette. Also verabschiede ich mich hoffentlich nicht zu überstürzt und trete nachdenklich den Aufstieg in den vierten Stock an. So viele Frauen, und ausgerechnet ein Mann ist es, mit dem ich hier freiwillig und gern Gespräche führe.

Manchmal ist das Leben schon seltsam.

Doch leider wird es heute nichts mit dem Schwimmen, denn schon vor dem Abendessen beginnt Ella zu kotzen. Das hat uns gerade noch gefehlt! Laut Krankheits-Informationsblatt dürfen wir nämlich, sobald ein Kind kotzt oder Fieber hat, keine Gemeinschaftsräume mehr aufsuchen. Das Essen wird auf dem Zimmer serviert, Behandlungen finden nicht statt. Erst wenn ein Arzt seine Zustimmung gibt, darf man wieder am Kurbetrieb teilnehmen.

So weit, so gut. Nun ist es so, dass Ella schon immer ein Kind war, das zu jeder Gelegenheit kotzt. Fiebriger Infekt? Ella kotzt. Aufregender Tag, zu viel gegessen? Ella kotzt. Zu Hause haben wir aus diesem Grund die sogenannte Mitternachts-regel eingeführt. Weil es in den meisten Fällen bei einem Mal bleibt und Ellas Kotzerei eben nicht von einem ansteckenden Magen-Darm-Infekt herrührt. Die Mitternachtsregel besagt: Kotzen vor Mitternacht – das Kind geht in die Schule; Kotzen nach Mitternacht oder mehr als ein Mal – das Kind bleibt sicherheitshalber zu Hause.

Aber was mache ich hier? Ich hätte wahrlich nichts dage-gen, eine Weile auf dem Zimmer zu bleiben, aber die Kinder sind entrüstet bis in die Haarspitzen.

«Ich bleibe auf keinen Fall den ganzen Tag hier. Ich will zur Schule, und ich will ins Spielhaus.» Wie immer gibt es für Anni nichts zu deuten.

«Mama, ich bin nicht krank. Das weißt du doch. Erst wenn ich zweimal kotze, bin ich krank.» Ella sieht mich bittend an.

Ich habe Mitleid. «Also, gut, wir machen es so. Heute lassen wir das Schwimmen ausfallen. Und dann sehen wir, ob noch was kommt. Wenn nicht, ist alles gut, und wir tun so, als wäre nichts passiert. Wenn du aber noch mal kotzt, muss ich es melden. Und ihr behaltet das für euch. Einverstanden?»

«Na gut», sagt Ella, weil sie gerade zu schwach ist, um zu protestieren.

«Neheeeein, ich will aber schwimmen, die Lilli wartet doch auf uns», jault Anni.

Ich drücke ihr den letzten Schokoriegel in die Hand, der noch vom Reiseproviant übrig ist. «Ihr dürft nach dem Essen fernsehen. Kranke Kinder dürfen während der Woche fernsehen und ihre Schwestern auch. Und Lilli ist morgen auch noch da.»

«Na gut», sagt Anni erstaunlicherweise.

Fernsehen und Schokolade. Ich bin wirklich eine schlechte Mutter.

«Ich bin nicht krank, deswegen ist es okay», sagt Ella, die nicht einmal neidisch auf den Schokoriegel ist.

Das Abendessen ist eine willkommene Abwechslung, denn es findet, außer am ersten Abend, nicht im Speisesaal statt. Was für eine Wohltat. In der Teeküche auf dem Stockwerk wird allabendlich ein kleines Buffet aufgebaut. Weder die Moni noch Jenny, noch Jan wohnen in unserem Stockwerk, und so habe ich wenigstens abends meine Ruhe. Ich lasse die Kinder auf dem Zimmer und karre ein volles Tablett mit Brot, Aufschnitt, Tomaten, Gurken und Tee heran. Schnell und ohne die anderen Mütter und Kinder am Buffet zu beachten.

Der erste Tag ist geschafft. Heute setze ich keinen Fuß mehr vor die Tür. Nach dem Essen erarbeiten wir, wie von Frau Dr. Sprenglein gefordert, eine nicht ganz ernst gemeinte Liste zum Thema: Was ist unser Kurziel? Nach einer ausführlichen Erörterung sieht die Liste folgendermaßen aus:

MAMA: dünner werden, viel schlafen, viel lesen, viel spazieren gehen, entspannt wieder nach Hause fahren, wenige andere Mütter treffen

ELLA: alle Hausaufgaben schaffen, viele schöne Muscheln sammeln, mindestens zwanzigmal schwimmen gehen, Mama überreden, dass sie mir ein Pony kauft

ANNI: auch alle Hausaufgaben schaffen (aber nur, weil die blöde Ella das auch auf ihrer Liste hat), mindestens tausendmal mit Lilli spielen, Mama überreden, die Schwester von Ellas Pony zu kaufen

Wir heften diesen höchst realistischen Plan gut sichtbar an die Pinnwand und nehmen uns fest vor, am Ende zu schauen, was wir davon umgesetzt haben. Ich bin überzeugt, bei dem ein oder anderen Punkt haben die Kinder nicht allzu große Chancen.

Nachdem ich sie ins Bett gebracht habe, mache ich es mir in meinem Bett bequem. Das Apartment entpuppt sich immer mehr als ein stilles Refugium, in dem alles nur noch halb so schlimm erscheint. Hinter den Vorhängen pfeift der Wind und drückt gegen die Fenster. Eigentlich müsste ich mich dringend bei jemandem melden, aber ich habe so gar keine

Lust zu reden. Die tausend Fragen meiner Mutter beantworten? Bitte nicht. Mich bei Rainer wegen der Kinder melden? Nein, lieber an einem Tag, an dem ich gewappnet bin, seine Stimme zu hören, und wenn die Kinder dabei sind, die mir durch ihre pure Anwesenheit helfen, ein vernünftiges und weniger emotionsgeladenes Gespräch zu führen.

Wortlosigkeit ist nicht unser Problem. Wir haben beide Worte – viele Worte. Ich kenne viele Paare, wo nur einer redet oder zumindest der eine weniger als der andere. Vielleicht ist das nicht das Schlechteste. Da wir beide viel reden, reden fast zwangsläufig auch unsere Kinder viel. Wir sind keine leise Familie.

Wenn Rainer und ich uns streiten, wechseln wir uns selten ab mit dem, was wir zu sagen haben. Wir reden meist gleichzeitig und oft aneinander vorbei. Erreicht der Streit schließlich seinen Höhepunkt, verlasse meist ich den Raum mit der Drohung, heute kein Wort mehr mit Rainer zu reden.

Wir dampfen aus, und dann können wir das Problem in zwei, drei vernünftigen Sätzen aus der Welt schaffen. Die Luft ist bereinigt, nichts bleibt liegen. Wir nennen das «unsere Streitkultur» und leben damit seit Jahren zufrieden vor uns hin. Aber es gibt natürlich die unausgesprochenen Dinge, und die bleiben eben genau das: unausgesprochen.

In den Wochen bis zu Rainers Abreise liegt eine bleierne Harmonie über unserer Familie.

Die Kinder haben den ersten Schock verdaut und die ersten Tränen geweint. Wir haben ihnen nicht die ganze Wahrheit erzählt. Sowieso nicht, dass die Reise für uns eine Trennung auf Zeit ist, aber auch nicht, wie lange Rainer wegbleibt.

Vordergründig glauben sie uns, doch natürlich merken sie, dass etwas im Argen liegt. Kinder sind pragmatisch – aus Furcht vor einer schlimmeren Wahrheit fragen sie erstaunlich wenig und arrangieren sich mit der Situation.

Bis zum Abschied. Der Tag ist schrecklich. Um eine große Abschiedstragödie am Flughafen zu vermeiden, steigt Rainer morgens in ein Taxi und ist weg. Einfach weg. Ein paar warme Worte, eine lange Umarmung. Und erst, als er weg ist, brechen die Dämme. Nie habe ich meine Kinder so viel weinen sehen wie an diesem Tag.

Nachdem die ersten Tränen getrocknet sind, beginnt ein neuer Alltag.

Fangopackung

Tag drei in meinem persönlichen Mütteralbtraum. Der Weg zum Frühstücksraum – zum Glück in Begleitung beider Kinder, da uns keine nachmitternächtliche Brecherei heimgesucht hat – schon fast Routine. Das Erblicken der Moni: Ich gewöhne mich langsam daran. Der Kampf am Buffet um Kakao und Nutella: geschenkt. Dass sich irgendein fremdes Kind an meiner Strickjacke die Nase abwischt ... Na, also irgendwann hört es dann doch auf. Nein, ich fange jetzt keinen Streit mit der Mutter an. Sie kann ja nichts dafür. Ehrlich gesagt, es gab Zeiten, in denen Anni durchaus Ähnliches hätte bringen können. Wenn die Nase läuft und der Schnodder über die Oberlippe kriecht, ist halt jeder Lappen recht, der einem vor der Nase baumelt. Mein Pech, wenn es gerade meine Strickjacke ist. Aber ich drehe mich wenigstens um, um zu sehen, welches Kind sich an meiner Jacke gütlich getan hat. Dort steht die kleine Kathy, die nunmehr mit sauberer Nase auf ihr Frühstück wartet. Jenny steht hinter ihr und sieht schuldbewusst auf den Boden.

«Das tut mir total leid», sagt sie leise. Wenn sie nicht so furchtbar dümmlich wirken würde, könnte sie ein Gegenpol zu Monis unerträglicher Art sein. Milde gestimmt, zeige ich meine gute Seite. «Macht doch nichts, das hätte Anni auch bringen können, als sie so klein war. Es gibt ja Waschmaschinen.»

«Danke, das ist nett.»

Dann: Stille.

Okay, das hätte der Beginn einer Unterhaltung sein können, aber wenn sie nicht drauf eingeht ... Pech gehabt. Ich schnappe mir mein Tablett und gehe zu unserem Tisch. Jan und Lilli sitzen bereits.

Noch bevor ich «Guten Morgen» nuscheln kann, springt Lilli von ihrem Platz und beschwert sich mit vollen Backen. «Warum wart ihr gestern Abend nicht im Schwimmbad? Das war voll gemein. Wir haben so lang gewartet, und ihr seid nicht gekommen. Doof war das und so langweilig!»

Meine Kinder grinsen verlegen. Es ist ihnen sichtlich unangenehm, dass Lilli umsonst gewartet hat. Mir tut es auch leid.

«Ach Mensch, Lilli, es tut mir leid, aber Ella war ein bisschen schlecht, und da wollten wir nichts riskieren. Aber heute Abend kommen wir ganz sicher, versprochen.»

«Na gut. Versprochen?»

«Versprochen.»

«Geht ihr immer abends schwimmen?», fragt die Moni, die gerade ein übervolles Tablett an den Tisch balanciert und anscheinend ALLES mitbekommt. Mir schwant Böses.

«Ja, wann geht ihr denn immer so schwimmen? Dat wär ja vielleicht auch wat für mich und den Jan-Hendrik. Nachmittags haben wir gestern die Segel gestrichen, als wir gesehen haben, wie voll dat da ist. Wenn so viele kleine Kinder da sind, kann der Jan-Hendrik sich ja gar nicht richtig austoben.»

Das glaube ich gerne, Jungs wie er machen in unserem heimischen Schwimmbad vor allem eins: Arschbomben ...

«Das ist ganz unterschiedlich», sage ich vorsichtig, «gestern waren wir zum Beispiel gar nicht.»

«Ja, es war auch eher Zufall, dass wir uns getroffen haben», lügt Jan unverfroren, «und heute gehen wir wegen der Kinder. Ob wir wirklich jeden Abend gehen, kann ich auch noch nicht sagen.»

Ich bin erstaunt, wie offensichtlich er die Moni abwimmelt.

«Du hast uns versprochen, dass wir jeden Abend ins Schwimmbad gehen», schaltet sich Ella in das Gespräch ein.

Danke, liebes Kind.

«Ja, genau, damit wir mit Lilli unsere Nudelaufführung proben können, das ist nämlich total wichtig», setzt Anni noch eins obendrauf.

«Dat is fein», sagt die Moni froh und klatscht ihre Pranken mädchenhaft zusammen, «dann stoßen wir heute Abend doch man zu euch.»

«Ja klar, gerne», sagt Jan lahm.

Ich sage nichts, aber es kommt noch besser.

«Emily, warum kommst du nicht auch?», fragt nämlich Ella – meine Ella? – just ihre Sitznachbarin. Emily strahlt vorsichtig. «Ja, warum nicht? Mama, dürfen wir, bitte?»

«Ich weiß nicht», murmelt Jenny in gewohnt kaum hörbarer Weise, «das ist ganz schön spät.»

«Ach, komm schon, Jenny», tönt es von der anderen Seite des Tisches, «dat wird lustig, der schönste Tisch im Haus gemeinsam im Schwimmbad. Dann kannste auch unseren Jan hier mal näher kennenlernen. So von Single zu Single.» Sie bricht in lautes, röhrendes Gewieher aus. «Wat man hat, dat hat man, und wenn de weißt, wat de willst, musst de machen, dat de hinkommst.»

Jenny wird rot wie ihr Nagellack, Jan verschluckt sich fast an seinem Toastbrot und versucht angestrengt, die Fassung zu bewahren.

Ich hingegen wundere mich, dass die Moni anscheinend schon mehr über den Herrn weiß als ich. Wann ist das denn passiert? Jan ist also Single? Okay, ich habe das ja schon irgendwie vermutet, aber woher weiß die Moni das so genau? Abgründe tun sich auf, und um nichts Dummes zu sagen und diesem fürchterlichen Schwimmbadthema zu entfliehen, frage ich Ella und Anni, ob sie noch etwas brauchen, und verlasse fluchtartig den Tisch.

Ich lasse mir Zeit am Buffet und in Ruhe heißes Wasser über meinen Teebeutel laufen, damit es länger dauert, als plötzlich Jan, ebenfalls mit einer Tasse bewaffnet, neben mir steht.

«Schade, dass ihr gestern nicht da wart», sagt er und friemelt umständlich einen Teebeutel aus seiner Verpackung.

«Ja, uns tut es auch leid, aber Ella war wirklich schlecht.»

«Heute Abend, na ja», er macht eine Pause, so als suche er nach den richtigen Worten, «wir können auch später gehen. Also, wenn ihr nichts dagegen habt.»

Ich bin verblüfft. Wiegelt er gerade etwa gegen unsere oberste Tischdame auf? Ich kann mir ein fieses Grinsen nicht verkneifen. «Was hast du gegen ein nettes Quartett?», frage ich spöttisch.

«Nein, nein, gar nichts», erwidert er beschwichtigend. Allerdings entgeht mir der ironische Unterton keineswegs. «Aber mir hat es ruhiger besser gefallen, und, na ja, ehrlich gesagt, habe ich auch keine Lust, verkuppelt zu werden.»

Ich grinse ihn hemmungslos an. Mir wird gerade klar, dass ich echte Lust habe, Jan näher kennenzulernen und mit ihm gemeinsam die weibliche Übermacht hier zu ertragen. Warum auch nicht? Gerade weil mich die vielen Mütter emotional komplett überfordern, wäre doch eine Freundschaft mit einem Mann die logische Konsequenz.

«Keine Angst, ich verkupple dich bestimmt nicht, dann müsste ich dich ja teilen», sage ich lachend, «heute dann um halb acht?»

«Alles klar!» Er strahlt zurück. «Lilli und ich freuen uns.»

Wir lösen die konspirative Versammlung auf.

Die Kinder in die Schule geschickt, den Körper kurz auf Vordermann gebracht und in die neuen Gymnastikklamotten gezwängt (neu deshalb, weil ich zu Hause so etwas wie Gymnastikklamotten schlicht nicht besitze), mache ich mich auf den Weg in den Gymnastikraum. Pilates steht auf dem Programm. Einer der beiden Termine für heute. Glücklicherweise auf Monis Anwesenheit vorbereitet, kann ich ihr geschickt ausweichen, indem ich mich in die entgegengesetzte Ecke des Raumes verdrücke. Während wir auf den Beginn des Trainings warten, habe ich Gelegenheit, die anderen Mütter zu betrachten und in meine politisch unkorrekten Schubladen zu sortieren. Nirgendwo kann ich mich richtig einordnen. Wie schon bei der Ankunft frage ich mich, wo eigentlich die Art Mütter ist, die ich kenne? Die in meinen Augen normalen Mütter? Denn zu Hause habe ich nicht das Gefühl, als wäre ich ein Wesen von einem anderen Stern. Ehrlich, da gibt es ganz viele von meiner Sorte …

Wie zu erwarten, haben sich die meisten schon zu Pärchen oder kleinen Grüppchen zusammengerottet. Besonders klar wird mir das in der obligatorischen Trinkpause. Ich bin die Einzige, die alleine an ihrer Flasche Wasser nuckelt, während die anderen verschwitzt und glücklich ihre Erfahrungen über die erste Hälfte des wirklich anstrengenden Sportprogramms austauschen und gemeinsam ein Durchhalten für die zweite Runde beschwören.

Macht es mir etwas aus? Eigentlich nicht, nein – aber der Mensch ist ein gemeinschaftliches Wesen. Er braucht die Gemeinschaft, um zu überleben, alleine ist er nicht existenzfähig. Ein kleiner Stachel in der ansonsten selbstgewählten Isolation, wie ich gerade bemerke. Solange ich mich in keiner Gruppe befinde, habe ich kein Problem mit dem Alleinsein. Wenn es mir aber so deutlich vor Augen geführt wird, tut es doch weh. Ein kleines bisschen wenigstens. Dabei bin ich gerne alleine. Obwohl ein ausgeprägter Familienmensch, der das Geplapper und Gebrabbel des Tages gerne um sich hat, kann ich meine Zeit auch ohne all das genießen. Alleine durch den herbstlichen Wald spazieren, alleine auf der Couch im Wohnzimmer sitzen, lesen oder ohne Hintergrundgeräusche durch das Haus wirbeln, alleine in der Bahn sitzen und meinen Gedanken nachhängen.

Vielleicht gerade deshalb, weil mir das Leben mit Familie viele soziale Kontakte abverlangt und die Phasen des Alleinseins rar gesät sind. Der eine Tag in der Woche, den ich frei habe, ist eine Oase, die mir in den letzten Jahren oft geholfen hat, die anstrengenden Wochen mit Kindergarten, Schule, Arbeit, Haushalt und Kindern zu überstehen. Wo andere Frauen sich mit der Freundin zum Frühstücken treffen oder shoppen gehen, igele ich mich zu Hause ein und genieße das Nicht-reden-Müssen.

Und doch wird mir in den Tagen, seitdem ich von Rainers Entscheidung weiß, beim nächtlichen und täglichen Grübeln eines klar: Dieses Alleinsein, das ich für mich immer wieder einfordere, ist geknüpft an die Tatsache, dass danach wieder Leben in die Bude kommt. Mein Alleinsein ist nur dann befriedigend, wenn ich die Wahl habe. Ich muss mir eingestehen, dass das Alleinsein aus Einsamkeit nichts Schönes ist. Das macht mir Angst. Denn wenn Rainer nicht wiederkommt und die Kinder größer werden, was ist dann? Wie fühlt sich dann das Alleinsein an?

Frustrierende Gedanken, die ich nicht weiterverfolgen möchte, und so eile ich nach der Stunde schnellstmöglich aus dem Raum. Auch, um der Moni aus dem Weg zu gehen. Ich suche die geschützten Wände unseres Apartments auf, dann geht es mir besser.

Nach dem Mittagessen, das wie ein Hintergrundrauschen an mir vorbeizieht, gehe ich an den Strand. Das Wetter ist seit unserer Ankunft vor zwei Tagen unverändert grau und düster. Es kommt mir vor, als gäbe es hier oben im Winter überhaupt kein anderes Wetter. Dabei muss es anderes Wetter geben, aber einen blauen Himmel, Wärme oder gar Sonnenschein kann ich mir partout nicht vorstellen. Diese Ecke Deutschlands wirkt im Moment so, als seien die Grautöne eine unumstößliche Wahrheit, der sich Landschaft und Menschen anpassen. Tief hängen die Wolken, der Wind bläst unablässig, und der Regen ist ein verlässlicher Begleiter. Kurzum, das Wetter hat sich in Gänze meiner Stimmung angepasst. Forsch stiefle ich dem Wind entgegen den Wellensaum entlang.

Er ist nach einer Reihe von unkonventionellen, anstrengenden und selbstzerstörerischen Affären und Beziehungen eine

Art Nulllinie. Die Chance, alles andere hinter mir zu lassen, abzuhaken und von vorne zu beginnen. Er ist in jeder Hinsicht ein unbeschriebenes Blatt. Solide, gemäßigt, seriös. Das ist Rainer, als ich ihn kennenlerne auf einer Studentenparty direkt zu Beginn des dritten Semesters.

Als langsam klarwird, dass wir auf eine längere Beziehung zusteuern, habe ich das Gefühl, meine Jugend und ihre Beziehungssünden abzuhaken und mit dem Schiff endlich durch ruhigere Wasser zu fahren. Es ist bequem, gediegen und gemütlich. Sollte ich jemals etwas anderes von einer Beziehung erwartet haben, so kann ich mich daran nicht mehr erinnern.

Gediegen geht es mit uns weiter. Vielleicht hätte es mich stutzig machen sollen, als meine Eltern ihn prima fanden und meine Freunde okay, aber er war genau das, was ich brauchte. Unanstrengend, lieb und verlässlich. Wir ließen es langsam angehen, zogen nach zwei Jahren in unsere erste, gemeinsame Wohnung und nach weiteren zwei Jahren in eine etwas größere Wohnung. Wir schlossen gemeinsam unser Studium ab, fanden unsere ersten Jobs, heirateten und beschlossen, fristgemäße Kinder zu bekommen. Nie hatte ich das Gefühl, dass diese Entscheidungen nicht richtig waren. Habe es bis heute nicht. Im Gegenteil, mein Leben ist kuschelig wie der Schlafanzug, den man an einem Sonntag nicht auszieht.

Um dem Ganzen wenigstens ein bisschen Flair einzuhauchen, hatten wir uns als gemeinsames Hobby das Reisen ausgesucht und zogen mit dem Rucksack regelmäßig in die Welt. Aber auch hier mieden wir das große Abenteuer und gaben uns mit dem Kleinen, Geplanten zufrieden. Einzig unsere emotional hochfliegenden Streitereien waren ein Zeichen dafür, dass wir nicht vor Langeweile starben.

Mit den Kindern und – auch wenn ich es vielleicht nicht wahrhaben möchte – mit dem Alter bekam die Fassade der Gemütlichkeit die ersten kleinen Risse. Waren wir als Paar ein gutes Team, in der Kindererziehung waren wir es nicht. Leider. Denn wir hatten uns in der ersten Schwangerschaft doch fest vorgenommen, an einem Strang zu ziehen.

«Wir lassen uns bestimmt nicht von den Kindern gegeneinander ausspielen», war einer unserer liebsten Sätze. Nun ja, wer Kinder hat, weiß, dass man nahezu alles, was man vor der Geburt von sich gibt, nach der Geburt ziemlich gruselig findet. Denn wenig davon ließ sich so umsetzen, wie wir uns das vorgestellt hatten. Einzig das Reisen mit den Kindern klappte nach ein paar Jahren so, wie wir es uns vorher ausgemalt hatten – mit kleineren Abstrichen. Ich glaube im Nachhinein, dies rettete unsere Beziehung über die Jahre.

Soweit ich mich erinnern kann, wurde ich noch nie professionell massiert. Ich bin also einigermaßen gespannt, was auf mich zukommt, als ich stramm Richtung Kurmittelzentrum marschiere. Es ist bereits halb fünf, und die Kinder sitzen mit diversen Ermahnungen im Gepäck, ihrem Malzeug und meiner Telefonnummer im Apartment.

Täusche ich mich, oder ist es noch kälter geworden? Ich verkrieche mich tief in meine Jacke und eile durch den trübseligen Winter zum anderen Ende der Promenade. Etliche flache Stufen führen hinauf zum Eingang des modern und freundlich wirkenden roten Backsteingebäudes aus den neunziger Jahren. Als ich die schwere Glastür aufdrücke, empfängt mich ein schwimmbadtypischer Chlorgeruch; nicht nur die Behandlungsräume sind hier untergebracht, sondern auch ein kleines Bad. Eine freundliche Dame hinter einem Tresen wartet auf die letzten Besucher des Tages. Ob sie mir weiterhelfen könne, fragt sie mich in geschäftsmäßigem Ton. Ich nenne meinen Namen und den Grund meines Hierseins, woraufhin sie mich bittet, hinter einer weiteren Glastür Platz zu nehmen und auf meine Anwendung zu warten. Es würde nicht lange dauern.

Folgsam betrete ich einen schmalen Gang, von dem auf beiden Seiten kleine Kabinen mit dunkelbraunen, schweren Vorhängen abgehen. Sie stehen alle offen. Außer mir scheint niemand hier zu sein. Ich ziehe meine Jacke und den ganzen anderen Kram aus, setze mich auf einen bequemen Korbstuhl und nehme alles mitsamt meiner kleinen Umhängetasche auf den Schoß. Dann warte ich.

Am anderen Ende des Ganges sind Stimmen zu hören. Eine tiefe, männliche und eine glockenhelle, weibliche. Allem Anschein nach haben sie eine Menge Spaß dort hinten, zumindest kichert die helle Stimme unentwegt. Schön, denke ich, ein bisschen Schnack zwischen zwei Terminen muss auch mal sein, und warte brav weiter.

Warten kann ich gut. Während Rainer bereits die Wände hochgeht, weil ihn seine Ungeduld fast in den Wahnsinn treibt, warte ich stoisch in einer Ecke, bis kommt, was kommen soll. Ich suche mir auf dem Stuhl eine bequemere Position und verbanne Rainer aus meinen Gedanken. Lieber beschäftige ich mich mit der Aussicht auf eine entspannende Massage. Minuten vergehen, ohne das etwas passiert, und langsam dämmert mir, dass die Herrschaften hinter ihrem Vorhang nicht im Entferntesten die Absicht haben, ihre spaßige Unterhaltung in näherer Zukunft zu beenden. Und, so folgere ich messerscharf: Entweder die da hinten erwarten mich gar nicht erst, oder sie haben mich schlichtweg vergessen. Ich beschließe also, das Warten sein zu lassen, drapiere meine Sachen ordentlich auf dem Stuhl und gehe entschlossenen Schrittes den Gang entlang.

Wie die Kabinen ist auch dieser Teil durch einen altbackenen braunen Vorhang abgetrennt. Ich zögere einen Augenblick und schiebe ihn dann zur Seite, gerade so viel, dass ich meinen Kopf hindurchstecken kann.

Zwei Köpfe drehen sich augenblicklich zu mir um.

«Bitte entschuldigen Sie die Störung. Wie ich sehe, haben Sie hier viel Spaß. Das finde ich toll, denn das wirkt sich positiv auf das Arbeitsklima aus. Allerdings sitze ich hier nun schon eine Weile und fürchte, Sie haben mich vergessen. Oder Sie ignorieren mich, aber das möchte ich nur sehr ungern von Ihnen denken.»

Die beiden, eine Frau und ein Mann, beide irgendwo zwischen dreißig und vierzig, beide sehr gutaussehend, sind kurz zusammengezuckt, mein kleiner Monolog hat aber dafür gesorgt, dass sie mich freundlich angrinsen.

«Oh», sagt die Frau, eine kleine drahtige Erscheinung mit kurzem blondem Bob und niedlichem osteuropäischem Akzent, «das uns sehr leidtut, aber wir haben nicht gewusst, dass wir noch haben eine Termin. Raoul, hast du nicht gelesen richtig die Terminplan, du dummer Junge.»

Sie stupst den Mann namens Raoul freundschaftlich in die Seite. Der strahlt mich offenherzig an. Er sieht ziemlich, ziemlich gut aus. Groß, athletisch, tiefgründig. Dazu ein leicht angegrauter Dreitagebart und dunkles, verwuscheltes Haar. Eher französisch als spanisch.

«So freundlich sind wir noch nie zurechtgewiesen worden.

Das muss ich schon sagen. Verraten Sie uns Ihren Namen, dann machen wir es wieder gut.» Herr Raoul grinst jungenhaft.

«Teenkamp, Verena Teenkamp.»

«Nun, Verena Teenkamp, es soll Ihr Schaden nicht sein, wir legen sofort los. Und weil Sie so unsäglich lange warten mussten, dürfen Sie sich nun aussuchen, welche Hände sich Ihrer annehmen dürfen. Meine oder Irinas? Ich möchte aber betonen, dass meine Hände magisch sind.»

Irina boxt ihn erneut in die Seite. «Raoul, du kleiner Schmierlappen, du sollst nicht einschleimen dich immer so. Du weißt, das endet immer in Katastroffe.»

Die Geschichte beginnt mir Spaß zu machen. «Ich weiß nicht», sage ich gespielt zaudernd, «momentan habe ich den Eindruck, dass keine Ihrer Hände gut genug für mich ist.»

Die beiden lachen.

«Sie sind sehr witzig. Ich mag Sie direkt. Lassen wir das ‹Sie›. Ich bin Irina, Irina mit die nicht magischen, aber einfühlsamen Hände.»

«Verena, ich bin die Verena.» Hoppla, die Moni färbt schon auf mich ab. «Wenn ich es mir recht überlege, ich würde auch zwei Massagen nehmen. Bevor ihr euch streitet, dann habt ihr beide was von mir.»

Raoul und Irina sehen sich an und prusten los.

«Wir hatten heute nur Zimtzicken, echt, nur Zimtzicken. Eben noch haben wir uns darüber unterhalten, ob die Netten diesmal alle zu Hause geblieben sind, aber ...» Raoul macht eine kleine Pause. «Ich darf doch auch du sagen, oder? Du bist wirklich das Highlight unseres Tages.»

«Darfst du», gebe ich grinsend zurück, «unter den Zimtzicken leide ich übrigens auch. Ich glaube, es ist das erste Mal seit meiner Ankunft, dass ich etwas wirklich lustig finde. Und es ist mir natürlich völlig egal, wer mich massiert.»

«Abgemacht. Ich habe Idee. Ich mache Fangopackung, und Raoul darf danach kneten dich mit seine magische Hände.»

«Das hört sich doch gut an», stelle ich fest.

Ich hole meinen Berg Klamotten vom Korbstuhl, und Irina führt mich in eine Kabine in der Mitte des Ganges. Dort bittet sie mich, mein Oberteil auszuziehen und mich bequem auf die Liege zu legen.

«Ich hoffe, du hast nicht beste Unterwäsche an, es kann sein, dass Fangopackung ein bisschen schwarz macht sie.»

«Ich habe keine beste Unterwäsche dabei», erwidere ich, «die liegt traurig zu Hause und hofft auf bessere Zeiten.»

«Uhh, du bist so lustig! Aber pass auf, wenn du so weitermachst, Raoul wird finden dich toll, und du wirst die traurige Unterwäsche vielleicht herbeisehnen.» Sie kichert. «Raoul steht auf lustige, hübsche Frauen, und er hat gewissen Ruf hier, wenn du weißt, was ich meine.» Sie zwinkert mir zu, und ich bin kurz sprachlos.

«So viel will ich eigentlich gar nicht wissen, nun muss ich mir unanständige Dinge vorstellen, und das schickt sich in einer Kur doch nicht.»

Sie kichert erneut und bedeckt meine Beine sorgsam mit einem großen Handtuch und einer Wolldecke. «Damit du nicht frierst. Ich hole Fango, und dann packe ich dich warm ein.»

Es ist wunderbar, wie Irina das R rollt. Ich könnte ihr stundenlang zuhören. Sie lässt mich kurz alleine und kommt kurz darauf mit der Fangopackung wieder, in die sie mich sorgsam einpackt, um anschließend ein weiteres Handtuch und noch eine Wolldecke über mir auszubreiten. Es ist herrlich. Ungefähr so muss es sich im Mutterleib anfühlen.

«So, ich lasse dich jetzt allein. Zwanzig Minuten du kannst jetzt haben schöne Gedanken von unsere schöne Raoul. Wenn du einschläfst, keine Sorge, wir kennen das. Die Frauen hier schnarchen manchmal richtige Konzerte.»

Giggelnd verlässt sie die Kabine und lässt mich mit meinen Gedanken zurück. Und denen geht es zur Abwechslung einmal richtig gut. Ich lasse die angenehmen letzten Minuten in meinem Kopf umherkreisen und genieße die Wärme, die sich von hinten über meinen ganzen Körper ausbreitet. Und dann werde ich langsam müde. Aber ich will nicht einschlafen, wirklich nicht. Ganz fest konzentriere ich meine Gedanken, aber die Fangopackung ist so wohlig warm, wohltuend und entspannend. Ich habe keine Chance. Als Irina zwanzig, aber gefühlt eher zweihundert Minuten später wiederkommt, weckt sie mich aus einem goldenen Traum ...

«Aufwachen, Verena, leider es ist vorbei. Wach auf und begrüße die magischen Hände von Raoul.»

Ich öffne die Augen nicht sofort. «Habe ich geschnarcht?», murmele ich vorsichtig.

«Nein, nur bisschen schwer geatmet wie Baby in schöne Traumland», verspricht mir Irina. «So, jetzt du drehst dich auf Bauch, ziehst BH aus, und dann kann Raoul beginnen.»

BH ausziehen? Oje, das ist mir aber jetzt unangenehm. Auf der anderen Seite – es ist ja nur der Rücken. Ich gehorche, und wieder bedeckt Irina den unteren Teil mit einer warmen Wolldecke.

«Lass meine neue Lieblingspatientin in Ruhe», ermahnt sie Raoul, der gerade hereinschneit, und Irina entschwindet fröhlich meckernd.

Ich sehe nur seine Füße durch das Loch in der Massageliege. Sie kommen näher und bleiben rechts neben mir stehen. Ich höre, wie er seine Hände mit Massageöl einreibt, und bin alles andere als entspannt. Eher überspannt.

«Gut, hier bin ich. Was kann ich dir Gutes tun? Irgendwelche Schmerzen, die ich wegzaubern kann?»

«Nein, nicht direkt, vielleicht bin ich im Nacken etwas verspannt. Du machst das schon. Allerdings finde ich es seltsam, mich nur mit deinen Füßen zu unterhalten, wenn ich ehrlich bin.»

Ich höre über mir ein Glucksen, gleichzeitig berühren mich zwei Hände sanft am Rücken und beginnen mit der Massage. «Stimmt, das ist schon komisch. Und ich sehe die meisten Leute nur von hinten. Aber so halbanonyme Gespräche haben auch was für sich. Manchmal geht es hier fast zu wie in einem Beichtstuhl.»

«Hmmm!» Ich genieße das Durchkneten. Herrlich. Vorgewärmt und entspannt, wie ich nach der Fangopackung bin, habe ich das Gefühl, meine Muskeln haben jahrelang im Dornröschenschlaf der Belastungen des Alltags gelegen, und Raoul von der Ostsee kann sie heute endlich befreien. Ich reiße mich zusammen, um nicht vor Wonne zu stöhnen. So entspannt möchte ich dann doch nicht wirken. Um nicht ganz zu versinken, zettle ich eine kleine Plauderei an.

«Heißt du Raoul, weil deine Eltern aus Spanien sind oder weil sie gerne auf Mallorca Urlaub machen?»

Er schnauft amüsiert: «Das werde ich natürlich zum ersten Mal gefragt, wie du dir denken kannst, aber noch niemand hat es geschafft, Sozialkritik in diese Frage zu packen.»

«Oh, das wollte ich nicht, also ich meine, ich wollte das

schon, aber ach, egal, manchmal kann ich halt nicht raus aus meiner Haut.»

«Nee, ist kein Problem. Wenigstens ist die Frage originell. Also nein, ich bin weder echter Spanier, noch fahren meine Eltern regelmäßig nach Malle.»

«Sondern?»

«Meine Mutter ist halbe Spanierin. Ihre Mutter war Spanierin. Ich bin also Viertelspanier, wenn man so will. Und die Frauen setzen sich doch bei der Namenswahl immer durch, oder? Mein Vater kann sie bis heute nicht davon überzeugen, dass Raoul Schmitt kein besonders geschickter Name ist.»

«Dein Aussehen macht den Schmitt dreimal wett», stelle ich fest.

«… mit der Schmitt'schen Seele, jaja.»

Raoul ist witzig und intelligent. Die Massagen werden definitiv zu den schönen Dingen dieser Kur gehören.

Wir plaudern locker weiter. Ich erfahre, dass er nicht hier aus der Gegend stammt, sondern aus der Nähe von Braunschweig und des Jobs wegen gekommen ist. Außer seinen Eltern und ein paar versprengten Freunden hat er nichts in Braunschweig zurückgelassen, hier an der Ostsee aber noch keine wirklichen Wurzeln geschlagen.

«Ich bin im Moment frei wie ein Vogel.»

Irgendwann verfallen wir in ein angenehmes Schweigen, und ich überlasse mich nur noch seinen Händen. An keinem anderen Ort der Welt möchte ich gerade sein.

Als ich gehen will, kommt Irina von hinten und umarmt mich.

«Kannst dir ruhig geben lassen mehr Termine, so haben wir mehr Zeit mit nettester Kurdame hier. Ich freue mich auf nächstes Mal, dann massiere ich dich. Es sei denn, Raoul hat schon gezogen alle Register», sagt sie mit einem kessen Seitenblick auf den Kollegen. Der grinst sie hemmungslos an. Ich unterlasse jegliches Spekulieren. Ist besser so.

Ich muss ihnen in die Hand versprechen, mir noch den ein oder anderen zusätzlichen Termin zu besorgen, und wandle zurück durch die Kälte. Eine angenehme Kälte, wie ich diesmal finde, so beschwingt und anders fühle ich mich als vorher.

Die Kinder sind selig, weil sie nach der riesigen Pause von einem Tag endlich wieder ins Schwimmbad dürfen. Ich ahne, wenn das hier so weitergeht, wachsen uns am Ende Schwimmhäute. Unser Plan, den Tischdamen ein Schnäppchen zu schlagen, ist außerdem aufgegangen. In der Umkleidekabine treffen wir auf Jenny, die sich gerade ihre Haare mit einem Handtuch trockenrubbelt. Ihre Kinder sitzen bereits angezogen auf der Bank und gucken Löcher in die Luft.

«Das Wasser ist wirklich schön warm», sagt sie.

«Ja, das ist es», sage ich.

«Wir gehen dann mal, bis morgen.» Sie nimmt die beiden Mädchen an die Hand und entschwindet.

Ich finde, unsere Kommunikation macht Fortschritte.

Im Bad treffe ich die Moni auf dem Weg in die Dusche, und die ist leider wie gewohnt nicht ganz so wortkarg.

«Mensch, da haben wir die ganze Zeit auf euch gewartet und gewartet, und ihr kommt einfach nicht. Pünktlichkeit is dem kleinen Mann seine Tugend, merkt euch dat mal. Die Emily hätt sich auch gefreut, wenn se wen zum Spielen gehabt hätt, aber nun is et ja zu spät.»

Die Moni geht streng mit mir ins Gericht, und es ist mir tatsächlich peinlich, die beiden einfach so «versetzt» zu haben. «Ich bin angerufen worden, deshalb sind wir erst jetzt hier», lüge ich ihr unverhohlen ins Gesicht.

Sie nickt skeptisch, ein weiterer Kommentar bleibt mir glücklicherweise erspart, denn in diesem Augenblick betreten Lilli und Jan das Schwimmbad.

«Und du?», fragt die Moni, den strengen Zeigefinger auf ihr neues Opfer gerichtet. «Haste auch einen wichtigen», sie macht ein paar Gänsefüßchen in die Luft, «Anruf bekommen, oder haste die Zeit beim Primelnzählen vergessen?»

«Ähm, nein, aber Lilli musste noch was für die Schule tun, sie hat heute Morgen nicht alles geschafft.» Jan schaut ihr frech ins Gesicht, und ich muss aufpassen, ihn nicht anzugucken und hemmungslos loszukichern. Nicht dass der ganze Schwindel doch noch auffliegt. Zum Glück reicht der Moni die Rechtfertigung, und sie entschwebt walkürengleich in die Dusche.

Das Becken ist unser.

Wie sich das anhört! Aber in der Tat, wir unterhalten uns so prächtig an diesem Abend, dass man durchaus von einem Uns sprechen kann. Jan und Verena, Freunde in der Not, ähm, der Mutter-Kind-Kur. Die Mädels proben derweil im hinteren Teil des Beckens weiter für ihre Nudelaufführung. Wie immer ist Ella diejenige, die die Ansagen macht und die beiden Kleineren choreographiert. Müsste ich darauf wetten, würde ich sagen, sie wird später Lehrerin.

«So», sagt Jan, der gerade ein paar Bahnen geschwommen ist und sich nun neben mich an den Beckenrand hängt. «Verena aus der Nähe von Köln. Es gibt etwas, was ich mich schon die ganze Zeit frage. Ich meine, ich komme aus Düsseldorf und bin in der Pampa westlich von Köln aufgewachsen. Jetzt lass mich bitte nicht dumm sterben und verrate mir, was aus der Nähe von Köln heißt. Nicht dass wir gemeinsam zur Schule marschiert sind und es drei Wochen lang nicht bemerken.»

«Kein Problem, ich komme aus Bonn», antworte ich lachend.

«Aus Bonn? Hallo? Du weißt aber schon, dass Bonn eine eigenständige Stadt ist und nicht in der Nähe von Köln.»

«Jetzt, wo du es sagst ... stimmt. Nein, ehrlich, eigentlich sage ich das immer, weil ich keine Lust auf die Dialoge habe, die ich im Anschluss an meine Eröffnung meist führen muss. Zumindest mit den Leuten, die Bonn nicht kennen.»

«Jaja, in Bonn ist nichts mehr los, seitdem die Regierung weg ist, die Bürgersteige wurden hochgeklappt. Kurzum, welche Berechtigung hat die Stadt eigentlich noch auf der deutschen Landkarte?»

«Äh, in etwa genau so. Also, du kennst Bonn, ja?»

«Ich habe dort ein paar Semester studiert.»

«Oh, cool, vielleicht haben wir uns ja mal auf einer Studentenparty getroffen. Ich finde Bonn ja toll, und denen, die Bonn kennen, geht es meistens genauso, aber die anderen setzen Bonn eben gerne auf eine Stufe mit Bielefeld.»

«Das es ja bekanntermaßen gar nicht gibt», setzt Jan lachend hinzu, und ich stimme ein.

«Und was machst du sonst so, außer, deine Heimatstadt zu verleugnen?»

«Ich bin Vermessungsingenieurin und arbeite bei der Stadt im Bauamt.»

«Das hört sich interessant an. Eine Ingenieurin also. Du siehst gar nicht aus wie eine Ingenieurin.» Er beäugt mich kritisch, als versuche er, seine Vorstellung von einer Ingenieurin mit mir in Einklang zu bringen.

«Soso, wie sieht eine Ingenieurin denn deiner Meinung nach aus?», necke ich ihn auffordernd.

«Da hast du jetzt auch wieder recht.» Er grinst einlenkend. «Aber wie bist du darauf gekommen?»

«Ich mag Mathe und wollte viele Kerle um mich rum. Vielleicht ist das auch der Grund, warum ich mit den Frauen hier nicht so viel anfangen kann. Ich stehe manchmal auf den derberen Ton, und da konnte ich im Studium auf diversen Baustellen so einiges lernen.»

«Und, hat es sich gelohnt mit den Kerlen?»

«Geht, die meisten sind eher ... speziell.»

Er lacht herzhaft.

«Und was hast du studiert?», frage ich.

«Ein paar Semester BWL, aber das war mir zu dröge. Ich habe dann abgebrochen und eine Lehre als Fotograf gemacht.»

«Das passt auch eindeutig besser zu deinem Holzfällerlook als BWL», stelle ich fest.

«Ey, pass auf, was du sagst, den Bart habe ich sowieso nur Lilli zu verdanken. Ich habe nämlich eine Wette verloren. Wir haben die Abmachung, dass er runterdarf, wenn drei Monate um sind. Das wäre», er überlegt, «Ende des Monats. Vielleicht kommst du ja noch in den Genuss. Aber eigentlich habe ich mich ziemlich dran gewöhnt.»

«Ich finde auch, er passt zu dir. Ich kann mir dich gar nicht ohne vorstellen.»

Ich frage weiter nach seinem Beruf, und er erzählt mir von seinem kleinen Studio in Düsseldorf, mit dem er sich auf Industriefotografie spezialisiert hat. Die Abläufe und die

Maschinen in Fabriken haben es ihm angetan, und nachdem er seine Lehre bei einem Modefotografen gemacht hat, wollte er das auf keinen Fall mehr machen.

«Zu kompliziert, diese Models, und damit meine ich nicht nur die Frauen», sagt er augenrollend. «Die Leute, die ich bei der Arbeit fotografiere, sind sehr viel unkomplizierter und interessanter. Echte Menschen eben.»

Nebenbei fotografiert er alte Industriedenkmäler und träumt davon, irgendwann einen Bildband herauszubringen. Er mag seinen Beruf, unter anderem, weil er so flexibel ist und er dadurch Lilli so gerecht werden kann, wie sie es verdient hat. Es drängt sich die Frage nach der Mutter auf, und ich stelle sie, auch wenn ich damit ganz schön persönlich werde. Aber es scheint Jan nicht schwerzufallen, über sie zu sprechen.

«Sie ist ein paar Jahre jünger als ich, und wir sind zusammengekommen, als sie gerade zwanzig war. Ein Model. Wir haben uns in meiner Ausbildung kennengelernt. Was mich da geritten hat, weiß ich heute auch nicht mehr so genau.»

«Na ja», sage ich, «sie sah vielleicht ganz ansprechend aus?»

Er tut, als würde er ernsthaft nachdenken, und kratzt sich dabei den Bart. «Das wäre in der Tat eine naheliegende Erklärung.»

«Aber Aussehen ist eben nicht alles?»

«So in etwa, ja. Na ja, und dann kam Lilli, nicht ganz geplant, und Lara war nicht wirklich darauf vorbereitet. Sie hat einen ziemlich unsteten Charakter, und das mit der festen Beziehung und dem Kind hat sie eingeengt und belastet. Irgendwann kam sie mit der Verantwortung einfach nicht mehr klar und wollte ihr altes Leben zurück. Das Leben sollte ihr mehr bieten als Mann und Kind. Ich habe ziemlich gelitten, konnte sie aber letztendlich nicht aufhalten. Erst im Nachhinein ist mir klargeworden, dass es nie richtig gepasst hat und die Trennung die logische Konsequenz war. Am Anfang hat sie sich noch bei Lilli gemeldet, aber auch das ist nach und nach eingeschlafen. Doch ich kann ihr nicht einmal böse sein. Lilli war noch klein, die Beziehung der beiden von Anfang an kompliziert, und Lilli hat nie wirklich gelitten. Wir beide haben ein gutes Leben.»

Ich seufze. Was für ein netter Mensch.

«Und es gibt in deinem Leben keine Frau?», will ich wissen und schwimme dabei auf der Stelle, weil es doch kalt wird, wenn man sich nicht bewegt.

«Ich habe doch Lilli», sagt er grinsend und fährt dann etwas ernster fort: «Ich habe die eine oder andere schon kennengelernt, und es war auch eine längere Beziehung dabei, aber die Dame hat es nicht geschafft, unser gemeinsames Herz zu erobern. Jetzt warten wir darauf, dass mich endlich die Prinzessin auf dem Pferd aus dem Turm befreit.»

«Schätze, dein Bart ist nicht lang genug, damit sie daran hochklettern kann», erwidere ich, und wir lachen beide.

«Irgendwann wird sich da aber noch was ergeben, da bin ich recht zuversichtlich.»

«Bist ja auch ein fescher Bursche, der sollte doch an die Frau zu bringen sein», stelle ich fest, «und die Moni hat da ja auch schon sehr konkrete Pläne geschmiedet.»

Er lacht schallend. «Die ist echt unvorstellbar! Komm, wir schwimmen eine Runde. Mir ist ganz schön kalt. Aber danach bist du dran, und ich werde mindestens so neugierig sein wie du.»

«War ich neugierig? Ist mir gar nicht aufgefallen.»

Unverschämterweise spritzt er mir eine ordentliche Ladung Wasser ins Gesicht.

Zwanzig Bahnen später ist uns wieder warm genug, und ich erzähle meine Geschichte.

Als ich fertig bin, räuspert Jan sich. «Also, es geht mich ja nichts an, aber für mich als Außenstehenden hört sich das nicht so an, als würde dein Rainer sich groß darum kümmern, wie es den Kindern geht. Und ob er im Sinne der Mädchen handelt, wenn er ihnen nicht sagt, warum er geht ... Eigentlich hat er nur die Flucht ergriffen und überlässt dir den unschönen Teil. Findest du nicht?»

Ist es so? Egal, wie sauer ich war, nachdem Rainer mir seine Pläne gebeichtet hat, wie traurig, enttäuscht und fassungslos, nie habe ich ernsthaft an seiner Liebe zu den Kindern gezweifelt. Ja, er war stets für sie da. Sämtliche Probleme und Streitereien waren immer nur ein Thema zwischen ihm und mir. Nie hatte ich Zweifel, dass die Kinder an erster Stelle stehen. Aber warum – und dieser Gedanke kommt mir gerade zum allerersten Mal –, warum lässt er sie dann im Stich? Warum müssen die Kinder seine Lebenskrise ausbaden? Warum lässt er sie glauben, er komme wieder? Ist es möglich, dass er auch vor ihnen die Flucht ergriffen hat und tatsächlich mir den unangenehmen Teil überlässt? Nämlich die Kinder – wann auch immer – darüber aufzuklären, dass es eben nicht nur die Arbeit ist, die ihn weggetrieben hat, sondern seine Unfähigkeit, in Krisenzeiten zu uns zu stehen? Ist Rainer ein guter Vater, oder hat er nur funktioniert, als es für ihn erträglich und sinnvoll war?

Jan überlässt mich meinen Gedanken. Er hat sich zu den Mädchen gesellt, schmeißt sie ein paarmal ins Wasser und wehrt ihre Versuche ab, ihn unter Wasser zu drücken. Anni, meine kleine Anni, klammert sich an ihn und schreit: «Noch mal, noch mal!» Freudestrahlend nimmt sie von ihm das, was eigentlich Rainers Aufgabe ist. Aber der ist nicht da, das wird mir plötzlich so schmerzlich bewusst, dass mir Tränen in die Augen schießen.

«Rainer, du blödes, blödes Arschloch», murmele ich leise vor mich hin und tauche unter.

Das Wasser hat die Tränen weggespült, als Jan wieder zu mir kommt.

«Es tut mir leid, das war ziemlich taktlos. Du weißt ja am besten, wie dein Mann tickt.»

«Nein, nein, das war schon okay, ich musste nur kurz darüber nachdenken.»

Er sieht mich mit schiefgelegtem Kopf an. «Eine Sache noch, dann lass uns wieder über was Schönes reden. Es ist schwer, die schöne Zeit, die man mit dem Partner hatte, ins rechte Licht zu rücken. Das war auch für mich nicht einfach.»

«Danke. Das ist lieb von dir. Vielleicht sollte ich Rainer deutlich mehr verarschlochen als bisher. Ich werde darüber nachdenken.»

«Verarschlochen?»

«Sagt alles aus, oder?», antworte ich und spritze nun ihm ein Ladung Wasser ins Gesicht.

«Die Moni würde sagen, man erkennt den Esel erst, wenn er IA sagt.»

«Spinner», gebe ich zurück. «Die Moni sollte ihre Weisheiten echt vermarkten.»

«‹Monis Weisheiten›, keine schlechte Idee.»

Nahezu versonnen schauen wir den Mädchen nun bei ihrem «Training» zu, träge am Beckenrand hängend. Allein das war der ganze Aufwand mit der Kur schon wert! Zu wissen, dass es den Kindern gutgeht und sie sich hier wohlfühlen. Ich sollte das wirklich viel mehr zu schätzen wissen.

Als habe Jan meine Gedanken erahnt, oder vielleicht geht es ihm einfach ähnlich, sagt er plötzlich trocken in die träge Stille hinein: «Ist die Katze gesund, freut sich der Mensch.»

Ich schmeiße mich weg vor Lachen.

«Komm, wir versenken noch ein paar Nudelköniginnen», schlage ich vor, und dann sorgen wir gemeinsam dafür, dass sich die Kinder müdejauchzen.

Als die Kinder schlafen, rufe ich meine Mutter an. Es ist mehr als überfällig. Mit Sicherheit hat sie die letzten Tage schmollend darauf gewartet, dass ich endlich meine Pflicht tue und sie davon unterrichte, wie es mir hier geht.

«Hallo, Mama.»

«Das wurde aber auch Zeit», sagt sie schnippisch, ohne mich zu begrüßen.

«Es tut mir leid, aber man wird hier von einem Termin zum nächsten gejagt, und zwischendurch wollen die Kinder ja auch noch ihren Anteil.»

«Jaja, lass gut sein. Wie geht es euch denn? Ist das Essen gut? Sind die Zimmer sauber? Hast du schon ein paar Freundinnen gefunden?»

Ich verdrehe die Augen und beantworte brav jede einzelne Frage. «Jaja, alles in Ordnung. Und das Essen ist gar nicht so schlecht. Allerdings haben sie mich auf Diät gesetzt, aber es ist okay. Den Kindern gefällt es hier auch. Sie haben schon eine Freundin gefunden.»

«Das freut mich zu hören. Und du? Verstehst du dich mit den anderen Müttern? Du hast dich in den letzten Monaten so zurückgezogen, es täte dir gut, wieder ein bisschen Kontakt aufzunehmen.»

«Ja, doch, an meinem Tisch sitzen zwei Frauen, die sind sehr nett. Wir verstehen uns gut. Und das Personal ist auch nett. Nur das Wetter ist eher bescheiden.»

Gott, kann ich gut lügen. Wenn meine Mutter wüsste, wie ich wirklich zu den Frauen stehe. Wenigstens beim Wetter bin ich ehrlich und kann perfekt vom Thema ablenken. Übers Wetter redet meine Mutter nämlich sehr, sehr gerne.

«Ach, das Wetter ist hier auch nicht besser. So was Graues und Deprimierendes. Wie gerne würde ich jetzt in den Süden fahren, aber so ist es eben. Nimm ein gutes Buch und mach es dir gemütlich, ja? Und melde dich bitte öfter. Das wäre nett. Ich bringe hier übrigens deine Wohnung auf Vordermann, das ist wirklich mehr als nötig. Morgen putze ich deine Fenster. Die sehen aus, als wären sie seit letztem Frühjahr nicht mehr geputzt worden.»

Nein, nicht letztes Frühjahr, seit letztem Winter, doch ich erspare mir jeden Kommentar. Ist den Aufwand nicht wert. Außerdem will ich mir gar nicht weiter vorstellen, was meine Mutter gerade mit meiner Wohnung anstellt. Sie ist so unglaublich pingelig, vermutlich schrubbt sie die Ecken gerade mit einer Zahnbürste. Dazu der ganze Dekokram, den ich nach meiner Rückkehr entsorgen muss. Nein, darüber denke ich lieber nicht weiter nach.

«Gut, Mutter, ich wollte noch Lynn anrufen, die wartet auch schon auf eine Wasserstandsmeldung. Mach's gut, Mama.»

«Ja, du auch.»

Lynn ist seit der fünften Klasse meine beste Freundin. Bereits am ersten Tag saßen wir nebeneinander in der Aula, strahlten uns an, als feststand, dass wir in dieselbe Klasse kommen, beschlossen, nebeneinanderzusitzen, und der Rest ist Geschichte. Wir wissen, wem unsere erste große Liebe galt, wie die andere aussieht, wenn sie Liebeskummer hat, und haben uns nach dem ersten Besäufnis die Haare über der Kloschüssel zusammengehalten. Lynn ist die Forschere von uns beiden. Ein bisschen unkonventionell, laut, schrill und lustig, und sie hat den besten Mann, den man sich denken kann. Er trägt sie auf Händen, ist humorvoll, charmant und gutaussehend. Einzig seine übertriebene Liebe zum Fußball ist gewöhnungsbedürftig. Außerdem warten sie seit langer Zeit auf Nachwuchs, der sich einfach nicht einstellen will. Aber einen Haken muss wohl jedes Leben haben.

Lynn bekommt demnach meine Wasserstandsmeldung unzensiert. Gnadenlos lade ich den Frust der letzten Tage ab und lasse kein gutes Haar an meinen Kurgefährtinnen.

«Echt, Lynn, so viele Prolltanten. Ich habe das Gefühl, die haben mich in den Kölnberg gebeamt. Zwei davon sitzen an meinem Tisch, und ich kann nicht einfach so wechseln. Ich bin denen drei Wochen lang komplett ausgeliefert. Ich kann gar nicht beschreiben, wie wenig Bock ich auf die Tussen hier habe.»

«Wenigstens kannst du wieder lästern», meint Lynn trocken, «in den letzten Monaten hast du dich ja nur in deinem eigenen Mitleid gesuhlt und gar nicht mehr mitbekommen, dass es auf diesem Planeten außer deinen Kindern noch andere Menschen gibt. Sind denn wirklich nur Flachpfeifen dabei?»

Ich erzähle ihr von Moni und ihrem nervigen Geplapper.

Von der schweigsamen Jenny. Dass ich mir zeitweise vorkomme wie die einzige intelligente Lebensform auf dem Planeten. Und nachdem der erste Frust weggelästert ist, auch von Raoul und Irina. Und dann natürlich von Jan.

«Männer. Mensch, Verena, da ergeben sich doch noch ganz andere Möglichkeiten.» Lynn ist wie immer pragmatisch und sensationslüstern zugleich.

«Boah, Lynn. Ich habe echt Besseres zu tun, als über so was nachzudenken. Ich kümmere mich um mich und die Mädchen, und der Rest macht es einfach nur erträglicher. Und wenn das Menschen mit Gemächt sind, bitte, dann ist das eben so.»

«Warum nicht, Verena? Die Chancen nutzen, die sich ergeben? Rainer hat DICH verlassen, und selbst wenn er wiederkommt, und du kennst meine Meinung dazu, er kann nicht von dir verlangen, dass du keusch auf ihn wartest. Wenn sich ein Abenteuer ergibt, nimm es mit.»

«Du hast doch nur Bock auf die Geschichte. Aber im Ernst, Lynn, das ist hier kein Singleclub. Raoul und Jan sind einfach nur nett. Mehr nicht.»

«Wie du meinst», sagt sie süffisant. «Aber versprich mir, bevor sie dir eine der Tussen wegschnappt, nimmst du sie. Versprochen?»

«Versprochen», sage ich, um das Thema zu beenden und Lynn auf andere Pfade zu locken. Aber da ist er doch, der Gedanke, der sich nun schon zum zweiten Mal in mein Bewusstsein schleicht. Spanisch ist er und ganz schön attraktiv. Und doch, ja, der Gedanke ist verführerisch, und sei es nur für meine Träume.

Drei Dinge gibt es, an die ich beim Einschlafen denke. Dass man zu Hause ein Schwimmbad bräuchte, dieser Tag wider Erwarten eigentlich ganz schön war, und ein bisschen an Raoul. Aber nur ein bisschen ...

Käsekrise

Es ist doch so im Leben: Hat man gerade begonnen, münchhausengleich seinen Schopf aus dem Sumpf zu ziehen, kommt etwas daher und verdirbt einem die gute Laune wieder. Tag vier beginnt also, als wäre es gar nicht anders möglich, nachdem mir die Sache gerade anfing, Spaß zu machen, mit zwei schlechtgelaunten Kindern und der Käsekrise.

Nach einer ruhigen Nacht wacht Anni weinend auf. Ich ächze aus meinem Bett, kuschle mich zu ihr unter die Decke, streichle ihr in großen Runden über den Rücken und inhaliere ihren einzigartigen Kindergeruch. «Was ist los, Hasenkind, hast du schlecht geträumt?»

«Boah, die soll aufhören zu heulen, das ist so schrecklich», kommt es genervt aus dem Bett über uns.

«Jetzt sei nicht so, jeder träumt mal schlecht, und manchmal muss man eben einfach weinen», versuche ich, Ella zu besänftigen.

«Aber ich heule nicht so oft wie Anni, die heult doch ständig», verteidigt Ella ihr Gemotze.

«Ich heule überhaupt nicht ständig, du heulst ständig!» Anni hat sich aus der Umarmung befreit, stürzt wutentbrannt aus dem Bett, klettert halb nach oben und geht auf Ella los. Schönen guten Morgen. Ich ächze ebenfalls aus dem Bett, sammle sie kommentarlos ein, dirigiere sie wieder ins Bett und bleibe stehen, um mit Ella zu reden.

Ihre Augen funkeln mich wütend an. «Ist ja klar, du magst Anni sowieso lieber als mich. Mit mir hättest du geschimpft, wenn ich das gemacht hätte. Immer schimpft ihr mit mir, und Anni kann machen, was sie will.»

Ihr – ja, früher galt das noch. Ella wird der Fehler in diesem Moment ebenfalls bewusst.

«Papa ist doch genauso, von mir aus kann er in seinem komischen Land bleiben», grummelt sie und verzieht sich unter die Bettdecke. Ich vermute, sie vermisst Rainer trotz ihrer Wut gerade schmerzlich. Es gibt diese Momente immer wieder, zugeben würde sie es nie.

«Ich hab gar nicht schlecht geträumt», ertönt es aus der Bettdecke, unter der Anni sich verkrochen hat, «ich will nur wieder nach Hause. Und zu Papa.» Wieder weint sie. Wie soll ich sie trösten? Ich setze mich zu ihr, bin da, schweige und streiche ihr über den Rücken, bis die Tränen versiegt sind.

Es wird nicht besser. Auf dem Weg zum Speisesaal streiten Ella und Anni wie die Kesselflicker, und ich würde das Frühstück mit den kleinen Zeitbomben im Schlepptau liebend gern ausfallen lassen, aber das geht ja leider nicht.

Und als reiche die schlechte Stimmung am Morgen alleine nicht, rollt am Buffet die Käsekrise an.

Es ist nämlich so, dass meine Kinder «normalen» Käse wie Gouda oder Emmentaler nicht mögen. Sie stehen ausschließlich auf den harten Stoff. Je stärker der Käse, desto besser. Das passt zwar überhaupt nicht zu ihren sonstigen, eher wählerischen Ernährungsgewohnheiten, aber es ist toll. Ich stehe nämlich auch auf starken Käse. Und wie! Leider gibt es hier aber neben den obligatorischen und eher faden Käsesorten immer nur ein kleines Stück Bergkäse, und das schnappt uns gerade der Sohn der Leopardenfrau vor der Nase weg. Und zwar kein kleines. Anni sieht es und verzieht das Gesicht.

«Der Käse, Mama, der Käse …!»

«Schatz, dann isst du eben heute Marmelade.»

«Ich will aber keine Marmelade essen.»

Manchmal macht man sich ja als Mutter zum kompletten Deppen. Ich wäge also ab. Gereiztes Kind versus Käsebitte an Prolltussi.

«Entschuldigen Sie bitte, meine Tochter mag leider nur diesen Käse. Könnte Ihr Sohn vielleicht ein bisschen von seinem Stück abgeben? Das wäre wirklich sehr nett von Ihnen.»

«Nein, das kann er nicht!», antwortet sie schnippisch mit latent aggressivem Blick, und ich bin wie vor den Kopf gestoßen.

«Das ist aber schade, er hat doch bestimmt Käse für drei Brote auf dem Teller liegen. Wenn er für ein Brot etwas abgeben würde, das wäre wirklich sehr freundlich …»

«Sie glauben doch wohl nicht, dass ich meinem Sohn den Käse nun wieder wegnehme. Ich habe genau gesehen, wie ihre Kinder jeden Tag diesen Käse essen, und mein Sohn hat noch nicht einmal davon probiert, also ist er wohl heute dran.»

Hat die eigentlich noch alle Latten am Zaun?

«Aber meine Kinder mögen nur diesen Käse, und es ist ja nicht so, als würden sie alles davon essen. Außerdem war mir nicht klar, dass man nur ein begrenztes Kontingent dieses Käses zu sich nehmen darf.» Obwohl mir ganz, ganz anders zumute ist, ich meine Backenzähne bereits fest zusammenbeiße, wie immer, wenn ich aggressiv bin, bleibe ich weiterhin ausgesprochen höflich. Das stört Leopardenfrau leider herzlich wenig.

«Ihr Pech, dann sollten Sie Ihre Kinder wohl besser erziehen und ihnen beibringen, dass gegessen wird, was auf dem Tisch steht. Heute sind wir dran.»

Ich bin schlichtweg sprachlos. Was für eine Zicke. Dabei habe ich wirklich höflich gefragt. Und meine Kinder nehmen sonst immer nur Käse für ein Brot und nicht gleich drei Kilo, wie dieser Kevin hier. Anni hat wieder angefangen zu weinen, und am Buffet ist mittlerweile aufgeregtes Gemurmel zu hören. Nicht zu meinen Ungunsten. Wenigstens das. Was würde ich darum geben, jetzt die richtige Bemerkung für diese widerwärtige Person über die Lippen zu bringen. Spontan einen markigen Spruch, der sie die Luft anhalten lässt und ihr zu verstehen gibt, was für eine miese Nummer sie gerade abzieht.

«Sie sind wirklich eine impertinente Person», zische ich ihr zu, ehe ich weiß, wie mir geschieht. Na ja, es ginge schlagfertiger. Aber ich habe schließlich studiert, da fällt einem vielleicht nichts Besseres ein.

Leopardenfrau zieht ihre fast nicht mehr vorhandenen und künstlich nachgemalten Augenbrauen nach oben und sagt nichts mehr. Ob sie überhaupt weiß, was dieses Wort bedeutet?

«Mach dich locker, Tante, den Käse kriegst du nicht.» Hocherhobenen Hauptes stakst sie zurück zu ihrem Platz.

Ich nehme die weinende Anni an die Hand und trolle mich zum Tisch. So weit zu meinem Credo «nur nicht auffallen»! Da ist mir sogar die Moni recht, die Anni über den Kopf streichelt, als wir an ihr vorbeigehen.

«Komm, Kind, der Jan-Hendrik hat sich auch von dem

Käse da genommen, und der mag den gar nicht, der kann dir sein Stück geben. Weißte, Schätzken, 'ne Kuh bleibt 'ne Kuh, auch wenn se sich schick macht.»

Schluchzend nimmt Anni das Angebot an, und ich werfe der Moni einen dankbaren Blick zu. Mit schlechtem Gewissen beschließe ich, in Zukunft nicht mehr ganz so schlecht von ihr zu denken.

Es wird nicht besser. Es ist Samstag, also haben wir keine Termine. Stattdessen bietet das Kurhaus Ausflüge in die nähere Umgebung an. Ella und Anni haben mich überredet, an einem Ausflug in ein Meeresmuseum teilzunehmen, und so stehen wir um halb zehn mit etwa fünfundzwanzig anderen Müttern und ihren Kindern vor dem Reisebus des Kurhauses. Die Moni ist ebenfalls dabei. Obwohl ich gelobt habe, von nun an freundlicher zu ihr zu sein, muss ich es ja nicht gleich übertreiben und bin froh, als sie sich an das andere Ende des Busses verdrückt.

Die Kinder haben ihre schlechte Laune fast vergessen. Die Fahrt im Reisebus – so schön weit oben – ist obendrein ein Ansporn. Ich hoffe also zu Recht, dass der Tag eine positive Wendung nimmt.

Bis der Bus liegenbleibt. Mitten auf der Landstraße, im schleswig-holsteinischen Nichts. Ein paarmal versucht der Fahrer, den Bus wieder zu starten, aber außer ein paar kläglichen Rülpsereien gibt der kein Tönchen mehr von sich.

«Mama, warum fährt der Bus nicht weiter?», fragt Anni alarmiert.

«Ich weiß es nicht, Schatz, vielleicht ist er kaputt?»

«Können wir dann nicht weiterfahren?», folgert Ella messerscharf.

«Wenn er kaputt ist, können wir nicht weiterfahren», gebe ich ihr recht.

«Ich will aber in das Meeresdings, ich will dahin», jault Anni.

«Ich auch, Schatz, aber da kann man halt nichts machen.»

«Mama, heute geht alles schief, ich will nach Hause. Hier ist es doof, doof, doof», brummt Ella.

«Ach, Ella», versuche ich, sie zu beschwichtigen, obwohl es mir, ehrlich gesagt, ähnlich geht, «nur, weil der Bus nicht mehr weiterfährt, ist ja nicht gleich die ganze Kur doof.»

«Doch.»

Kinder leben eben im Hier und Jetzt.

Der Fahrer erfreut uns mit der Durchsage, er werde sich nun den Motor anschauen, aber wenn das nichts nütze, müsse er die Fahrt leider abbrechen. Wir würden dann einzeln mit privaten Autos wieder zurück ins Kurhaus gefahren.

Und so kommt es. Das alte Gefährt bleibt stumm, und wir dürfen auf den Rücktransport warten. Weil es in Strömen regnet und wir außerdem mitten auf der Landstraße stehen, bleiben alle im Bus. Es dauert nicht lange, bis die Kinder unruhig werden. Anni und Ella schauen eine Weile zu, wie die anderen Kinder nach und nach den Bus in Beschlag nehmen und das Geschrei immer lauter wird.

«Mir ist langweilig», nörgelt Ella, «ich würde ja aus dem Fenster schauen, aber da ist ja nichts.»

«Aber als der Bus fuhr, war da doch auch nichts», gebe ich zu bedenken.

«Ja, aber da konnte ich mir wenigstens vorstellen, dass da gleich was kommt.»

«Ich habe Hunger», jammert Anni.

«Schatz, wir haben gerade erst gefrühstückt, du kannst gar keinen Hunger haben.»

«Du kannst gar nicht wissen, ob ich Hunger habe oder nicht», gibt sie trotzig zurück. Zum Glück habe ich ein paar Bonbons und eine halbe Packung Maiswaffeln dabei, die die nächsten Minuten überbrücken. Als alles aufgefuttert ist, spielen wir «Schnick, Schnack, Schnuck» und dann «Ich sehe was, was du nicht siehst». Die Lautstärke ist mittlerweile ohrenbetäubend, und meine Mit-Mütter sind genervt. Der Tonfall wird aggressiver.

Ich überlege gerade, welches Spiel ich noch mit den Kindern spielen kann, als ich Besuch bekomme.

Die Moni setzt sich ungefragt und wie selbstverständlich auf den freien Platz neben mir. Ich muss mich ganz schön klein machen, damit ihre Voluminösität da hinpasst. Nun habe ich zwar geschworen, Moni gegenüber milder zu sein – immerhin lasse ich ja schon das ein oder andere Mal in Gedanken das «die» weg, und ich finde, das ist doch ein guter Anfang –, aber die Moni, also Moni, hat ja nun auch nichts davon, wenn ich nur in Gedanken netter zu ihr bin. Also muss ich wohl oder übel Taten folgen lassen.

«Hallo, Moni, das ist ja vielleicht doof, oder?»

«Kind, dat is 'ne verfluchte Drecksscheiße, wenn de mich fragst. Wenn die nicht bald jemanden schicken, der uns nach Hause bringt, nehmen die scheiß Blagen hier noch den ganzen Bus auseinander.»

«So drastisch hätte ich es jetzt vielleicht nicht formuliert, aber, ja, du hast möglicherweise recht», gebe ich zu.

«Man muss die Dinge einfach mal beim Namen nennen. Scheiße stinkt halt auch, wenn man se Häuflein nennt. Sorry, dat is meine Meinung.»

«Ich habe durchaus schon bemerkt, dass du die Dinge gerne beim Namen nennst», sage ich und grinse sie dabei an. Dieses seltsame Gespräch beginnt mir Spaß zu machen.

«Ja, da wären wir auch bei dem Thema, wat ich gerne mal mit dir besprechen tät. Bist ja immer ein bisschen still am Tisch, und da hab ich mir ja schon so meine Gedanken gemacht. Aber, und dat hab ich auch meinem Uli am Telefon gesagt, et kann ja nun nicht jeder so viel reden wie ich, und Jenny is ja auch 'ne ganz Leise.»

Jetzt bin ich aber gespannt. «Mir war, ehrlich gesagt, nicht so nach Reden in den letzten Tagen, ich bin nicht immer gerne in Gesellschaft», sage ich ehrlicher als beabsichtigt.

«Na, den Eindruck hab ich auch. Am Anfang dacht ich, da sitzt so 'ne arrogante Studierte, die sich zu fein ist, mit uns normale Leute an einem Tisch zu sitzen. Nur von oben herab haste uns angeguckt, die Nase weit oben, als hätten wa irgend 'ne Seuche oder so. Dabei biste immer ganz süß zu deinen Kindern. Da dacht ich, so schlecht kann se ja eigentlich nich sein, nur ziemlich verkniffen. Vielleicht is se nur frustriert und braucht halt wen, wo se sich besser fühlen kann. Da ham wa dich lieber man in Ruhe gelassen, die Jenny und ich. Und wenn et ihr besser geht, dachten wir, kann se vielleicht auch ganz nett sein. Und der Jan kann dich ja gut leiden, wie man sieht, und irgendeinen Grund muss der ja haben, dat der dich nett findet.»

Was für ein Monolog! Selten bin ich in meinem Leben so direkt auf meine Schwächen aufmerksam gemacht worden. Und dazu – das muss ich unumwunden zugeben – auf eine ziemlich nette Art und Weise.

«Ich weiß gar nicht, was ich dazu sagen soll, vielleicht hast du ja recht. Also eigentlich hast du nicht nur vielleicht recht, ich denke, das, was du gesagt hast, stimmt schon irgendwie.»

«Schätzken, Moni weiß, wie die Mädels ticken. Du hast Brüste, ich hab Brüste, da muss sich doch irgendwat draus machen lassen. Und du bist ja auch nich die Einzige, die Probleme hat, denk da mal dran. Vielleicht grübelst de 'n bissken mehr, weil de halt 'ne Studierte bist und wahrscheinlich von morgens bis abends über den Sinn des Lebens nachdenkst. Denk da mal dran, und dann können wir am Tisch vielleicht ein bissken mehr Spaß haben als bisher.»

Ich lache lauthals los. «Danke, Moni, du hast mir den Tag gerettet! Ich gebe mir mehr Mühe, versprochen. Übrigens. Auch wenn ich eine Studierte bin, ich grüble nicht den ganzen Tag über den Sinn des Lebens. Das tue ich nur zwischen neun und elf Uhr vormittags.»

Grinsend packt sie mich vertrauensvoll an der Schulter und geht zurück an ihren Platz.

«Findest du die Moni jetzt nett?», fragt Ella, die mit großen Ohren das Gespräch verfolgt hat. Sie findet Erwachsenengespräche immer höchst interessant.

«Ich weiß nicht, findest du sie denn nett?»

«Es geht, sie redet so viel, aber vielleicht ist sie trotzdem nett. Und für den Jan-Hendrik kann sie ja nichts.»

«Na ja, vielleicht ist Jan-Hendrik kein schlechter Kerl», merke ich aus moralischen Gründen an, «wir können uns doch mal die Mühe machen, es herauszufinden.»

Zum Glück kommen die ersten Privatwagen angefahren, und wir sind froh, als wir wieder im Kurhaus sind. Der nächste Ausflug kann nur besser werden, verspreche ich den Kindern.

Nachmittags sitzen wir in unserem Apartment und arbeiten ein dreihundertteiliges Hasenpuzzle ab, als mir einfällt, dass Samstag ist. Der Tag in der Woche, an dem die Kinder eine lose Verabredung mit Rainer zum Skypen haben. Würde doch zum Tag passen. Bewusst habe ich den Skype-Account in den letzten Tagen nicht aktiviert, aber es ist wirklich höchste Zeit, dass sich wenigstens die Kinder bei ihm melden. Wie gerne würde ich ihn zumindest hier aus meinem Leben sperren, aber das kann ich Ella und Anni nicht zumuten. Besonders Anni hält nach wie vor bedingungslos an ihrer Liebe zum Papa fest. Ella ist wesentlich kritischer. Es gibt Tage, da verweigert sie jeglichen Kontakt. Auch heute muss Anni sie regelrecht beknien, damit sie sich vor den Rechner setzt. Ich öffne das Programm, klicke auf das spießige Bewerbungsbild, das Rainer als Avatar hat, und wir lauschen dem typischen Signal. Doch Rainer geht nicht ran. Beim ersten Mal nicht und beim zweiten und dritten Mal auch nicht. Die Rufe der Kinder verhallen im Nirgendwo. Anni ist abgrundtief traurig und ich sauer. Jetzt ist nicht einmal sein Versprechen gegenüber den Kindern mehr etwas wert. Eine kurze Nachricht, dass er heute nicht da ist, hätte doch gereicht. Irgendetwas, aber nein, vermutlich hat er Wichtigeres zu tun. Selbstfindung ist schließlich ein Fulltime-Job.

Arschloch, Arschloch, Arschloch, denke ich. «Es gibt bestimmt einen Grund, warum er nicht da ist, sei nicht traurig», tröste ich die schluchzende Anni und drücke sie wie schon so oft heute ganz, ganz fest.

«Warum sitzen die Kinder wieder vor dem Fernseher?»
«Die Kinder haben den ganzen Tag noch kein Fernsehen geschaut und gestern auch nicht. Sie waren draußen und haben danach stundenlang Schule gespielt. Jetzt dürfen sie eben fernsehen.»

«Die Kinder essen wieder nur Süßigkeiten. Muss das eigentlich sein?»
«Die Kinder haben heute ungefähr zwanzig Äpfel und drei Teller Rohkost verspeist. Ja, ich habe ihnen erlaubt, jetzt noch einen Riegel Schokolade zu essen.»

«Die Kinder müssen mal wieder Mathe machen, die haben schon seit Tagen nichts mehr gemacht und sind total hinterher.»
«Das stimmt nicht, Anni hat gestern Zebraheft gemacht und heute eine halbe Seite im Matheheft. Ella ist schon drei Seiten weiter, als sie sein sollte, und Frau Winter hat gesagt, Anni ist genau da, wo sie sein sollte.»

«Hast du meine Hemden weggebracht?»
«Nein, ich hatte keine Zeit.»
«Warum hattest du keine Zeit?»
«Ich habe den Kindern bei den Aufgaben geholfen und dann den Keller aufgeräumt. Wenn du möchtest, dass deine Hemden sofort weggebracht werden, musst du es selbst machen. Wenn ich es für dich tun soll, musst du darauf Rücksicht nehmen, wenn ich meine Prioritäten selbst setze.»

Ein Auszug. Ein Einblick in beliebige Gespräche, wie sie nahezu jeden Abend bei uns stattfinden. Manchmal komme ich mir vor wie in einer Gerichtsverhandlung. Rainer hat diese Art an sich, jede Frage wie einen Vorwurf klingen zu lassen, und ich habe ständig das Gefühl, mit nichts anderem beschäftigt zu sein, als mich zu rechtfertigen. Vor allem dafür, dass ich nicht wie er fünfzig bis sechzig Stunden in der Woche arbeite, sondern nur zwanzig. Der Rest des Tages ist, wie bekanntermaßen jede Mutter weiß, ein Eierschaukeln. Unproduktiv. Ganz zu schweigen von der desolaten Kindererziehung. Und dann ist am Abend nicht einmal das geschafft, was man so erwartet als vielbeschäftigter Mann und Neu-Macho. Neu-Macho deshalb, weil diese ganzen Diskussionen, die Vorwürfe, ausgesprochen wie unausgesprochen, die enttäuschten Erwartungen, die Sicht auf meine Rolle als Hausfrau (denn den arbeitenden Teil von mir bekommt er zwangsläufig überhaupt nicht mit) vor den Kindern kein Thema waren. Wir kochten zusammen, wir putzten zusammen, wir kauften zusammen ein. Wir faulenzten gemeinsam. Das Auseinanderdriften der Rollen verlief schleichend, fast habe ich es nicht bemerkt, bis mir eines Tages im Supermarkt klarwurde, dass ich mich nicht daran erinnern konnte, wann Rainer eigentlich das letzte Mal eingekauft hat. Vor drei Jahren, vor vier? Und wann bin ich eigentlich zum Hausmütterchen mutiert? Und vor allem: Warum habe ich das so sang- und klanglos akzeptiert?

Schwimmbad. Jan und Lilli sind zuverlässig wie ein Uhrwerk, die anderen Mütter auch. Das heißt, sie glänzen weiterhin zuverlässig durch Abwesenheit.

Mir ist nach exzessivem Bahnenschwimmen. Der Tag muss weggeschwommen werden, und so ziehe ich Runde um Runde und wechsle kaum ein Wort mit Jan. Da ich ihm das genau so vorher mitgeteilt habe, wirft er mir lediglich den ein oder anderen amüsierten Seitenblick zu und kümmert sich ansonsten um unsere drei Damen vom Grill. Er macht das wirklich toll. Mal mimt er den weißen Hai und pflügt prustend durchs Wasser, bis die Mädels kreischend davonschwimmen, mal wirft er sie abwechselnd mit voller Kraft und begleitet von überirdischem Gequieke ins Wasser. Wieder und wieder, bis er nicht mehr kann. Als die Kinder noch kleiner waren, war Rainer auch so ein gelöster Vater. Wann und warum ist das auf der Strecke geblieben? Ich kann mich schlichtweg nicht erinnern.

Weitere Gedanken an Rainer schiebe ich beiseite und beobachte lieber Lilli, die am Beckenrand umherspringt und versucht, die anderen mit ihrer Schwimmnudel zu verdreschen. Große Juchzerei und Kreischerei inbegriffen. Wenn das so weitergeht, passt bald kein Blatt mehr zwischen die drei Mädchen. Und das, obwohl Lilli so burschikos ist. Ganz im Gegensatz zu meinen Mädels, die von Anfang an alles mitgenommen haben, was zum Mädchensein dazugehört. Im Gegensatz dazu wirkt Lilli mit ihrer Wuschelmähne, den Sommersprossen und ihrem Hang zu Klamotten in Tarnfarben fast wie ein Junge. Sogar im Schwimmbad trägt sie ausschließlich Badehose. Vielleicht aber tut Ella und Anni gerade das gut. Eine andere Sichtweise. Außerdem habe ich Lilli bisher nie anders als offen, freundlich und zuvorkommend erlebt. Die große Klappe dazu macht sie nur noch sympathischer.

Jan unterbricht mein Grübeln, indem er mir einfach in die Bahn schwimmt, die Kinder im Schlepptau.

«Hey, Frust weggeschwommen?» Er spritzt mir eine Fontäne Wasser ins Gesicht.

«Ja, hab ich, könnte aber leicht wieder umschlagen, wenn du mir weiter doof von der Seite kommst», erwidere ich bissig.

«Oha», sagt er, «immer noch ein kleines Vulkänchen, was? Ich glaube, ich werde schnell unseren Hintern retten, bevor noch ein Eruptiönchen aus dem Vulkänchen kommt.» Er klemmt sich Lilli unter den Arm und verschwindet.

«Du bist ein Arsch, weißt du das?», rufe ich ihm gespielt böse hinterher.»

«Immer wieder gerne», flötet er und verschwindet in der Dusche.

«Mama!», empört sich Ella.

«Warum darfst du Arsch sagen und wir nicht?», beschwert sich Anni.

«Weil ich achtunddreißig bin.»

«Tolle Begründung, Mama», sagt Ella

«Jajaja. Ihr habt ja recht. Kommt, wir gehen auch duschen. Wird Zeit, dass der Tag zu Ende geht.»

Der Bernsteinsammler

Wir sind gestern früh ins Bett gegangen, also wachen wir früh wieder auf. Punkt halb sieben stehen Ella und Anni vor meinem Bett. An und für sich habe ich überhaupt kein Problem damit, früh aufzustehen, doch heute hat die Sache einen Haken. Es ist nämlich Sonntag, und sonntags gibt es erst um neun Frühstück. So was Doofes. Vor dem ersten Brötchen und Tee sind wir alle nicht richtig zurechnungsfähig. Und das müssen wir jetzt noch zweieinhalb Stunden aushalten? Seufzend pelle ich mich aus meiner Bettdecke, schlüpfe in meine Puschen und ziehe die Vorhänge auf, um den ersten Hauch Tageslicht hereinzulassen, der sich hoffentlich bald blicken lässt. Wir spielen Uno, und irgendwann benetzt ein Hauch von Helligkeit unser Apartment. Ich schaue aus dem Fenster. Wie schon die letzten Tage ist es windig, aber es regnet nicht, und völlig unerwartet ist von Osten her Morgenröte zu sehen. Die erste Morgenröte überhaupt, seitdem wir hier sind, und damit die Chance, das nicht alles nur grau ist.

Spontan beschließe ich, den Sonnenaufgang exklusiv bei einem frühen Spaziergang am Strand zu bewundern. Das Parkplatzmeer hat schließlich etwas gutzumachen.

Dick eingemummelt, die Kinder pädagogisch unkorrekt vor dem Fernseher geparkt, stiefele ich hinunter zum Wellensaum, dahin, wo der Sand hart ist und das Laufen angenehm. Aufgewühlt ist das Meer, und ich muss ständig aufpassen, dass mir die Wellen keine nassen Füße bescheren. Ein fast giftiges Fauchen begleitet meinen Weg, während ich am Horizont die fließenden Rottöne genieße, die die Welt in ein genießerisches Licht tauchen. Ich bin völlig alleine. Sogar die Möwen schlafen noch. Perfekt, um einmal keine Gedanken durch den Kopf kreisen zu lassen. Gehen, atmen, schauen; gehen, atmen, schauen.

Nach einer Weile beginne ich den Strand nach kleinen Schätzen abzusuchen. Hebe hier eine Muschel auf und dort einen schönen Stein. Bald schon beulen sich die Taschen meiner blauen Winterjacke von den Dingen, die es in meinen Augen wert sind, gefunden zu werden. Ich suche gern. Schon als Kind war mein Blick mehr gen Boden gerichtet als in die Ferne. Ich bin Pippi Langstrumpf, ich bin eine Sachenfinderin. Ella hat das voll und ganz von mir geerbt. Im Urlaub können wir beide die Strände und Wege absuchen, ohne dass uns jemals langweilig wird. In unserem kleinen Garten gibt es keine Stelle, an der nicht Muscheln, Stöcke oder Steine liegen, und bei fast allem können wir genau sagen, wo wir sie gefunden haben.

Vor lauter Auf-den-Boden-Guckerei renne ich fast den Mann um, der mir entgegenkommt, seinen Blick ebenso gen Boden gerichtet wie ich. Wir weichen einander erst im letzten Augenblick aus.

«Oh, Entschuldigung», sagen wir beide gleichzeitig.

«Verzeihen Sie», sagt der Mann, ein älterer Herr jenseits der sechzig oder siebzig, gekleidet in die Uniform der älteren Generation: beige Funktionsjacke. Dazu ein stilechter Hut, der so tief sitzt, dass er problemlos dem Winterwind trotzt.

«Ich bin es gar nicht gewohnt, hier am frühen Sonntag auf so reizende junge Damen zu treffen.»

Oha, ein älterer Herr mit gehobener Ausdrucksweise und angenehm schnarrender Stimme.

«Es ist ja nichts passiert», sage ich lächelnd, «keine Sorge.»

«Ja, da haben wir in der Tat ein Quäntchen Glück gehabt. Aber wer rechnet denn auch mit einer Begegnung um diese Zeit. Was ist denn der Grund Ihres frühen Spaziergangs, wenn ich so indiskret sein darf?»

«Es gibt keinen wirklichen Grund. Ich genieße einfach den ersten Sonnenaufgang seit meiner Ankunft, und das Alleinsein.»

«Dann tut es mir wirklich leid, Sie dabei gestört zu haben», er zieht seinen Hut (wie vornehm) und will sich höflichst vom Acker machen, doch ich halte den putzigen Herrn spontan zurück.

«Nein, nein, Sie stören mich überhaupt nicht. Was treibt *Sie* denn so früh an den Strand, wenn nicht der Sonnenaufgang?»

«Ich suche Bernstein. Die Voraussetzungen dafür sind heute recht vielversprechend.»

«Ehrlich? Das hört sich interessant an. Ich versuche seit Jahren, einen zu finden, aber bisher hatte ich noch kein Glück.» Ich seufze leicht theatralisch.

«Passen Sie auf. Wenn mir am frühen Morgen jemand so nett über den Weg läuft, so will ich ein kleines Geheimnis verraten.» Er lächelt mit den tausend Falten seines wettergegerbten Gesichtes und kramt umständlich etwas aus seiner Jackentasche. Als er mir seine flache Hand entgegenstreckt, liegen darauf zwei kleine Steine und ein etwas größerer Stein. Im Leben hätte ich sie nicht als Bernstein identifiziert.

«Ist das wirklich Bernstein? Die hätte ich nie aufgehoben. Darf ich?»

Er nickt, und ich nehme den größeren Stein behutsam in die Hand. Es ist dunkelbraun, etwa so groß wie eine Zwei-Euro-Münze, ganz leicht und sieht aus wie ein morsches Stückchen Holz.

«Sehen Sie, das ist schon eines der Geheimnisse. Die meisten Bernsteine sehen nicht so aus, wie die Leute es erwarten, und deshalb schauen sie nicht danach. Sie sind oft unscheinbar, manchmal sogar richtig hässlich.»

Ich betrachte den Bernstein genauer, an den Seiten ist ein leichter Schimmer zu sehen, der an Waldhonig erinnert. «Und Sie suchen schon sehr lange, nehme ich an?»

«Seit bald vierzig Jahren, wann immer sich die Gelegenheit bietet.»

Ich staune. «Was machen Sie mit dem ganzen Bernstein?»

«Oh, ich mache Schmuck daraus.»

Ich bin sehr beeindruckt. «Und gibt es hier genug Bernstein, um damit seinen Lebensunterhalt zu verdienen?»

Er nickt. «Man muss eben wissen, wo man sucht, aber vor allem muss man wissen, wann man sucht. Sehen Sie, heute Nacht hat es gestürmt. Nicht viel, denn je mehr es stürmt, umso besser, aber es genügt, um Chancen auf einen Fund zu haben. Außerdem kam der Wind von der Seeseite. Das ist wichtig, denn nur so kann der Bernstein, der sich durch die raue See vom Meeresgrund gelöst hat, Richtung Küste treiben. Außerdem muss das Wasser kalt genug sein, damit der Bernstein schwimmt.»

«Aha, und deshalb sucht man im Sommer vergeblich, weil es selten stürmt und außerdem zu warm ist.»

«Genauso ist es.»

«Wenn Sie mir jetzt noch verraten, wo genau ich suchen muss, machen Sie mich wirklich glücklich. Dann könnte ich Ihnen wenigstens die nächsten zwei Wochen ein bisschen Konkurrenz machen.»

«Aber gerne. Dass Sie mir Konkurrenz machen, bezweifle ich allerdings sehr. Selbst wenn Sie richtig talentiert sind, werden Sie höchstens jeden zehnten Stein erkennen.»

«Dann freue ich mich jetzt schon darauf, Ihnen vielleicht das ein oder andere Beutestück präsentieren zu dürfen.»

«Das hört sich doch gut an. Also, Bernstein finden Sie nicht bei den anderen Steinen. Dafür ist er viel zu leicht. Er ist nicht schwerer als Holz oder Seetang, und genau da kann man ihn finden.»

Er deutet mit einem Stöckchen, das er die ganze Zeit in der Hand hält, auf den Wellensaum, wo sich der frische Seetang gesammelt hat. Dazwischen liegen Holz in verschiedenen Größen sowie das ein oder andere Stück Plastikmüll.

«Haben Sie immer einen passenden Stock dabei, und wühlen Sie ruhig ein bisschen herum. Mit der Zeit und wenn man ein- oder zweimal fündig geworden ist, bekommt man einen Blick dafür.»

«Das ist wirklich nett von Ihnen. Ich werde Wind und Strand nun immer mit Argusaugen beobachten.»

«Dann werden wir uns sicher noch mal über den Weg laufen, und ich bin gespannt, ob Sie fündig werden. Doch nun müssen Sie mich entschuldigen, sonst sammelt mein Freund Manfred», er deutet auf einen kleinen Punkt Mensch am anderen Ende des Strandes, «mir noch die besten Funde weg. Viel Glück wünsche ich Ihnen.»

Er empfiehlt sich, legt den Zeigefinger an seinen Hut und geht seines Weges.

«Vielen, vielen Dank!», rufe ich ihm gerade noch hinterher.

Was für ein nettes Gespräch. Ich bin richtig selig und habe für die nächsten Wochen ein neues Ziel: wenigstens einen Bernstein zu finden. Ob das für Frau Dr. Sprenglein wohl als Kurziel durchgeht? Für den Rest meines Spazierganges habe ich jedenfalls keine Augen mehr für die Schönheit des leuchtenden Himmels. Mit einem Stöckchen bewaffnet, stochere ich munter im Wellensaum. Wäre doch gelacht, wenn ich dem netten Schmuckmacher nicht wenigstens etwas präsentieren könnte.

Gut gelaunt und völlig durchgefroren, treffe ich am Frühstückstisch ein. Zum ersten Mal fühlt es sich nicht so an, als müsste ich in eine Klapperschlangengrube zum munteren Schwänzerasseln.

Hier finde ich auch meine Kinder wieder, die beschlossen haben, nicht auf mich zu warten, sondern um Punkt neun fröhlich und fertig gestriegelt am Frühstückstisch zu sitzen. Ich nicke freundlich und ehrlich in die Runde, esse mit gutem Appetit und bin gespannt, was Moni heute zu berichten hat. Sie tut mir den Gefallen.

«Ach, da biste ja. Deine Mädchen haben sich schon gefragt, wo du bleibst. Aber ganz lieb waren se. Haben artig Guten Morgen gesagt und ganz allein dat Frühstück geholt. Und für den Kakao ham se die nette Frau an der Theke gefragt, ob se ihnen helfen kann.»

«Das habt ihr toll gemacht», lobe ich Ella und Anni, die stolz um die Wette strahlen.

Moni, die fast wie eine Mutterglucke wirkt, die ihre halbwüchsigen Küken zusammenhalten muss, wendet sich nun an Jenny. Wie immer sitzt die Familie schweigsam am Tisch und mümmelt versonnen an ihren Brötchen. Lediglich Kathy gibt das eine oder andere Quietschen von sich, um Jenny auf irgendetwas aufmerksam zu machen. Jenny hilft ihr ohne große Worte. Ich kann mich nicht erinnern, jemals eine so stille Familie erlebt zu haben.

«Kindchen, wat seh ich da. Haste dir die Nägel neu gemacht? Wann denn? Gestern Abend? Lass mal meine Profiaugen da drübergucken. Nee, is schön geworden, echt. Dat Gel haste aber nich neu gemacht, oder? Und die Blümchen haste gekauft, oder?»

«Ja, die Blümchen habe ich gekauft, aber den Rest habe ich gestern Abend gemacht. Kam halt nichts im Fernsehen.» Jenny ist sichtlich stolz, man kann sie daher sogar zwei Plätze weiter verstehen. Nageltanten unter sich. Ich muss wohl lernen, auch das zu akzeptieren. Ommmm.

Ich lasse meinen Blick schweifen, und er fällt auf Frau Professor. Wie immer kerzengerade aufgerichtet (so ein Stock im Popöchen tut zumindest der Haltung gut), steht sie am Buffet und diskutiert mit ihrer Tochter über die Befüllung eines Müslischälchens. Wundert es mich wirklich, wenn es dabei um die Nichtverwendung von Zucker geht?

«Nein, Friederike, du weißt, wir essen keinen Zucker. Der ist sehr, sehr ungesund. In diesen Flocken ist leider sehr viel Zucker. Nimm lieber diese hier.»

Dass Friederike liebend gerne die Zuckerbombe nehmen würde, steht in ihrem Gesicht klar geschrieben, doch sie beugt sich dem Diktat ihrer ernährungsbewussten Mutter. Nicht dass ich etwas gegen gesunde Ernährung habe. Im Gegenteil – als brave, akademische Bequemökos bestellen wir wöchentlich eine Gemüsekiste, essen wenig Fleisch von glücklichen Kühen und bevorzugen regionale Produkte (regional ist das neue Bio). Aber ich finde eben, man kann alles übertreiben, und deswegen dürfen meine Kinder durchaus ungesunde und moralisch verwerfliche Nestlé-Produkte essen, und wir landen einmal im Monat in der Pommesklitsche. Frei nach dem Motto: Extrem ist nie gut. Ich würde fast Oma ihr klein Häusken darauf verwetten, dass Friederike später auf sämtlichen Kindergeburtstagen die schlimmste Süßigkeitenvernichterin von allen sein wird.

Ich bin nicht die Einzige, die Frau Professor beäugt. Moni, eher am anderen Ende der politisch-korrekten Skala angesiedelt, hat sie ebenfalls ins Visier genommen.

«Jetzt schau dir die Alte an», sagt sie in die Runde, «dat arme Kind darf gar nix. Gestern hab ich die auf dem Spielplatz gesehen, und dat arme Ding durfte nich mal dat Klettergerüst hochklettern. Et könnt sich ja 'n blutiges Näsken holen. Und ich weiß, dat die 'nen uralten Vater hat, bestimmt schon sechzig oder so, dat hat mir 'ne andere Mutter erzählt. Ganz jung hat die den geheiratet, und dann hat et ewig nich mit den Kindern geklappt, erst ganz spät, als die schon dachten, dat wird nix mehr. Dat werd ich ja mein Leben nicht verstehen, wat die jungen Dinger an die alten Säcke finden. Da sind se jung und mit 'nem alten Sack verheiratet, und wenn se älter sind, sind se mit 'nem noch älteren Sack verheiratet. Dat is definitiv keine Win-Win-Situation.»

Jenny bricht in leicht hysterisches, unterdrücktes Gekicher aus, und auch Jan und ich haben unseren Spaß an Monis Gesamteinschätzung.

Anni bringt es noch einmal richtig auf den Punkt: «Mama, ich will später keinen alten Mann heiraten. Der stirbt ja irgendwann, und dann muss ich mir einen neuen suchen.»

«Siehste», sagt Moni zufrieden, «und da setzt die gute Frau vermutlich an.»

«Und gestern habe ich gesehen, wie sie die Kleine von der Rutsche gezogen hat, weil ein kleiner Junge eine Rotznase hatte», ergänzt Jenny. «Ich glaube, das ist ein ganz armes Mädchen.

«Dat musst du nich nur glauben, dat is so. Die hat den Stock so dermaßen tief drinstecken, dat et schon weh tut. Dat Mädchen darf keinen Spaß haben, weil die Alte auch noch nie Spaß hatte. Aber gebildet is se, dat lässt se jeden wissen, der et hören will. Als wenn se wat Besseres wär.»

Ich habe das plötzliche und dringende Bedürfnis, in die heitere Lästerrunde einzusteigen. «Mir ist sie auch schon aufgefallen. Ich nenne sie seitdem insgeheim Frau Professor.»

Moni grinst mich breit an. Das gefällt ihr. Na ja, seit gestern haben wir uns ja auch fast lieb.

«Dat dat ausgerechnet unsere Studierte sacht, is ja der Oberknaller, aber bei dir steckt der Stock ja auch nich ganz so tief drin, wa?»

Jan und Jenny fallen fast die Augen aus dem Kopf. Sie wissen ja nicht, dass Moni und ich – ich beschließe in diesem Augenblick, das lästerliche «die» vor Moni ab jetzt ganz und unwiderruflich wegzulassen und meinen Widerstand gegen die emotionale Annektion aus dem Pott aufzugeben – gestern ein kurzes, aber intensives Gespräch von Brust zu Brust hatten.

«Ja, und ich bin dabei, ihn Stück für Stück rauszuziehen. Dauert halt seine Zeit, gell?»

Jan verschluckt sich zum wiederholten Mal fast an seinem Brötchen, Anni fragt, wo ich denn bitte schön was drinstecken hätte, Ella verdreht die Augen, weil ihr das alles viel zu albern ist, und Lilli lacht sich scheckig. Wir haben plötzlich richtig Stimmung am Tisch. Und es gefällt mir.

«Keine Angst, Jannchen, die Verena und ich ham uns gestern mal 'n bissken ausgesprochen, nich wahr? Und eigentlich is se ja 'n ganz lustiges Mädchen. Aber dat weißt de ja selbst, mit dir hat se ja als Einzigem überhaupt gesprochen.»

«Ich gelobe Besserung», sage ich und fange Jans hochamüsierten Blick ein. ER muss Ähnliches denken wie ich: Was für eine Combo hat sich hier nur zusammengefunden? Wenn Jenny jetzt noch sprechen lernt, haben wir es geschafft.

Frau Professor entschwindet unserem Gesichtsfeld, und wir wenden uns anderen Themen zu. Das erste Mal, seitdem ich hier bin, genieße ich das Essen.

Wir nutzen den Sonntag ohne Termine und holen den Besuch des Aquariums im Alleingang nach. Als uns der Bus kurz vor dem Abendessen an der Promenade ausspuckt und wir den kurzen Weg von der Bushaltestelle zurück zum Kurhaus laufen, versinkt der Abendhimmel in sanften Rottönen. Wenige Wolken ziehen über das gedämpft rauschende Meer. Ich verspüre fast so etwas wie Heimatgefühle und freue mich auf ein Abendessen, das ich nicht vorbereiten muss, und auf müde Kinder nach der abendlichen Schwimmrunde. Wie kann es sein, dass ich mich hier plötzlich wohlfühle?

Jan und Lilli empfangen uns freudestrahlend.

«Mir war so langweilig», erzählt Lilli, «ich wollte auch ins Aquarium, aber Papa hat gesagt, wir sollen euch lieber alleine lassen und wir würden euch ja abends sehen. Und er freut sich auch, dass ihr wieder da seid, ne, Papa?»

Jan wiegelt verlegen ab. «Ja, Lilli, aber so schlimm war es auch nicht, und wir hatten doch einen schönen Tag, oder?»

«Was habt ihr denn angestellt?», frage ich.

«Wir waren spazieren, im Spielhaus und dann haben wir gelesen, nichts Besonderes also.»

«Und du hast jetzt also mit Moni Freundschaft geschlossen, oder was?», fragt Jan neugierig, nachdem wir einige Runden geschwommen sind und nun träge am Beckenrand hängen.

«Ach, weißt du, manchmal muss man sich eben seinem Schicksal ergeben und nehmen, was das Leben einem so bietet.»

Er lacht. «Ach, so verkehrt ist Moni gar nicht. Nur ein bisschen redselig und laut.»

«Ich schätze, Jan-Hendrik ist jetzt nicht der beste Kommunikationspartner. Und bevor sie mit der Wand spricht, kann sie doch lieber uns zutexten.»

«Stimmt, Jan-Hendrik geht gar nicht. Den Jungen könnte man ungespitzt in den Boden rammen. Ob Moni wohl weiß, dass er eine absolute Nullnummer ist?»

Ich überlege. «Das ist wirklich eine gute Frage. Aber Mütter lieben ihre Kinder, so ist das nun einmal. Wir könnten ihm ja heimlich das Schwänzchen abschneiden und das Handy klauen.» Ich kichere kindisch.

«Du kannst ja richtig gemein sein, Verena aus der Nähe von Köln.»

«Du hast keine Ahnung, WIE gemein ich sein kann», flüstere ich hinter vorgehaltener Hand und spritze ihm eine Ladung Wasser ins Gesicht.

Entrüstet beäugt er mich, seine Augen funkeln belustigt.

«Ich werde mir alle Mühe geben, es in den nächsten Wochen herauszufinden.»

Wir fläzen bettfertig auf meinem Bett. Während ich am Kopfende liege, haben Anni und Ella es sich am Fußende bequem gemacht. Unsere Beine liegen kreuz und quer übereinander, und ich kraule zwei Füße gleichzeitig. Annis linken und Ellas rechten. Während wir im Schwimmbad waren, hat sich der Himmel wieder zugezogen. Regen klatscht gegen die Scheibe, und in unregelmäßigen Abständen drücken kräftige Windböen dagegen. Kurzum, es ist saugemütlich. Ich angle nach unserem abendlichen Vorlesebuch und habe bereits die ersten Worte der kleinen Dame im Mund, als Anni ein Anliegen hat.

«Mama?»

«Ja?»

«Ich hab 'ne Frage.»

«Ja, Schatz, frag!»

«Warum isst Jan-Hendrik eigentlich immer so viel? Der ist doch schon dick. Da muss die Mutter doch sagen, dass er mal Äpfel essen soll.»

Tja, wo das Kind recht hat, hat es recht.

«Anni, ehrlich gesagt, weiß ich das auch nicht. Aber du weißt doch, wie das ist. Wenn etwas schmeckt, will man eben mehr davon, auch wenn es nicht gesund ist. Und wenn die Eltern dann nicht aufpassen ... Ihr dürft auch nicht vergessen, dass Jan-Hendrik schon älter ist als ihr, der hört wahrscheinlich nicht mehr so gut auf seine Mutter.»

«Ja», schaltet sich Ella ein, «der braucht das halt für sein Wachstum. Und man kann ja auch in die Breite wachsen.»

Anni kichert. «Ja, oder in die Nase!»

«Er kann auch in die Ohrläppchen wachsen.» Ella prustet los.

Ich klinke mich aus dem Gespräch aus. Diese Albernheiten beherrschen nur Kinder. Jan-Hendriks Wachstumspotenzial ist mittlerweile in den Fußnägeln (igitt) angekommen, als Ella etwas Neues einfällt.

«Weißt du was, Anni? Jan-Hendrik ist wie die kleine Raupe Nimmersatt.»

«Stimmt», kichert Anni, «und am Ende ist er eine riesige dicke Raupe.»

«Aber bestimmt kein Schmetterling, sondern eher so ein dicker, hässlicher Nachtfalter», entgegnet Ella.

«Mit Schwänzchen», kann ich mir jetzt doch nicht verkneifen.

«Genau, am Montag fraß er sich durch eine Frikadelle, aber satt war er immer noch nicht», dichtet Anni.

Und Ella fährt fort: «Am Dienstag fraß er sich durch zwei Klöße, aber satt war er immer noch nicht.»

«Und am Mittwoch, da fraß er sich durch drei Schokoladenkuchen», sagt Anni.

Und alle beide: «Aber satt war er noch immer nicht.»

So geht es weiter, bis der arme Jan-Hendrik die sieben Tage voll hat. Was er wohl verpasst bekommt, wenn die kleine Raupe ihr gesundes Blatt isst? Ella beweist Kreativität.

«Am siebten Tag hatte er Bauchschmerzen und kotzte seiner Mama in den Nacken.»

«Also ehrlich, Ella.»

«Wieso, danach aß er dann ein Vomex, und es ging ihm viel besser.»

Oh ja, was Magen-Darm-Geschichten angeht, kennt Ella sich bestens aus.

Die beiden kichern sich die Bäuche voll, und ich lasse sie. Pädagogisch korrekt ist das bestimmt nicht, aber lustig.

Die kleine Dame sorgt schließlich dafür, dass sie sich beruhigen und schon nach kurzer Zeit selig schlafen. Ich beschließe, dass der Tag lang genug war, und bleibe gleich mit ihnen liegen. Kreuz und quer. So haben wir es gerne.

Meine letzten Gedanken widme ich der Tatsache, dass ich mich auf die nächsten Tage freue. Ich bin wohl angekommen in der Kur.

Kuren für Fortgeschrittene

Montag. Direkt nach dem Frühstück marschiere ich zielstrebig in die fünfte Etage, um mir weitere Massagetermine auf eigene Kosten verordnen zu lassen. Ich will es mir auf keinen Fall entgehen lassen, mich so oft wie möglich in die magischen Hände meiner beiden Lieblingsmasseure zu begeben.

Ich habe Glück. Bei Irina ist heute Morgen noch eine Stunde frei, sodass ich, kaum habe ich die Kinder in die Schule geschickt, meinen alternden Körper salonfähig mache und ins Kurmittelzentrum trage. Den Chlorgeruch wie eine erfrischende Duftwolke einatmend, betrete ich die heiligen Hallen, und Irina empfängt mich, gleich nachdem ich die Glastür zum Massagetrakt durchschritten habe.

«Ah, guten Morgen, Verena, ich habe gesehen gerade, du hast gebucht zwei weitere Termine für diese Woche. Ich freue mich sehr, so können wir ein bisschen plaudern, und Raoul hat nicht dich ganz für sich alleine. Die anderen Termine du hast nämlich bei ihm, weil ich habe beim Schnick, Schnack, Schnuck verloren gegen ihn.» Sie kichert mädchenhaft.

«Ihr habt Schnick, Schnack, Schnuck um mich gespielt?», frage ich ungläubig. «Ihr müsst noch verrückter sein, als ich dachte.»

«Oh ja, wir spielen immer um die Netten. Und um die Zimtzicken wir spielen auch. Ich weiß, wir haben großen

Knall, aber ohne Spaß man kommt im Leben nicht weiter, nicht wahr?»

«Da hast du so recht. Wer steht denn in diesem Kurgang ganz oben auf eurer Liste der Zimtzicken?», frage ich neugierig.

«Oh, da ist eine Frau, der nichts passt. An allem meckert sie rum. Fango zu heiß, Handtuch zu kratzig, Massage zu fest. Außerdem sie stinkt furchtbar nach Schweiß.» Sie verdreht die Augen und flüstert verschwörerisch weiter: «Aber das du hast alles nicht gehört, nicht wahr?»

«Mein Mund ist verschlossen wie eine Auster», flüstere ich zurück.

Sie klatscht in die Hände. «So, los, los, mach dich nackig, ich bin in eine Minute zurück mit die Fangopackung.»

Ich gehorche aufs Wort, und die angekündigte Minute später wickelt sie mich liebevoll in die warme Fangopampe. Meine Güte, ist das schön.

«Und nun träumst du wieder von unserem schönen Raoul, und ich bin in zwanzig Minuten wieder da.» Sie zwinkert mir zu und verschwindet.

Aha, vom schönen Raoul soll ich träumen. Schon wieder. Ob Irina das wohl zu allen Frauen sagt? Egal. Und die Idee ist gar nicht mal so schlecht. Ist es nicht mein gutes Recht, als halbverlassene Ehefrau von einem schönen Mann zu träumen? Das Trauern endlich einzustellen? Die ganze Geschichte hier in vollen Zügen zu genießen?

Mit schönen – und nicht ansatzweise jugendfreien – Bildern im Kopf sind zwanzig Minuten schnell vorbei. Irina befreit mich von der Packung, lagert mich um und verstreicht das Massageöl auf meinem Rücken.

«Wo kommst du eigentlich her?», frage ich sie. «Ich liebe

deinen schönen Akzent. Ich könnte dir stundenlang zuhören.»

«Oh, ich komme aus Tschechien und habe dort meinen Mann kennengelernt. Leider er kommt von hier, und so musste ich wohl Deutsch lernen. Aber ich finde es toll hier, auch für meine beiden Söhne ist es sehr schön hier, auch wenn meine Familie ist sehr weit weg. Manchmal macht mich das traurig, dass sie nicht können aufwachsen sehen die Kinder.»

«Ja, das kann ich verstehen. Obwohl, ich habe gerade meine Mutter bei mir zu Hause wohnen, und manchmal überlege ich, ob ich sie nicht in einen Karton packen und nach Übersee verschicken soll. Leider brauche ich sie im Moment viel zu sehr, seitdem mein toller Mann beschlossen hat, in unserer Beziehung die Pausentaste zu drücken, um sich in Nahost selbst zu verwirklichen.»

«Dein Mann hat dich nicht ganz verlassen, nur halb? Er dich hat gesetzt auf Stand-by?»

«Das kann man so sagen.» Ich seufze tief und erzähle ihr meine Geschichte. Warum eigentlich erzähle ich allen und jedem hier ständig alles, und zu Hause weiß fast niemand davon? Nicht einmal Lynn und meiner Mutter gegenüber gebe ich ja offiziell zu, was ich hier jedem erzähle, der nicht bei drei auf dem Baum ist. Sie ziehen immer nur ihre eigenen Schlüsse. Ich hinterfrage das jetzt lieber nicht. Ist wahrscheinlich die Luftveränderung, oder so.

«Ui, das ist kein netter Mann, der so was macht. Die Kinder einfach alleine lassen und gehen für ein bisschen Abenteuer in die Mitte des Lebens. Entweder – oder, finde ich. Bleiben oder gehen, aber nicht das! Was willst du? Willst du, dass er kommt zurück?»

Wenn ich das nur beantworten könnte. Eigentlich liegt ja die Entscheidungsfreiheit immer noch bei Rainer. Bisher habe ich es vermieden, in diesen endgültigen Dimensionen zu denken oder gar eine eigene Entscheidung zu fällen.

Wir waren so lange zusammen und hatten viele schöne Jahre miteinander, bevor die Beziehung in kleinen Schritten den Bach runterging. Vielleicht ist es wirklich eine Chance für uns, so wie Rainer gesagt hat. Aber was ich will, das weiß ich schlichtweg nicht. Lynn sagt oft, ich wäre gefangen in der Mütterfalle und würde viel zu sehr an die Kinder denken.

«Was würdest du tun, wenn keine Kinder da wären?», fragte sie mich einmal, und ich antwortete darauf, ich hätte eben Kinder und diese Hätte-Überlegungen würden zu nichts führen.

Ich gehe also konsequent der eigentlichen Frage nach dem, was ich fühle und will, aus dem Weg. Zum ersten Mal kommt mir der Gedanke, die Kur könnte vielleicht ein Weg dahin sein, mich ernsthaft zu fragen, wie es weitergehen soll. Unabhängig davon, wie Rainer sich entscheidet. Es ist eben nicht damit getan, nur sauer auf ihn zu sein und brav in der Warteschleife zu sitzen, die er für mich eingerichtet hat.

«Ich weiß es nicht», sage ich daher ehrlich zu Irina, «und ich tue alles, um mir darüber keine Gedanken zu machen. Im Moment begnüge ich mich damit, ihn dreimal am Tag zum Teufel zu wünschen, und harre der Dinge, die da kommen.»

«Das wissen Männer. Weißt du, sie sind sehr bequem, und wenn sie können alles haben, dann nehmen sie alles. Frau und Freiheit. Aber, vielleicht, wenn er merkt, du bist nicht mehr da, um auf ihn zu warten, er denkt nach darüber, ob es ist richtig, was er tut.»

«Das hast du sehr schön gesagt. Aber soll ich so tun, als wäre er mir egal, und mich in ein neues Leben stürzen?»

«Nicht so tun, liebe Verena, machen! Denk nicht mehr an ihn und mach dich glücklich. Glückliche Frauen machen die Männer Angst, und dann er wird sehr schnell überlegen, ob er bleibt in die Ferne.»

«Und du meinst, das ergibt sich mal eben so, das mit dem Glücklichmachen? Okay, es geht mir hier von Tag zu Tag besser. Aber das interessiert doch Rainer nicht die Bohne, ob ich hier jemanden zum Quatschen habe.»

«Oh, vielleicht du machst ein Abenteuer daraus und siehst die Gelegenheiten, die sich hier bieten. Hast du von Raoul geträumt, wie ich dir vorgeschlagen habe?»

Ich werde rot und bin froh, dass Irina das dank meiner Bauchlage nicht sehen kann. Oder etwa doch?

«Ich merke, dass du rot wirst, an deine angespannte Rückenmuskeln jetzt gerade», sagt sie und kichert, «und ich habe gesehen, wie Raoul hat angesehen dich. ER findet dich nett und attraktiv und kann einem sehr guttun.»

«Irina», quietsche ich entrüstet. «Wie soll ich mich denn jetzt noch ungezwungen von ihm massieren lassen, wenn du mir solche Flausen in den Kopf setzt?»

«Ich säe, du erntest. Ich mag dich, und ich mag Raoul. Vielleicht ihr könnt ein wenig Spaß haben. Er immer offen ist für eine nette Geschichte.»

Ich grummle in mein Handtuch und lasse ihre letzten Worte so stehen. Dieses seltsame Gespräch muss ich erst einmal sacken lassen, und so genieße ich wortlos die letzten Minuten der Massage.

Während ich mich anziehe und sie ihre Sachen zusammenpackt, nimmt sie das Thema noch einmal auf.

«Nimm mich nicht zu ernst, ich schon immer bin eine kleine Kupplerin gewesen. Aber nimm ernst, wenn ich sage, lass es dir gutgehen und überlege, ob du willst wirklich deinen Mann zurück. Für mich hört sich alles an, als wäre es besser, wenn er bleibt bei die Scheichs.»

«Ach, Irina, wenn es nur so einfach wäre.»

Auf dem Rückweg denke ich über das nach, was Irina gesagt hat. Es ist ja nichts Neues. Rainer macht es sich leicht, und ich nehme es so, wie es ist. Er hat seine Probleme und seine Lösung über uns ausgekippt, und ich fühle mich in der Rolle des Opfers und als die Im-Stich-Gelassene. Aber ist wirklich nur Rainer schuld? Sind nicht immer beide dafür verantwortlich, wenn eine Beziehung nicht mehr funktioniert? Dieser Frage gehe ich oft genug aus dem Weg. Weil es so einfach ist, die Schuld nur dem anderen in die Schuhe zu schieben. Dabei war ich auch nicht immer nett zu Rainer, vor allem in der Zeit vor seiner Entscheidung. Gereizt, meckerig und unzufrieden. Weil die Beziehung und der Alltag nicht mehr das füllen konnten, was ich vom Leben erwarte. Weil sie unvollkommen waren, anstrengend und irgendwann nur noch nervig. Wie ein altes Fahrrad ...

Wenn ein Fahrrad neu ist, dann funkelt es, und alles greift wunderbar ineinander. Kette und Zahnräder passen perfekt zusammen, Licht und Bremse funktionieren. Stolz radelt man mit dem Rad schnell wie der Wind über die Straßen, sorglos und mit einem schönen Gefühl im Bauch.

Mit der Zeit gewöhnt man sich an das Rad, es gehört zum Alltag.

Irgendwann stellen sich die ersten Probleme ein. Mal ist es das Licht, das nicht funktioniert, die Bremsbeläge sind abgenutzt, oder die Kette muss geölt werden. Nichts, was sich nicht mit ein wenig Aufwand aus der Welt schaffen ließe. Das ein oder andere lässt man machen, aber weil man immer auch ein bisschen bequem ist, nimmt man manche Dinge einfach hin. Ein fehlendes Schutzblech etwa oder das kleine Ei im Reifen. Und ehe man sich versieht, fährt man mit einem alten, klapprigen Rad durch die Gegend, das Treten wird beschwerlich, und es beginnt zu nerven.

Was nun?

Soll man das Rad aufwendig reparieren lassen und sich anschließend über den alten, vertrauten und nun wieder funktionstüchtigen Drahtesel zwischen den Schenkeln freuen? Oder soll man sich ein neues Rad kaufen, wieder die frische Brise in den Haaren spüren, den Stolz und die Freude an etwas Neuem?

Doch ist es nicht mit dem neuen Fahrrad am Ende genauso? Man muss sich dran gewöhnen, während das alte Rad noch so verdammt vertraut ist, und das neue Rad pflegt man vielleicht genauso wenig. Gibt es da überhaupt die richtige Entscheidung?

Und was hat das eigentlich jetzt mit dem zu tun, was Irina mir in Bezug auf Raoul ins Ohr geflüstert hat?

Meine Kinder treffen beschwingt von ihrer Schulstunde ein und sind der festen Überzeugung, Schule sollte auch zu Hause nur zwei Stunden dauern. Das würde schließlich reichen für das Nötigste, meint Ella. Ich lache und erinnere mich daran, wie sie nach ihrem ersten halben Schuljahr nach Hause kam und selbstbewusst verkündete, sie könne jetzt lesen und schreiben und würde deshalb nun zu Hause bleiben. Auf die Frage, was sie denn mit dem bisschen Lesen und Schreiben für einen Beruf ergreifen wolle, erklärte sie, eine Zoopflegerin müsse ohnehin nur Tiere streicheln und füttern, und daher würde es reichen, wenn sie die Aufschrift auf den Futtermitteln lesen könne. Einer dieser Momente, wo man als Mutter schlichtweg keine Argumente mehr hat.

Die Kinder vergnügen sich mit Lilli in der Betreuung für die Schulkinder, und ich gehe zum ersten Mal «zu dem bisschen Wasserhüpfen da», das in meiner Vorstellung deutlich weniger mühsam daherkam. Unsere Übungsleiterin gibt ein ordentliches Tempo vor, und bei jeder Übung spüre ich den Widerstand meines angewelkten Fleisches, das partout nicht die Richtung einschlägt, die ich ihm vorgebe. Außerdem wusste ich bis heute nicht, dass man auch im Wasser schwitzen kann. Ehrlich gesagt, habe ich mich bisher über diesen seltsamen «Sport» immer lustig gemacht. Wenn in Schwimmtempeln die seniorigen Baumwollfelder mit ihren schlaffen Ärmchen, Beinchen und Hinterchen wackelten, dachte ich immer: Warum schwimmen die nicht einfach, wäre doch viel effektiver? Im Stillen leiste ich Abbitte und spüre jeden Muskel meines Körpers, kämpfe mit dem Gleichgewicht und gerate mächtig aus der Puste. Bei einem Standpunkt aber bleibe ich: Es sieht definitiv ziemlich albern aus.

Ich bin gerade mit einer besonders anstrengenden Art des Wasserdurchpflügens beschäftigt, als an der Fensterfront, die das Schwimmbad vom Flur trennt, Ella und Anni auftauchen und sich die Nasen plattdrücken. Ganz offensichtlich sind sie gekommen, um sich über mich lustig zu machen, denn nun beginnen sie auf besonders alberne Art und Weise meine Bewegungen nachzuahmen.

«Na wartet, ihr Biester», zeige ich ihnen mit einer möglichst verständlichen Geste, als auch noch Jan und Lilli auftauchen und Lilli ebenfalls mitmacht. Nur erahnen kann ich, wie Jan sich hinter ihnen regelrecht schlapplacht. Diese Biester, dieser Mistkerl!

Mit nassen Haaren und in das kurobligatorische Joggingklamottenoutfit gewandet, trete ich aus der Umkleide. «Na, da habt ihr euch ja fein über mich amüsiert. Ich hoffe, ihr hattet euren Spaß.»

Jan zuckt entschuldigend mit den Achseln, sein schelmisches Grinsen jedoch spricht eine andere Sprache.

«Mama, das sah echt bekloppt aus», konstatiert Ella, «wozu soll das eigentlich gut sein?»

«Na, damit ich nach der Kur wieder schön straff durchs Leben gehe.»

«Ganz klar, Mama.»

Ich täusche lachend einen Schlag in den Nacken an. «Wer den Schaden hat», sage ich nur. «Und – warum seid ihr überhaupt hier?»

«Deine Mädels wollten dich fragen, ob sie mit uns an den Strand gehen dürfen. Lilli langweilt sich mit ihrem Vater immer so fürchterlich.»

Ich denke kurz darüber nach mitzukommen, verwerfe den Gedanken aber schnell wieder. Mir ist mehr nach Sofa als nach Sand.

«Nimm sie mit und bring sie recht spät wieder», stimme ich also zu, und ehe ich mich versehe, ist die Meute verschwunden.

In der Teeküche auf der Etage koche ich mir einen grünen Tee und fülle eine Thermoskanne mit heißem Wasser, um für die zweite und dritte Tasse Tee nicht das Zimmer verlassen zu müssen. Mit Tee, Wolldecke und Krimi kuschle ich mich aufs Sofa und genieße die Stille. Zu Hause würde ich nun kochen, rödeln und räumen. Hier habe ich nichts, aber auch gar nichts zu tun. Ein Zustand, an den ich mich gewöhnen könnte. Ob das wohl ein machbares Wohnkonzept wäre? Auf Haus und Garten zu verzichten und anstelle dessen in einem Zwei-Zimmer-Apartment mit zahlreichen Hausgeistern und einem Rundum-Sorglos-Paket zu wohnen? Putzen, kochen, einkaufen, alles würde wegfallen, und ich könnte die Zeit den schönen Dingen des Lebens widmen.

Es gelingt endlich, was ich mir wünsche, seitdem ich hier bin. Ich versinke in meinem Buch. Ehe ich mich versehe, ist es Abend. Die Kinder stehen vor der Tür, und wir schließen den Tag ab, wie es sich gehört. Mit Abendessen, Schwimmen und einer großen Portion Gemütlichkeit.

Latin Lover
in der Kurprovinz

Und wieder ein Frühstück. Moni berichtet aufgebracht, dass ihr Uli langsam die Faxen dicke hat von der erzwungenen Einsamkeit.

«Der Uli raubt mir noch den letzten Nerv. Ich mein, wir sind mal grad ein paar Tage hier, da dreht der schon total am Rad. Dabei is dem einfach nur langweilig. Aber der war ja auch noch nie so lange alleine, höchstens mal 'nen Tag oder so. Ich hab ihm gesagt, der soll gefälligst man zusehen, dat er sich 'n Hobby sucht, und wisst ihr, wat der da gesagt hat? Ich sei doch sein Hobby, und er würde ohne seine Moni eingehen wie 'ne Pflanze ohne Wasser. Ich hab ihm gesagt, wenn du 'ne Pflanze wärst, dann aber nur eine, die Koteletts frisst.»

Wie konnte ich Moni jemals nicht amüsant finden? Man braucht definitiv kein Radio, wenn sie mit am Tisch sitzt. Sogar Jenny kichert leise in sich hinein. In diesem Moment stürmt Lilli an den Tisch. Mit hochrotem Kopf. Dahinter kommt Jan genervt angedackelt.

«Papa hat gesagt, wir gehen heute Abend nicht schwimmen, das ist so eine Gemeinheit.» Völlig entrüstet baut sie sich vor Ella und Anni auf. «Wenn ich heute Abend nicht schwimmen darf, ist doch unsere Nudelaufführung gefährdet. Bitte, Verena, kannst du Papa sagen, dass er das nicht darf?»

Ich lache. Die Nudelaufführung entwickelt sich zum Großprojekt.

«Ja, wenn es um die überaus wichtige Nudelaufführung geht, dann ist es in der Tat eine Frechheit, wenn ihr heute Abend nicht dabei seid. Wo wir doch nur noch zwei Wochen hier sind.» Ich zwinkere Jan zu, dieser zuckt ratlos mit den Achseln.

«Ich habe heute Abend einen wichtigen Kundenanruf, den ich definitiv nicht verschieben kann, aber das Fräulein hat da, wie du ja schon bemerkt hast, eine etwas andere Sichtweise», grummelt er wütend.

Jaja, Väter und Töchter. Es ist nie so richtig klar, wer das Sagen hat.

«Ich kann Lilli heute Abend gerne mitnehmen, dann kannst du in Ruhe telefonieren», schlage ich großmütig vor.

«Jajaja», kreischt Lilli begeistert.

«Wie soll ich das nette Angebot nicht annehmen», seufzt Jan.

«Aber du weißt, dat dat Arbeiten dich von deinem Kurziel ablenkt?», bemerkt Moni streng.

«Weiber. Fallt mir nur alle in den Rücken», murmelt Jan resigniert und beißt krachend in sein Brötchen.

Mein heutiges Programm besteht – gewisse Dinge darf man durchaus übertreiben, finde ich – aus Massage und Pilates. Pilates, so stelle ich auch beim zweiten Mal fest, ist nicht nicht halb so stylisch, wie es sich anhört. Moni und ich ächzen und stöhnen wie zwei Seniorinnen und suchen nebenbei verzweifelt unser Power House. Ich rede mir die Sache schön: Vielleicht hilft es ja dabei, meine seit den Schwangerschaften verlorenen Bauchmuskeln wiederzufinden. Da muss Frau wohl durch.

Nach dem Mittagessen und einem ausgiebigen Strandspaziergang entere ich das Kurmittelzentrum für meinen nächsten Massagetermin. Durchaus mit gemischten Gefühlen. Denn heute bin ich bei Raoul.

Ich liege auf dem Bauch, und seine Hände gleiten gekonnt über meinen Rücken. Leise Klaviermusik wabert durch den Raum, aus mehreren Kabinen ist leises Stimmengemurmel zu vernehmen. Man hört Schritte auf dem Linoleum, Vorhänge, die auf- und zugezogen werden. Ich nehme mir fest vor, mich auch zu Hause regelmäßig massieren zu lassen. Es gibt nichts Besseres, um dem Alltag für eine halbe Stunde zu entfliehen. Zum ersten Mal verstehe ich, warum die Leute scharenweise in die Wellnesstempel strömen. Man wird zur Prinzessin auf Zeit.

Wir plaudern über dies und das. Darüber, dass Raoul und Irina sich so gut verstehen, zum Beispiel, oder dass die Arbeitsatmosphäre leider nicht immer so entspannt ist wie im Moment.

«Wegen der Jahreszeit sind wir nur zu zweit. Wir haben noch zwei weitere Kolleginnen, die sind aber nicht ansatzweise so umgänglich wie Irina. Um ehrlich zu sein, wenn unsere Chefin da ist, bleibt kaum Zeit für Gespräche. Deshalb treffen wir uns auch privat recht oft.»

«Ihr seid also richtig befreundet?»

«Ja, und das sieht ihr Mann gar nicht gerne.» Er lacht leise. «Aber Irina und ich sind wie Bruder und Schwester, er braucht sich wirklich keine Sorgen zu machen. Natürlich hilft es nicht wirklich, dass ich so unglaublich gut aussehe.»

Er sagt das auf eine so nette Art und Weise, dass ich schallend loslache.

«Dein Selbstbewusstsein möchte ich haben. Wenn ich dich nicht schon ein wenig kennen würde, würde ich denken, du machst mit deinem Selbstbild Cristiano Ronaldo Konkurrenz.»

«Wie kommst du denn jetzt auf den? Also ehrlich, das ist doch kein Mann. Ich lasse mir ja viel gefallen, aber der Vergleich hinkt.»

«Ich hab doch nur vom Selbstbild geredet, du eitler Fatzke! Ronaldo ist der Lieblingsfußballer von Ellas bestem Freund. Mit ihm muss Rainer immer seine Fußballfachgespräche führen. Irgendwo muss er ja seine Männlichkeit ausleben.»

Kaum habe ich es ausgesprochen, ärgert es mich, die Sprache auf Rainer gebracht zu haben.

«Rainer ist dein Mann, ja?», fragt Raoul prompt.

«Ja, mein Mann auf Selbstfindungstrip.» Ich erzähle auch ihm die Geschichte. Langsam bekomme ich Übung darin.

«Das hört sich für mich so an, als bräuchtest du im Moment nicht so schrecklich verbindlich zu sein. Vielleicht wäre es an der Zeit, an dich selbst zu denken.»

«Du klingst wie meine Mutter.»

Er lacht. «Ich habe eben viele Qualitäten.»

«Das ist mir in der Tat auch schon zu Ohren gekommen.»

Oje. Ich grinse in mein Guckloch und versuche krampfhaft, nicht rot zu werden. Wer weiß, was ER über meine Rückenmuskulatur spüren kann. Ich mache die Augen fest zu und warte gespannt auf die Antwort.

«Aha, du hast es also gehört.» Seine Stimme klingt sehr amüsiert. «Wo hast du ES denn gehört? Von meiner netten Plauderkollegin Irina oder direkt im Kurhaus?»

«Was wäre denn schlimmer?»

«Zweifelsohne das Kurhaus. Da werden die Zahlen aus Sensationsgründen gerne vervielfacht.» Sachte knetet er meinen unteren Rückenbereich.

Dass er so offen über seinen Ruf spricht, verschlägt mir glatt die Sprache. In gewisser Weise scheint er also stolz darauf zu sein. Nicht dass mich das wundert. So, wie er sich mir gegenüber präsentiert, scheint es ihm nicht einmal ums Angeben zu gehen. Es klingt eher so, als dass er einfach ist, wie er ist, und dazu steht.

«Ich werde bei Gelegenheit den Gerüchten im Kurhaus nachgehen, aber leider hat es mir ein kleines osteuropäisches Vögelchen gezwitschert.»

«Die kleine Schlange», sagt er leise.

«Oh, hab ich jetzt was gesagt, was ich nicht hätte sagen dürfen?»

«Nein, nein, aber ich wundere mich gerade darüber, dass sie das getan hat, normalerweise ...» Er bricht mitten im Satz ab.

«Ich will aber nicht, dass es Stress zwischen euch beiden gibt.»

«Nein, mach dir keine Gedanken. Es hat mich nur gewundert. Aber das war, ehrlich gesagt, ziemlich dumm von mir. Denn ihr seid zwei Frauen, die sich gut verstehen. Was soll man da schon erwarten?»

Ich grinse in mich hinein. «Ja, so ist das wohl mit uns Frauen. Haben wir auch nur ansatzweise dieselbe Wellenlänge, ist kein Mann vor uns sicher.»

«Tja, alles Miststücke, außer Mutti.»

Ich kichere. «Den Spruch kenne ich aber anders.»

«Ich auch, aber ich habe ja Manieren.»

Die nächste Frage muss ich einfach stellen. Wie praktisch, dass ich ihm dabei nicht ins Gesicht sehen muss. «Jetzt hast du mich so neugierig gemacht, ich finde, nun kannst du mir auch den Rest verraten. Über wie viele Frauen reden wir hier eigentlich?»

Raoul schnauft amüsiert und knetet meinen Nacken plötzlich ganz schön unsanft. Bringt ihn die Frage etwa doch in Verlegenheit?

«Komm, spiel nicht den Verlegenen. Außerdem, du weißt doch, ist der Ruf erst ruiniert ...» Ich grinse verwegen den Boden an. Sein andauerndes Schweigen reizt mich. Ich rate. «Also, wie viele? Zwei je Kurgang?»

Raoul ächzt.

«Mehr? Ich bin schockiert!»

Ich hebe meinen Kopf aus der Vertiefung und schiele ihn von unten an. Er hat ein Einsehen, hört auf zu massieren und erwidert den Blick eindeutig höchst amüsiert.

«Also gut, du lässt ja doch nicht locker. Aber versprich mir hoch und heilig, es für dich zu behalten, ja?»

Fragend sehe ich ihn an und nicke. «Du machst dir doch nicht Sorgen um deinen Ruf. Oder etwa doch?»

«In der Tat gefällt mir dieser Ruf ganz gut.» Er grinst spitzbübisch und reibt sich seinen Drei-Tage-Bart. «Aber, wie eben schon angedeutet, die Leute neigen zur Übertreibung.»

«Och.» Ich ziehe einen Flunsch. «Jetzt dachte ich, ich lerne endlich mal 'nen richtigen Gigolo kennen. Und nun so was. Doch wieder ein Softie.»

Raoul boxt mich gegen die Schulter. «Du bist ein Biest, weißt du das? Aber ein amüsantes!»

«Danke sehr! Und nun will ich Zahlen und Fakten.» Ich hätte gerne zurückgeboxt, aber das geht wegen meiner komischen Position leider nicht. Also belasse ich es bei einer kleinen Andeutung.

«Okay, okay. Die Wahrheit ist …», er macht eine bedeutungsschwangere Pause, «es waren bisher zehn. Zehn Frauen.»

«Pro Kurgang?», foppe ich ihn.

«Nein, natürlich nicht pro Kurgang, ich bin doch kein Rammler. Nein, insgesamt. Und in zwei war ich sogar ernsthaft verknallt.» Jetzt klingt er tatsächlich ein bisschen verlegen. «Aber zum Schluss fahren sie eben doch wieder zu ihren Ehemännern nach Hause.»

Ich schaue ihn gespielt mitleidig an. «Also doch ein Softie. Ehrlich gesagt, hat Irina so was schon angedeutet, auch wenn ich die Hoffnung hatte, es ist wenigstens ein bisschen Wahres an dem, was so getuschelt wird. Andererseits: Wieso gründelst du auch in diesem Ententeich? Wir sind doch alle beschädigtes Material.»

«Tja», grinst er verlegen, «wie soll ich sagen. Gelegenheit macht Diebe.»

«So bist du mir lieber», stelle ich amüsiert fest. «So ein bisschen Arschloch steht jedem Mann.» Mit diesen Worten versenke ich meinen Kopf wieder im Guckloch und klopfe auf meinen Hintern. «Los, massier weiter!»

«Immer gerne, Frau Teenkamp.»

Und ich genieße. Es ist wirklich witzig, wie wohl ich mich bei Raoul und Irina fühle. Ich überlege, was es über mich aussagt, dass ich, eingesperrt in ein Haus voller Frauen, ausgerechnet mit zwei Männern Freundschaft schließe. Aber warum eigentlich nur Freundschaft?, schießt es mir plötzlich durch den Kopf. Ich bin doch eine Frau. Eine verlassene Frau. Eine ungebundene Frau, wenn man so will. Na ja, halb, zumindest. Ob es Raouls Hände sind, die gerade energisch meinen Nacken kneten, das Gespräch über Sex oder beides zusammen – ich weiß es nicht. Allerdings prasseln definitiv gerade sehr seltsame Gefühle auf mich ein.

«Eine Frage noch», nuschle ich, ohne weiter nachzudenken.

«Hm», macht Raoul, und seine Hände gleiten weiter über meinen Nacken.

«Die anderen Frauen, also, die, in die du nicht verliebt warst, mit denen hast du ja nur geschlafen, oder?» Seine kreisenden Bewegungen stoppen kurz, dann massiert er weiter. Die Spannung, die gerade entsteht, ist mit bloßen Händen greifbar.

«Ja, in der Tat, das habe ich. Nur mit ihnen geschlafen, sie hemmungslos vernascht, ausgenutzt und nach Hause geschickt. Na ja, in drei Jahren ...»

«Keine Rechtfertigung bitte, du brauchst dich nicht zu rechtfertigen. Nicht vor mir. Waren sie denn attraktiv, also die Mädels, die du vernascht hast?»

«Ja, doch, für mich schon.»

Mittlerweile sind seine Hände meinen Rücken hinuntergewandert und bearbeiten sanft meine unteren Lendenwirbel. Das hat jetzt irgendwie gar nichts mehr mit der sonst so zweckmäßigen Massage zu tun. Ich reiße mich zusammen, um nicht zu stöhnen. Nicht aufhören, nicht aufhören, schreit mein Inneres.

«Jung? Waren sie jung?»

«Nein, bis auf ein oder zwei waren sie in meinem Alter. Eine ... war sogar älter. Wieso fragst du?»

Höre ich da einen Unterton in seiner Stimme? Und wenn ja, was für einen? «Hmm, also ich frage nur so rein hypothetisch und nur, weil ich momentan so eine weibliche Selbstwahrnehmungskrise bewältige und hoffe, von dir eine neutrale und nicht weibliche Antwort zu kriegen. Hmm, mach weiter.»

«Sprich dich aus, Hase», sagt Raoul und klingt sehr, sehr belustigt. Dabei streicht er sanft einmal von oben bis unten über meine komplette Wirbelsäule.

Es fällt mir plötzlich sehr, sehr schwer weiterzusprechen, trotzdem frage ich: «Wäre ich denn geeignetes *Material*? Also so rein hypothetisch natürlich.»

Raoul fängt schallend an zu lachen – auf eine sehr nette Art und Weise, doch ehe er antworten kann, steckt plötzlich Irina ihren Kopf durch den Vorhang.

«Raoul, Verena, gleich ich mache zu die Tür. Mittagspause. Los, los, ich gebe euch fünf Minuten, zu beenden die schöne Massage.»

Raoul schnappt sich ein Handtuch und wischt seine Hände daran ab. Verwirrt richte ich mich auf. Ich weiß nicht, ob ich jetzt glücklich sein soll über die Störung oder unglücklich. Ich tendiere dazu, es besser zu finden, dass wir gestört wurden, denn das Gespräch hat eine durchaus seltsame Wendung genommen. Ich hatte mich definitiv nicht mehr so ganz unter Kontrolle.

«Ich gehe jetzt, Verena, muss noch schnell aufräumen. Du weißt ja, wo der Ausgang ist, und wir sehen uns am Mittwoch und ...» Er macht eine lange Pause, in der sich erneut eine seltsame Spannung zwischen uns aufbaut. Dann legt er kurz seine Hand in meinen Nacken und sieht mich mit klarem Blick an. «... du wärst auf jeden Fall geeignetes *Material*. Rein hypothetisch natürlich.»

Holla, die Waldfee. Meine Hormone tanzen Polka.

Aufgewühlt verlasse ich das Kurmittelzentrum. Der Wind, der mir entgegenbläst, kommt mir gerade recht. Um den Kopf frei zu bekommen und die Gedanken zu sortieren, die in wilden Horden durch mein Gehirn galoppieren, ist ein Winterspaziergang genau das Richtige. Anstatt also zurück ins Kurhaus zu gehen, drehe ich ab und marschiere entschlossen zum Strand. Im Laufe der letzten Tage ist es jeden Tag ein bisschen kälter geworden. Der Himmel ist stahlgrau, das Meer rauscht monoton. Beruhigend. Ich lasse die Gedanken laufen.

Was zur Hölle ist da gerade passiert? Mit Raoul, dem Viertelspanier? Und mir, der Halbverlassenen? Ein Gespräch unter Freunden? Nein! Ein Sexgespräch?

Oh, mein Gott, ja, es war definitiv ein Sexgespräch. Was ist nur in mich gefahren? Und was hat er da am Schluss gesagt? Was bedeutet das, und was soll ich damit anfangen? Was habe ich mir nur dabei gedacht? Nicht viel, wie es scheint. Und vor allem – wie soll ich ihm nach diesem Gespräch noch unter die Augen treten?

Ob es besser wäre, alle Massagetermine abzusagen und ihm aus dem Weg zu gehen? Ja, das wäre auf jeden Fall die vernünftigste Lösung.

Vernünftig? Pah! Irgendetwas in mir wehrt sich plötzlich ganz heftig gegen die Vernunft, die scheiß Vernunft kann mich mal. Wie hilft mir die Vernunft denn weiter? Bin ich in den letzten Jahren nicht ausschließlich vernünftig gewesen? Hat die Vernunft meinen Mann nach Jordanien geschickt? Hat die Vernunft dafür gesorgt, dass meine Kinder weinend unter dem Tannenbaum saßen? Ist es vielleicht an der Zeit, der Vernunft in den Arsch zu treten und mich zur Abwechslung mal etwas anderem zuzuwenden? Der Unvernunft, dem

Leichtsinn, der Torheit oder der Gedankenlosigkeit? Nein, das hört sich viel zu negativ an. Vielleicht lieber dem Erlebnis, dem Nervenkitzel, dem Wagnis, dem Experiment und dem Risiko! Und wenn ich gedanklich schon so weit bin, warum dann nicht direkt dem Flirt, der Eskapade, dem Seitensprung?

Dem Seitensprung?

Meine revolutionären Gedanken werden jäh unterbrochen, denn etwas fällt mir auf die Nase. Ungläubig starre ich auf meine Nasenspitze und dann in den Himmel.

Schnee!

Na, wenn das nichts zu bedeuten hat. Wetterwechsel. Veränderung. Gehört das nicht zu einer guten Geschichte, dass der Protagonist im Regen seine Strategie und sein Leben ändert oder wenigstens eine Erkenntnis hat, die zu einer Änderung seines bisherigen, meist irgendwie bemitleidenswerten Lebens führt? Was ist dann der Schnee? Eine sanfte Form des Regens, ein wenig geheimnisvoll und die hässlichen Seiten der Welt verhüllend?

Jetzt bin ich wirklich komplett verrückt geworden. Ich schüttle den Kopf. Jetzt befrage ich schon den Schnee, wie meine Geschichte weitergehen soll, dabei sollte ich mir schnellstens eingestehen, dass ich Lust habe – pure Lust –, die Gelegenheit, die sich mir vielleicht auf dem Silbertablett bietet, zu nutzen.

Aber wie genau soll das dann aussehen? Also praktisch jetzt. Die praktische Umsetzung von was auch immer ich mir da ausmale. Denn es ist doch so: Als ich das letzte Mal etwas mit einem Mann anfing, war ich dreiundzwanzig. Dreiundzwanzig! Ein junges Mädchen – frisch, knackig, unbedarft. Nun bin ich achtunddreißig. Mein Körper ist zusammen mit

Rainers Körper gealtert, ich habe ihn seit fünfzehn Jahren niemandem mehr präsentieren müssen. Seit fünfzehn Jahren habe ich keinen anderen Mann geküsst, berührt oder sonst irgendwas getan, was man in die Kategorie «knisterndes Vorgeplänkel» einordnen könnte.

Also bin ich theoretisch fast wieder so etwas wie Jungfrau, oder nicht?

Irgendwie komme ich so nicht weiter. Eine Ratgeberin muss her. Ich fische mein Handy aus der Jackentasche und wähle die einzig wahre Nummer.

«Hallo, Lynn, ich bin's, Verena. Schade, dass du nicht da bist, ich könnte gerade echt jemanden gebrauchen, der mir sagt, dass es völlig okay ist, mit dem gutaussehenden Masseur etwas anzufangen. Okay. Hast du zu Ende gekreischt? Ja, du hast richtig gehört, ich bin da in was reingeraten. Also, na ja, ich erzähle dir das natürlich noch genauer, und, jaja, ich weiß, ich mache mir wieder viel zu viele Gedanken, aber immerhin bin ich verheiratet und ... Ist auch egal. Bitte rufe mich unbedingt zurück, ich brauche dich, damit du meine Gedanken sortierst.»

Ich lege auf. So ein Mist, aber immerhin kennt nun der Anrufbeantworter Teile der Geschichte, und Lynn kann in Ruhe kreischen, bevor sie mich zurückruft und hoffentlich die richtigen Ratschläge gibt.

Mittlerweile ist der Strand mit einer dünnen Schneedecke überzogen. Richtig schön sieht das aus. Strand und Schnee sind etwas, was ich noch nie zusammen erlebt habe. Vor mir tippeln zwei Möwen und hinterlassen kleine Spuren im Schnee. Immer wenn ich ihnen zu nahe komme, fliegen sie auf und landen zwei Meter weiter, um dann wieder vor mir herzutippeln. Niedlich.

Als ich an der Rezeption nach meinem Schlüssel verlange, steht plötzlich Moni neben mir.

«Ach, Verena, wo kommst du denn her? Warste am Strand? Is schön mit dem Schnee, ne? Dat is 'ne Wolldecke gegen Hässlichkeit, sach ich immer. Im Ruhrgebiet können wir dat ja gut gebrauchen, wat?»

Sie wiehert vor sich hin. Manchmal habe ich den Verdacht, sie selbst ist ihr größter Fan.

«Aber du strahlst ja vielleicht, richtig gut siehste aus. Rosig wie 'n junges Ferkel. Dat Wetter macht dir Spaß, wat?»

«Ja, das Wetter ist toll, ich liebe die Kälte, und der Schnee dazu ist natürlich ein Traum. Ich muss los zu den Kindern, wir sehen uns später, ja?»

Ist es nicht toll, dass man im Leben alles aufs Wetter schieben kann?

Meine Kinder finde ich im Bastelraum, wo sie versunken Perlentiere herstellen. Übermütig, wie ich bin, schleiche ich mich von hinten an und halte Ella die Augen zu.

«Boah, Mama, wer soll mir denn sonst die Augen zuhalten?»

«Menno», maule ich teeniemäßig und mustere interessiert ihr Kunstwerk, «was wird das, wenn es fertig ist?

«Ein Salzwasserkrokodil», sagt Ella stolz.

«Und du, mein Schatz?», frage ich Anni und streichle über ihr braunes Haar, einfach, weil ich das bei ihr noch darf, ohne direkt einen flapsigen Spruch zu ernten.

«Ich mache eine Schildkröte, so wie Lilli», erklärt Anni stolz und deutet auf Lilli.

Die beiden fädeln synchron Perle für Perle und haben genau festgelegt, welche Perlen sie als Nächstes benutzen. Mir wird schon beim Zusehen ganz schwindelig, so winzig sind die Perlen. Für Anni ist Ordnung das halbe Leben, und diese Perlen sind ein Sortierparadies. Lilli scheint eine Schwester im Geiste zu sein.

Pflichtbewusst frage ich, ob ich helfen kann.

«Neihein», kommt es dreistimmig zurück.

«Gut, dann gehe ich jetzt duschen. Ihr wisst ja, wo ihr mich findet.»

«Jahaaa.»

Kommando Körperoptimierung für «was auch immer» kann starten. Als ich in die Dusche steige, fällt mir auf, dass ich sie erst das zweite Mal benutze. Weil wir jeden Abend schwimmen gehen, ist sie fast überflüssig. Da ist es doch gar nicht so verkehrt, einmal ohne Kinder zu duschen. Ich stelle die Temperatur auf 39,5 Grad und lasse das Wasser an. Perfekt. Ein Strahl, der einen Tick härter sein könnte, fließt wohlig über meinen Kopf, die Schultern und den Rest des Körpers. Herrlich. So könnte ich stundenlang verharren, doch letzten Endes nehme ich die Shampooflasche in die Hand und lasse einen kleinen Klecks Shampoo hineinlaufen. Nicht zu viel. Langsam und genüsslich seife ich meine Haare ein und massiere Strähne für Strähne. Ausspülen. Spülung. Die gleiche Prozedur noch einmal.

Das Prasseln des Wassers und die immer gleichen Bewegungen lassen mich zur Ruhe kommen. Ich bin aufgewühlter, als ich dachte. Fast meditativ verharre ich unter dem warmen Strahl, nehme die Seife ... und schlagartig ist es vorbei mit meiner Glückseligkeit. Die harte Realität holt mich ein, als ich das Gegenteil von einem festen, straffen Bauch einseife. Zwei Schwangerschaften haben ihre Spuren hinterlassen.

Noch so ein Umstand, der mich von meinem dreiundzwanzigjährigen Alter Ego unterscheidet. Und das würde natürlich, also rein theoretisch, auch ein Raoul zu sehen bekommen. Will ich das?

Wenn es denn so einfach wäre. Weiß nicht jede Frau, dass jede Frau auf diesem Planeten Selbstzweifel hat? Es gibt ja in den letzten Jahren immer mehr Kampagnen im Netz, im Fernsehen und in den eindeutigen Klatschblättern, die propagieren, dass der weibliche Körper mit all seinen Makeln wunderschön ist, und selbst die Werbung beansprucht mittlerweile den unperfekten Körper für sich und ihre Produkte. Seltsam zwar, wenn direkt daneben weiter Diätprodukte beworben werden, aber das darf man wohl nicht hinterfragen.

Ich für meinen Teil finde andere unperfekte Körper toll.

Meinen eigenen würde ich postwendend gegen etwas Besseres eintauschen.

Was also würde ich tun, wenn mir eine gute Fee anbieten würde, all das zu optimieren, was mich an mir selbst stört?

Also ... halt, stopp! Was soll das jetzt schon wieder? Lamentieren über die eigene Unzulänglichkeit? Wieder einmal? Geschissen drauf! Weg mit den Gedanken. Hinfort! Hat Raoul nicht gesagt, er findet mich attraktiv? Dieser gutaussehende Mann?

Mit einem seligen Grinsen auf dem Gesicht und einem Tschakka im Herzen mache ich nur noch eines: mich und meinen unperfekten Körper «für was auch immer» schön!

Eine gefühlte Ewigkeit später steige aus der Dusche und hülle mich in ein großes weißes Handtuch, ein weiteres türme um meine Haare. Ich will mein Schönheitsprogramm gerade fortsetzen, als zwei Dinge gleichzeitig passieren. Erstens: Die Kinder klopfen und stürmen wie die Irren ins Apartment.

Zweitens: Lynn ruft an.

Zwei Dinge, die jetzt so gar nicht zusammenpassen.

«Mama, Mama, wir haben so einen Hunger. Hast du was zu essen?» Anni annektiert kreischend das Sofa.

«Hallo, Lynn, warte mal einen Augenblick, ja?»

«Anni, in der Kommode rechts unten sind noch Brezeln.»

«Verena, ist das dein Ernst, was du mir auf den AB gesprochen hast, du willst wirklich den Masseur vernaschen? Haben sie dich ausgetauscht, oder was? Als ich sagte, dass du jedes Abenteuer mitnehmen sollst, habe ich nicht im Traum daran gedacht, dass du es tatsächlich tust. Du verwegenes kleines Miststück!»

«Mama, ich mag keine Brezeln.»

«Lynn, es ist gerade ganz schlecht, aber mein Anruf war so was wie eine Kurzschlussreaktion.»

«Mama, hast du noch was anderes als Brezeln?»

«Nein, Schatz, Anni, ich, Lynn ...»

«Mama, was ist eine Kurzschlussreaktion?», erkundigt sich Ella.

«Das ist, wenn deine Mutter den Masseur vögeln will.» Lynn kichert hysterisch in den Hörer.

«Lynn, die Kinder!»

«Aber die hören mich doch gar nicht.»

«Hat Lynn was von Vögeln erzählt? Ich hab es genau gehört. Hat sie jetzt einen Vogel?» Anni vergisst sogar die Brezeln für einen Augenblick.

«Ja», sage ich betont laut und langsam, «die Lynn hat einen riesigen Vogel, und zwar einen in ihrem Kopf. Und nein, ich habe nichts anderes außer Brezeln. Lynn, kannst du mal kurz die Luft anhalten, ich ruf dich gleich zurück.»

«Nein, nein, nein», kreischt es aus dem Hörer. «Ich überlebe es nicht zu warten.»

Ich lege umgehend auf.

«Was überlebt Lynn nicht?», fragt Anni.

«Nichts, Anni, du weißt doch, Lynn übertreibt gerne.» Ich krame in der Kommode nach weiteren Knabbereien. Gott sei Dank werde ich fündig.

«So, hier sind noch ein paar Kekse. Setzt euch bitte an den Tisch und lasst mich ein paar Minuten in Ruhe mit Lynn reden, ja?»

«Können wir fernsehen?»

«Nein.»

«Menno.»

«Am helllichten Tag. Ihr habt Nerven.»

Ich verziehe mich aufs Klo und rufe meine beste Freundin zurück. Sie geht direkt dran.

«So, und jetzt erzählst du mir bitte, bitte, was passiert ist, dass du mir so eine Nachricht aufs Band sprichst. Ich dachte, ich falle um. Das bist doch nicht du, oder?»

«Ja, nein, ach, Lynn, ich weiß auch nicht. Irgendwie macht mich diese Kur hier ganz wuschig. So viele Frauen um mich herum, mein eigener Mann weit weg und dann dieser Masseur. Er ist nett und charmant und sieht sooo gut aus!»

«... und er will mit dir ins Bett?»

«Lynn!»

«Waaas? Von alleine würdest du doch nie auf die Idee kommen, einfach mit jemandem in die Kiste zu hüpfen.»

«Ja und nein. Also, pass auf, es war so.»

Ich erzähle ihr haarklein, was passiert ist, kann dabei selbst kaum glauben, dass ich diejenige war, die auf der Liege lag und DIESES Gespräch geführt hat.

«Also, habe ich das jetzt richtig verstanden, und du hast tatsächlich den Kurgigolo gefragt, ob er sich vorstellen könnte, mit dir ins Bett zu gehen?»

So aus Lynns Mund hört sich das noch krasser an als ohnehin schon, aber abstreiten kann ich es auch nicht. Weil, irgendwie ist genau das passiert.

«Ähm, ja, es hört sich jetzt natürlich sehr krass an, aber im Grunde war es so.»

«Das hört sich nicht nur krass an, das IST krass, liebe Verena. Ich erkenne dich gar nicht mehr», unkt Lynn und holt Luft, um weiterzureden.

Ich falle ihr ins Wort. «Ja, du hast recht, es ist eine absolut bescheuerte Idee. Ich glaube, es ist besser, ich vergesse das Ganze schnell wieder. Danke, dass du mir den Kopf zurechtgerückt hast.»

«Verena!», sagt Lynn in einem Ton, als hätte ich vollends den Verstand verloren.

«Ja?»

«Du hast mich falsch verstanden. Wenn ich sage, ich erkenne dich nicht mehr, heißt das nicht, dass du das Ganze lassen sollst. Im Gegenteil. Ich finde, du solltest dich absolut hemmungslos ins Abenteuer stürzen.»

Pause.

«Und Rainer?», frage ich dann zaghaft.

Lynn seufzt. «Ach, Verena, er hat es nicht anders verdient. Du kennst meine Meinung. Denk bitte an dich und lass die Dinge einfach geschehen. Nur eines musst du mir versprechen.»

«Was?»

«Dass du mir jede Kleinigkeit erzählst.» Lynn freut sich schon jetzt diebisch über jede versaute Kleinigkeit.

«Okay, aber dann muss ich jetzt echt anfangen, mir die Muschi zu rasieren», erwidere ich flapsig, und Lynn blökt vor Freude so laut in den Apparat, dass mir fast das Trommelfell wegfliegt.

In diesem Augenblick betritt Anni das Bad. «Warum muss die Uschi sich rasieren, und wer ist das überhaupt?»

Nun ist es endgültig um uns geschehen, ein Haufen Teenager ist nichts dagegen. Ich breche das Gespräch ab. Es ist alles gesagt, und die Lachtränen fließen wie das Kölsch in einer Altstadtkneipe an Karneval.

Doch als wäre der Tag nicht schon aufregend genug gewesen, ereilt mich zum Schluss noch die Sache mit der Dusche.

Wie morgens besprochen, klopfen wir nach dem Abendessen bei Jan und Lilli. Lilli ist bereits fix und fertig in Badeanzug und Bademantel gewandet, und schnatternd machen sich die Mädchen auf in Richtung Schwimmbad. Jan telefoniert bereits und wedelt mit den Händen. Irgendwas versucht er, mir zu sagen, aber ich zucke nur ratlos mit den Achseln. Ich würde ihm Lilli nach dem Schwimmen einfach wieder hochbringen. Das versuche wiederum ich, ihm mit Handzeichen klarzumachen, woraufhin er ratlos mit den Achseln zuckt. Auch egal, denke ich, kriegen wir schon alles irgendwie hin, und dackle den Mädels hinterher.

Sie müssen den Weg zum Schwimmbad in Rekordgeschwindigkeit zurückgelegt haben, denn als ich ankomme, planschen sie bereits munter im Wasser. Und Frau Professor auch. Na, vielen Dank auch. Hoffentlich kommt sie nicht öfter auf die Idee. Wir sollten ein Schild aufhängen, auf dem steht, dass der Zutritt nach dem Abendessen nur netten Menschen gestattet ist. Also uns!

Kaum habe ich den ersten Fuß ins Wasser gesetzt, hole ich mir einen Rüffel ab.

«Sie wissen schon, dass die Kinder nicht unbeaufsichtigt im Becken sein dürfen? Das hat die Kurleitung ja nun am ersten Abend klar und deutlich kommuniziert», sagt sie in pikiertem Ton.

«Das weiß ich durchaus. Leider ist mir auf dem Weg etwas dazwischengekommen, und die Kinder können höchstens ein oder zwei Minuten im Wasser sein», antworte ich mit gespitzter Zunge.

«Dann wäre es Ihre Pflicht, Ihren Kindern beizubringen zu warten», entgegnet sie.

Ich verkneife mir eine passende Antwort. Im Grunde hat sie ja recht, aber wegen der zwei Minuten muss man echt kein Fass aufmachen. Außerdem kann ich auf ein Gespräch mit Frau Professor wirklich verzichten. Dumme Kuh, denke ich mir und murmele ein «Werde ich nächstes Mal beherzigen», dann tauche ich unter.

Schade, dass ich nicht die ganze Zeit unter Wasser bleiben kann. Ich schwimme eine Bahn nach der anderen und verfestige nebenbei meine Vorurteile. Nicht eine Minute lässt Frau Professor ihre Tochter aus den Augen, die phlegmatisch mit ihren Schwimmflügelchen im Wasser dümpelt. Sobald sie sich mehr als einen Meter von der Mutter entfernt, wird sie mit einer passenden Belehrung wieder eingesammelt. «Friederike, du weißt, Schwimmflügel retten dich nicht vor dem Ertrinken. Bitte, bleib hier.»

Die arme Friederike taumelt also weiter spaßbefreit durch die festgelegte Aufenthaltszone und wirft sehnsüchtige Blicke in Richtung der Mädchen, die die meiste Zeit unter Wasser verbringen und nur dann und wann juchzend und kreischend auftauchen. Frau Professor stört offensichtlich auch das. Ob sie wohl weiß, dass man in ihrem Gesicht lesen kann wie in einem Buch? Pädagogisch inspiriert, nötigt sie ihrer Tochter jetzt festgelegte Schwimmübungen auf, die die Kleine weder versteht noch mit ihren riesigen Flügeln angemessen ausführen kann. Ungeduld macht sich in Frau Professors Gesicht breit, und nachdem die Übungen wenig zielführend waren und das arme Mädchen auch noch anfängt zu frieren (sie bewegt sich schließlich kaum), scheucht sie die Tochter endlich aus dem Wasser – und wir haben das Becken wieder für uns allein. Wenn Jan jetzt da wäre, hätten wir fein was zu lästern.

Nach einer Stunde wird mir langweilig, und ich treibe die Mädels aus dem Becken, was natürlich allergrößten Unmut hervorruft. Nützt aber nichts. Lilli besteht darauf, sich wie immer in der Herrendusche zu duschen. Ella und Anni wollen unbedingt mit, also drücke ich ihnen ihr Shampoo in die Hand und verziehe mich alleine in die Damendusche, wo ich mich das zweite Mal an diesem Tag sorgfältig einseife und abspüle. Ich wringe gerade meinen Badeanzug aus, als ich aus der Herrendusche besorgniserregendes Gekreische höre. Schnell tapse ich hinüber, um nachzusehen, ob etwas passiert ist, und stehe plötzlich Jan gegenüber.

Nackt.

Auweia.

«Oh, Jan, ähm», stottere ich und werde puterrot. Unauffällig versuche ich, den Rückweg anzutreten (tolle Idee, nackt, wie ich bin). Die Mädchen kichern.

«Mama, du bist ganz, ganz nackig», weist Anni mich höflich auf meinen unverkennbaren Zustand hin.

Jan läuft ebenfalls rot an. «Ähm, das tut mir aber jetzt leid», stammelt er.

«Kannst ja nix dafür», entgegne ich und suche nach irgendeinem Loch, in dem ich mich verkriechen kann. Irgendwie sieht er anders aus, aber auf die Schnelle will mir nicht einfallen, warum. Ich will nur noch weg. Ich präsentiere ihm also meine winterblasse Kehrseite und trete die Flucht an. Leider zu schnell. Vor lauter Hektik stolpere ich über die dünne Fußleiste, die Duschraum und Schwimmhalle voneinander trennt, und falle stumpf auf meine Knie.

Ganz großes Kino.

Die Mädchen schütten sich aus vor Lachen, und ich rapple mich mühsam auf. Jan, der wohl kurz darüber nachgedacht hat, ob man einer nackten Frau beim Aufstehen helfen darf, kommt auf mich zu, packt mich am Oberarm und hilft mir auf die Beine. Dabei schaut er dezent zur Seite. Das Grinsen, das er mühsam zu verbergen sucht, sehe ich allerdings doch.

«Ich bin echt ein Trotteltier», seufze ich.

«Du blutest», stellt er fest.

Richtig. Ich sehe an mir hinunter. Von meinem linken Knie laufen feine Rinnsale Blut auf den weißen Fliesenboden. Jetzt tut es plötzlich auch weh.

«Aua», knatsche ich mädchenhaft und winde mich aus dem festen Griff, mit dem er meinen Oberarm hält. Ich bin schließlich immer noch nackt, daran hat auch das blutende Knie nichts geändert. Jan beißt sich auf die Lippe, die Mädchen kichern ungebremst weiter. So würdevoll wie möglich entziehe ich mich dieser absurden Situation, und mein nackter Hintern ist das Letzte, was die vier von mir sehen.

Schöne Scheiße aber auch.

Die Wunde ist tiefer als gedacht, es dauert eine Weile, bis die Blutung gestillt ist. Ich ziehe mich an, packe meine Sachen zusammen, atme ein Mal tief durch, humple nach draußen in die Vorhalle und stelle mich meiner Peinlichkeit.

«Das nächste Mal warnst du mich bitte vor, dann nehme ich ein Feigenblatt mit», sage ich trocken, bevor Jan etwas sagen kann.

Er grinst schelmisch. Jetzt fällt mir auch auf, was mich eben so irritiert hat. Der Bart ist ab. Er sieht ganz anders aus. Jünger. Offener. Gut. Tatsächlich.

«Es tut mir leid. Ich wollte dir ja sagen, dass ich nach dem Anruf noch runterkomme, aber du hast mich offensichtlich nicht verstanden.»

«Ich werde baldmöglichst einen Kurs in Gebärdensprache besuchen, damit ich das nächste Mal gewappnet bin.»

«Ich bin mir nicht sicher, ob ein Feigenblatt nicht die einfachere Methode wäre.» Er grinst unverhohlen. Richtig jungenhaft sieht er aus. Ich knuffe ihn in den Oberarm.

«Wage es nicht, das jemandem zu erzählen!»

«Schade, die Moni würde sich sicher sehr freuen.»

«Blödmann.»

Beschwichtigend hebt er die Hände. «Ich schweige! Versprochen.»

«Na gut.» Ich lege meinen Kopf schief und schaue ihn an. «Der Bart ist ab. Eben war er noch dran.»

«Hab ich Lilli versprochen, und was man verspricht ...»

«Lilli hat dich im Griff, ja?»

«*Eine* Frau muss es ja geben, die mir sagt, was ich zu tun habe.»

«Das können Töchter gut. Steht dir aber, so ohne Bart. Siehst viel jünger aus.»

«Ja, findest du? Hoffentlich muss ich jetzt nicht meinen Ausweis vorzeigen, wenn ich ein Bier trinken gehe. Ist noch ein bisschen ungewohnt.» Er streicht sich über sein nacktes Kinn.

«Na, so war ich wenigstens nicht die Einzige, die nackt war», feixe ich.

Er schnauft amüsiert. «Dann können wir uns ja jetzt im Duett genieren.»

«Blödmann», sage ich ein weiteres Mal, grinse aber dabei und knuffe ihn wieder in den Oberarm. «Komm, lass uns die Grazien einfangen und gehen.»

«Du hast was gut bei mir», sagt er.

«Ich werde darauf zurückkommen.»

Wir sammeln die in ihre Bademäntel gehüllten Kinder ein, die sich am anderen Ende der Vorhalle gegenseitig ihre nassen Handtücher zuwerfen, und marschieren in unsere Stockwerke.

Der letzte Termin

Wie üblich legen wir auf dem Weg zum Frühstücksraum einen Stopp an der Rezeption ein. Wie in jedem größeren Hotel gibt es dort für jeden Kurgast ein Fach, in dem Nachrichten und Post hinterlegt werden können. Bis auf den Kurplan habe ich noch nie etwas bekommen, heute liegt ein Zettel darin.

«Was steht drauf, Mama?», fragt Ella neugierig, als ich ihn auseinanderfalte, und sie ist enttäuscht, weil, völlig profan, nur einer meiner Termine verschoben wurde. Der Massagetermin. Auf 17:00 Uhr.

Nein, ich mache mir jetzt keine Gedanken darüber, was das bedeutet. Aber warum wurde er verlegt? Und von wem? Von Raoul? Nein, nein, nein, keine Spekulationen! Ich ignoriere mein Herz, das wie eine Hasenfamilie über eine frühlingshafte Blumenwiese hoppelt. Ignoriere, dass mir ganz klamm wird bei dem Gedanken, dass heimliche Träume wahr werden könnten, und ignoriere außerdem, dass mein Verstand gerade komplett ins Koma fällt. Beherrscht scheuche ich meine Kinder in den Speisesaal, Moni und Jan samt Anhang mampfen bereits freudig vor sich hin, Jenny fehlt.

Moni beißt herzhaft in ihr üppig belegtes Leberwurstbrötchen. «Na, wat habt ihr heute so geplant?», nuschelt sie mit vollem Mund.

«Die Kinder haben Entspannung, und ich muss heute nur

zur Massage. Vormittags gehe ich an den Strand, glaube ich. Es hat heute Nacht gestürmt, vielleicht entdecke ich ja endlich einen Bernstein.»

«Ach, dat hört sich gut an. Meinste denn, du findest wat? Ich kann da ja nix unterscheiden, für mich sehen die Dinger alle gleich aus.»

«Ich habe da so meine Geheimtipps», erwidere ich geheimnisvoll und schmiere großzügig Erdbeermarmelade auf meine Brötchenhälfte.

«Die würden mich ja interessieren», schaltet sich Jan ein.

«Aber nur, wenn du Bitte, bitte sagst», fordere ich ihn schelmisch auf.

«Bitte, bitte», bettelt er untertänigst und presst beide Handflächen in Gebetshaltung aufeinander.

«Nein, das geht anders», kräht Anni, die es geschafft hat, sich die Marmelade bis unter den Haaransatz zu schmieren.

«Wie denn?», fragt Lilli.

Ella und Anni grinsen. «Wenn wir etwas ganz doll haben wollen, müssen wir ‹Liebste Mami, Herrscherin über Raum und Zeit› sagen», verrät Ella.

Die Tischgesellschaft lacht herzlich.

«Na, wenn das mal nicht eine angemessene Anrede für die liebste Mami ist, dann weiß ich es auch nicht», unkt Jan.

Ich grinse. Es ist einer dieser Insider, die wohl jede Familie hat. Einmal damit angefangen, hat sich diese hochherrschaftliche Anrede seit Jahren fest in unserem Alltag etabliert.

«Es ist allerdings so, dass es leider immer noch die meiste Zeit ‹Mama, du musst› heißt», relativiere ich die Aussage meiner Kinder.

«Ja, das machen wir nur, wenn wir gut gelaunt sind oder

Mama uns mit Strafen droht, die sie sowieso nicht umsetzt», stimmt mir Ella grinsend zu.

Ich schicke ihr einen Luftkuss über den Tisch. In der Hektik des Alltags vergesse ich einfach viel zu oft, wie lustig meine Kinder sind.

«Sagt mal, wo bleibt denn die Jenny eigentlich?», fragt Moni, mittlerweile auf ihrem zweiten Leberwurstbrötchen herumkauend.

Wir zucken gemeinschaftlich mit den Achseln.

«Nich, dat die krank is. Dat is ja so doof hier. Dann kannste nämlich schön mit den Blagen auf 'm Zimmer bleiben. Dabei tut der die Gesellschaft hier doch so gut. Wenn die gleich nich kommt, geh ich mal bei der klopfen.»

Na, wenn Moni sagt, Jenny tue die Gesellschaft gut, muss es wohl stimmen. Sie ist so unscheinbar, mir ist nicht einmal klar, wie sie überhaupt irgendwas hier finden könnte.

Ich stelle unser Geschirr zusammen, schiebe mit der Hand die Krümel vom Tisch und lade sie auf meinen Teller. Damit die Damen vom Hausservice ein bisschen weniger Arbeit haben. Wir «dürfen» hier ja nicht einmal unser Geschirr nach dem Essen wegräumen. Anschließend scheuche ich Anni und Ella in die vierte Etage, damit sie sich die Marmelade aus dem Gesicht waschen. Den Weg zur Schule finden sie alleine.

«Hat noch jemand Lust auf einen Tee oder Kaffee?», frage ich gönnerhaft.

«Nee, ich muss gleich los, ich hab Massage», sagt Jan.

«Sehen wir uns heute Abend im Schwimmbad?» Er schenkt mir ein gemeines Grinsen, das eindeutig in Bezug zu den gestrigen nackten Tatsachen steht.

«Aber sicher. Nett, dass du es ankündigst», greife ich die Andeutung auf.

Er schmunzelt, schnappt sich einen Apfel und verschwindet.

«Also, ich tät noch 'nen Kaffee nehmen», sagt Moni.

Gut, dann eben noch ein bisschen mit Moni quatschen. Ich versorge sie mit Kaffee und mich mit Tee und setze mich wieder. Der Speisesaal ist mittlerweile fast leer, nur noch zwei andere Tische sind besetzt. Weil Moni noch immer mit ihrem Brötchen beschäftigt ist, schlürfe ich versonnen meinen Tee. Dabei kann ich nicht umhin zu hören, worüber einen Tisch weiter geredet wird. Als das Wort Masseur fällt, spitze ich alarmiert die Ohren. Und tatsächlich, die Gerüchteküche brodelt.

«Ich habe ja gehört, der soll ein ganz Schlimmer sein», sagt eine drahtige Frau in den Vierzigern. «Eine Bekannte von mir, die auch schon hier war, hat erzählt, dass der schon so einige Frauen durchhat. Na ja, wundern tut es mich nicht, der sieht ja auch unverschämt gut aus. Sie meinte, wenn er sich eine ausgeguckt hat, die ihm gefällt, dann kriegt die den letzten Termin.»

Ich verschlucke mich fast an meinem Tee, Moni zieht fragend eine Augenbraue nach oben.

«Wieso den letzten Termin?», fragt eine andere Frau begriffsstutzig.»

«Na, dann ist da drüben nichts mehr los, und er kann seine Spezialmassage anwenden. Ist doch klar», sagt die dritte kichernd.

«Schade, ich hab leider nur diese Russin, oder was die ist, aber wir können ja mal Schmiere stehen, wer abends zuletzt reingeht», sagt wieder die zweite. Die Damen klopfen sich vor Freude auf die Schenkel und kichern wie drei Zwölfjährige.

«Schätzken, wat is, bist ja ganz blass geworden.» Moni beäugt mich mit kritischem Blick.

«Ähm, nichts», sage ich möglichst unauffällig und fahre mit dem Zeigefinger die Blümchen auf der Wachstischdecke nach. Ich beschließe, nach vorne zu preschen. Manchmal ist die Wahrheit schließlich die beste Lüge. «Hast du gehört, was die Frauen gerade geredet haben?»

«Ach, dat. Dat is doch nix Neues. Der Masseur, der angeblich in jedem Kurgang mindestens drei Weiber flachlegt.»

«Na ja.» Ich lache und hoffe, es wirkt so locker wie beabsichtigt. «Ich habe heute den letzten Termin. Da war ich mit dieser Information kurzzeitig überfordert.»

Jetzt ist es Moni, die sich vor Freude auf die Schenkel klopft. «Und jetzt haste Angst, dat sich der Schnuckel über dich hermacht. Nee, da brauchste keine Angst zu haben. Wahrscheinlich hat der mal wat mit zwei, drei Frauen gehabt, und jetzt is et so 'n Gerücht, dat sich immer weiter aufplustert. Da brauchste keine Sorgen haben, dat der sich an dir vergreift.»

Ich bin erleichtert. Ablenkungsmanöver gelungen. So viel Weitsicht habe ich Moni übrigens gar nicht zugetraut.

«Außerdem», fügt sie hinzu, «wenn et so wäre, hätt ich mir längst den letzten Termin gekrallt, so ein kleines Saftschneckchen würd ich mir doch nicht entgehen lassen.»

Nun bin ich es, die sich vor Freude auf die Schenkel klopft. Soll ich sie wirklich fragen? Ich habe bei meinen unausgegorenen Gedanken zu heute Abend eigentlich Jan im Visier gehabt, um auf Anni und Ella aufzupassen, aber aus irgendeinem Grund kommt mir das unpassend vor. Ich beschließe spontan, dass Moni vielleicht die bessere Wahl ist.

«Wo wir gerade beim Thema sind», sage ich so unschuldig

wie möglich, «damit ich heute Abend in Ruhe den Masseur vernaschen kann» – wie gesagt, die Wahrheit ist oft die beste Lüge –, «bräuchte ich jemanden, der die Kinder um sechs mit zum Essen nimmt.»

«Ach, dat kann ich gerne machen. Der Jan-Hendrik freut sich bestimmt, wenn er nich allein mit seiner langweiligen Mutter am Tisch sitzen muss. Wo und wann soll ich die Schätzken denn aufsammeln, und wann biste wieder da?»

Ich bezweifle zwar, dass die Begeisterung von Seiten meiner Kinder auf Gegenseitigkeit beruhen wird, aber da müssen sie jetzt durch. Denn dass ich heute für was-auch-immer egoistisch sein werde, habe ich ja inzwischen sehr ausgiebig mit mir selbst diskutiert. Ich überlege. 17:00 Uhr ist der Termin. Der dauert eine Stunde. Und dann? Es kann sein, dass ich danach direkt nach Hause komme oder …

«Wenn du sie um kurz vor fünf bei mir abholst, bin ich nach dem Abendessen wieder zurück. Vielleicht gehe ich nach der Massage noch eine Runde zum Auslüften an den Strand. Natürlich nur, wenn das für dich in Ordnung ist.»

«Nee, dat geht schon in Ordnung. Geh du man an den Strand. Dat tut ja gut nach der Massage», sagt Moni, ohne DAS THEMA weiter aufzugreifen. Puh.

«Danke dir, das ist echt lieb von dir.»

«So bin ich. Immer nett – auch zu den Studierten.» Sie grinst.

Wir haben beide die Tassen geleert und erheben uns. Moni, um «mit die Stöckers durch die Gegend zu watscheln», und ich, um am Strand über die abendlichen Optionen nachzugrübeln.

Am Strand ist es schlicht wunderschön. Anstatt über Sand stiefele ich durch bestimmt fünfzehn Zentimeter hohen Schnee. Es hat die ganze Nacht über geschneit, und es ist knackig kalt. An der Seebrücke hängen dicke Eiszapfen von der Gischt, die immer wieder daran hochschießt und mit jeder Welle die Zapfen weiterwachsen lässt. Seetang liegt tiefgefroren in einzelnen Häufchen herum und glitzert in der Morgensonne, die dann und wann durch die Wolken bricht. Meine Gedanken drehen sich im Kreis. Um sie zu sortieren, lege ich innerlich eine Checkliste an. Um die Sache rational zu betrachten. Weil, meine Gefühle habe ich ja geklärt. Dass ich will, steht außer Frage. Jetzt kann mich nur noch die Vernunft retten.

Ich muss

1. mich fragen, ob ich nicht total einen an der Klatsche habe;
2. mir darüber klarwerden, wie der Abend verlaufen soll, wenn Raoul mich wissen lässt, dass er Interesse hat;
3. mich darauf gefasst machen, dass alles auch ein Hirngespinst sein kann;
4. mir klarmachen, dass ich dann nur eine Episode für den heißblütigen Viertelspanier bin;
5. mich fragen, ob das für mich in Ordnung ist;
6. mich fragen, was das für meine Beziehung zu Rainer bedeutet.

Oje, Punkt sechs ist heikel. Ich beschließe, damit anzufangen. Fakt ist, Rainer ist weg und unsere Beziehung ungeklärt. Trotzdem sind wir nach wie vor ein Paar. Wenn ich jetzt fremdgehe, bin ich dann auf dem Weg, mich von ihm zu lösen? Liebe ich ihn noch? Schwierig. Will ich ihn zurückhaben? Noch schwieriger. Was will er? Am allerschwierigsten.

So komme ich nicht weiter. Lynn meint, ich hätte jedes Recht der Welt, unvernünftig zu sein. Lynn ist meine beste Freundin. Grübeln hilft offenbar nicht weiter, deshalb rufe ich sie an und erzähle ihr von dem letzten Termin, seiner potenziellen Bedeutung und meinem Gedankenkarussell.

Nach dem obligatorischen Gequieke sagt sie Folgendes: «Verena. Ich wünsche dir von ganzem Herzen, dass Rainer wieder vernünftig wird und zurückkommt, denn das ist, auch wenn du es selbst nicht weißt, dein größter Wunsch. Du brauchst eine heile Familie wie der Bäcker sein Mehl. Ich glaube sogar, er kommt wieder zur Vernunft. Ehrlich, er ist kein Mensch, der sich einfach so auf und davon macht, und er ist außerdem viel zu bequem, um ein komplett anderes Leben anzufangen.»

«Okay», sage ich, «das ist doch mal eine Ansage ...»

«Aber», unterbricht sie mich, «du brauchst etwas, damit du, wenn ihr wieder zusammenkommt, hocherhobenen Hauptes zurück in die Beziehung gehen kannst. Denn sonst wirst du immer die abgeschobene und geparkte Ehefrau bleiben, deren Mann gönnerhaft zu ihr zurückgekehrt ist.» Sie macht eine bedeutungsvolle Pause. «Ich denke, da wäre unverbindlicher Sex mit einem gutaussehenden Masseur genau das Richtige.»

«Okay», sage ich noch mal.

«Versprich mir, es nicht aus Vernunftsgründen sein zu lassen. Wenn es sich gut anfühlt, ist es in Ordnung. Versprich mir das, ja?»

«Okay.»

«Und erzähle mir verdammt noch mal jedes noch so kleine

Detail. Das ist nämlich ein verdammt spannender Kitsch-
roman, den du gerade erlebst, und ich will auf keinen Fall
was verpassen.»

«Okay.»

«Ich hab dich lieb, Süße. Tu dir was Gutes!»

«Okay. – Lynn?»

«Ja?»

«Danke.»

«Keine Ursache, du verwegenes kleines Luder.»

Plötzlich habe ich einen dicken Kloß im Hals. Warum auch
immer, ich muss plötzlich weinen.

«Ach, Verena, Süße, jetzt sei nicht so sentimental, ehrlich,
schalte mal deinen verdammten Verstand ab.»

«Okay, ich hab dich lieb.»

«Ich dich auch. Und jetzt geh!»

Wir legen auf. Ich weine noch eine ganze Weile vor mich
hin. Die letzten Tage waren wohl einfach zu viel. Zu viel von
allem. Als es vorbei ist, geht es mir besser.

Mein Herz klopft bis zum Hals, als ich die schwere Glastür
aufdrücke und mich der gewohnte Chlorgeruch umhüllt. Die
Dame am Empfangstresen begrüßt mich mit einem warmen
«Guten Abend, Sie kennen sich hier bereits aus?».

«Ja, das tue ich.»

«Gut, ich wünsche Ihnen einen schönen Abend. Ich werde
gleich nicht mehr hier sein, aber der Masseur wird Sie dann
hinauslassen.»

«Danke, dann weiß ich Bescheid.»

Ich drücke die nächste Tür auf und atme schwer aus. Es
kribbelt überall, und mir ist schlecht. Sorgsam ziehe ich Jacke,
Schal und Handschuhe aus und lege sie mir über den Arm.

In diesem Augenblick zieht Raoul den Vorhang der Aufenthaltskammer zur Seite. In geschäftsmäßigem Schritt kommt er auf mich zu.

«Ach, hallo, Verena, schön, dann können wir gleich anfangen. Bitte geh doch schon mal in Kabine drei und bereite dich vor.»

Ich bin enttäuscht. Irgendwie habe ich mir die Begrüßung persönlicher vorgestellt. Habe ich mir vielleicht das alles nur eingebildet?

Ich sitze auf der Liege, als Raoul mit der Fangopackung auftaucht.

«Wie geht es dir? Hattest du einen schönen Tag?»

«Ja, schon.»

«Das ist ein tolles Wetter heute, nicht wahr?»

Aha, jetzt reden wir also über das Wetter. Na gut, das kann er haben. Wir plaudern weiter über völlig belanglose Dinge, während er mich in die Fangopackung wickelt.

«Ich bin in zwanzig Minuten wieder da.»

Weg ist er.

Was bin ich nur für eine dumme Pute. So ein sinnloses Gequatsche. So liege ich in meiner Packung unter den Wolldecken und ärgere mich über meine Naivität.

Sehr lange zwanzig Minuten vergehen, ehe Raoul wiederkommt. Ich bin ziemlich beleidigt und daher etwas patzig, als er mich anweist, mich für die Massage auf den Bauch zu legen.

«Ich leg mich ja schon hin», knurre ich, obwohl er sein Anliegen durchaus freundlich vorgebracht hat.

«Frau Teenkamp, ist es möglich, dass Sie schlecht gelaunt sind», neckt er mich.

«Wie kommst du denn darauf?», frage ich brummelnd.

«Nur so ein Gefühl.»

Er beginnt mit der Massage. «Du bist ganz schön angespannt. Gibt es einen Grund dafür?»

«Nein, gibt es nicht», lüge ich kurz angebunden.

«Entspann dich, ich werde deine verfestigten Muskeln lockern. Merkst du das hier? Ganz verspannt ist das.» Er knetet sorgsam den oberen Rückenbereich.

«Ja, merke ich», sage ich.

«Verena?»

«Ja?»

«Meine Chefin ist kurzfristig hier und sitzt da drüben hinter dem Vorhang. In etwa fünf Minuten müsste sie weg sein.» Er flüstert dabei.

«Hm», murmele ich.

«Wenn sie weg ist …»

«Ja?» Plötzlich wummert es wieder, mein Herz.

«Du weißt, worüber wir gestern gesprochen haben, bevor du gegangen bist?»

«Ähm, ja», krächze ich völlig überrumpelt von der plötzlichen Plotänderung.

Keine Antwort. Er massiert mich ruhig weiter. Spannt mich auf die Folter, der Mistkerl. Im hinteren Bereich des Massagetraktes rumort es, schließlich klappert jemand mit lauten Absätzen den Gang entlang.

«Tschüss, Raoul, bis nächste Woche», ruft eine helle Stimme.

«Ja, Sabine. Einen schönen Abend noch.»

Die Absätze klappern zum Ausgang, die Tür wird geöffnet, fällt wieder zu. Wir sind alleine. Ein, zwei Minuten massiert Raoul wortlos weiter. Dann hält er inne und räuspert sich.

«Meine Gedanken in den letzten vierundzwanzig Stunden willst du nicht kennen», raunt er dann.

Diesmal lasse ich ihn warten und schweige.

«Als du mich gefragt hast, also ...»

Das Kribbeln von eben ist urplötzlich wieder da, die Übelkeit auch.

«Bitte, kurze Pause», sage ich kurzatmig und drehe mich um, mir gleichzeitig das Handtuch, das über meinen Beinen liegt, schnappend, um es mir vor den Oberkörper zu halten.

Er sieht mich nun direkt an. Lächelnd, unsicher. «Ich habe deine Frage gestern beantwortet, aber was ist mit dir? Wie würdest du die Frage beantworten, wenn ich sie dir stellen würde?»

«Ich weiß es nicht», flüstere ich heiser und weiß es jetzt im Moment tatsächlich nicht. Mein Kopf ist leer wie ein ausgetrocknetes Flussbett.

«Denkst du drüber nach, während ich dich weiter massiere?»

«Okay», sage ich langgezogen und drehe mich erneut um.

Wortlos fährt Raoul fort. Minutenlang. Nachdenken geht nicht, die Gedanken tanzen wie kleine Glühwürmchen leuchtend und warm durch meinen Kopf. Keinen davon bekomme ich zu fassen. Aber eigentlich ist das auch gar nicht nötig.

Und dann drehe ich mich, einem inneren Zwang folgend, um. Halte mir kein Handtuch vor die Brust, sehe seinen erwartungsvollen Blick. Lege meine Hand um seinen Nacken. Ziehe ihn zu mir runter, rieche sein Aftershave. Und dann küsse ich ihn. Meine Güte, *ich* küsse ihn. Und *wie* ich ihn küsse. Und er mich. Die Zeit steht still und kreist um diesen Augenblick. Ich, Verena Teenkamp, küsse den Masseur, als wenn es kein Morgen gäbe.

Als wir voneinander ablassen, grinst er mich jungenhaft an.

«Eine schöne Antwort ist das.»

Ich grinse verlegen zurück. «Tut mir leid, das hat mich gerade überkommen. Normalerweise tue ich so etwas nicht, ich bin eigentlich ein ehrenwertes Mädchen.»

«Das ‹eigentlich› ist hier das Wesentliche an deinem Satz», schmunzelt er, und diesmal küsst er mich.

Er schmeckt gut, er riecht gut. Wann habe ich das letzte Mal so unbeschwert geknutscht? Es ist eine Ewigkeit her. Als wir das zweite Mal voneinander ablassen, nimmt er meine Hand und drückt mir das Handtuch in die Hand.

«Komm mit», sagt er und zieht mich in meiner Unterwäsche aus der Kabine auf den Gang.

Wir nehmen einen Seitenausgang, trotten durch einen kurzen Gang und bleiben vor einer unscheinbaren Tür stehen. Er fischt einen Schlüssel aus seiner Hosentasche, schließt auf, und wir stehen im Schwimmbad des Kurmittelzentrums.

«Lust, zu schwimmen?» Er hält meinen Blick gefangen, lockt mich.

«Oh ja», sage ich und bin mir ganz sicher.

Mit den Füßen stehe ich bereits im Becken, nun lasse ich mich in das angenehm warme Wasser gleiten.

«Bist du sicher, dass du mit Unterwäsche ins Wasser gehen willst?», fragt Raoul anzüglich.

Die erste Anspannung nach dem Küssen hat nachgelassen, ich bin fröhlich, geradezu beschwingt. Ein Blick auf die Uhr sagt mir, ich habe noch über eine Stunde, bevor ich zurückmuss. Ich habe vor, sie in vollen Zügen zu genießen.

«Eine Frau sollte nie alles von sich preisgeben», flöte ich zurück. «Komm rein, du unverschämter Junge.»

Er lässt sich nicht zweimal bitten und schält sich aus seinen Klamotten. Wohlwollend betrachte ich das Prachtexemplar, das sich vor mir entblättert, bis es nur noch in seinen Boxershorts dasteht, behände ins Wasser springt und mich, nachdem es wieder auftaucht, auf den Arm nimmt. Amüsiert sieht mir Raoul in die Augen.

«Dass du so leicht zu haben bist, hätte ich nicht gedacht», neckt er mich.

«Ich bin nicht leicht», sage ich, «zu haben aber schon. Sagen wir, du rennst bei mir gerade offene Türen ein.»

Er will mich wieder küssen, aber ich halte ihm den Mund zu.

«Ich will eines wissen, ehrlich, sag mir, was bin ich für dich? Bin ich eine von vielen, belanglos, unverbindlich, oder etwas, worüber ich mir hinterher den Kopf zerbrechen muss?»

Er lacht. «Bist du Günther Jauch?»

Ich tue, als würde ich ihn verprügeln. «Auf ernstgemeinte Fragen benötige ich ernstgemeinte Antworten.»

«Okay, okay.» Er hebt mich noch ein Stückchen höher, mein Kopf ist nun auf Augenhöhe und nur Zentimeter von seinem entfernt. «Keine Möglichkeit trifft zu.»

«Soll heißen?»

«Ich finde dich nett, sehr nett, attraktiv, sexy. Und du hast mir mindestens eine schlaflose Nacht beschert. Aber ich bin ein Streuner. Ich lebe von dem, was sich mir bietet, und ich brauche die Luft der Straße. Ich möchte, dass du Spaß hast und mir hinterher noch in die Augen sehen kannst. Und dir selbst auch.»

«Oh, das war ehrlich», sage ich, ziehe eine Schnute und schaue ihn mit einem wunderschönen Hundeblick an, der

Anni zur Ehre gereicht hätte. «Nichts von dem, was du gesagt hast, finde ich kritikwürdig. Also Spaß. Und unverbindlich, ja?»

«Ja, so in etwa.»

Ich grinse ihn frech an. «Dann komm, lass uns fummeln.»

Er lacht, seine Lachfältchen graben tiefe Schluchten in sein sonst so makelloses Gesicht. Er sieht damit noch besser aus als ohnehin schon. Er lässt mich los und zieht mich an sich. Sein Mund vergräbt sich an meinem Hals, küsst vorsichtig die Stelle über dem Schlüsselbein und wandert dann langsam meinen Hals hinauf.

«Fummeln hört sich sehr gut an. So schön harmlos», nuschelt er.

«Ja, nicht wahr?» Ich kichere haltlos.

Und dann fummeln wir. Was das Zeug hält. Und ich fühle mich wie siebzehn.

Ein letzter Kuss und noch einer, dann fällt die Tür hinter mir zu.

Raouls unverhohlenes Grinsen ist das Letzte, was ich sehe. Meine Wangen glühen. Sex gehabt, steht in dicken Lettern auf meinem Gesicht. Mein seliges Grinsen ist sicher kilometerweit zu sehen. Ich würde es aufs Wetter schieben. Ob ich dafür Werbung machen sollte, dass ein Techtelmechtel mit dem Masseur fester Bestandteil einer jeden Mutter-Kind-Kur sein sollte? Seit Jahren habe ich mich nicht mehr so jung, so frisch und so voller Tatendrang gefühlt.

Einer Diebin gleich schleiche ich nach Hause, darauf bedacht, dass niemand sieht, woher ich komme. Erst im Kurhaus atme ich auf. Ich flitze in mein Apartment, um mir die Haare zu föhnen, bevor ich Ella und Anni bei Moni auslöse.

Ironie, dass ich sie im nächsten Schwimmbad gleich wieder nass machen werde. Aber das war es definitiv wert.

Auf dem Weg nach oben grinse ich debil vor mich hin. Ich bin froh, dass Raoul und ich wirklich nur gefummelt und geknutscht haben. Das hatte so was Teenagermäßiges und macht die ganze Sache so schön harmlos. Für mein Ego hat es nicht mehr gebraucht. Anerkennung, Körperwärme und wohlige Gefühle im Zentrum meiner holden Weiblichkeit. Und er kann verdammt gut küssen, der Raoul. Mein lieber Scholli. Meine Lippen fühlen sich ganz wund an.

Bevor ich bei Moni klopfe, sammle ich mich kurz und denke an etwas, das mich hoffentlich von der Wolke holt, auf der ich gerade sitze. Meine Mutter. Ist gemein, hilft aber ungemein.

Ich klopfe, Moni öffnet.

«Na, Kind, haste 'ne schöne Massage gehabt?», begrüßt sie mich.

«Ja, und die Kälte danach am Strand hat auch sehr gutgetan.»

«Ganz rote Wängelchen haste, steht dir richtig gut. Aber wat haste denn mit deinen Lippen gemacht, die sind ja ganz wund.»

«Äh, ich brauche dringend einen neuen Labello», sage ich, weil mir spontan keine bessere Ausrede einfällt.

«Aber Mama, wir haben doch drei Labellos dabei, für jeden von uns einen», kräht Anni aus Monis Wohnraum. Echt schrecklich, diese Kinder. Immer auf Empfang, wenn es gar nicht passt, aber wehe, ich will was von ihnen, dann stehen die Öhrchen prinzipiell auf Durchzug.

Zur Abwechslung sagt Moni einmal nichts, dafür macht mir ihr Blick umso mehr Angst.

Ich betrete den Wohnraum und amüsiere mich köstlich über den Anblick, der sich mir bietet. Ella, Anni und Jan-Hendrik sitzen gemeinsam auf dem Sofa und schauen Coco, den kleinen Affen. Ich grinse, Jan-Hendrik scheint das Programm nämlich durchaus zu genießen. Das dürfen seine Altersgenossen bestimmt nicht erfahren. Ella und Anni springen vom Sofa, sichtlich froh, mich zu sehen. Ich nehme beide gleichzeitig in den Arm und küsse sie nacheinander auf den Scheitel.

«Mama, können wir jetzt endlich schwimmen gehen?», fragt Ella mit einem Seitenblick auf Jan-Hendrik.

«Jan-Hendrik, möchtest de nich mit den Mädels mitgehen? Dat Schwimmen würd dir auch guttun. So 'n bisskken Bewegung nach dem Abendessen.»

Ella und Anni halten kurz die Luft an, doch zum Glück schüttelt Jan-Hendrik unwirsch den Kopf. Uff, das hätte uns gerade noch gefehlt.

Nach einem kurzen Zwischenstopp in unserem Apartment, wo mich die Mädchen inständig bitten, doch bitte nie, nie wieder mit Jan-Hendrik in ein Zimmer gesperrt zu werden, ziehen wir uns um und betreten Minuten später die Schwimmhalle. Schwimmen Teil zwei. Bei dem Gedanken an Teil eins wird mir ganz warm ums Herz. Von Reue keine Spur. Dabei macht es mir schon fast Angst, wie leicht mir der Betrug gefallen ist. Nun, darüber werde ich heute Abend im Bett näher nachdenken müssen.

Jan und Lilli sind bereits da, und die Kinder werden mit großem Hallo und einer beachtlichen Arschbombe begrüßt. Keine Minute später sind sie in ihrem Spiel versunken. Diesmal dabei: Schwimmnudeln, Tauchringe und für Lilli eine niegelnagelneue Schwimmbrille.

Jan begrüßt mich gewohnt fröhlich, und nachdem er seine üblichen zwanzig bis dreißig Bahnen beendet hat, lässt er sich auf den Treppenstufen am Einstieg des Beckens nieder.

«Na? 'nen schönen Tag gehabt? Wie geht es deinem Knie?» Über sein Gesicht huscht ein schelmisches Grinsen.

«Ich habe es überlebt», gehe ich kurz darauf ein, «und sonst war nichts Besonderes. Und bei dir?» Die Schwindelei geht mir erschreckend leicht über die Lippen.

«Wir waren einkaufen. Ich weiß nicht, wie sie es macht, aber ich kann meiner Tochter einfach keinen Wunsch abschlagen.»

«Solange es nur Taucherbrillen sind, kommst du doch gut dabei weg, finde ich.»

Ich betrachte ihn. Dieser nette Mann in Badehose ist mittlerweile ein so gewohnter Anblick, ich frage mich, ob wir wohl nach der Kur Kontakt halten können. Nie habe ich bei ihm das Gefühl, mich verstellen zu müssen, oder mache mir Gedanken über mein Erscheinungsbild. Na ja, natürlich außer bei der Sache mit der Dusche. Die hat mich dann doch aus dem Konzept gebracht.

«Noch ist es eine Taucherbrille», seufzt er, «morgen ist es ein Pony.»

«Jaja, die Töchter. Rainer kann ...», ich stutze, «... kann ihnen auch schlecht widerstehen. Ach, Mensch, jetzt ärgere ich mich, dass ich wieder an Rainer gedacht habe.» Ich grummele.

«Das ist doch ganz normal», sagt Jan und sieht mich aufmunternd an, «ihr habt so eine ungeklärte Situation. Du kannst ja schließlich nicht so tun, als gäbe es ihn nicht.»

«Würde ich aber manchmal gerne», sage ich trotzig. «Immer kriege ich schlechte Laune wegen ihm, auch wenn es mir eigentlich gutgeht ... Ein falscher Satz, und, schwupp, hat er mir alles kaputt gemacht.»

«Vielleicht solltest du dir langsam Gedanken darüber machen, wie es weitergehen soll, und nicht darauf warten, dass er eine Entscheidung für euch trifft.»

Noch einer mit diesem Ratschlag. Und – habe ich nicht genau das gerade getan? Selbst entschieden?

«Was schlägst du vor?», höre ich mich fragen. «Soll ich vielleicht schauen, ob ein anderer Mann Interesse an mir hat?»

Warum habe ich das jetzt gesagt? Verdammt, mein loses Mundwerk ist manchmal wirklich eine Last. Ich werde bestimmt wieder rot und außerdem verlegen vor mich hin griemeln. Und obwohl ich angestrengt über meine unüberlegten Worte nachdenke, entgeht mir nicht, dass Jan mich ganz, ganz seltsam ansieht. Ich will gar nicht darüber nachdenken, was das jetzt wieder bedeuten mag, und tauche unter. Wasser kann ganz schön praktisch sein.

Als ich wieder auftauche, krault Jan gerade auf die andere Seite des Beckens. Er hat wohl bemerkt, dass er mich in Verlegenheit gebracht hat. Gut so. Ich ziehe ebenfalls meine Bahnen.

Danach wechseln wir noch ein paar unverbindliche Sätze, scheuchen die Kinder aus dem Wasser, und nach dem üblichen Zähneputzen, Vorlesen, Letzte-zwanzig-Fragen-Beantworten lege ich mich ebenfalls ins Bett. Und gönne mir, ohne Grübeleien diesen Abend immer und immer wieder Revue passieren zu lassen.

Nachgefühl

Deutlich vor der gewohnten Zeit, mit Fetzen unterschiedlich wirrer Träume im Kopf, wache ich am nächsten Morgen auf. Mein Unterbewusstsein hat ganz schön was zu verarbeiten. Kein Wunder, dass sich in der Nacht ein ganzer Strauß verrückter Träume durch meinen Kopf geschwurbelt hat. Die Kinder schlafen weiter tief und fest, als ich mich mit steifem Rücken aus dem Bett hieve und ungelenk ins Badezimmer stakse. Ein Blick auf die Uhr sagt mir, dass es kurz nach fünf ist und der Sonnenaufgang noch eine Weile auf sich warten lassen wird.

Nach dem Klogang betrachte ich mein vom Schlaf verquollenes Gesicht im Spiegel und seufze. Morgens sieht man definitiv so alt aus, wie man ist, und von Jahr zu Jahr dauert es länger, bis man ordentlich entknittert ist.

Trotzdem betrachte ich mich mit ganz neuen Augen. Sehe das Glänzen in den Augen, das gestern noch nicht da war. Ich wuschle mit den Händen durch mein braunes, dichtes Haar, das mir bis kurz über die Schultern reicht. Ich habe große, wellenförmige Locken, die, würde ich sie kämmen, mich aussehen ließen wie ein aufgeplustertes Hühnchen. Deswegen kämme ich sie nur, wenn sie nass sind. Müde grüne Augen sehen mich aus dem Spiegel an, die zahlreichen kleinen Fältchen, die sich im Laufe der letzten Jahre in mein Gesicht gegraben haben, sind nur morgens richtig schlimm, tagsüber sind sie noch recht gnädig und ziehen sich rücksichtsvoll zurück, sodass mein Gesicht von weitem fast noch als faltenfrei durchgeht. Einzig die Lachfalten sind immer da.

In jungen Jahren war ich der Typ «niedlich»: klein, schmal, mädchenhaft. Mit knapp vierzig bin ich nicht mehr schmal und nicht mehr niedlich. Welches Adjektiv da auf eine Achtunddreißigjährige zutreffen könnte, habe ich leider noch nicht herausgefunden, aber es scheint zu reichen, um einen Viertelspanier zu beeindrucken. So schlimm kann es demnach nicht um mich stehen. Ich grinse mich bei dem Gedanken selbst an, lasse das mit der Selbstbetrachtung und betreibe Morgentoilette.

Was soll ich jetzt tun? Zu Hause würde ich einfach ein bisschen im Haus kramen, das Frühstück vorbereiten oder die Wäsche machen, aber das fällt ja hier nun aus.

Weil mir nichts Besseres einfällt, lege ich mich wieder ins Bett und versuche, mein Buch weiterzulesen. Meine Gedanken driften jedoch immer wieder davon. Ich seufze ein weiteres Mal, als mir klarwird, dass ich mich wohl besser doch mit DEM Thema auseinandersetze. Nämlich wie und ob das mit Raoul weitergehen soll. Zumindest von meiner Seite aus. Spätestens wenn Lynn anruft, muss ich Rede und Antwort stehen, da ist es doch praktisch, wenn ich das alles bereits mit mir selbst diskutiert habe.

Meine neugestaltete innere Checkliste beinhaltet folgende zu klärende Punkte:

1. War das gestern okay?
2. Will ich das Ganze wiederholen und dann gegebenenfalls ausweiten auf richtigen Sex?

3. Wie soll ich mich Raoul gegenüber verhalten?
4. Wie wirkt sich die Knutscherei auf meine Beziehung zu Rainer aus?
5. Warum muss ich eigentlich für alles Listen erstellen?

Es ist nicht okay, was ich gestern getan habe. Rein objektiv gesehen, ist es das nicht. Aber es hat sich gut angefühlt. Und deshalb bewerte ich es positiv. Ganz dreist. Außerdem habe ich es ja schließlich nicht bis zum Äußersten kommen lassen und damit ein Fitzelchen Moral und Anstand bewahrt.

Punkt zwei ist schwieriger. Will ich weitermachen? Nein. Das Gefühl ist ganz plötzlich da, wie selbstverständlich. So, wie es gestern gelaufen ist, war es gut. Da muss ich nicht noch einen draufsetzen. Ich fühle mich wieder wie eine Frau, begehrt und attraktiv. Ein kleiner Selbstbewusstseinsbooster für die Seele. Mehr kann nur wieder kaputt machen, was mich jetzt besser fühlen lässt. Ich möchte nicht enttäuscht werden. Außerdem habe ich vielleicht doch eine Art von schlechtem Gewissen. Auch wenn ich jetzt gerade nichts davon spüre.

Also, *wie* werde ich mich Raoul gegenüber verhalten? Ob er Lust auf mehr hat? Ob er mehr erwartet? Egal, wie, er wird gut damit leben können, wenn es das war. Ich bin ja schließlich nicht die Erste und werde nicht die Letzte sein. Als ein Abenteuer von vielen kann ich also seine Gefühle getrost außer Acht lassen. Ein offenes Gespräch scheint mir allerdings angebracht, er selbst hat ja gesagt, dass wir uns noch in die Augen sehen können müssen.

So, jetzt zu Rainer. Rainer. Mein Ehemann. Der Vater meiner Kinder. Aber mein Kopf bleibt leer – wie immer. Eine Lösung ist weiterhin nicht in Sicht. Nach wie vor ist er es, an dem die Entscheidung hängt. Demnach hat die Knutscherei also keine direkte Auswirkung auf meine Beziehung zu Rainer. Na ja, das ist ja immerhin auch eine Antwort.

Warum fertige ich eigentlich für alles Listen an? Nun, sie strukturieren das Leben so schön und vermitteln mir ein Gefühl von Ordnung und Planbarkeit.

Nebenan rumort es. Ella und Anni werden wach. Gut so, nun kann ich mich wieder den profanen und gleichzeitig so wichtigen Dingen des Lebens widmen – meinen Kindern.

Anni wühlt sich als Erste aus dem Bett, tapst über den nackten Boden und rollt sich unter der Decke ein, die ich für sie lupfe. Kein Morgen ohne Kuscheln. Das ist ihr oberstes Gebot, und es gibt nichts Schöneres, als morgens ein aufgeheiztes Kinderöfchen mit unter der Decke zu haben. Kind zwei folgt mit einiger Verzögerung und kuschelt sich auf die andere Seite. Beide noch etwas verschlafen, aber gut gelaunt.

«Was machen wir heute», frage ich sie.

«Erst mal will ich noch ganz viel kuscheln und dann drei Brote mit Marmelade essen», lässt mich Anni wissen.

«Können wir nach der Schule was unternehmen?», fragt Ella.

«Worauf hast du denn Lust? Muscheln sammeln?»

«Strand, immer nur Strand. Können wir nicht mal was anderes machen?»

«Ich habe nur heute Vormittag Pilates und den Nachmittag frei. Was hältst du davon, wenn wir mit dem Bus in die Stadt fahren und ein bisschen einkaufen?», schlage ich vor.

«Na gut.»

«Was ist Pelantes?», fragt Anni.

«Bauchanspannen für unsportliche Mamis.»

«So?» Sie schiebt ihr Schlafanzugoberteil nach oben und

spannt den Bauch an beziehungsweise streckt ihn so viel es geht nach oben.

«Na ja, so in etwa.» Ich lache und kitzle sie ordentlich durch.

Eine Stunde später erscheinen wir in bester Laune am Frühstückstisch. Jenny und ihre Kinder sind wieder da, sehen aber blass aus. Emily mümmelt lustlos an ihrem Brötchen, und Kathy hat lediglich eine Tasse Kakao vor sich stehen. Wie immer sind die beiden still. Was in dieser Familie wohl im Argen liegt? Gesundes Kinderverhalten ist das auf jeden Fall nicht. Sie sind alle drei derart blass und unscheinbar, sie sind fast nicht da. Obwohl man die wenigen Sätze, die ich bisher mit Jenny gewechselt habe, an einer Hand abzählen kann, frage ich sie, wie es ihnen geht und ob sie gestern krank waren.

Jenny lächelt mich dankbar an, als wäre jede Form von Aufmerksamkeit ein Geschenk.

«Kathy hatte Bauchschmerzen, und Emily ging es auch nicht so gut. Deshalb haben wir einen Tag Pause eingelegt. Aber heute ist wieder besser», informiert sie mich gewohnt zurückhaltend.

«Das ist schön! Nur im Zimmer hocken ist wirklich keine Freude.»

Jenny nickt und nestelt an ihrem Teebeutel herum. Weil ich nicht weiß, was ich noch sagen soll – selten, dass mir bei jemandem so schnell der Gesprächsstoff ausgeht –, bin ich froh, dass zeitgleich nun auch die Moni- und die Jan-Familie am Tisch erscheinen.

«Guten Morgen», grölt Moni frohgelaunt in die Runde und lässt sich effektvoll auf den Stuhl plumpsen. «Habt ihr alle gut geschlafen?» Sie entwickelt sich fast zu so etwas wie unserer Kurmutti. «Also, ich hab ja phantastisch geschlafen. Dat mit der Seeluft is ja nicht nur so 'n Gerücht, ne? Wie 'n Baby, sach ich euch, sogar der Jan-Hendrik schläft wie nix. Nur schnarchen tut er hier wie 'n Großer, ne, Jan-Hendrik?»

Wie meistens kommt von Jan-Hendrik nichts anderes als ein unwirsches Grummeln. Ob ihr Uli wohl genauso wenig spricht? Aber das kann Moni ja egal sein, ich schätze, sie redet zu Hause einfach für drei. Ihr Blick bleibt an mir hängen.

«Na, Verenken, wie geht et dir? Haste auch schön geschlafen? Du kannst die Mädels ruhig öfter bei mir lassen. Fand der Jan-Hendrik nämlich richtig nett, ne, Jan-Hendrik?» Ein weiteres unwirsches Grummeln, dann grölt Moni wieder: «Die Anni und die Ella waren nämlich gestern bei uns, weil die Verena den letzten Termin bei der Massage hatte.»

Auweia. Ich fühle mich wie auf eine Bühne gebeamt. In den Augenwinkeln sehe ich, dass sich mehrere Köpfe nach uns umdrehen, und spüre, wie es um uns herum eindeutig leiser wird. Und dann sehe ich, wie Jan, der gerade am Kopfende des Tisches steht, fragend die Augenbrauen nach oben zieht. DAS GERÜCHT ist also allgemein bekannt, und ich bin geradewegs in der Mittelpunktshölle gelandet. Was soll ich tun? Eine schnelle Entscheidung muss her. Wie würde ich reagieren, wenn nichts dran wäre an der Geschichte von gestern, und das möglichst publikumswirksam? Angriff ist die beste Verteidigung, und bevor ich den Gedanken richtig zu fassen bekomme, höre ich mich sagen: «Jaja, vom letzten Termin haben wir alle ja schon gehört, aber leider, leider ist da nichts Wahres dran. Dabei habe ich mich schon so auf ein bisschen Abwechslung gefreut.» Hoffentlich ist das jetzt genauso flapsig rübergekommen wie beabsichtigt.

Moni lacht dröhnend. «Dat Schnuckelchen von der Massage würden wa uns doch alle zum gelegentlichen Knuspern gerne ins Regal stellen, wat?»

«Tja, dass man sich nicht mal mehr auf Gerüchte verlassen kann, ist wirklich unerhört», entgegne ich selbstbewusst.

Das scheint ihr Gott sei Dank zu genügen. Moni steht auf und holt sich ihr Frühstück, die Frauen an den umliegenden Tischen setzen ihre Gespräche fort. Unheil abgewendet. Nur Jans Augenbrauen bleiben oben. Aber darüber will ich jetzt lieber nicht nachdenken.

«Mama, warum verstehen wir nie, worüber die Erwachsenen reden?», fragt Ella frustriert, die doch so gerne über alles Bescheid weiß.

«Weil das genau so gewollt ist», antworte ich.

Diesmal ist es meine Älteste, die unwirsch grummelt.

Der Nachmittag beschert uns leider nicht den geplanten gemütlichen Einkaufsbummel. Im Gegenteil, stattdessen erwartet uns ein Gespräch mit Rainer. Danach ist die gute Laune im Eimer. Bei mir und bei den Kindern.

Zunächst freuen sich die Kinder wie Bolle, als das vertraute Geräusch aus dem Rechner erklingt. Ich wollte nur die Abfahrtszeiten des Busses googeln, als Rainer sich ganz unerwartet meldet. Ich rufe die Kinder zu mir und lasse sie dann vor dem Rechner alleine. Natürlich verfolge ich trotzdem jedes Wort, das gewechselt wird. Ich bin schließlich mehr als gespannt, wie Rainer ihnen erklärt, warum er sich die ganze Zeit noch nicht gemeldet hat.

Doch mitnichten hat der Herr es nötig, sich vor seinen Töchtern, SEINEN TÖCHTERN, auch nur ansatzweise zu rechtfertigen. Schwafelt von seinem Job, der Hitze, den anstrengenden Arabern und lässt auch noch, als wäre das alles nicht genug, Infos über die politischen Verhältnisse in Jordanien vom Stapel – was sieben- und zehnjährige Mädchen ja auch brennend interessiert. Ich zerbeiße fast das Kopfkissen, um nicht vor den Rechner zu stürmen und ihm virtuell eins über die Rübe zu braten.

Was Ella und Anni erzählen, scheint ihn dagegen nicht im Geringsten zu interessieren, danach klingen jedenfalls all die «Jajas» und «Hms» von seiner Seite des Rechners. Nachher bin ich wieder die Dumme, die den Kindern ihren Vater schönreden muss. Besten Dank auch.

Ich erkenne ihn überhaupt nicht mehr, er war doch vorher kein schlechter Vater. Was passiert da mit ihm im fernen Orient? Schickt es sich da etwa nicht, seinen Kindern Liebe und Anerkennung zukommen zu lassen? Sind sie ihm plötzlich egal? Es ist mir ein Rätsel. Bei allem, was er sagt, habe ich das Gefühl, dass er gar nicht richtig da ist und hier gerade eine unliebsame Aufgabe abarbeitet, in der Hoffnung, sich anschließend den schönen Dingen des Lebens widmen zu können. Der Höhepunkt dieser Farce ist sein Auftrag an die Kinder, mir mitzuteilen, er habe etwas Wichtiges zu besprechen, ich möge ihm doch bitte mitteilen, wann wir in Ruhe reden können.

Ich überlege, ob es wohl möglich ist, spontan einen Auftragskiller nach Jordanien zu schicken.

Nach diesem Gespräch sind die Kinder seltsam unberührt. So als wäre es normal, dass ihr Vater nur wenig für sie übrighat. Normalerweise können sie sich sehr deutlich darüber auslassen, wenn sie jemand unangemessen behandelt, diesmal tun sie so, als hätte es das Gespräch gar nicht gegeben. In stiller

Übereinkunft ziehen sie ihre Malbücher hervor und malen in aller Seelenruhe Mandalas aus.

Ich versuche, etwas über ihre Gefühlslage herauszufinden, setze mich mit an den Tisch und lasse mir ebenfalls ein Mandala geben. Meine Auswahl fällt auf ein filigranes Katzenmandala, und zunächst krickeln wir schweigend und einmütig vor uns hin.

«Der Papa hat ja echt ein aufregendes Leben gerade», wage ich einen Vorstoß.

«Hm, ja, das hat er», murmelt Ella.

«Heiß ist es da», sagt Anni.

«Seid ihr traurig?», versuche ich es weiter.

«Nein, wieso?», fragt Ella.

«Wenn der Papa wieder da ist, ist er bestimmt wieder ganz normal», sagt Anni, als mache sie sich keine Illusion darüber, dass Rainer im Moment nicht er selbst ist.

Ich weiß darauf nichts mehr zu sagen, sondern drücke beide stattdessen ganz fest, um ihnen zu sagen: «Ich bin bei euch, komme, was wolle.» Sie lassen es über sich ergehen und malen weiter. Die Sprachlosigkeit in unserer Familie ist mehr als besorgniserregend. Ich lasse sie in Ruhe, male ebenfalls weiter und hänge meinen Gedanken nach.

Die Jenny

Nun bin ich mir in den letzten Tagen bereits reichlich untreu geworden, als ich Moni in die Reihen meiner zu ertragenden Mitmenschen eingliederte. Was also liegt näher, als die Mitglieder der Tischrunde zu komplettieren und auch die Letzte im Bunde in meine Arme zu schließen? Bisher habe ich mir über Jenny und ihre Töchter, wenn überhaupt, nur am Rande Gedanken gemacht, aber heute Morgen ist mir klargeworden, auch hier muss eine Geschichte dahinterstecken.

Das ist es zumindest, was ich mir einrede, als ich losziehe, um mich in ihr Leben einzumischen.

Alles beginnt damit, dass Anni beim Malen ihres zweiten Mandalas eine ziemlich waghalsige Theorie aufstellt.

«Mama?», fragt sie, während sie sorgfältig einen kleinen Hasen in grellem Pink ausmalt.

«Ja? Warum malst du denn den Hasen pink an? Es gibt doch gar keine pinken Hasen, hm?»

«Bei dir vielleicht nicht, aber wenn ich Kinder habe, bin ich viel netter als du, und sie dürfen ihre Hasen in allen Farben anmalen.»

«Du hast wie immer recht. Male dein Häschen bitte weiter pink an.»

«Mama, ich will dich was fragen.»

«Ja, Schatz, frag.» Warum gibt es bei Kindern eigentlich immer dieses rhetorische Vorgeplänkel? Ich meine, welche Mutter verbietet ihrem Kind schon das Fragen, wenn es danach fragt? Aber nein, jede Frage braucht ihren Vorlauf. Mindestens *eine* Vor-Frage.

«Also, die Emily, ne?»

«Was ist mit Emily?»

«Also, wir finden die ja komisch.»

«Das ist mir durchaus aufgefallen. Aber warum findet ihr sie komisch?»

«Das ist doch klar! Weil sie nicht redet und immer nur auf ihren Teller guckt», mischt sich Ella ein, «und in der Schule redet sie auch mit niemandem.»

«Na ja, vielleicht ist sie schüchtern und traut sich nicht.»

«Ja toll, wir sind auch schüchtern», entrüstet sich Ella, «aber man kann sich ja an die anderen Kinder gewöhnen. Der Anfang ist halt immer doof.»

«Außerdem wollte ich was ganz anderes erzählen», mault Anni, die immer sauer ist, wenn Ella sich ihre Gespräche unter den Nagel reißt. «Ich weiß nämlich jetzt, warum Emily immer so komisch ist», platzt sie triumphierend heraus. «Emily ist nämlich höhenbegabt.»

«Hä?», lautet meine geistreiche Antwort.

Ella, die anscheinend genau weiß, was Anni meint, verarscht mich. «Die kann gut vom Zehn-Meter-Turm springen und noch besser Fallschirm ...», sagt sie kicksend.

«Nein, die ist höhenbegabt, weil sie so schlau wie ein Professor ist», fällt ihr Anni ins Wort.

Jetzt fällt auch bei mir der Groschen. «Ach, du meinst hochbegabt?»

Meine Neugier ist geweckt. Dass Anni diesen Begriff und

seine Bedeutung überhaupt kennt, wundert mich nicht. Heutzutage treffen Kinder schließlich vom Windelalter an auf die sogenannten Hochbegabten. Zumindest, wenn man dem glaubt, was ihre übermotivierten Eltern zu wissen glauben. Ich bin meines Wissens noch nie einem wirklich hochbegabten Kind begegnet. Wenn Anni allerdings von sich aus diesen Verdacht hegt, ist es schlichtweg außergewöhnlich.

«Hat jemand zu dir gesagt, dass Emily hochbegabt ist, oder wie kommst du darauf?», hake ich nach.

Sie antwortet mit stolzgeschwellter Brust: «Nein, das habe ich ganz alleine rausgefunden.»

«Hä, aber du redest doch gar nicht mit der», stellt Ella fest.

«Muss ich auch gar nicht, ich hab das nämlich kombeniert», sagt Anni geheimnisvoll.

«Boah, jetzt sag schon», bellt Ella ungeduldig, und ich muss ihr recht geben. Ich brenne ebenfalls vor Ungeduld.

«Ich habe das kombeniert, weil sie immer die Matheaufgaben von der Hanna macht.»

«Echt jetzt?» Ella bekommt Stielaugen.

«Wer ist Hanna?», frage ich.

«Die ist schon in der achten Klasse und auf dem Gymnasium», klärt mich Ella auf.

«Und Emily macht deren Matheaufgaben?»

«Ja», nickt Anni, «aber nur heimlich. Ich hab gesehen, wie sie sich Hannas alte Arbeitsblätter geklaut und dann hinten in ihrem Heft rumgekritzelt hat.»

«Na ja», gebe ich zu bedenken, «möglicherweise hat sie wirklich nur gekritzelt.»

Wir diskutieren eine Weile, wie man erkennen kann, ob jemand wirklich rechnet oder nur so tut. Die ganze Geschichte gibt mir allerdings zu denken. Emily ist, soviel ich weiß, in der dritten Klasse. Wenn sie wirklich freiwillig und heimlich Matheaufgaben aus der achten Klasse löst, lässt das tief blicken. Da scheint Annis Idee von der «höhenbegabten» Emily gar nicht so weit hergeholt zu sein.

Und es würde in das Bild dieses stillen blassen Kindes passen, das immer ein bisschen wirkt, als wäre es nicht von dieser Welt. Falls es zutreffen sollte, stellt sich zudem die Frage, ob Jenny überhaupt etwas weiß. So wenig, wie ich sie kenne, kann ich das kaum beurteilen. Ob ich mit ihr darüber reden sollte? Oje, gar nicht meine Baustelle!

Vielleicht sollte ich vorsichtig bei Jan oder Moni nachfragen. Mann o Mann, das passt mir jetzt irgendwie gar nicht, so ein lästiges Gutmenschentum, das meinen gepflegten Schutzwall einreißt. Doch wenn ich ehrlich bin, bröckelt der ja schon seit einigen Tagen an allen Ecken und Enden. Ich beschließe, zunächst den einfachsten Weg zu wählen, und beauftrage Ella und Anni als Spitzel.

«Achtet bitte mal darauf, ob so etwas noch einmal vorkommt, und so lange behalten wir das schön für uns, ja?»

So ein Verdacht muss sich schließlich erhärten, bevor man in die nächste Instanz vorrücken kann. Ella und Anni finden den konspirativen Auftrag klasse!

Nach dem Mittagessen habe ich ein Gespräch bei Frau Dr. Sprenglein. Die Wanderung in den fünften Stock ist wie eine kleine Reise in die Vergangenheit. Wie habe ich mich gefühlt, als ich vor wenigen Tagen dort das erste Mal vorstellig wurde? Und wie fühle ich mich heute? Ich kann den Wandel kaum begreifen.

Zwei Warteplätze gibt es vor Frau Doktors Zimmer, und

einer davon ist mit der Leopardenfrau besetzt, die mit klirrenden Armbändern bewaffnet wie eine Wilde auf der Tastatur ihres schicken Smartphones herumhämmert. Wie immer ummantelt von so erstaunlich geschmacklosen wie billigen Klamotten. Ich setze mich neben sie und vermeide es, sie anzuschauen. Nicht dass sie noch auf die Idee kommt, sich mit mir unterhalten zu wollen. Kein Anbandeln mit Leopardenfrau, summe ich stumm in mich hinein. Ein bisschen Würde muss ich schließlich noch behalten.

Frau Dr. Sprenglein ruft mich herein, und ich räume erleichtert den Platz.

Wie es mir nach der ersten Woche geht, möchte sie wissen. Ich erzähle, es gehe mir gut und die Kinder hätten sich bestens eingelebt. Ob ich das Gefühl habe, dass die Maßnahmen etwas bringen, oder ob ich irgendetwas an meinem Kurplan ändern will, fragt sie dann. Ich überlege kurz und storniere dann sämtliche Psychoberatungen. Lynn ist, was meine Psyche angeht, im Moment thematisch wesentlich näher am Thema.

Frau Dr. Sprenglein nimmt das ohne Kommentar in ihre Notizen auf. Dann liest sie ein wenig in meiner Akte, setzt ihre an einer goldenen Kette baumelnde Lesebrille ab und schaut mich an. «Wie sieht es mit Ihren sozialen Kontakten aus? Ich hatte den Eindruck, Sie haben sich anfangs etwas schwergetan.»

«Ach, Sie meinen sicher die Sache mit meiner Tischgesellschaft. Ich gebe zu, ich war erst gar nicht glücklich, mittlerweile habe ich mich aber mit der Situation arrangiert.»

«Nur arrangiert?»

«Nein, Sie haben recht, eigentlich verstehe ich mich mittlerweile gut mit den anderen Eltern am Tisch. Es ist auch nicht so, dass ich Probleme mit sozialen Kontakten allgemein habe, ich hatte anfangs eben eine andere Vorstellung von dem Aufenthalt hier.»

Frau Dr. Sprenglein lächelt milde. «Es ist in der Tat nicht ganz einfach, sich auf so unterschiedliche Menschen mit unterschiedlichem Hintergrund einzulassen. Da sind Sie nicht die Erste, der das am Anfang Probleme bereitet hat. Aber sehen Sie es doch einfach als persönliche Bereicherung, und gerade wir, die wir einen akademischen Hintergrund haben, sollten sowieso offen sein und in der Lage, Vorurteile zu überwinden.»

Ui, die ist aber direkt.

«Das habe ich schon getan, und es macht mir richtig Freude, diese Schranken zu überwinden. Trotzdem, vielen Dank für den Tipp», entgegne ich gönnerhaft.

Mehr gibt es wohl nicht zu sagen. Frau Doktor verabschiedet mich höflich und ruft Leopardenfrau herein. Ob sie bei der wohl ihre eigenen Vorurteile überwinden kann? Bestimmt. Von Berufs wegen.

Um Lynn endlich das nächste Kapitel dieser Kursoap zu liefern, trotte ich mit Mütze, Schal und Handschuhen bewaffnet an den Strand. Ich stiefle eine Weile am Wasser entlang, wie immer akribisch auf der Suche nach dem Bernstein, der dort einfach für mich liegen muss, und wähle nebenbei Lynns Nummer. Erwartungsgemäß kreischt sie mir ohne Begrüßung direkt ins Ohr.

«Verena, endlich, du dumme Nuss! Seit gestern warte ich darauf, dass du mir erzählst, was passiert ist. Hast du? Jetzt sag schon, hast du?»

Ich lache, auf Lynn ist eben Verlass, und ich freue mich richtig darauf, ihr die Neuigkeiten mitzuteilen. «Also, ich sag mal so: Projekt Spanier ist gelungen.»

«Echt? Eeeeecht? Oh, Verena, das ist der Knaller. Also, ich habe es ja wirklich gehofft, aber dass du es auch tust, daran hatte ich meine Zweifel.»

«Ja», antworte ich lachend, «die hatte ich auch. Aber wenn meine beste Freundin sagt, ich solle die Chance nutzen, dann muss ich das wohl tun.»

Sie kreischt abermals, und ich lasse sie, bis ich den Eindruck habe, dass sie sich einigermaßen beruhigt hat. Dann erzähle ich ihr haarklein, was gestern auf der Massageliege und anschließend im Schwimmbad passiert ist.

«Du hast also nicht mit ihm geschlafen?»

«Nein, und das war auch gar nicht nötig. Ehrlich, so war es viel schöner. So viel teeniemäßiger. Ich hatte richtige Schmetterlinge im Bauch und habe mich gefühlt wie siebzehn. Wenn du nicht so glücklich mit deinem Stefan wärst, würde ich dir glatt auch zu einer kleinen Romanze raten.»

«Oh, das ist so schön. Ich gönne dir das so. Und es reicht mir, wenn du mir nur alles erzählst, da kann ich richtig mitfiebern.»

«Ich hoffe, du hast Stefan nichts gesagt?»

«Verena, ich bin doch nicht blöd.»

Stefan und Rainer sind nämlich ebenfalls befreundet.

«Ist ja gut.»

«Und wie geht es jetzt weiter?», fragt Lynn.

«Also, mittlerweile habe ich mich ganz gut sortiert und beschlossen, es ist gut, wie es ist. Ich glaube, wenn ich weitermache, kann es nur zu Enttäuschungen kommen.»

«Da könnte was dran sein. Weiß es dein Spanier schon?»

«Nein, den muss ich noch irgendwie auftreiben, aber ich glaube nicht, dass es ihm große Probleme bereiten wird. Wie sagte er so schön: ‹Ich bin ein Streuner.›»

«Lustig. War wohl genau der richtige Mann zur richtigen Zeit, um meiner lieben Freundin zu zeigen, dass das Leben noch etwas für sie bereithält.»

Ich lache. «Genau das war er. Er hat mich quasi aus einem sexuellen Dornröschenschlaf erweckt.»

Lynn kichert großmütig. «Und was ist mit Rainer?»

«Rainer, wer zum Teufel ist Rainer? Nein, im Ernst, Lynn, da bin ich kein Stück weiter. Nach wie vor hält er das Zepter in der Hand. Und du weißt, ich nehme ihn sofort zurück, wenn er sich dazu bereit erklärt.»

Ist das so? Ich denke, ja. Trotz des Betrugs bleibe ich das wartende Weibchen auf der Halde. Vielleicht sollte ich das einfach akzeptieren.

«Und wenn er doch nicht wiederkommt?», fragt Lynn prompt.

«Ach, Lynn, würdest du es mit Stefan nicht genauso machen?»

«Stimmt, du hast recht.»

Wir schweigen. Uns beiden wird klar, dass mir und den Kindern noch eine lange Zeit der Ungewissheit bevorsteht. Daran wird auch diese Kur nichts ändern.

«Lynn? Ich danke dir, dass du für mich da bist.»

«Das ist doch selbstverständlich. Du würdest das auch für mich tun.»

«Ja, das stimmt, aber Stefan bleibt mal schön, wo er ist», sage ich.

«Und ich lese weiter meine Liebesschmonzetten, um dem schnöden Ehealltag zu entfliehen?»

«Genau das.»

«Unbefriedigend!»

«Aber so viel stressfreier ...»

«Stimmt.»

Wir verabschieden uns voneinander, natürlich nicht ohne Lynns Aufforderung, sie über jedes noch so kleine neue Fitzelchen zu informieren. Dann marschiere ich zurück, die Schule ist aus, und das Mittagessen wartet.

So langsam nimmt die Zeit im Kurhaus eine Geschwindigkeit auf, die mir unheimlich ist. Sosehr ich mir am Anfang gewünscht habe, die Zeit möge bitte schön recht schnell vorbeigehen, erwische ich mich nun bei dem Gedanken, dass es ruhig ewig dauern könnte. Ja, ich bekomme fast Angst, wenn ich daran denke, dass es hier irgendwann zu Ende geht. Denn das bedeutet Alltag und die Rückkehr der Probleme in ihrer ganzen Wucht. Ich tröste mich damit, dass gerade erst eine Woche vergangen ist und noch fast zwei Wochen vor mir liegen, die ich in Ruhe genießen kann. Der aufregende Teil liegt hinter mir. So glaube ich zumindest.

Entgegen meiner Absicht warte ich schließlich doch nicht ab, ob die Kinder noch etwas Verdächtiges in Sachen Emily herausfinden, sondern nutze bei unserem abendlichen Geplänkel im Schwimmbad die Gunst der Stunde und frage Jan, ob er von Moni oder Jenny selbst irgendetwas in Sachen Hochbegabung vernommen hat. Natürlich stoße ich ihn nicht gleich mit der Nase darauf. Annis Theorie alleine ist mir dann doch zu mager, um meinen Verdacht gleich in die Welt hinauszuposaunen.

«Was hältst du eigentlich von Emily?», frage ich so ganz nebenbei, als er wie gewohnt neben mir im Wasser treibt und Lilli dabei beobachtet, wie sie graziöse Arschbomben vollbringt.

«Na ja, sie ist sehr still. Aber das ist Jenny ja auch», antwortet er diplomatisch, seinen Blick weiter auf Lilli gerichtet. «Sie ist schon sehr verschlossen. Aber Kathy verbraucht ja auch Jennys gesamte Energie. Vielleicht hat sich Emily damit abgefunden, dass es für ihre Mutter am besten ist, wenn sie möglichst nicht auffällt.»

Ich nicke. Wahrscheinlich stimmt ein Teil von dem, was er sagt. Wenn die Kleinen so viel Zuwendung brauchen wie Kathy, die ja nicht nur anstrengend ist, sondern auch noch krank, dann bleibt dem älteren Kind oft nicht viel mehr, als die Rolle des lieben und angepassten Kindes auszufüllen.

«Du könntest recht haben. Aber das erklärt nicht, warum sie überhaupt keinen Kontakt zu den anderen Kindern hat. Überleg doch mal. Seit wie vielen Tagen sitzen Ella und Emily nebeneinander. Sie haben seitdem kaum drei Worte gewechselt.»

«Hm, stimmt. Jetzt, wo du es sagst. Sie ist schon sehr ernst. Manchmal wirkt sie so, als wäre sie gar nicht richtig da.»

«Entweder das, oder sie ist einfach gar kein Kind mehr», füge ich hinzu und erzähle ihm endlich von Annis Verdacht.

«Höhenbegabung», er zieht nachdenklich die Stirn kraus, «das wäre möglich. Das hat Anni aber gut beobachtet.»

«Was meinst du, könnte da was dran sein?»

«Das würde zu dem passen, was wir so beobachten. Aber meinst du nicht, dass wir mitbekommen hätten, wenn sie hochbegabt wäre?»

«Das ist es ja eben. Ich glaube, es weiß niemand!»

«Wie meinst du das?» Jan runzelt erneut die Stirn.

«Na ja, vielleicht hält sie es geheim. Vor allen: ihrer Mutter, ihren Lehrern ...»

«Damit sich niemand um sie Gedanken oder Sorgen machen muss? Damit sie nicht auffällt?»

«Ja, genau.»

«Hm.» Jan kratzt seinen imaginären Bart. Lustig, er hat sich immer noch nicht daran gewöhnt. Ich, ehrlich gesagt, auch nicht.

«Ich muss zugeben, deine Theorie klingt nicht ganz unschlüssig. Aber was sollen wir tun?»

«Tja, das ist genau die Frage, die ich spontan auch nicht beantworten kann.» Ich zucke ratlos mit den Achseln.

«*Tja*», wiederholt Jan amüsiert, «dir ist klar, dass du gerade im Begriff bist, dich in das Leben eines anderen Menschen einzumischen? Ich schätze, das ist genau das, was du nicht wolltest, als du hierherkamst, oder?»

Ich seufze. Bin ich so gut zu durchschauen? Offensichtlich.

«Steht dir aber gut.» Er grinst lausbübisch.

Ich boxe ihn gegen den Oberarm. «Okay, okay, was tun wir also? Sprechen wir mit ihr direkt, oder schalten wir Moni dazwischen?», frage ich.

«Nicht wir, *du* sprichst mit ihr. Und Moni lässt du mal schön aus dem Spiel. Die Mutter Theresa kannst du alleine spielen.»

Er sagt das sehr nett, und vermutlich hat er recht. Gleich zu zweit oder zu dritt die arme Jenny mit diesem Thema zu behelligen käme einem Tribunal gleich. Es gibt da nur ein klitzekleines Problemchen. Ich habe bisher vielleicht drei Sätze mit Jenny gewechselt. Wie also soll ich dieses Gespräch führen?

Tatsächlich ergibt sich die Gelegenheit noch am selben Abend. Die Kinder schlafen bereits. In Schlafanzug und Hausschuhen, eine Strickjacke über die Schulter geworfen, bin ich unterwegs, um mir an der Rezeption meine Wasserflaschen auffüllen zu lassen. Auf dem Weg zurück schlurfe ich am Hinterausgang vorbei und sehe Jenny alleine im Raucherstand frierend an einer Zigarette ziehen. Es ist immer noch arschkalt. Ich wäge ab. Meine Lust, in Strickjacke und ohne Socken das Haus zu verlassen, hält sich mehr als in Grenzen. Aber, wie gesagt, das leidige Pflichtbewusstsein …

Ich drücke also beherzt die Tür auf und halte kurz die Luft an. Es ist noch kälter als befürchtet. Ich ziehe die Strickjacke fester zusammen und geselle mich zu Jenny, hochkonzentriert, um nicht mit den Zähnen zu klappern.

«Hallo, Jenny.» Ich nicke ihr zu. «Ganz schön kalt heute, was?»

Sie sieht mich erstaunt an. «Zigarette?», fragt sie dann.

Jetzt würde ich mir reichlich doof vorkommen, direkt mit der Tür ins Haus zu fallen, da kommt mir eine Zigarette im Raucherhäuschen gerade recht. Immerhin bin ich gelegentliche Partyraucherin und muss deshalb keine Angst vor einem peinlichen Hustenanfall haben. Ich nehme also eine Zigarette und halte sie in die Flamme, die Jenny mir vor die Nase hält. Dann ziehe ich daran und blase eine große Rauchwolke in den kalten Nachthimmel.

Jenny schaut mich mit ihren großen Augen an. «Wusste gar nicht, dass du rauchst. Hab dich hier noch nie gesehen.»

Die Zahl der miteinander gewechselten Sätze hat sich gerade spontan auf fünf erhöht. Ich bin mehr als zuversichtlich, die Zehnermarke in den nächsten Minuten zu reißen.

«Eigentlich rauche ich gar nicht», sage ich und betrachte die Glut, die langsam herunterbrennt.

«Schlechten Tag gehabt?»

«Ja, kann man so sagen», antworte ich.

Ganze Sätze sind wohl nicht so ihr Ding. Und obwohl mein Tag eigentlich nicht besonders schlecht war, bejahe ich ihre Frage. Ist vielleicht eine gute Gesprächsgrundlage. Die richtige Entscheidung, wie ich sogleich bemerke.

«Ist doch alles eine elende Drecksscheiße», platzt es aus Jenny heraus.

Sie spricht nicht weiter, und ich bin nicht sicher, ob ihr überhaupt klar ist, dass sie gerade etwas gesagt hat. Ich beschließe, etwas von mir zu erzählen.

«Mein Ex, also eigentlich ist er gar nicht richtig mein Ex, weil das Arschloch mich und die Kinder ja nur rein beruflich» – ich setze das «beruflich» in gedachte Anführungszeichen – «für ein Jahr alleine lässt, um sich mal so richtig auszutoben und ein bisschen Wind um die Nase blasen zu lassen. Mich hat er dafür bequem geparkt, damit er fein in den Schoß der Familie zurückkehren kann, sollte das mit der Selbstfindung nicht so klappen, wie er sich das vorstellt.»

Jenny bläst gekonnt kleine Ringe in die Luft. «Solange ihm der Wind nur um die Nase bläst», sagt Jenny und kichert völlig unerwartet. «Zahlt er denn wenigstens weiter?»

«Ja, das tut er», erwidere ich, noch über die ungewohnt witzige Bemerkung sinnierend.

«Sei froh und mach dir ein schönes Leben. Die Typen sind es nicht wert, dass man um sie trauert. Wart ihr denn lange zusammen?»

«Ein halbes Leben.»

«Das ist hart. Meiner hat's gerade mal so lange geschafft,

bis er mich mit der Kleinen geschwängert hat. Dann hat er sich mit der nächstbesten Schlampe vom Acker gemacht.» Sie saugt hektisch an ihrer Zigarette, obwohl es eigentlich nichts mehr zu saugen gibt, und schnippt sie dann verächtlich auf den Boden. «Und find mal mit zwei Kindern 'nen neuen Typen. Das kannste voll vergessen. Aber hey, wer braucht schon 'nen Mann?»

Was soll ich dazu sagen? Sie hat mich elendsmäßig gerade um Längen geschlagen.

«So weit habe ich bisher gar nicht gedacht. Ist wohl alles noch zu frisch. Aber du hast recht. Mit zwei kleinen Kindern einen neuen Partner zu finden ist bestimmt schwer. Im Moment will ich an andere Typen aber nicht mal im Traum denken.»

Gelogen, denke ich, gelogen!

«Hast recht», beginnt Jenny den nächsten Halbsatz, «am Anfang war ich auch einfach nur froh, als der Typ weg war. So toll war's mit dem auch nicht. Ich und die Kinder. Ich dachte, wir machen uns ein schönes Leben. Brauchen niemanden. Aber echt, nach fast drei Jahren immer nur alleine – das ist so dermaßen zum Kotzen.»

Sie bindet sich mit einem Gummi, das sie an ihrem Handgelenk trägt, ihr langes blondiertes Haar zusammen. Mir fällt auf, dass sie das zum ersten Mal tut, seitdem ich sie kenne. Normalerweise hängt ihr die Mähne tief ins Gesicht. Es ist, als lüfte sie einen Vorhang zu ihrer Seele.

«Bist du denn ganz alleine mit den Mädchen, oder hast du Hilfe?», frage ich.

«Nee, niemanden. Bin selbst bei Asi-Eltern aufgewachsen, die sich keinen Deut um mich geschert haben.»

Das Mädel tut mir plötzlich unendlich leid. Und das, obwohl ich sicher nur einen Bruchteil ihrer Geschichte kenne. Meine Geschichte des lebensgeplagten Ehemannes wirkt dagegen wie ein Splitter in einem ansonsten gesunden Körper.

«Gehst du denn arbeiten?», frage ich weiter.

«Ja, und das ist auch gut so. Ich bin Friseurin, kann aber nur halbe Tage arbeiten. Wegen den Kindern und so. Dann krieg ich noch Hartz IV. Aufstockung. Ist scheiße, aber es geht halt nicht anders. Ach, Hauptsache, ich komm raus. Und ein bisschen was schwarz kann ich mir noch dazuverdienen. Dann kann ich den beiden wenigstens ab und an was bieten.»

Ich habe meine Zigarette mittlerweile fertig geraucht beziehungsweise großzügig verglühen lassen. So viele Sätze von der sonst so schweigsamen Jenny. Ich muss etwas richtiggemacht haben. Sorgfältig drücke ich die Kippe in dem Standaschenbecher aus und lehne dankend ab, als Jenny mir die Packung wieder unter die Nase hält.

«Weißt du was?», überlege ich laut. «Natürlich hört es sich beschissen an, was du erzählst. Aber vor allem hört es sich so an, als könntest du verdammt stolz auf dich sein. Du bist völlig alleine, du kümmerst dich um zwei Kinder, von denen eines sogar ziemlich krank ist. Du arbeitest. Was soll eine Frau eigentlich noch schaffen?»

«Du bist nett», sagt Jenny und lächelt mich dankbar an.

Ich schäme mich. Angesichts dessen, was ich bisher über sie gedacht hatte. Mein Schubladendenken! Was ist das Leben doch manchmal seltsam. Meine Hassobjekte der ersten Stunde verwandeln sich allmählich in menschliche Wesen. Fehlt nur noch, dass ich mit Leopardenfrau und Frau Professor anbandle. Nee, man kann es auch übertreiben. Ich schwöre mir, wenigstens diese beiden bis zum bitteren Ende zu hassen. «Ich schwör auf mein Leben», wie Anni es treffend formulieren würde.

«Ehrlich gesagt, so nett bin ich gar nicht», sage ich nach der kurzen Grübelpause, «aber ich arbeite daran.»

«Ich rede auch erst von den letzten Minuten», erwidert Jenny erstaunlich schlagfertig.

Wir lachen beide, und das Eis ist endgültig gebrochen.

Wie sehr der Lebensweg nicht von einem selbst abhängt, sondern eben zum großen Teil davon, wie und wo man aufwächst, das verdeutlicht mir Jennys Geschichte mehr als jede Statistik.

Auf der Realschule gehörte sie zu den besseren Schülern ihrer Klasse. Sowohl die Lehrer als auch sie selbst hätten es gerne gesehen, wenn sie weiter zur Schule gegangen wäre. Für ihre Eltern gab es diese Option jedoch nicht. Um ihnen nicht mehr auf der Tasche zu liegen, sollte sie eine Lehre machen. Traurig und dementsprechend unmotiviert, nahm sie, was sich gerade anbot, und wurde Friseurin. Sie lernte einen Mann kennen, der nicht gut für sie war, und bevor sie dieser Tatsache gewahr werden konnte, war sie schwanger. Als Emily dann da war, hatte sie schlicht keine Zeit, sich über den desolaten Zustand ihrer Beziehung Gedanken zu machen, ehe der Typ während der zweiten Schwangerschaft endgültig die Segel strich.

Eine kurze und eher unzureichende Zusammenfassung des Dramas in Jennys Leben. Ich sehe sie ernst an, nach wie vor bedrückt über die Offenheit, mit der sie mir gegenüber aufwartet. Es ist, als wäre ein Damm gebrochen, der ihre bisherige Schweigsamkeit einfach hinweggefegt hat. Übrig bleibt ein Mensch, der reden muss.

«Du bist doch noch jung. Du kannst dein Leben noch ändern. Vielleicht eine Umschulung machen, wenn die Kinder größer sind. Etwas, mit dem du dir selbst zeigst, dass du deine eigenen Wünsche umsetzen kannst.»

Sie blickt mich erstaunt an. «Das klingt jetzt doof, aber auf die Idee bin ich noch nie gekommen. Stimmt, das könnte man machen. *Ich* könnte das machen. Meine Freunde und Bekannten, denen ist so was nicht wichtig. Ich kenne echt niemanden, der so was schon mal durchgezogen hat.»

«Tja», grinse ich, «manchmal ist es gar nicht so schlecht, 'ne Studierte zu kennen.» Dabei versuche ich, Monis Tonfall nachzuahmen, was mir wohl ganz gut gelingt, denn Jenny prustet umgehend los.

«Und vielleicht ist es ganz gut, wenn du mal 'ne anständige Friseurin kennenlernst», sagt sie und zuppelt an meinen Haaren. «Ich sehe hier eindeutig Verbesserungsbedarf.»

«Ich werde auf keinen Fall blond!», erwidere ich, als ich ihren Blick wahrnehme. Wart's nur ab, sagt der mir.

Leider bin ich mittlerweile komplett tiefgekühlt. Jenny geht es nicht anders, sie klappert beim Sprechen schon mit den Zähnen. Weil ich unbedingt noch mein eigentliches Anliegen mit ihr besprechen will, schlage ich vor, unser Gespräch drinnen weiterzuführen. Ich versuche, ihr die Idee mit der Flasche Wein, die ich mir vor zwei Tagen für schlechte Zeiten ins Zimmer gestellt habe, schmackhaft zu machen.

«Nee, lass mal. Ich trink nur Bier und Rum-Cola. Rotwein ist doch nur für Studierte.» Sie zwinkert mir dabei zu.

«Was nicht ist, kann ja noch werden», versuche ich, sie zu locken, aber sie lässt sich nicht erweichen. Schade, die Nachricht, die ich für sie habe, wäre bei einem Gläschen Wein vielleicht besser zu ertragen.

Wir wählen mein Apartment, weil Anni und Ella den tieferen Schlaf haben. Ich sehe kurz nach ihnen, und Jenny stellt ihr Babyphon, das sie schnell aus ihrem Zimmer geholt hat, auf den Tisch. Dann setzt sie sich auf die rote Couch, und ich gehe ins Bad, um mich von dem lästigen Zigarettengeruch zu befreien.

Ein bisschen seltsam ist es schon. Die erste Person, die mein Apartment betritt, ist diese blondierte Person von einem anderen Stern. Ich betrachte mich im Spiegel und frage mich, ob es wirklich eine gute Idee ist, Jenny von unserem Verdacht zu berichten. Mein Spiegelbild bejaht, und ich mache mich daran, die Dinge zu richten.

Ich fläze mich quer auf mein Bett. «Um ehrlich zu sein, es gab einen Grund, warum ich eben nach draußen gekommen bin», setze ich an.

«Ich hab mich ja schon gewundert. Konnte mir kaum vorstellen, dass du nur zum Ziggi-Schnorren rausgekommen bist. Aber warum dann?»

«Na ja, also es ist so, Anni hat mir da gestern was über Emily erzählt.»

«Hat sie was angestellt?» Jenny entgleisen postwendend die Gesichtszüge.

«Nein, nein, gar nicht. Nein, es ist nur ... Kann es vielleicht sein, dass Emily schlauer ist, als sie zugibt?»

Jenny schaut mich mehr als erstaunt an. «Hä? Na ja, sie ist schon ganz gut in der Schule, aber nicht übermäßig. Wie kommst du darauf? Was hat Anni dir erzählt?»

In ihren Augen sehe ich einen leichten Anflug von Panik. Um sie nicht unnötig zu beunruhigen, fasse ich meinen Verdacht, so gut es geht, zusammen: «Nichts Schlimmes. Anni hat nur gesehen, wie Emily heimlich die Aufgaben einer

Achtklässlerin gemacht hat, und sie hat mich gefragt, ob Emily hochbegabt ist. Keine Ahnung, wo sie das wieder aufgeschnappt hat. Aber irgendwie hat es bei mir Klick gemacht. Ich dachte, es passt vielleicht zu Emilys stiller Art, aber vielleicht liege ich auch völlig daneben. Wenn ja, vergiss es einfach. Ich wollte dir auf keinen Fall zu nahe treten.»

Während ich rede, durchläuft Jennys Gesicht die verschiedensten Emotionen. Erstaunen, Ungläubigkeit, Entsetzen. Und Trauer. Bei meinen letzten Worten laufen ihr bereits die ersten Tränen über die Wangen. Oje, was habe ich angerichtet?

«Jenny, es tut mir leid, das wollte ich nicht.»

«Nein, nein», schluchzt sie und wischt sich mit ihrem Ärmel quer übers Gesicht. Ihre bereits angezählte Wimperntusche ist nun komplett verwischt. «Es ist nur ... ich bin so ein Rindvieh, so ein dämliches, dämliches Rindvieh.»

Jetzt bin ich diejenige mit den wechselnden Emotionen.

Jenny findet in ihrer Hosentasche ein einigermaßen frisches Taschentuch, putzt sich recht geräuschvoll die Nase und fährt dann fort: «Ich, ich weiß jetzt noch gar nicht, was ich genau denken soll, aber ... was du gesagt hast ... über Emily, das ist, als würde jetzt alles einen Sinn haben, verstehst du?»

Ich schüttle zunächst den Kopf, verstehe dann aber, was sie meint. «Du glaubst, es könnte stimmen?»

«Es würde so vieles erklären, weißt du? Es gibt so vieles, was ich mir nicht erklären kann. Dass sie immer zusammenzuckt, wenn ich in ihr Zimmer platze. Dass sie so selten mit anderen Kindern spielt. Dass sie so still ist. Ach, ich kann die ganzen Sachen jetzt gar nicht sortieren, die ich an Emily nicht verstehe.»

«Und du meinst, man könnte das tatsächlich mit übermä-
ßiger Intelligenz erklären?»

«Verstehst du denn nicht? Sie ist die Große, die Vernünf-
tige. Weil Kathy solche Probleme hat, denkt sie, sie darf mir
auf keinen Fall zur Last fallen. Und wenn das stimmt, was
du sagst ... Ja, sie würde alles tun, um nicht aufzufallen. Verstehst du? Oh Gott, sie muss so unglücklich sein!»

Während Jenny redet, hat sie sich zu mir aufs Bett gesetzt
und mich an beiden Armen gepackt. Zu ihren Tränen gesellt
sich ein Lachen, denn ihr wird klar: Die Erkenntnis birgt eine
Chance auf Besserung. Natürlich freue ich mich, ihr vielleicht geholfen zu haben, bitte sie aber, unbedingt den Ball
flach zu halten.

«Was soll ich denn jetzt tun? Mit Emily reden?»

«Nein, auf keinen Fall. Sie kann das doch gar nicht ein-
schätzen. Aber wir sind doch hier, und hier im Haus wim-
melt es von Experten. Ich würde zunächst Rat bei den Ärz-
ten und Erziehern suchen. Sie wissen sicher, wie man weiter
vorgehen kann.»

«Ja, du hast recht. So mache ich es. Kann ich jetzt bitte
doch einen Wein haben?»

«Aber sicher! Als Mutter einer vielleicht hochintelligenten
Tochter solltest du schnellstmöglich umsatteln.»

Wir lachen und reden, leeren die ganze Flasche und lachen
und reden noch mehr. Die Nacht ist sehr kurz, aber danach
sind wir Freundinnen.

Es ist eindeutig an der Zeit, sich über nichts und niemanden mehr zu wundern!

Schlimmer geht immer

Mein erster Gedanke nach dem Aufwachen gilt Jenny. Und meinem Kopf. Der tut nämlich weh. Dabei war es doch gar nicht so viel Rotwein. Mit verklebten Augen stehe ich im Badezimmer und bringe mich einigermaßen auf Vordermann, während sich die Kinder nebenan ohne Murren in Schale werfen, um an den gedeckten Frühstückstisch zu trödeln.

Jenny ist bereits da. Auch ihr sieht man die Spuren unserer gemeinsamen Nacht an, aber sie empfängt mich mit einem Strahlen, das die Sonne aufgehen lässt. Sie scheint wie verwandelt. Und das nur wegen mir und meiner Fürsorge? Ich bin richtiggehend gerührt.

«Guten Morgen», flötet sie, «bist du auch so fertig wie ich? Am liebsten hätte ich mich einfach wieder umgedreht.»

«Da sagst du was», gebe ich grinsend zu und stelle mein Tablett vor mir ab, «mein Spiegel wollte heute Morgen die Arbeit verweigern. Hat ganz schön lange gedauert, bis ich mich selbst wiedererkannt habe.»

«Wat hab ich denn verpasst?», will Moni wissen, die soeben am Tisch erscheint.

«Nix!», Jenny und ich kichern gleichzeitig.

«Wir haben nur beschlossen, dass wir, wo wir nebeneinandersitzen, ja auch mal miteinander reden können», kläre ich sie auf.

«Genau, und dabei habe ich festgestellt, dass Verena richtig nett sein kann.»

Moni macht große Augen. Aber sie wäre nicht *die* Moni, wenn sie nicht gleich einen Spruch parat hätte.

«Dat is ja der Knaller, und so spontan – nach nur zehn Tagen. Mannomann, wat hier passiert, dat lässt die Kuh auf der Weide tanzen.»

Wir lachen.

Als wäre bei Jenny in letzter Nacht ein Schalter umgelegt worden, fängt sie regelrecht an zu plaudern und erzählt vom gestrigen Abend. Die Geschichte mit Emily lässt sie natürlich weg, das Mädchen sitzt schließlich mit am Tisch. Ich habe schon wieder ein schlechtes Gewissen, denn mir wird klar, Jenny war bisher nur deshalb so still, weil sie sich am Tisch nicht wohlgefühlt hat. Letzten Endes muss es also an mir gelegen haben.

Jan verfolgt die Veränderungen am Tisch höchst amüsiert, und dass seine drei Tischdamen sich nun endlich zu mögen scheinen, findet er super. Entspannt versinken wir in friedfertigem Geplapper.

Von mir aus könnte der Tag so weitergehen. Aber genau das lässt er leider nicht mit sich machen. Stattdessen malträtiert er mich mit einer Hiobsbotschaft nach der anderen.

Ich bin gerade mitten in einer Pilatessitzung, als Frau Dr. Sprenglein hineinplatzt. Sie entschuldigt sich atemlos für die Störung und rauscht auf mich zu.

«Frau Teenkamp, können Sie bitte mitkommen?» Alarmiert springe ich aus dem Vierfüßlerstand und sehe in ein mehr als besorgtes Gesicht. Ich lasse alles stehen und liegen und folge ihr auf den Flur.

«Was ist passiert?», frage ich panisch.

«Ganz ruhig», versucht sie, mich zu beruhigen. «Anni ist die Treppe hinuntergefallen und ziemlich böse mit dem Kopf auf die Stufe geschlagen, aber ...»

Weiter kommt sie nicht, denn ich renne umgehend los, den langen Gang entlang ins Treppenhaus, dann vier Treppen hoch. Mein Herz pocht, die Panik schnürt mir den Hals zu, das Adrenalin lässt mich in Rekordgeschwindigkeit die Treppe hochhechten. Auf dem obersten Treppenabsatz ist alles voller Blut – die Wand, das Geländer, die Stufen. Ich habe das Gefühl, mich übergeben zu müssen, und gleichzeitig fange ich an zu weinen. Wo ist Anni? Frau Dr. Sprenglein, die keuchend hinter mir steht, fasst mich behutsam am Arm.

«Wir haben sie ins Untersuchungszimmer gebracht. Dr. Schmelzer kümmert sich um sie, der Notarzt ist bereits informiert. Es sieht schlimmer aus, als es ist.»

Wie in Trance lasse ich mich von ihr wegführen. Auf dem Gang zum Ärztetrakt sitzt Ella weinend auf einem Stuhl. Als sie mich sieht, läuft sie schluchzend in meine Arme.

«Mama, ich hab gedacht, Anni ist tot, es sah sooo schlimm aus. Das viele Blut.»

Ich streiche ihr behutsam die Tränen von der Wange, während meine weiter das Gesicht hinunterlaufen. «Lass uns gemeinsam hineingehen.»

Beklommen öffne ich die Tür. Anni sitzt auf dem Schoß einer Krankenschwester, überall auf ihrem kleinen Körper ist Blut, aber sie ist bei Bewusstsein. Ich stürme auf sie zu und nehme sie behutsam in den Arm. «Mein Schatz, was machst du nur für Sachen?»

«Ist nicht so schlimm, Mama», sagt sie, und ich weiß, dass sie mich nur beruhigen will.

«Sie ist auf den Hinterkopf gefallen, und es muss wohl genäht werden», erklärt Frau Dr. Sprenglein. «Und wir müssen abklären lassen, ob Anni eine Gehirnerschütterung hat oder etwas mit der Halswirbelsäule ist, deshalb haben wir vorsichtshalber den Notarzt angefordert.»

«Mama, es tut nicht so weh, ist nur ein bisschen Blut», flüstert mir Anni ins Ohr.

Ich schluchze. Anni ist so verdammt hart im Nehmen. Nicht einmal jetzt lässt sie sich gehen. Vorsichtig schaue ich auf ihren Hinterkopf, doch außer Blut und Haaren kann ich nichts erkennen. Bitte, lass das alles glimpflich ausgehen, bitte!

Sanitäter und Notarzt treffen ein und beginnen mit der Erstversorgung.

«Na, das sieht doch alles ganz gut aus», stellt einer der beiden Notärzte, ein bulliger Mann mit freundlichen Augen, fest, nachdem er Anni vorsichtig untersucht hat. «Viel Blut und ein kleines Kind – das ist immer schlimm, aber wir kriegen dich schon wieder hin, kleines Mädchen. Wie heißt du denn?» Mit einer Lampe leuchtet er in ihre Augen und bittet sie, mit dem Blick seinem Finger zu folgen.

«Anni», jammert sie leise. Bei so vielen Leuten ist es nicht mehr weit her mit ihrer Zuversicht.

«Also, Anni, da hast du dir ja mächtig den Kopf gestoßen. Weißt du denn, welcher Tag heute ist?»

«Freitag.»

«Und was hast du heute Morgen gegessen?»

«Brötchen mit Marmelade und einen Joghurt.»

«Na, sieh mal, dein Kopf funktioniert noch. Aber wir werden leider nähen müssen, wenn auch nur ein bisschen. Zwei, drei Stiche, und dann hast du eine tolle Narbe am Hinterkopf. Fast wie ein Pirat. Was sagst du dazu?»

Anni schenkt dem netten Notarzt ein gequältes, aber zustimmendes Nicken.

«Muss sie ins Krankenhaus?», frage ich.

Der Arzt berät sich kurz mit Frau Dr. Sprenglein. «Nein, ich denke, wir können das hier nähen. Sie ist ja in guten Händen, und wenn sie sich nicht erbricht, dann ist die Sache schneller überstanden, als es gerade den Anschein hat. Sie sollten sie allerdings gut im Auge behalten.»

«Das werde ich», sage ich erleichtert und drücke Anni ganz fest.

«Kann ich jetzt gar nicht mehr schwimmen gehen?», wimmert sie.

Ich fange den Blick des Arztes auf. «Schwimmen wird erst einmal nicht gehen», sage ich so behutsam wie möglich, weil ich weiß, dass das ein sehr wunder Punkt ist.

«Ich will aber schwimmen gehen», schluchzt Anni, «wenn ich nicht mehr schwimmen darf, will ich nach Hause.»

«Wir können dir eine wasserdichte Badekappe kaufen, dann klappt es bestimmt schnell wieder», versuche ich, sie zu beruhigen, während ihr kleiner Körper von heftigen Schluchzern geschüttelt wird.

«Ach, Anni, wir können froh sein, dass nichts Schlimmeres passiert ist.» Ich hülle sie mit meinem Körper ein, will ihr die Traurigkeit nehmen, gleichzeitig bin ich heilfroh, dass wir uns nur um die abendliche Schwimmrunde sorgen müssen. Ein Zeichen, glimpflich davongekommen zu sein. Ich will gar nicht darüber nachdenken, was alles hätte passieren können.

«Anni, ich gehe auch nicht schwimmen, solange du nicht darfst», sagt Ella großherzig, die ebenfalls erleichtert ist.

Währenddessen zieht der Arzt eine Spritze für die örtliche

Betäubung auf. «Hast du Angst vor Spritzen?», fragt er Anni vorsichtig.

«Nö, ich bin immer ganz tapfer», sagt Anni stark.

«Das ist sie!» Ich bin so stolz auf meine kleine Maus.

Das Nähen der Wunde lässt sie anstandslos über sich ergehen, Ella allerdings muss das Zimmer verlassen, sie findet den Anblick furchtbar. Anschließend wird die Wunde gesäubert, der Arzt klebt ein großes Pflaster darüber, und ich darf Anni mit in unser Apartment nehmen.

Vorsichtig schäle ich sie aus den blutigen Klamotten und ziehe ihr eine Jogginghose und eine Strickjacke an. Fast wie ein Baby lässt sie es über sich ergehen, völlig fertig von dem Sturz und der Notversorgung. Dann bringe ich sie ins Bett. Es dauert nicht lange, und sie schläft ein. Das ist gut. So kann sich ihr kleiner Körper von dem Schock erholen. Ella zieht sich derweil mit einem Buch auf ihr Bett zurück. Das ist ihre Art, mit der Situation umzugehen. Ich gehe auf den Balkon, um etliche Male tief durchzuatmen und den Wind und die Kälte meine Sorgen wegblasen zu lassen und meinen Adrenalinspiegel in einen halbwegs normalen Zustand zu verfrachten.

Anschließend koche ich mir in der Teeküche einen Tee und leiste Ella dann Gesellschaft. Wie ein Schwarm Fliegen sausen mir die Gedanken durch den Kopf, und erst nach und nach komme ich ebenfalls zur Ruhe. Es ist gut ausgegangen. Mehr zählt nicht.

Das Mittagessen wird uns netterweise aufs Zimmer gebracht, aber Anni schläft weiterhin, und Ella und ich haben keinen großen Hunger. Lieblos stochern wir auf den Tellern herum und schieben sie kurze Zeit später einvernehmlich zur Seite. Ella schnappt sich wieder ihr Buch, und ich bringe Annis Sachen in den Waschraum. Auf dem Rückweg begegnet mir Jenny.

«Ich habe gehört, was passiert ist. So schrecklich. Wie geht es Anni denn?»

«Ganz gut, glaube ich, sie schläft jetzt, aber wir stehen alle noch unter Schock. Es war einfach so viel Blut, und ich habe kurz gedacht, mein Kind wäre tot.»

Ich beginne zu weinen. Jenny nimmt mich in den Arm, ohne etwas zu sagen.

«Ich glaube, wir bleiben heute oben», schluchze ich, «und morgen geht es bestimmt schon wieder besser.»

«Meld dich, wenn du jemanden zum Reden brauchst.»

«Das tue ich, danke dir. Danke, dass du da bist.»

Sie lächelt mich einfühlsam an und klopft mir aufmunternd auf den Rücken. Dann trotte ich zurück zu meinen Kindern.

Anni ist aufgewacht und sitzt mit Ella vor dem Fernseher. Zu mehr hat sie keine Lust, und da ihr Kopf außer rund um die Wunde nicht schmerzt, scheint es die beste Methode, sie ruhigzustellen. Sie ist zwar noch matt, aber immerhin können die Kinder den Sturz schon als Sensation betrachten. Kinder leben eben in der Gegenwart, und wenn ein Unheil überstanden ist, kann man positiv in die Zukunft schauen.

Gegen drei Uhr bekomme ich eine SMS von Rainer. Ich schäle gerade ein paar Äpfel, als es piepst. Ich solle doch bitte schön mit ihm skypen, er hätte das gestern über die Kinder ausrichten lassen. Nun schön, dann kann ich ihm gleich von dem Sturz berichten, hat er als Vater ja schließlich ein Anrecht drauf. Ich verziehe mich mit dem Rechner ins Kinderzimmer und fahre ihn hoch. Umgehend, so als habe er wartend vor dem Rechner gesessen, klingelt er mich an. Ich atme tief durch. Das erste Gespräch seit vielen Tagen. Nur er und ich.

Rainer erscheint auf dem Schirm. Anscheinend sitzt er in seinem Büro, ich erkenne die Schränke im Hintergrund, und er trägt Hemd und Krawatte. Die Situation ist ihm unangenehm. Fahrig streicht er sich durchs Haar, sein Blick scheint etwas zu suchen, was nicht da ist, und sein Kiefer mahlt nicht vorhandenes Essen. Nervöse Übersprunghandlungen.

«Hallo, Rainer», sage ich und bemühe mich, freundlich zu sein.

«Hallo, Verena, ich habe nicht so lange Zeit, aber ich wollte etwas Wichtiges mit dir besprechen.»

Okay, er kommt gleich auf den Punkt.

«Wie geht es euch?», schiebt er pflichtbewusst hinterher.

«Heute nicht so gut. Anni ist die Treppe runtergefallen und hat eine Platzwunde am Hinterkopf. Sie wurde mit drei Stichen genäht und erholt sich gerade vor dem Fernseher. Soweit geht es ihr aber gut. Wir sollen uns keine Sorgen machen, hat der Arzt gesagt.»

«Oh, das ist ja nicht so schön. Sag ihr gute Besserung von mir.» Pause.

Ach, wie fürsorglich. Früher wären ihm zumindest die Gesichtszüge entglitten, er hätte tausend Fragen gestellt, wie es denn passiert wäre, und sich gleich seine Maus geben lassen, um selbst zu sehen, ob es ihr gutgeht. Abwartend sitze ich vor dem Rechner, um ihm die Zeit für eine angemessene Reaktion zu geben, aber nichts geschieht. Und an seiner Körpersprache erkenne ich, dass er zum eigentlichen Grund seines

Anrufes übergehen will. Ich schlucke Wut und Enttäuschung hinunter. Die Kinder werden ihn schon zu gegebener Zeit für sein Handeln strafen, da bin ich sicher. Vielleicht ist es wirklich nicht mehr meine Aufgabe.

«Okay, Rainer, warum wolltest du mich sprechen?», fordere ich ihn auf.

Er räuspert sich, und obwohl ich es nicht sehe, weiß ich, er streicht wieder und wieder über seinen Oberschenkel. Das tut er immer, wenn ihm etwas unangenehm ist, meist, ohne es zu merken. Einige seiner Hosen sind an dieser Stelle schon ganz fadenscheinig.

«Also, Verena, ich hätte es dir vielleicht schon früher sagen sollen, aber ich wollte deine Gefühle nicht verletzen. Also, es ist so …»

Wums, eine unsichtbare Faust schlägt mir in den Magen. Heiß und kalt läuft es mir den Rücken hinunter, und wie so oft, wenn eine Situation mich völlig überfordert, habe ich das Gefühl, in einen Tunnel gezogen zu werden, wo alles, was gesagt wird, weit weg erscheint. Denn wer hätte nicht geahnt, was nun kommt?

«… ich habe jemanden kennengelernt.»

Ich schweige.

«Ich weiß nicht, was es bedeutet, aber du weißt, wir hatten es in letzter Zeit nicht einfach, und es tut mir im Moment einfach gut.»

Er wartet auf eine Reaktion. Ich schweige weiter.

«Das heißt nicht, dass ich unsere Familie oder dich abgeschrieben habe, ich will dich auch nicht verletzen. Ach, was soll ich sagen, es ist halt so passiert, und ich finde, du solltest es wissen.»

«Das ist sehr ehrenwert von dir», sage ich schnippisch.

«Jetzt sei doch nicht so.»

«Was soll ich denn sonst tun? Applaudieren?»

«Nein, nein, natürlich nicht, aber du bist eben immer so, ach, ich weiß auch nicht. Es tut mir leid.»

Er sieht wirklich geknickt aus. Was soll ich denken? Immerhin ist er ehrlich. Toll. Nein, Ehrlichkeit ist ein guter Zug. Doch wenn er nicht weiß, ob es «was Ernstes» ist, warum erzählt er es mir dann überhaupt? Ich meine, ich habe ja auch nicht vor, ihm die Geschichte mit Raoul auf die Nase zu binden. Überhaupt, bin ich denn so viel besser als Rainer? Weil bei mir nur Reaktion auf Aktion gefolgt ist? Denn ohne ihn wäre das alles nicht passiert. Und was soll ich also mit dieser Information überhaupt anfangen? Will er mich nur weiter in der Warteschleife halten, während er seinem Leben mal so richtig neuen Schwung verpasst? Wut steigt in mir hoch. Was ist er eigentlich für ein selbstgefälliges kleines Arschloch? Will er von mir Absolution, damit er eine andere mit bestem Gewissen durchvögeln kann?

Genau das sage ich ihm schließlich offen ins Gesicht.

«Wie soll ich das verstehen? Was willst du denn jetzt von mir? Dass ich sage, lieber Rainer, ich bin zwar nicht amüsiert, aber tobe dich ruhig aus? Vögle fröhlich durch die Gegend, wir warten hier auf dich?»

Er windet sich und antwortet kleinlaut: «Nein, natürlich ist das zu viel verlangt. Aber ich will nicht mit dir Schluss machen ...»

«Wie großzügig. Also soll ich nach einer gewissen Zeit voller Rachegelüste und Liebeskummer meinen Ehemann wieder mit offenen Armen empfangen, sofern er sich dazu herablässt, das Fremdvögeln irgendwann wieder einzustellen?»

«Nein ... Ach, ich weiß auch nicht, was ich von dir erwarte. Vielleicht, dass du einfach mal wieder ein bisschen netter zu mir bist und nicht so kalt und schnippisch.»

«Und das fändest du eine angemessene Reaktion? Ich soll netter zu dir sein, damit es dir gutgeht?»

Jetzt schweigt er. Wie so oft, wenn ich ihn rhetorisch an die Wand genagelt habe.

«Weißt du was, Rainer? Warum erzählst du mir das überhaupt? Denn wenn es nichts Ernstes ist, kannst du es doch für dich behalten. Und mich am Ende über deine Entscheidung in Kenntnis setzen, damit ich dann gegebenenfalls mein Leben ohne dich organisieren kann.»

«Ich weiß ja auch nicht», sagt er zerknirscht. «Ich wollte das alles nicht, ehrlich, aber irgendwie kann ich gerade nicht zurück. Vielleicht habe ich gehofft, du verzeihst mir.»

«Aha, du willst einen Freifahrtschein zum Fremdvögeln, darauf läuft es doch hinaus.»

Er holt tief Luft, einen Verteidigungsspruch bereits auf den Lippen, doch dann überlegt er es sich anders. «Ja, vielleicht, also irgendwie schon. Es ist total bescheuert, wenn ich dir das so sage, ich weiß. Aber, ach, ich will euch, dich und die Kinder nicht komplett aufgeben. Gib mir einfach ein bisschen Zeit.»

«Die kannst du haben. Ich glaube, ich habe jetzt alles gehört, was ich hören muss. Ich werde darüber nachdenken. Und ich bin nicht der Meinung, dass ich meine eigene Entscheidung weiterhin von deiner abhängig machen sollte. Das bin ich mir selbst schuldig.»

«Ja, nein, also, das musst du wohl.»

«Ich werde mich bei dir melden. Und lass mich bitte so lange in Ruhe. Aber vergiss die Kinder nicht, sie haben nichts mit der ganzen Sache zu tun.»

«Ja, ich rufe sie an, versprochen.»

«Das musst du nicht mir versprechen. Mach's gut, Rainer. Aber denk dran, ich bin kein doofes Hausmütterchen, das sich alles bieten lässt, nur weil du in einer männlichen Lebenskrise steckst.»

«Okay.»

Ich drücke ihn weg.

Und dann fange ich an zu weinen. Bitterlich. Das ganze Elend des Tages fließt wie ein bitterschwarzer Ölteppich über mich, dringt in jede Pore meines Herzens und lässt das Leben in seiner ganzen Jämmerlichkeit vor mir aufblitzen. Was ist das nur für eine Scheiße, in die ich da geraten bin? Was ist das für eine Zukunft, in die ich da blicke?

Wie oft habe ich mir eingeredet, es könne wieder gut werden, alles käme wieder ins Lot, bliebe nur eine Episode. Natürlich besteht diese Option immer noch, aber kann ich sie überhaupt vor mir verantworten?

Dabei bin ich gar nicht so passiv. Ich habe doch aufbegehrt. Die Sache mit Raoul wäre sonst nicht passiert. Das rede ich mir zumindest ein, denn meine Weste soll schließlich weiß bleiben. Auch wenn ich die Sache mit Raoul schneller beenden will, als man Piep sagen kann – die Entscheidung habe ich in der heimlichen Hoffnung gefällt, dass Rainer zu uns zurückkommt. Muss ich das jetzt neu überdenken? Nur an mich selbst denken und nicht an unsere kaputte Familie? Nein, das mit Raoul wird eine einmalige Sache bleiben. Es hat mir gutgetan und war moralisch gesehen keine wirkliche Sünde, finde ich. Aber ich muss meine Entscheidungen endlich unabhängig von Rainer treffen. Das ist jetzt meine Aufgabe.

Ich weine in Ruhe zu Ende. Denn das habe ich gelernt:

Tränen heilen, Tränen machen frei und lassen den gröbsten Kummer abfließen. Danach wird es mir bessergehen, und ich kann anfangen, das Wollknäuel in meinem Kopf zu entwirren.

Als die Tränen aus sind, klappe ich seufzend den Rechner zu. Wut, Kummer, Angst und ein Hauch von Zuversicht bleiben übrig. Ich packe alles tief in meine Seele und schleiche mich an den fernsehenden Kindern vorbei ins Badezimmer, um mein Gesicht wieder auf Vordermann zu bringen. Anni schläft schon wieder, und Ella schwebt versunken in einem Trickfilm. Die Kinder brauchen von der ganzen Sache nichts zu wissen.

Es ist die Ironie des Schicksals, dass ich nach dieser Rainer'schen Aufklärungsorgie keine, aber auch gar keine Lust mehr verspüre, unser Zimmer zu verlassen, und wir es dank Annis Unfall auch nicht müssen. Das Bedürfnis, mich irgendjemandem mitzuteilen, ist zwar latent vorhanden, aber mir fällt spontan niemand ein, dem ich mich heulend an den Hals werfen kann oder will. Einzig Lynn, aber die erreiche ich nicht. Vermutlich sitzt sie gerade in einer wichtigen Sitzung.

Als Anni das nächste Mal wach wird, malen wir noch mal Mandalas aus. Das soll ja sehr entspannend sein. Theoretisch zumindest, wenn die Kinder sich nicht dauernd um die Farben streiten würden. Es ist ja schließlich auch ein Unding, wenn die Schwester von den fünfzig Farben, die zur Auswahl stehen, gerade diejenige benutzt, die man selbst so furchtbar dringend braucht. Ich bewerte es positiv, zeigt mir doch der Schwesternstreit, dass mit Anni alles in Ordnung ist. Nur

wirklich kranke Kinder gehen einem gepflegten Geschwister-
streit aus dem Weg.

Ich koloriere gerade penibel ein Einhorn in üppigem Pink,
als es klopft. Ich höre es erst, als Ella mich darauf aufmerksam macht.

«Es klopft, Mama.»

«Äh, ja, stimmt.»

Ich lege den pinken Buntstift weg, in der Gewissheit, dass
er mir sofort von einem der beiden Streithähne gestohlen
wird, und schlurfe zur Tür. Als ich sie öffne, steht Moni vor
mir.

«Schätzken, wir machen uns Sorgen und wollten wissen,
wie et der Kleinen geht.»

«Oh, danke, das ist aber lieb. Nein, Anni geht es schon viel
besser. Der Schock war wohl größer als die Verletzung.»

Moni atmet sichtlich erleichtert auf. «Na, Gott sei Dank,
die ganze Klinik spricht ja von nix anderem als dem schrecklichen Sturz. Dat Treppenhaus is ja immer noch voller Blut.
Da sitzt jetzt gerade einer und versucht, alles wegzuschrub-
ben, aber ums Malern werden die wohl nich herumkom-
men.»

Ich zucke mit den Achseln. *Shit happens* soll das heißen.

Moni legt den Kopf schief und sieht mich an. «Alles in
Ordnung mit dir? Du siehst ziemlich mitgenommen aus.»

«Nein, ja, ach, Moni, der Tag war einfach beschissen. Nicht
nur wegen Anni. Lass es gut sein, vielleicht erzähle ich es dir,
aber im Moment ist mir einfach nur nach Ruhe. Sei nicht
böse.»

«Komm mal her an die Mutterbrust», sagt sie milde und
zieht mich beherzt an ihren großen Busen. «Moni ist immer
da, wenn du sie brauchst, ja?»

«Ach, Moni», sage ich zerknirscht und spüre, wie mir ob der unerwarteten Zuwendung erneut die Tränen in die Augen schießen. «Das ist lieb von dir.»

Bevor ich meine Fassung gänzlich verliere und Moni in ihre Titten heule, schiebe ich sie mit einer mageren Ausrede zur Tür hinaus, nicht, ohne ihr versprechen zu müssen, um Hilfe zu rufen, wenn es nicht mehr geht.

Ich habe gerade die Tränen wieder abgewischt, mich zurück an den Tisch gesetzt und beginne das Horn meines Einhorns türkis auszumalen (natürlich ist der pinke Stift jetzt bei Anni, die ihn ganz wirklich, ganz dringend braucht), als es noch mal klopft.

«Mama, es klohopft», sagt Ella genervt, und ich schlurfe erneut zur Tür.

Kann man hier nicht mal in Ruhe deprimiert sein? Etwas genervt öffne ich. Diesmal ist es Jenny, die sich ein zweites Mal nach Anni erkundigt. Nein, es gehe ihr schon viel besser, erkläre ich, aber mir wäre jetzt nicht nach Gesellschaft, sie solle bitte nicht böse sein …

Diesmal ist es der türkise Stift, der weg ist. Ich ergebe mich meinem Schicksal und gehe dazu über, den Einhornsattel schwarz anzumalen. Das entspricht sowieso mehr meinem Seelenzustand.

Schon fast amüsiert stellen wir fest, dass es ein drittes Mal klopft.

«Anni, du bist heute ein Superstar. Vielleicht sollten wir Eintritt nehmen.»

Findet Anni nur bedingt lustig.

Ich bewege mich also wieder zur Tür. Den schwarzen Stift klaut mir bestimmt niemand.

Diesmal erwartet mich ein verlegen grinsender Jan mit Tochter im Schlepptau.

«Wie geht es Anni?», fragt Lilli. «Kann sie heute Abend nicht schwimmen gehen?»

«Ich konnte sie einfach nicht davon abbringen. Sie war ganz aufgewühlt wegen der Geschichte, weil sie ja auch dabei war und das ganze Blut gesehen hat», sagt Jan entschuldigend.

Ich gebe meinen Widerstand gegen die Fürsorge meiner Kurfreunde auf. «Kommt rein. Lilli, frag Anni doch einfach selbst, sie freut sich sicher, dass du an sie denkst», schlage ich vor, und Lilli saust freudig an mir vorbei.

«Und wie geht es dir?», fragt Jan. «Schock überstanden?»

«So lala», sage ich ehrlich, «jetzt kann es nur noch bergauf gehen, das ist mal sicher.»

«So schlimm?»

«Hast du etwa mit Moni gesprochen, oder wie kommst du darauf?»

«Das bleibt ja nicht aus, ne? Moni kann man ja schlecht aus dem Weg gehen. Ehe man sich versieht, hat sie eine Tonne Worte über einem ausgeschüttet, und man weiß nicht mehr, wo rechts oder links ist.»

Ich grinse und merke, wie mein Widerstand anderer Gesellschaft gegenüber restlos schwindet. «Ich werde Moni wirklich vermissen, wenn das hier vorbei ist. So jemanden trifft man nicht alle Tage.»

Ich luge ins Wohnzimmer, wo die drei Mädchen bereits einträchtig am Tisch sitzen und nun zu dritt malen. Mein Platz ist besetzt, und Lilli hat meinen schwarzen Stift annektiert.

«Willst du einen Tee trinken? Vielleicht bist du als Mann ja genau der Richtige, um mir aus meinem schwarzen Loch zu helfen und mir zu zeigen, dass nicht jeder Mann ein schwanzgesteuertes Arschloch ist.»

«Oje», sagt er, «was ist denn noch passiert? Danke für das Angebot, ich erfülle die mir zugedachte Rolle gerne und nehme einen Tee.»

«Na dann, lass uns in die Cafeteria gehen, und ich erzähle es dir.»

Wir schärfen den Mädels ein, auf jeden Fall im Zimmer zu bleiben und auf keinen Fall zu toben, und ziehen los.

In der Cafeteria bestelle ich mir keinen Tee, sondern eine Jumbotasse Kakao mit extra Sahne. Ich finde, diesen Seelenstreichler habe ich mir redlich verdient. Jan nimmt einen Kaffee, und wir suchen uns einen Tisch, der möglichst weit weg von allen anderen ist.

«Wusstest du, dass ich Kaffee richtig eklig finde?», frage ich Jan, als mir der Kaffeegeruch penetrant in die Nase steigt.

«Ehrlich? Das habe ich ja noch nie gehört.»

«Frischgemahlenen Kaffee rieche ich gerne, aber gekochten, bäh, und trinken geht gar nicht. Dafür liebe ich frischen Betongeruch und Benzin.»

Jan zieht eine Augenbraue nach oben. «Das passt zu dem Bild, das ich mittlerweile von dir habe.»

«Und das wäre?»

«Ein bisschen schräg und sonst ganz in Ordnung. Na ja, meistens.»

Ich werfe ein Zuckerpäckchen nach ihm, aber er weicht gekonnt aus.

«Also, du wolltest meinen männlichen Rat. Was kann ich für dich tun?»

Seufzend erzähle ich ihm von Rainers Anruf und merke, wie gut es tut, Dampf abzulassen. Ich rede mich richtiggehend in Rage und werfe mit undamenhaften Kraftausdrücken nur so um mich. Am Ende bin ich ganz erschöpft. Jan hört schweigend zu.

«Also, fassen wir zusammen: Dein Mann hat sich eine Gespielin gesucht, womit du eigentlich die ganze Zeit gerechnet hast. Du hasst ihn, weil er es dir auf die Nase bindet und außerdem erwartet, dass du ihm weiterhin zur Verfügung stehst.»

Ich nicke schwach. «So ist es wohl.»

Jan schaut mich ernst an, zögert kurz. «Du musst deine Entscheidung unabhängig von ihm treffen, weißt du das? Sonst wirst du immer die Doofe sein, auch wenn er sich dazu herablässt, zu euch zurückzukommen.»

«Ich weiß», sage ich zerknirscht, «aber die Kinder ...»

«Die Kinder sind auch nicht glücklich, wenn du versuchst, krampfhaft festzuhalten, was vielleicht nicht mehr da ist.»

Er macht eine Pause und sucht nach Worten, mehrfach streicht er sich über seinen Nacken, als falle es ihm nicht leicht, das Folgende zu sagen.

«Als Lara damals gegangen ist, habe ich sie über Monate auf Knien angefleht, bei uns zu bleiben. Ich konnte und wollte nicht verstehen, dass sie uns einfach so verlassen hat. Ich verstehe es, ehrlich gesagt, bis heute nicht, wie sie das übers Herz gebracht hat, aber so war sie eben. Lara hat sich für ein neues Leben entschieden, und ich war der Depp, dem die Frau davongelaufen ist. Ich habe mich damals ziemlich lange in Selbstmitleid gesuhlt. Erst war ich traurig, dann wütend, dann habe ich sie gehasst. Aber weißt du was?»

Ich schüttle den Kopf, ganz bewegt von der Ehrlichkeit, mit der er sein Gefühlsleben vor mir ausbreitet.

«Mein Hass und meine Verzweiflung haben nicht Lara getroffen, sondern Lilli. Sie musste das alles ausbaden. Sie war zwar noch klein, doch sie hat alles mitbekommen und ist immer stiller geworden. Ich habe das gar nicht richtig bemerkt, bis wir eines Abends im Bett lagen und sie völlig aus dem Nichts zu mir gesagt hat, dass wir beide die Familie sind und sie auf mich aufpassen würde und ich auf sie. Das war traurig und schön zugleich. Und das war der Punkt, an dem ich aufgehört habe, Lara als einen Teil von uns zu sehen. Es war der Tag, an dem mir klarwurde, dass ich alleine für mein und für Lillis Glück verantwortlich bin, und an dem ich mein Leben wieder selbst in die Hand genommen habe.»

Ich schweige. Jan geht es ebenfalls nah. Eine ganze Weile sehen wir uns einfach nur an.

«Wie alt war Lilli, als sie das gesagt hat?»

«Drei.»

«Oh Mann.»

«Weißt du, Kinder sind sehr stark, aber es ist besser für sie, wenn du noch stärker bist, sonst denken sie, sie tragen dir gegenüber die Verantwortung – und das ist nicht gut.»

Ich seufze. «Du hast recht. Wenn mir die Kinder wichtig sind, sollte ich herausfinden, wie meine Zukunft aussehen soll.» Ich überlege. «Kannst du mir einen Gefallen tun?»

«Gerne.»

«Kannst du eine Weile auf die Mädels aufpassen? Ich würde gerne eine Runde spazieren gehen. Du hast da was in Bewegung gesetzt, danke für deine Offenheit. Du bist wirklich ein Freund, weißt du das?»

Jan grinst verlegen, aber da schwingt noch etwas anderes in diesem Blick mit, ich kann es nur nicht einordnen.

«Gerne. Komm, wir gehen hoch, und du kannst deine Jacke holen. Ich werde die Mädels schon beschäftigen. Schwimmen fällt ja wohl heute aus.»

«Ja, und sie sind *not amused*.»

Verschneit liegt der Strand da, und anstatt des Sandes spüre ich nur den knirschenden Schnee unter meinen Füßen. Forsch, fast verbissen stapfe ich den Wellensaum entlang, so schnell, dass ich bald außer Atem bin, und das tut verdammt gut. Der Wind weht den Tag weg. Den Tag und meine Gedanken. Er nimmt alles mit sich, und übrig bleibt ein Hauch von Zuversicht. Wir würden das Kind schon schaukeln, denn wir sind stark, wir drei, und das kann uns Rainer nicht nehmen. Egal, was er noch vorhat in seinem Leben. Wenn jemand von uns hinterher bereut, dann soll er das sein und nicht ich.

In diese Richtung schwappen meine Gedanken, und als mir klarwird, dass ich nun endlich bereit bin, mein Leben in meine eigene Richtung zu schubsen, bleibe ich unvermittelt stehen und lächele. Ja, genau so muss es sein. Ich bin der Chef und bestimme, wie es weitergeht. So, wie ich es eigentlich schon getan habe, ohne dass es mir richtig bewusst war. Die Geschichte mit Raoul hat ihre Bedeutung gehabt – ein Hoch auf das Unterbewusstsein.

Ich atme tief durch und blicke auf das Meer hinaus. Der Himmel am Horizont beginnt sich abendlich zu verfärben, ein paar letzte Sonnenstrahlen schießen aus satten Kumuluswolken und beleuchten den Wellensaum auf nahezu einzigartige Weise. Und dann sehe ich es. Ein Glitzern wie goldener Sommerblütenhonig direkt zu meinen Füßen.

Ungläubig bücke ich mich und hebe auf, was vom Seetang halb verborgen direkt vor meiner Schuhspitze liegt. Ein Bernstein. Und was für einer! Leuchtend wie aus dem Lehrbuch, in einem satten Beige, und groß, bestimmt zwei mal zwei Zentimeter. Die Ecken vom Wasser gerundet und wunderschön.

Ich kann es kaum fassen. Ausgerechnet heute, wie ein Wink des Himmels. Kitschig und gut. Mir ist sonnenklar, was ich damit anfange. Gleich morgen werde ich herausfinden, wo der Bernsteinsammler sein Atelier hat, und ihn bitten, für uns drei ein kleines Schmuckstück zu fertigen. Als Erinnerung an die Kur und als Symbol für diesen Tag, der so frustrierend begonnen hat und besser endet als gedacht.

Leichtfüßig, als hätte es diesen schrecklichen Tag gar nicht gegeben, eile ich zurück nach Hause, um den Kindern meinen Fund zu zeigen.

Ich weiß, sie werden begeistert sein.

Doppelschuss

Wider Erwarten haben wir alle gut geschlafen. Anni, die irgendwann in der Nacht zu mir ins Bett gekrochen ist und eine wunderbare kleine Wärmflasche abgibt, rüttelt an meiner Nase, um mich wach zu bekommen.

«Mama, aufwachen, ich habe Hunger.»

«Hunger ist gut», gähne ich und nehme sie fest in den Arm, damit sie mich wenigstens noch ein paar Minuten dösen lässt. Auf ihre morgendliche Kuscheldosis ist eigentlich Verlass, was im Alltag oft dazu führt, dass wir viel zu spät aus dem Bett kommen. Aber heute habe ich die Rechnung ohne Anni gemacht. Sie befreit sich aus meinen Armen und klettert aus dem Bett.

«Nein, nein, ich muss aufstehen. Ich hab so großen Hunger, wir müssen JETZT frühstücken gehen.»

«Wie geht es denn deinem Kopf?», frage ich sie behutsam.

«Tut gar nicht mehr weh», sagt sie trotzig.

Anni gibt ungern zu, wenn ihr etwas weh tut. «Tut gar nicht mehr weh» hat also rein gar nichts zu bedeuten.

«Darf ich es mir wenigstens mal ansehen?»

«Neihein!»

Ich seufze. Den Blick auf die Wunde unter ihrem vom Schlaf verwuschelten Haar würde ich dem Arzt überlassen müssen. Sie dahin zu bekommen würde schwer werden.

Ella tapst verschlafen an mir vorbei.

«Können wir jetzt frühstücken?», fragt sie mürrisch.

«Guten Morgen, mein Kind», necke ich sie, womit ich mir einen feurigen Blick einfange.

«Morgen», brummelt sie hinterher.

Also gut, ich schäle mich aus der Bettdecke und beginne mich herzurichten. Das ist das Einzige, was mich hier nervt. Man muss einigermaßen ansehnlich am Frühstückstisch erscheinen. Warum ist man morgens eigentlich so zerknittert? Ich meine, man erholt sich doch im Schlaf. Das Gesicht hingegen sieht nach acht Stunden Nachtschlaf so aus, als wäre man gerade, von einem unüberwindbaren Gegner geschlagen, aus dem Boxring getorkelt. Also schrubbe, seife und creme ich das Gesicht mit dem Ziel, mein gruseliges Spiegel-Ich wieder in einen Menschen zu verwandeln.

Halbwegs vorzeigbar machen wir uns auf dem Weg nach unten. Keineswegs so schlecht gelaunt, wie nach dem gestrigen Tag zu erwarten gewesen wäre. Ein Grund dafür ist noch tief in meinem Kopf eingeschlossen. Ich werde ihn später herauspulen.

Beim Frühstück ist Anni der Star des Morgens. Sosehr sie sich gegen eine Sonderbehandlung wegen einer schnöden Platzwunde am Hinterkopf wehrt, sosehr genießt sie nach einer kleinen Phase der Schüchternheit die Aufmerksamkeit, die ihr von allen Seiten entgegenschlägt. Von den anderen Kurmüttern wie vom Kurhauspersonal wird sie gehätschelt und getätschelt, und die Kinder bestürmen sie mit Fragen, um endlich ihre Sensationslust zu befriedigen, die sie seit gestern umgetrieben hat. Anni beantwortet geduldig alle Fragen, präsentiert stolz das große Pflaster auf ihrem

Hinterkopf und hört sich strahlend an, wie tapfer sie doch sei.

«Hat gar nicht weh getan» ist sicher der Satz, den sie heute am meisten sagen wird. Ella tut, was Schwestern tun, wenn eine von ihnen eindeutig im Vordergrund steht. Sie mault kleinlich in sich hinein, was denn alle hätten, so besonders sei doch eine bescheuerte Platzwunde nicht. Na ja, durch den Blutfleck im Treppenhaus hat es wirklich jeder mitbekommen.

«Die Maler sind schon beauftragt», setzt mich Moni in Kenntnis, kaum dass ich sitze, «da hab ich nämlich nachgefragt. Dat sieht wirklich total gruselig im Flur aus. Der Jan-Hendrik, dem is schon fast schlecht geworden, und jetzt fährt er nur noch Aufzug, weil der nämlich überhaupt kein Blut sehen kann.»

«Wie geht es dir denn nach dem Tag gestern?», fragt mich Jenny.

«Danke, dass du fragst», ich lächle sie dankbar an, «aber eigentlich, ich weiß auch nicht, eigentlich geht es mir ganz gut. Besser, als ich dachte. Der gestrige Tag war wie ein schweres Gewitter, und heute ist die Luft wieder sauber und klar. Für den Moment reicht mir das, ich habe nämlich keine Lust, mir die nächsten Tage dadurch verderben zu lassen.»

Jan nickt mir über den Tisch hinweg zu, und Lilli bombardiert mich mit der Frage, ob und wann wir endlich wieder schwimmen gehen können. Ich sage ihr, dass Anni noch eine Zeitlang aussetzen muss, und sie zieht eine Schnute.

«Ihr könnt euch doch auch so treffen», tröste ich sie und nehme mir vor, so schnell wie möglich eine wasserdichte Badekappe für Anni aufzutreiben, damit wir bald wieder schwimmen gehen können. Schon seltsam, wie schnell einem dieses abendliche Ritual fehlt. Mir kommt es vor, als wäre das letzte Mal Ewigkeiten her, dabei sind es gerade mal sechsunddreißig Stunden.

Bei der Gelegenheit überlege ich, was sonst für heute auf dem Plan steht. Zuerst muss ich dringend mit Raoul sprechen. Mittlerweile ist «der» Massagetermin schon drei Tage her, und womöglich glaubt mein charmanter Viertelspanier weiterhin, es könnte eine Wiederholung geben. Das werde ich gleich nach dem Frühstück klären. Und dann schreibe ich Rainer eine Mail. Und zwar eine, die es in sich hat.

Und ich werde den Bernsteinsammler ausfindig machen. Noch eine Aufgabe.

Dann eine Badekappe besorgen. In der Stadt. Hm, ich habe ja kein Auto dabei, und mit dem Bus dauert es. Ich will die Kinder nicht so lange allein lassen. Vielleicht wäre Moni so nett?

«Sag mal, Moni, hast du Lust, mit mir in die Stadt zu fahren? Mit dem Bus dauert es so lange. Ich will für Anni eine wasserdichte Badekappe kaufen. Wenn sie noch lange aufs Schwimmen verzichten muss, dreht sie total am Rad.»

Anni nickt heftig und hocherfreut, um meinen Worten Nachdruck zu verleihen.

«Dat is doch kein Problem», dröhnt Moni, «dat mach ich gerne.»

Dankbar nehme ich das Angebot an. «Nach dem Mittagessen?», frage ich, weil, na ja, die Sache mit Raoul eben.

Moni ist einverstanden.

Nach dem Frühstück parke ich die Mädels vor dem kleinen Fernseher in unserem Apartment. Es ist Samstag und keine Schule. Das Wetter ist unfreundlich. Es stürmt, die Temperatur liegt über dem Gefrierpunkt, und es regnet leicht. Schade, so wird der schöne Schnee wegtauen und sich in einen unappetitlichen Matsch verwandeln.

Der Weg zum Kurmittelzentrum kommt mir länger vor als sonst, und auch wenn ich es nicht zugeben will, klopft mir das Herz bis zum Hals. Ist es wirklich richtig, das Thema mit Raoul so offiziell zu besprechen? Ich könnte auch einfach gar nichts tun und ihm beim nächsten Mal sagen, was ich zu sagen habe. Oder vielleicht auch gar nichts sagen und möglicherweise noch einmal? Nein, verbitte ich mir diesen Gedanken, das eine Mal war eine so schöne und unbeschwerte Erfahrung, gerade weil ja gar nichts, also fast nichts passiert ist. Ein Mehr würde kein Besser sein.

Auf der anderen Seite, wenn man es genau nimmt und ich der Rainer'schen Eröffnung von gestern wenigstens etwas Positives abgewinnen will, habe ich jetzt einen Freifahrtschein ... Kurz wackelt mein Entschluss, doch ich weiß, meine Entscheidung ist richtig.

Und dann fällt mir ein, dass das Kurmittelzentrum samstags geschlossen ist. So was Doofes. Ich will gerade frustriert den Rückweg antreten, als mir plötzlich jemand von hinten auf die Schulter tippt. Ich erschrecke fürchterlich. Abrupt drehe ich mich um und schaue in das breitgrinsende Gesicht von Raoul.

«Hallo, schöne Frau. Was treibt dich hierher? Doch nicht etwa die Sehnsucht?»

Plumps. Herz abgestürzt. System auch. Schweigen bis zum Reboot.

«Ähm, ja, also, hallo, auch», stottere ich ungelenk, und die Röte schießt mir ins Gesicht. So auf dem Papier ist das alles ganz einfach, aber wie er nun leibhaftig und selbstzufrieden vor mir steht, wird alles Makulatur. Das Gefühl, das unsere wilde Knutscherei und Fummelei in mir ausgelöst hat, ist urplötzlich wieder da.

Raoul sieht mich abwartend an. «Wolltest du zu mir ins Kurmittelzentrum? Aber wir haben doch heute geschlossen.»

«Ja, also ja, aber daran habe ich gar nicht gedacht, ist mir gerade auch aufgefallen», ich räuspere mich und gewinne an Boden. «Also, eigentlich wollte ich zu dir, ich muss da was klarstellen, aber nicht, weil du oder weil ich nicht ...»

Raoul unterbricht meine unsichere Stotterei, indem er mir beruhigend seine Hand auf die Schulter legt und mir aufmerksam in die Augen sieht. «Klarstellen hört sich gar nicht gut an. Brauchst nicht weiterreden. Ich weiß schon, was du sagen willst.»

Ich atme erleichtert auf. «Enttäuscht?»

«Nein, na ja, vielleicht ein bisschen. Hat schon Spaß gemacht, und ich finde dich auch richtig nett. Aber ich kann verstehen, wenn du nicht mehr willst.»

«Du ... hättest also?» Warum frage ich denn das jetzt?

«Klar hätte ich, ich bin doch Viertelspanier mit feurigem Blut», sagt er verschmitzt.

Ich seufze. Vielleicht doch? «Weißt du, es war so schön, aber ich habe das Gefühl, dass ich bei Mehr vielleicht auch Mehr erwarten würde. Weißt du, was ich meine?»

«Nein, nicht so ganz, aber keine Sorge, wir können uns weiter in die Augen sehen. So war es geplant. Und vielleicht kann ich dich bei der nächsten Massage ja doch noch weichklopfen, hätte nämlich gerne noch dein inneres Chakra kennengelernt.»

Er grinst mich lausbübisch an, und ich muss lauthals lachen. «Na, das hilft mir jetzt sehr.»

«Gern geschehen. Also, wir sehen uns!» Er nimmt mich in

den Arm, küsst mich schnell, fest und trocken auf die Wange und verschwindet im Nieselregen.

Versonnen schaue ich ihm hinterher. Na, das war doch einfach. Passt aber zu der ganzen Raoul-Geschichte. Leicht wie eine Feder schwebe ich zurück zur Klinik. Ich bin Raoul sehr dankbar für die schönen Gefühle, die er mir geschenkt hat, denn sie helfen mir bei meinem zweiten Programmpunkt heute. Der Mail an Rainer.

Hallo Rainer,

Nein, nicht «hallo», das ist zu unverbindlich. Ich kratze mich am Kopf und kaue auf meiner Unterlippe herum. Den Laptop auf dem Schoß, die Hände über der Tastatur, grüble ich über die passende Anrede. Gar nicht so einfach. Also noch mal.

Lieber Rainer,
nach siebzehn Jahren ist das die Mail, von der ich nie dachte, sie einmal schreiben zu müssen. Viel zu viel ist zwischen uns passiert. Nicht nur die Geschichte mit Jordanien oder gar der Tusse, die du kennengelernt hast …

Nee, «Tusse» nicht, ich will sachlich bleiben. Sachlich genug, um mir keine Überreaktion vorwerfen zu können. So, also weiter.

… der Frau, die du kennengelernt hast. Ich glaube, unsere Probleme haben viel früher angefangen und gehen tiefer. Der Virus, der unsere Beziehung befallen hat, ist ausgebrochen. So sieht es aus. Ich will dir keine Vorwürfe mehr machen. Denn wenn ich dir Vorwürfe mache, heißt das, dass ich die

Doofe bin, die Verlassene, die Traurige und die Zurückgelassene. Ich will dich nicht mehr hassen, und ich will nicht mehr auf dich warten. So, wie du deine Entscheidungen ohne mich getroffen hast, treffe ich nun meine. Ohne dich. Das habe ich mir nach den letzten Wochen und Monaten mehr als verdient.

Bitte respektiere das und versuche nicht, mich in der nächsten Zeit anzurufen. Ich möchte die Zeit hier genießen und mich auf die Zeit danach vorbereiten. Ich bitte dich nicht darum, weil ich dich ärgern oder vor den Kopf stoßen möchte, sondern weil ich die Zeit für mich brauche und für die Kinder.

Anni und Ella darfst du natürlich immer kontaktieren. Sie sind auch deine Kinder.

Nach der Kur können wir gerne über alles reden.

Ich rechne es dir übrigens hoch an, dass du mir die Geschichte mit der anderen Frau gebeichtet hast, und hoffe, dass du meine Bitte respektierst.

Viele Grüße

Verena

Hm, ganz schön sachlich. Zu sachlich? Was ich fühle, habe ich in den letzten Wochen und Monaten ausführlich gesagt und beklagt. Nein, ein sachlicher Abschluss ist im Moment genau das Richtige. Mit dieser Mail befreie ich mich endlich aus der Warteschleife. Und darauf kommt es an.

Ohne weiter zu zögern, klicke ich auf Senden und klappe den Rechner zu.

Dann atme ich ganz tief durch.

Punkt drei auf der Tagesordnung an diesem freien Tag: Shoppen mit Moni.

Nach einem netten Bummel durch eine kleine Fußgängerzone, bei dem ich alles und noch ein wenig mehr erstehe, was auf meiner Liste steht, gönnen wir uns einen Cafébesuch mit «lecker Käffken, Teeken und Küchsken».

«So, und jetzt erzählste mal, wie geht et dir denn nach dem Schreck?», fragt mich Moni, während sie genüsslich ihre Schwarzwälder Kirschtorte vertilgt.

«Na ja, es war leider nicht nur der eine Schreck gestern. Mein Mann hat mir nachmittags netterweise noch eröffnet, dass er momentan eine andere flachlegt, ich da aber bitte Verständnis für haben soll.»

«Och nee, wat is dat denn für 'n Pissbudenlui! Dat die Männer die Hose aber auch nicht zulassen können. Dat is doch echt nich nötig. Hat dein Rainer eigentlich mal hingeguckt, wat der da in die Ecke stellt? Du bist doch 'n echtes Prachtweib.»

Ich zucke mit den Achseln. «Danke für das Kompliment. Es ist schön, wenn wir Frauen das wenigstens erkennen. Aber sonst ... Weißt du, Moni, natürlich hat es mich gestern eiskalt erwischt, aber eigentlich hat er mir einen Gefallen getan. Ich habe nämlich endlich herausgefunden, was ich will.» Stolz recke ich mein Kinn in die Luft.

«Und dat wäre?»

«Ich habe ihm eine Mail geschickt, in der ich ihm mitgeteilt habe, dass ich nicht gedenke, weiter auf ihn zu warten, und die Kur genießen will, ohne über ihn grübeln zu müssen.»

«Du hast den inne Wüste geschickt?», vergewissert sie sich.

«Ja, so ähnlich, zumindest habe ich ihm gesagt, dass ich meine Entscheidungen nun unabhängig von ihm treffe.»

«Respekt, Verenken, ich bin sprachlos.»

Dabei klopft sie mir anerkennend mit ihrer Pranke auf den Rücken, und ich verschlucke mich an meinem Kuchen. Moni ist sprachlos? Dafür schicke ich meinen Ehemann gerne in die Wüste.

Bepackt kehre ich ins Kurhaus zurück. Anni kann es kaum erwarten, den Inhalt der Tüten zu erkunden.

«Mama, *was* hast du uns mitgebracht?»

«Langsam, langsam», sage ich lachend, «ich muss mich erst ausziehen.»

Genüsslich langsam entledige ich mich meiner Klamotten, bevor ich die Tüten in der Mitte des Raumes drapiere und ein Teil nach dem anderen auspacke. Eine Silikonbadekappe für Anni, die sie sich stolz auf den Kopf setzt, ein neues Buch für Ella, zwei schöne Malbücher und je ein blumiges Winterkleid. Das ist die Ausbeute, mit der sie Minuten später glücklich durchs Zimmer tanzen.

«Und was hast du dir gekauft, Mama?», fragt Ella und lunkert in die letzte Tüte.

«Grünen Tee.»

«Mama, du bist sooo langweilig.»

Teenie halt.

Punkt vier: Den Bernsteinsammler auf einen anderen Tag verschieben und zu Punkt fünf übergehen: Feierabend. Wobei das in dieser Umgebung ein eher unnötiges Wort ist.

Jan und ich sitzen in der Cafeteria. Vor ihm steht ein Kaffee, in den er mindestens vier Löffel Zucker gerührt hat. Dass der Löffel nicht steht, ist alles. Mir ist sowieso schon aufgefallen, dass er Süßes liebt.

Seine Backen sind gerade gefüllt mit einem großzügigen Stück Bienenstich, und er schaut gedankenverloren in der Gegend herum. Wir haben uns zufällig hier getroffen. Die Mädels sitzen zu dritt am Tisch nebenan und puzzeln, und ich bin mit meinem Buch beschäftigt. Wir haben also bisher kaum ein Wort gewechselt.

«Ich muss hier echt mal raus», raunt er mir plötzlich zwischen zwei Bissen zu.

«Oh, lass dich nicht aufhalten. Ich lese und kann das durchaus auch ohne dich tun», antworte ich spöttisch und ohne den Blick von meinem Krimi abzuwenden. Der ist gerade richtig spannend.

«Nein, ehrlich, wenn ich hier nicht bald mal rauskomme, kriege ich einen Lagerkoller. Also richtig raus, meine ich, mal was anderes sehen.»

Nun schaue ich doch hoch und werfe ihm ein fragendes Stirnrunzeln zu. «Was ist denn los, das bin ich gar nicht von dir gewohnt. Das ist ja ein richtiger Ausbruch.»

«Ach», er wiegelt mit einer Hand ab, «vielleicht muss ich einfach mal wieder ein paar Männer sehen. Ich meine, ich hab ja nichts gegen Frauen, aber ihr seid zu viele. Außerdem ...»

Jetzt grinse ich. «Ich habe mich eh schon gewundert, wie du es hier aushältst. Was ist denn mit dem anderen Vater? Uninteressant?»

Er rollt verdrießlich mit den Augen. «Hast du den mal richtig mitbekommen? Das ist 'ne lahme Schlaftablette. Außerdem steht der komplett unter dem Scheffel seiner Frau, der muss wahrscheinlich wie ein Hündchen angewedelt kommen und heftigst Bitte, bitte sagen, ehe die ihm erlaubt, sich einen Meter von ihr zu entfernen.»

Ich pruste los. «Das stimmt, er macht den Eindruck, als wäre er ein Haustier. Aber wer weiß, vielleicht steckt mehr Mann in ihm, als du denkst.»

Jan lächelt schief. «Ehrlich, Verena, du bist dreimal männlicher als dieser Waschlappen.»

«Oh, danke für das Kompliment», sage ich schmunzelnd.

«Aber jetzt im Ernst, ich dachte, wir könnten vielleicht mal irgendwo hingehen, wo keine anderen Mütter sind.»

«Ich bin auch eine Mutter.»

«Du zählst nicht, du bist mein bester Freund hier.»

«Was ist der andere Grund, warum du hier rauswillst? Es kann doch nicht nur die unterdrückte Männlichkeit sein?»

Er wirkt plötzlich zerknirscht, augenscheinlich überlegt er, wie er formulieren soll, was er auf dem Herzen hat. «Nun, ich weiß nicht recht, wie ich es sagen soll, aber es gibt hier tatsächlich», er sieht sich um, ob irgendwo ein potenzieller Lauscher zu entdecken ist, «zwei Frauen, die mir ziemlich deutliche Avancen machen.»

«Du wirst sexuell belästigt?», raune ich.

«Na ja, das jetzt nicht, aber die sind in der Tat ziemlich aufdringlich. Steigen zufällig in der letzten Sekunde in den Fahrstuhl, stupsen mich aus Versehen an der Essenausgabe an, suchen das Gespräch, werfen ganz unauffällig ihre Haare zurück ... So was halt.»

Ich reiße mich zusammen, um nicht laut loszulachen. «Und, sind sie attraktiv? Ich meine, du bist doch Single, das hier sollte das reinste Paradies für dich sein.»

Ich glaube, gleich wirft er mir seinen Löffel an den Schädel. Doch dann sagt er nur: «Völlig indiskutabel.»

«Die musst du mir unbedingt mal zeigen. Ein Wunder, dass sie noch nicht abends im Schwimmbad aufgetaucht sind.»

«Mal den Teufel nicht an die Wand!»

«Dann verstehe ich natürlich, wenn du mal etwas anderes sehen musst. Was denkst du denn, wo du in dieser Metropole deine Männlichkeit ausleben kannst? Und dann hätten wir noch die Kinder, die wir nicht einfach verrotten lassen können.»

Er nimmt seine Tasse mit dem Zuckerkaffee und trinkt in großen Schlucken. «Da hast du recht. Hm. Aber wir finden doch bestimmt jemanden, der so lange die Betreuung übernimmt. Jenny oder Moni?»

«Und wenn die beiden mitkommen wollen?»

Er stöhnt. «Du weißt, ich hab beide gern, trotzdem, ein Abend ohne Moni und ihre Jan-Hendrik-Auswürfe wäre auch mal schön. Komm, nur wir zwei, und du tust, als wärst du ein Mann und trinkst ein paar Bier mit mir.»

Ich überlege. Ehrlich gesagt, ist das eine mehr als verlockende Idee. Aus der Kurumgebung auszubrechen und das normale Leben zurückzuerobern. «Also, wenn du was trinken willst, können wir nicht mit deinem Auto fahren, und es wäre mir sowieso lieber, wir blieben wegen der Kinder in der Nähe.»

Jan strahlt mich mit seinen grauen Augen an wie ein kleiner Junge, der gerade das *Star-Wars*-Superset an Weihnachten ausgepackt hat. «Du bist also dabei?»

«Ich bin dabei, unter einer Bedingung.»

«Jede Bedingung, wenn du mich nur hier rausholst», sagt er untertänigst.

Ich feixe. «Wein, ich brauche Wein», fordere ich albern.

«In Karaffen werde ich ihn dir servieren.»

«So ist es recht, edler Ritter – und du organisierst.»

Er grinst, trinkt seine Tasse leer und geht, mir die Auskunft hinterlassend, er werde sogleich alles in die Wege leiten. Ich lese indessen mein Buch weiter. Es muss doch möglich sein, dass ich das endlich mal fertig kriege. Viel zu ereignisreich, so eine Kur.

Jan schafft es tatsächlich, unser privates Stelldichein noch am selben Abend zu organisieren. Jenny und Moni haben sich beide bereit erklärt, auf unsere Kinder aufzupassen. Moni würde sich um Lilli kümmern und Jenny um Anni und Ella. Ich verbringe also die Zeit nach dem Abendessen damit, mich «stadtfein» zu machen, und stecke Anni und Ella ins Bett mit der Erlaubnis, noch zu lesen. Wenn etwas ist, sollen sie einfach laut rufen, und Jenny würde, über die Funktion des Telefons informiert, zu Hilfe eilen. Außerdem haben sie meine Nummer, und die Nachtschwester weiß auch Bescheid. Es ist kein Problem, das Kurhaus abends zu verlassen, solange man sich in Rufweite befindet, und das hat Jan ebenfalls eingefädelt. Im Dorf, mit dem Fahrrad keine zehn Minuten entfernt, gibt es eine kleine Gaststätte mit Restaurant. Und die wird heute Abend unser Ziel sein.

Meine Mädels wären natürlich nicht meine Mädels, wenn sie ob der abendlichen Vernachlässigung nicht völlig entrüstet wären.

«Warum musst du denn in diese blöde Gaststätte gehen?», mault Anni.

Und Ella stellt fest: «Immer lässt du uns alleine.»

«Immer» ist in den Augen meiner Kinder ein dehnbarer Begriff. Ich verspreche hoch und heilig, sie zwischendurch anzurufen, und erlaube ihnen dann doch, noch ein bisschen fernzusehen. Jenny würde sich darum kümmern, dass sie das Gerät nach dem Kinderprogramm ausschalten. Bestechung ist dann und wann ein hervorragendes Mittel, unpassendes Kindernölen verstummen zu lassen.

Pünktlich stehe ich an der Rezeption und warte auf meine Verabredung, froh, dass ich dort alleine bin und keine andere Mutter mitbekommt, wie ich gemeinsam mit dem einzigen Singlemann das Haus verlasse. Gerüchte sind nicht meine Sache.

Im Dorfkrug

*J*an erscheint pünktlich, frisch rasiert und strahlend wie ein Junge bei der Einschulung. «Ich freu mich wie Bolle auf unseren Männerabend», feixt er.

«Und ich werde ab jetzt aufhören, mir störende Barthaare aus dem Gesicht zu zupfen», gebe ich trocken zurück.

Fröhlich verlassen wir das Kurhaus durch den Hintereingang, wo die Fahrräder stehen, die man sich jederzeit an der Rezeption ausleihen kann. Die Fahrt ins Dorf, die eigentlich nur zehn Minuten dauern soll, gerät zur Schlingertour. Die Bürgersteige und Fahrradwege sind voller Schneematsch, der Fahrbahnrand sieht auch nicht besser aus, und das Fahren ist mehr als anstrengend. So mit uns und einem einigermaßen sicheren Fortkommen beschäftigt, wechseln wir kaum ein Wort. Zudem legt Jan ein ziemliches Tempo vor. Als wir endlich das Dorf und damit wieder von braven Bürgern geräumte Wege erreichen, bin ich außer Atem.

«Also, ich fahre zu Hause ja nicht gerade wenig Rad, aber mir war nicht klar, dass ich heute mit einer Dampfmaschine unterwegs bin», keuche ich reichlich undamenhaft.

«Wenn du nichts sagst, kann ich auch nicht langsamer fahren», erwidert Jan sichtlich verwundert.

«Das behaupten alle Männer. In Wirklichkeit befindet ihr euch doch immer im Wettbewerb.»

Er schnauft, was ich als eine Art Lachen deute, und seine Augen funkeln mich belustigt an.

«Jaja, lach du nur. Aber deine Beine sind viel länger als meine, da hast du einfach eine viel bessere Umsetzung.»

«Natürlich liegt es an deinen zu kurzen Beinen, ne, ist klar», spottet er.

Nun funkle ich ihn an, hoffentlich sehr böse. «Blödmann!»

Schließlich erreichen wir das Restaurant. Das Restaurant! Ich werfe Jan einen vielsagenden Blick zu. Ist das sein Ernst?

«Wo um alles in der Welt führst du mich hin? Okay, mir ist ja klar, dass das hier nicht das belgische Viertel ist, aber muss es so was sein?», stöhne ich melodramatisch.

Der «Dorfkrug», wie das schneidige Etablissement heißt, scheint einer anderen Zeit entsprungen. Gutbürgerlich gibt nicht ansatzweise das wieder, was diese Örtlichkeit an Flair verströmt. Gammelige Eckkneipe trifft es erheblich besser. Schon von der Straße aus kann man den Mief der vergangenen Jahrzehnte riechen. Eine Mischung aus abgestandenem Rauch, Bier und Altenheim. Aber gut, dann steigt die Party eben hier.

«Ich gebe zu, es ist nicht ganz angemessen, aber vielleicht ist es, äh, drinnen besser?», versucht Jan mich wenig überzeugend aufzumuntern und runzelt selbst die Stirn.

Ich kichere haltlos. «Wir verwöhnten Städter. Was haben wir denn erwartet? Ich habe übrigens eine Vorstellung davon, wie es drinnen aussieht. Vor dem Abi habe ich in genau so einem Schuppen gekellnert. Vom Feinsten, sag ich dir.»

«Es geht nichts über das Studium fremder Kulturen», entgegnet Jan bierernst.

«Das haben wir ja im Kurhaus schon gelernt», sage ich, «da können wir hier gleich weitermachen.»

«Du bist ein richtig böses Mädchen», schimpft Jan und droht mit seinem Zeigefinger. «Das werde ich Moni erzählen.»

«Petze, Petze», leiere ich und tue so, als wolle ich ihm in den Finger beißen. Schon jetzt benehmen wir uns wie zwei alberne Grundschüler. Der Abend kann nur heiter werden.

Sorgsam schließen wir unsere Räder an die nächste Straßenlaterne, wechseln einen letzten Blick, atmen tief durch und betreten die Kneipe der Glückseligkeit. Ich hege Fluchtgedanken, doch Jan schiebt mich sanft in die Tiefen des Etablissements. Für alteingesessene Eckkneipen ist das seit Jahren herrschende Rauchverbot eher Fluch als Segen, denn nicht durch frischen Rauch übertüncht, quillt der uralte Gestank aus allen Ritzen wie Silberfische in der Nacht.

Ich rümpfe die Nase. «Das ist aber ein feines Düftchen», flüstere ich.

«Chanel No. 5», retourniert meine Begleitung, ebenfalls flüsternd.

Das Innenleben dieses Bierschuppens entspricht ganz dem olfaktorischen Eindruck. Die Einrichtung besticht durch gepflegt-dunkelbraunen Gelsenkirchener Barock – sowohl die Möbel als auch die Besatzung. Im Zentrum des kleinen Gastraums steht der obligatorische runde Stammtisch, um den ein paar versprengte, handverlesene Dörfler im Rentenalter drapiert sind. Zwei Herren spielen schweigend Karten, der Rest stiert wortlos ins Bierglas und lauscht der feinsinnigen Hintergrundbeschallung: den Kastelruther Spatzen. Einige Köpfe drehen sich zu uns um, identifizieren uns jedoch schnell als uninteressantes Touristenmaterial.

Die Wirtin, eine monströse Frau in den Fünfzigern mit aparter Kurzhaardauerwelle, wogendem Busen und randloser Brille, posiert eindrucksvoll hinter einer speckigen Resopaltheke und poliert geradezu liebevoll einen Cognacschwenker. Sie begrüßt uns mit einem leisen Nicken. Hier wird es gemütlich.

«Da müssen wir jetzt durch», raunt Jan mir zu.

«Muss man auch mal gemacht haben», raune ich zurück.

Wir entdecken den versteckten Zugang zu einem weiteren Gastraum. Nicht viel einladender, aber wenigstens nicht gänzlich volksmusikbeschallt und nicht ganz so abgewrackt.

«Jaja, gehen Sie ruhig dort hinein», fordert uns die Wirtin mit rauchiger Kornstimme auf, «gleich kommen bestimmt noch andere Gäste, und ich bin gleich bei Ihnen.»

Freundlich ist sie, immerhin. Forsch stapfe ich zu einem Tisch am hinteren Ende des Raumes. Wie immer, wenn es eine Bank gibt, wähle ich sie und quetsche mich hinter den Tisch mit gestärkter rosa Leinendecke, formvollendet dekoriert mit Kunstblume im Porzellanväschen. Meine Jacke und meine Tasche lege ich auf die Bank. Jan nimmt mir gegenüber Platz, schiebt die Ärmel seines blauen Wollpullovers nach oben, stützt sich mit den Ellbogen auf den Tisch und sieht mich erwartungsvoll an.

«So, Verena aus der Nähe von Köln, was möchtest du trinken?»

«Ein badischer Rotwein wäre nicht schlecht», witzle ich.

«Dann lass uns die reichhaltige Auswahl begutachten», sagt er mit stoischer Ernsthaftigkeit und greift nach der eselsohrigen Speisekarte. Fachmännisch geht er sie durch. «Also, wir hätten Bier, Bier und Bier. Und Schnaps. Bestimmt zehn Sorten, oh, nein, hier haben wir tatsächlich Wein, Merlot, sogar trocken UND lieblich. Ich bin beeindruckt.»

Das bin ich auch. «Die Entscheidung fällt mir schwer, aber ich nehme, ähm, spontan, den Trockenen.»

«Eine gute Wahl. Ich werde – ganz spontan – ein Bier nehmen. Essen?»

«Was sagt die Menüauswahl?»

«Schwein, Schwein und Schwein.»

Ich verdrehe die Augen. «Gibt es vielleicht Knabberzeug?»

Er überfliegt die Karte. «Salzstangen und Nüsse.»

«Dann nehmen wir doch eine Auswahl an erlesenem Knabberzeug. Wir sind echt gemein, weißt du das?»

«Pure Hilflosigkeit, würde ich sagen. Okay, dann das Knabberzeug.»

Die Wirtin kommt, fragt, ob alles recht ist, und notiert unsere Bestellung.

Etwas verlegen sitzen wir einander gegenüber. Schweigend. Es ist seltsam, außerhalb des Kurhauses mit Jan hier zu sein. Wann war ich das letzte Mal alleine mit einem Mann in einer Kneipe, der nicht mein eigener ist? Ich betrachte den Mann, der mir im Kurhaus mittlerweile so vertraut ist, mit neuen Augen. Er sieht schon ziemlich gut aus. Locker, nett, männlich. Wenn er seinen Charme spielen ließe, könnte er sicher die eine oder andere Kurdame in Wallung bringen. Aber er scheint nicht auf der Suche zu sein, als reiche ihm sein Leben als Vater, als wolle er nur für Lilli da sein. Ob er manchmal einsam ist? So vieles gibt es, was ich noch nicht weiß, obwohl wir uns so gut verstehen. Vielleicht können wir das heute ändern?

Jan mustert mich nachdenklich. «Ein Groschen für deine Gedanken.»

«Den kannst du haben. Ich finde es nämlich gerade ziemlich seltsam, dich hier in freier Natur zu beobachten, und stelle fest, dass es vieles gibt, was ich von dir wissen möchte.»

Jan schmunzelt. «Männer in ihrem natürlichen Lebensraum zu beobachten ist ein Erlebnis, das sich keine Frau entgehen lassen sollte. Das ist Grundlagenforschung für Fortgeschrittene. Viele Verhaltensweisen erschließen sich erst dort.» Dann wird er ernster. «Aber du hast recht. Es ist seltsam außerhalb dieses seltsamen Universums namens Kurhaus. Aber ich finde es gut. Lass uns was daraus machen und uns weiter kennenlernen.»

Ich strahle unverhohlen, dann schweigen wir eine Runde.

Endlich kommen die Getränke, und während die Wirtin auftischt, lauschen wir hingerissen den Kastelruther Spatzen, die, wie sollte es anders sein, von den Irrwegen der Liebe trällern.

Ich schnaufe vor Vergnügen. «Gott, ist das tiefgründig! Diese simplen Wahrheiten so schön ausgedrückt. Ich schwör, die sprechen mir aus dem Herzen.»

«Ey, ich schwör, das ist das Beste, was ich je gehört habe.» Jan macht eine Pause, streift sich die Haare aus der Stirn. «Diese Kneipe ist echt völlig absurd.»

«Und mich hat noch nie ein Mann so stilvoll ausgeführt.»

«Beim ersten Date gebe ich mir immer besonders viel Mühe.»

«Das ist dir voll und ganz gelungen, und ein Geheimnis hast du damit ja schon gelüftet.»

«Du meinst, ich stehe in Wirklichkeit total auf Volksmusik und das gepflegte Beisammensein am Stammtisch? Du hast ja keine Vorstellung davon, wie geil das ist, mit Heinz, Gerd und Eberhardt über den Sinn des Lebens im Besonderen und im Allgemeinen zu philosophieren.»

Ich gackere los. «Lass dich nicht von mir aufhalten, lauf zu deinen Brüdern am runden Tisch. Weißt du was, ich finde ja, Moni wäre hier ziemlich gut aufgehoben.»

«Also, jetzt wirst du aber richtig gemein», entrüstet sich Jan.

«Du weißt doch, dass ich Moni liebhabe.»

«Ja, ich auch, aber das allein ist schon schräg genug.»

«Stimmt, Moni ist sonst nicht so ganz unsere Zielgruppe.»

Da sind wir wieder mitten in einem unserer munteren Wortgefechte. Ein Grund, warum ich mich mit Jan so wohlfühle. Über den Tisch hinweg strahlen wir uns um die Wette an, nehmen beide unsere Getränke und stoßen auf den Abend an.

«Ich freue mich, dass diese Frauen dich aus dem Haus getrieben haben. Und damit wir die schöne Hintergrundmusik ordentlich genießen können, finde ich, wir lassen es jetzt richtig krachen!»

«Das ist ganz in meinem Sinne! Prost, mein schöner Männerersatz ohne Barthaare!»

«Prost, einziger Mann in meinem Universum.»

Jetzt guckt Jan leicht irritiert. «Einziger Mann?»

«Jawohl, ich habe nämlich heute per Mail meinen fremdvögelnden Ehegatten davon unterrichtet, dass ich nicht länger auf seine Entscheidung zu warten gedenke. Und weißt du was? Es fühlt sich richtig gut an.»

«Du hast was?» Ungläubig schaut er mich an, und der Satz hängt zwischen uns.

«Mich getrennt. Unter anderem warst du es, der mir dazu geraten hat, wenn du dich erinnerst.»

Jan kratzt sich am Kopf, und es dauert, bis er antwortet. Fast so, als müsse er sich neu sortieren. «Echt jetzt? Respekt!»

«Genau das hat Moni auch schon gesagt. Anscheinend habe ich für diese Erkenntnis länger gebraucht als mein gesamtes Umfeld.»

«Wäre eine Möglichkeit», sagt Jan wohlwollend und hebt sein Bierglas ein zweites Mal. «Dann lass uns doch auf einen feuchtfröhlichen Singleabend anstoßen.»

Ich verliere kurz die Fassung. Singleabend? Das ist aber jetzt ganz schön ... endgültig? Ja, doch, er hat recht, irgendwie. Single? Ich? Mein wechselndes Gefühlsbad bleibt Jan nicht verborgen.

«Das musst du erst mal verdauen, was?»

«Ja, es ist ganz schön unwirklich. Aber ich werde mich dran gewöhnen. Obwohl sich den letzten Wochen gegenüber eigentlich nicht viel ändert.»

«Du kannst jetzt bestimmt noch nicht überblicken, was diese Entscheidung bedeutet. Aber es ist gut, dass du eine Entscheidung getroffen hast. Das freut mich für dich.»

Er nimmt einen Schluck von seinem Bier und verschwindet kurz in seinem Gehirn. Ich lasse ihn, was auch immer er dort gerade sucht.

«Komm, es reicht jetzt mit den schweren Themen, verstanden?», sage ich nach einer Weile.

Jans Gesicht fällt in tausend kleine Lachfalten. «Ich weiß, wie es noch schneller geht. Wir beide reißen heute Abend ein bisschen die Dorfjugend auf. Na, was hältst du davon?»

Sein Blick schweift dabei Richtung Stammtisch. Jetzt schmeißen wir uns fast weg vor Lachen. Als wir fertig gegiggelt haben, fordert Jan mich auf, ihm Fragen zu stellen.

«Eine du, eine ich, und wir antworten wahrheitsgemäß.»

Ich sehe ihn an, kneife das linke Auge zu und fixiere ihn mit dem rechten. «Okay, also, was frage ich dich am besten? Ja, genau, was ich dich eigentlich schon die ganze Zeit fragen wollte. Du bist Fotograf, aber ich habe dich hier noch nie mit Kamera gesehen. Warum?»

«Oh, das ist einfach. Es ist mein Job. Und der gehört nicht hierhin. Obwohl es mich bei dem Schnee und Frost schon manchmal in den Fingern juckt. Aber ich habe es Lilli versprochen, und ein paar Fotos durfte ich immerhin mit meinem Smartphone schießen.»

«Das klingt logisch», antworte ich. «Okay, jetzt du.»

Jan kratzt sich am Kinn. «Hm. Hast du Geschwister, und wenn ja, verstehst du dich gut mit ihnen?»

«Einen Bruder, und der ist nur elf Monate jünger. Was sich meine Eltern dabei gedacht haben, weiß ich bis heute nicht. Heute verstehen wir uns gut, als Kinder haben wir uns inbrünstig gehasst und mehr Scheiße gebaut, als in einen Abend passt. Und du?»

«Eine Schwester, drei Jahre älter. Sie nimmt mich bis heute nicht ernst.»

So tauschen wir nach und nach Informationen aus, die wir voneinander noch nicht wussten. Ich erfahre, dass er gerne Rad fährt und gerne einen Hund hätte, ich erzähle von unserem Kater. Beide lieben wir das Zelten, und überhaupt finden wir, dass Reisen etwas ist, was das Leben mehr bereichert als alles andere.

«Was willst du in deinem Leben noch erleben? Was, denkst du, muss in deinem Leben unbedingt noch passieren, damit es sich rund anfühlt?», fragt er mich irgendwann.

«Ich weiß nicht», sage ich, «bis vor kurzem dachte ich, es ist alles gut, wie es ist. Alles Aufregende und Prägende liegt hinter mir, ich kann beruhigt die zweite Lebenshälfte angehen. Aber jetzt? Jetzt weiß ich gerade gar nichts mehr.» Ich mache eine kurze Pause, verschwinde in meinen Gehirnwindungen und fahre dann fort: «Auf jeden Fall will ich irgendwann eine Weltreise machen! Und du?»

«Ich glaube, das ist nicht überraschend, aber ich will schon irgendwann eine Frau finden, die zu mir passt, nur, ich kann und will es nicht erzwingen.»

Nachdenklich sieht er mich an, und ich nicke. Was soll ich darauf auch sagen. Mir fällt nichts ein.

«Irgendwie sitzen wir nun im selben Boot, was? Ein neuer Mann? Rainer? Nee, das überfordert mich total.»

«Wir können ja mal am Stammtisch nachschauen, ob da wer für dich rumsitzt», unkt Jan.

Ich verdrehe kichernd die Augen.

Ein kühler Luftzug streift meine Beine, der Dorfkrug hat neue Gäste bekommen. Giggelnd versuchen wir, uns zu beruhigen. Wir müssen ja nicht gleich jeden auf uns aufmerksam machen. Weil wir um die Ecke sitzen, können wir die neuen Gäste nicht sofort in Augenschein nehmen. Zwei zusätzliche Stimmen erfüllen die Gaststätte, und ehe meine Synapsen den Tenor und das soprane Stimmchen der richtigen Schublade zuordnen können, biegen sie auch schon um die Ecke: meine beiden Lieblingsmasseure und einer davon mein temporäres Sexobjekt.

Bevor mein Gehirn eine Meinung dazu entwickeln kann, hat uns Irina entdeckt und stürmt strahlend wie ein mittleres Atomkraftwerk in unsere Nische.

«Verena, ist das eine schöne Überraschung. Was treibt euch hierher in diese kümmerliche Spelunke?»

«Die fehlende Auswahl. Und was ist eure Ausrede?» Ich lache, stehe auf und lasse mich drücken wie eine seit Jahren verschollene Tochter.

«Die ganzen anderen Kneipen sind viel zu modisch», unkt Irina.

Raoul übernimmt mich und drückt mich ebenfalls, nicht ganz so stürmisch, aber fest und warm. Vielleicht einen Ticken länger, als höflich gewesen wäre. «Hallo, Verena, schön, dich zu sehen», raunt er mir ins Ohr.

«Und du bist eine von die zwei Väter von die Kurgang, nicht wahr? Habe ich massiert dich einmal, aber nur deinen Rücken gesehen. Von vorne ist auch nicht schlecht, was?»

Irina hat sich nun Jan vorgenommen, der sich aus seiner Ecke gekramt hat und die herzliche Attacke der kleinen Tschechin stoisch über sich ergehen lässt. Er sieht verdutzt aus, schließlich hat er keine Ahnung, dass mich mit den beiden Masseuren mehr verbindet als die üblichen Massagetermine. Es wird Zeit, den armen Kerl aufzuklären, zumindest in zensierter Form.

«Ihr kennt euch also, das ist doch praktisch. Irina und Raoul haben mir am Anfang einen riesigen Gefallen getan und mich vor den anderen Müttern gerettet. Danach konnte es nur noch bergauf gehen.»

«Hast traurig auf unsere Liege gesessen und Elend beweint», übertreibt Irina.

«Na, so schlimm jetzt auch nicht», verteidige ich mich.

«Stimmt, aber gute Stimmung hast du am Anfang nur bei uns bekommen.»

«Na ja, natürlich nur, bis ich dich kennengelernt habe, seitdem ist eh alles tutti.» Ich grinse Jan unverblümt an.

«Wenn das so ist, dann setzt euch bitte zu uns. Ist lange her, dass ich mich mit jemandem aus der realen Welt unterhalten habe», sagt er, und Irina strahlt.

«Und hast du außerdem endlich mal wieder einen richtigen Mann mit am Tisch.» Sie zeigt auf Raoul, der Irinas Feststellung mit einem frechen Grinsen quittiert.

«Das ist allerdings wahr», entgegnet Jan, «es ist, als würden meine Wünsche ans Universum erhört.»

Sie schälen sich aus den Jacken und gesellen sich bereitwillig zu uns. Raoul quetscht sich frech zu mir auf die Bank und sitzt definitiv näher, als nötig wäre, Irina hat sich am Kopfende niedergelassen. Bevor sie ihre ersten Getränke bestellen, fordert Raoul die Wirtin nonchalant auf, doch gnädigst andere Musik aufzulegen, was zwar aufgeregtes Gemurmel am Stammtisch zur Folge hat, aber auch die Wirtin kann Raouls Charme nicht widerstehen und tut wie ihr geheißen.

Nach ein paar Minuten ist es, als hätten wir nie anders als in dieser Kombination unsere Abende verbracht. Wir vergnügen uns zunächst geschlechterspezifisch. Ich und Irina kichern und klönen wie zwei alte Schulfreundinnen, während Raoul und Jan so wirken, als hätten sie lange gemeinsame Herrenabende hinter sich. Jan genießt es sichtlich, sich mit jemandem zu unterhalten, der keine Brüste hat. Seine Augen glühen vor Freude, und er lacht ein dreckiges Männerlachen, das ich so noch nicht an ihm erlebt habe. Wie skurril muss eigentlich diese ganze Mutter-Kind-Geschichte für ihn sein? Ganz alleine in dieser Frauenbastion. Ich finde, dafür schlägt er sich mehr als wacker. Ich gönne ihm Raoul in diesem Augenblick von ganzem Herzen.

In regelmäßigen Abständen erscheint die Wirtin und nimmt unsere Bestellungen entgegen. Wein für die Damen, Bier für die Herren. Wie oft war die eigentlich schon da? Viermal? Fünfmal? Der Ton wird lauter, schriller, ausgelassener, und die Kontrolle haben wir längst an der Garderobe abgegeben. Täusche ich mich, oder hat Irina schon ganz glasige Augen?

«Sag mal, Irininchen. Trinken wir möglicherweise zu viel?»

Irina, die mir gerade etwas von einem Hund erzählt, den sie unheimlich gerne hätte und von dem sie schon genau weiß, wie er auszusehen hat, guckt mich verwirrt an. «Nein», lautet ihre lapidare Antwort. Sie hebt die Hand und ordert den nächsten Wein für uns. «Und einen schönen Sambuca dazu.» Sie giggelt in einem Ton, der meine Trommelfelle vibrieren lässt.

«Oha», sagt Raoul, der mir immer wieder vielsagende Blicke zuwirft, was er langsam wirklich lassen könnte, denn Jan guckt schon ganz komisch. «Die Damen wollen es aber heute wissen. Jan, was sagst du denn dazu?»

«Ich bin neidisch und möchte auch Sambuca.»

«Vier Sambucas bitte, Irmi», brüllt nun Raoul, und ich bin froh, dass uns hier niemand kennt.

«Also, ehrlich, Jan, wir kommen überhaupt nicht mehr nach Hause, wenn wir so weitermachen, und wie sollen wir morgen den Tag überstehen? Sollten wir uns nicht wenigstens minimal am Riemen reißen?»

«Ah, unsere Studierte hat ihn wieder ganz tief reingesteckt, aber wat de heute kannst besorgen, dat verschieb man nich auf morgen», erwidert der und trifft Monis Tonfall so perfekt, dass ich hemmungslos in meinen Rotwein pruste.

«Danke, Moni, und schön, dass du auch dabei bist.»

«Wer ist Moni?», fragen Raoul und Irina gleichzeitig.

Wie überbieten uns gegenseitig, um ihnen klarzumachen, wer oder was die Moni ist, und wundern uns sehr, dass sie sie nicht längst kennen.

«Ich meine, die geht doch auch zur Massage», sage ich.

«Vielleicht ist das die Alte, die in der Packung so laut schnarcht und danach wohlig vor sich hin grunzt», vermutet Irina, und Jan und ich brechen in schallendes Gelächter aus.

Ja, genau so können wir uns Moni vorstellen. Laut, selbst, wenn sie leise ist.

Irgendwann hat Irina Lust auf eine Zigarette.

«Ich nur rauche, wenn ich bin betrunken. Komm mit raus, dann muss ich nicht alleine frieren.»

Sie zieht mich von der Bank und schnorrt sich dann bei irgendeinem Günther vom Stammtisch eine Zigarette.

«Danke, Günthärrr, ich massiere dich nächste Mal zehn Minuten länger», bedankt sie sich großzügig.

Vor der Kneipe überrascht uns klirrende Kälte. Mit gerunzelter Stirn betrachte ich die Straße, auf der sich bereits ein leichter Eisfilm gebildet hat.

«Meine Güte, es friert! Der Rückweg kann ja heiter werden. Habt ihr vielleicht Schlittschuhe dabei?»

«Haltet ihr euch einfach aneinander fest», meint Irina grinsend und zieht genüsslich an ihrer Zigarette. «Ist ein schöner Mann, dein Jan, und noch zu haben, he? Verena, Verena, du ziehst die Männer an wie die Scheiße die Fliegen.»

«Jetzt lass mal die Kirche im Dorf, er ist nur ein guter Freund. Du siehst wohl überall etwas, was du miteinander verkuppeln kannst, was? Ich glaube, du würdest sogar eine Straßenlaterne mit einem Mülleimer verkuppeln, wenn nichts anderes da wäre.»

Irina lacht, lupft dann aber bedeutsam ihre hübsch definierten Augenbrauen nach oben.

«Jaja, habe du nur die Meinung von mir. Aber Freunde seid ihr, ja? Gut. Weiß er das auch?»

Ich lache. «Ja, das weiß er, ich bin quasi sein Männerersatz. Nee, da ist echt gar nix.»

Sie zuckt mit den Achseln. «Wenn du meinst. Dann können wir ja über Raoul reden.»

«Hat er meine Abfuhr überlebt?»

«Raoul tut wie ein harter Kerl, aber er ist schon bisschen traurig. Hätte sicher Lust auf mehr gehabt. Du kannst gut küssen, hat er mir verraten ...»

Bevor ich darauf reagieren kann, zucke ich erschrocken zusammen, denn Jan steht plötzlich hinter uns. Dass die Tür aufgegangen ist, haben wir gar nicht bemerkt.

«Du kannst gut küssen? Wer sagt das?» Jan stellt sich zwischen uns und schaut neugierig von einer zur anderen.

Himmel, ist das jetzt peinlich. Ich werde knallrot und hoffe, die Dunkelheit verbirgt es. Was soll ich nur sagen? Irina fällt wohl spontan auch keine gute Ausrede ein, und so bleiben wir verlegen stumm.

«Das ist offensichtlich ein Gespräch unter Frauen, das nicht für meine Ohren bestimmt ist. Ich wollte auch nur nachsehen, ob ihr nicht inzwischen erfroren seid.»

Mit diesen Worten dreht er sich um und geht zurück in den Dorfkrug. Wie soll ich das jetzt verstehen? Ist er etwa beleidigt? Ach, egal, ist sicher nur der Alkohol.

«Oje», sagt Irina, «komm, wir gehen auch wieder rein und richten Dinge gerade.»

«Da sind meine beiden Lieblingsdamen ja wieder», empfängt uns Raoul überschwänglich.

«Wo ist denn der andere schöne Mann?», fragt Irina.

«So viel Bier muss weggetragen werden. Ich finde, wir sollten die Geschlechtertrennung langsam mal aufheben. Habt ihr Lust auf ein Kartenspiel?»

Ich werfe Irina einen Blick zu. Sie nickt einvernehmlich.

«Also gut, spielen wir Karten.»

Jan erscheint mit finsterem Blick.

«Hey, was ist denn mit dir los?», fragt Raoul forsch. «Bist du auf dem Klo von einem Alkoholiker belästigt worden, oder was?»

Jan schüttelt den Kopf und findet wie auf Knopfdruck sein Grinsen wieder, woraufhin Irina ihn über unsere Pläne aufklärt, die er heftig nickend für gut befindet.

Ein Kartenspiel ist schnell an der Theke organisiert, und nach kurzer Diskussion entscheiden wir uns für *Rommé*. Dank des Alkohols ist die komische Stimmung schnell passé, und wir befinden uns mitten in einem hochemotionalen Kartenkrieg. Immer wieder nutzt Raoul die Gelegenheit, mir spielerisch gegen den Arm zu boxen oder mir leise Anweisungen ins Ohr zu flüstern. Doch es berührt mich nicht. Ich mag ihn, mehr nicht, seine Aufmerksamkeit schmeichelt mir dennoch.

Bereits nach ein paar Runden ist Irina weit in Führung gegangen und zieht uns gnadenlos ab. Wir schmieden eine Allianz nach der nächsten und haben doch keine Chance. In der Zwischenzeit leeren wir noch ein Schnäpschen und dann noch eins. Bis wir komplett den Überblick verloren haben und uns alkoholgetränkt von Runde zu Runde grölen.

Raoul gibt als Erster auf. «Ich geb auf, in hundert Jahren werde ich nicht gegen Irina gewinnen. Sollen wir noch was anderes spielen?»

«Wie wäre es mit *Wahrheit oder Pflicht*?», schlägt Jan vor und wirft einen provokanten Blick über den Tisch. «Das wird doch bestimmt witzig, wenn Raoul und Verena immer Pflicht nehmen, weil alles andere peinlich werden könnte», setzt er noch einen drauf.

Irina lacht so plötzlich los, dass sie den halben Schnaps über den Tisch prustet. Giggelnd versucht sie, das Malheur mit ihrem Ärmel aufzuwischen. «Nein, nein, nein, wir spielen nicht jetzt kleine Duell zwischen die Männer, was?»

Raoul schaut zu Jan und Jan zu Raoul. Was habe ich denn jetzt verpasst? Ich versteh echt gar nichts mehr ... aber egal. Wir überspielen diesen kleinen Augenblick und unterhalten uns weiter.

Die Kneipe hat sich inzwischen geleert, und wir sind die einzigen Gäste.

Irgendwann steht die Wirtin am Tisch. «Letzte Runde! Es tut mir leid, aber danach muss ich euch rauswerfen.»

«Ooooch», schmollt Irina, «du bist eine Sadistin, Irmi.»

Ich sehe kurz auf mein Handy. «Meine Güte, wir haben ja schon nach eins. Jan, wir müssen zurück ins Internat.»

Nach der letzten Runde schnüren wir unsere Winterausrüstung und treten in die kalte Nachtluft. Dort verabschieden wir uns überschwänglich und betrunken bis in die Haarspitzen.

«Es ist so schade, dass ihr nicht wohnt hier», stellt Irina fest, «wir könnten werden richtig gutes Quartett.»

«Mensch, Irina, ich hab dich auch lieb, und nächste Woche haben wir ja noch ein paar Termine», sage ich tröstend und drücke sie fest, Raoul direkt hinterher.

«Überleg's dir doch noch mal, Süße», flüstert er mir recht hörbar ins Ohr, und prompt werde ich puterrot.

«Pass gut auf meine Prinzessin auf», trägt er Jan auf und drückt mich sanft in seine Richtung. Der übernimmt mich wortlos.

Heißkalt

Die Schlösser unserer Räder sind tiefgefroren.

«Das ist aber jetzt doof.» Jan schaut mich dümmlich an.

War die Stimmung in den ersten Sekunden nach der Verabschiedung etwas komisch, lockert sie langsam wieder auf, sicher auch, weil die kalte Luft dem Alkohol in uns noch einen Tacken Auftrieb verleiht.

«Macht nix, das kenne ich von zu Hause. Ich hab da 'nen tollen Trick. Ich hauche das immer frei.»

«Freihauchen, soso, da bin ich aber gespannt.»

Jan lehnt sich mit verschränkten Armen an die Straßenlaterne. Weil er nicht mehr so gut stehen kann? Ich bücke mich hinunter zu meinem Schloss, was schwerer ist als erwartet, und zeige ihm, wie man fachmännisch ein eingefrorenes Schloss freihaucht. Er ist sichtlich beeindruckt, als ich es anschließend problemlos aufschließe.

«Verena, Verena, der ganze Abend hält neue Erkenntnisse über dich bereit.»

«Wie meinst du denn das jetzt?»

«Ooooch, nur so.» Er grinst mich alkoholgeschwängert an. «Der schöne Raoul ...», frotzelt er.

Ich boxe ihn in den Oberarm. «Egal, was du gehört hast oder was du dir in deinem Hirn zusammenreimst, du behältst es schön für dich, hast du verstanden?»

«Ich schwöre.» Er macht eine kurze Pause. «Aber nur, wenn du mich nicht dumm erfrieren lässt. Ich meine, der hat dich ja aufgefressen mit seinen Blicken.»

Ich mache eine wegwerfende Handbewegung. «Gut, du gibst ja doch keine Ruhe. Wir haben geknutscht. Ein Mal. Na ja, vielleicht auch ein wenig mehr als nur geknutscht. Aber es war harmlos. Und es hat gutgetan.»

«Und uns spielst du im Kurhaus die betrogene Ehefrau vor?»

Er sagt das gar nicht böse, ich werde trotzdem wütend. «Toll, jetzt rede mir ein schlechtes Gewissen ein. Als hätte ich nicht genug zu tun. Mann, er war einfach nett und hat mein Selbstbewusstsein aufgemöbelt, und ich bereue es kein bisschen. Und dass ich das nicht jedem gleich auf die Nase binde, kannst du vielleicht nachvollziehen.»

«Empfänglich also. Nett ...» Beschwichtigend faltet er seine Hände. «Warum bist du so aufgebracht? Ich wollte dich gar nicht angreifen. Tut mir leid, wenn es anders rübergekommen ist.»

«Schon gut», lenke ich ein, «ich will gar nicht sauer sein. Natürlich habe ich ein schlechtes Gewissen deswegen, aber nur ein kleines. Ich bin eben eine Frau, die harte Zeiten hinter sich hat.»

«Dann freut es mich, wenn dir der schöne Raoul geholfen hat», neckt mich Jan und grinst mich so offen dabei an, dass ich ihm gar nicht weiter böse sein kann.

«Vielleicht frage ich ja das nächste Mal dich, wenn mir danach ist», witzle ich, woraufhin Jan verwirrt mit dem Kopf schüttelt.

«Du bist definitiv eine sehr seltsame Frau», sagt er, und ich denke plötzlich, dass wir DIESES Thema jetzt lieber nicht vertiefen sollten, weil ich plötzlich ganz komische Gefühle im Bauch habe und gar nicht weiß, wo die herkommen und wo die hinwollen. Da lenke ich lieber schnell ab.

«Soll ich dein Schloss auch aufhauchen?»

«Aber bitte, wo du es ja zur Perfektion im Aufhauchen gebracht hast.»

Ich tue ihm den Gefallen, und wir machen uns endlich auf den Weg nach Hause. Doch sehr schnell stellen wir fest: Fahrradfahren scheidet definitiv aus. Es ist glatt, und es ist sauanstrengend, über diesen spiegelglatten Weg zu laufen und gleichzeitig das Rad zu schieben. Ob ich torkele, weil es glatt ist oder weil ich so betrunken bin, kann ich nicht sagen. Der Übergang ist vermutlich fließend. Alle paar Meter muss ich innehalten. Wäre der Abend nicht so lustig gewesen, würde ich nun fluchen wie ein Kesselflicker.

Jan läuft schweigend neben mir. Er scheint besser auf den Beinen zu sein als ich. Doch gerade, als ich das denke, rutscht ihm der linke Fuß weg. Er versucht, das Gleichgewicht zu halten, was ziemlich lustig aussieht, verliert dabei den Lenker seines Fahrrads und landet neben demselben auf dem Hosenboden. Die Schadenfreude ist ganz auf meiner Seite, und ich kichere albern.

«Das ist die reinste Eisbahn hier. Wenn das so weitergeht, kommen wir nie an», flucht er.

Ich habe keinen Grund, ihm zu widersprechen, und nicke nur. Jan richtet sich mühsam auf, doch bei dem Versuch, sein Rad gleichfalls aufzurichten, landet er ein zweites Mal auf dem Boden. Ich schütte mich aus vor Lachen, trotzdem darauf bedacht, bloß nicht meine Position zu verändern. Ich hänge nämlich mit dem Oberkörper über meinem Lenker, und mein Fahrrad und ich stützen uns gegenseitig. Ich habe eine Ahnung, dass ich, sollte ich Jans Schicksal teilen, nie mehr hochkomme.

«Na, du bist eine tolle Freundin», stellt er fest. Immer noch auf dem Boden kniend und mit sichtlich schwerer Zunge. «Lässt mich hier am Boden liegen und lachst dich schlapp, während mir alles abfriert, was einen Mann ausmacht.»

«Es sind hoffentlich nicht deine Knie, die dich zum Mann machen», glucke ich mit Blick auf seine Position. «Allerdings habe ich keine Ahnung, wie wir nach Hause kommen sollen ...»

«Es wird in den nächsten Tagen tauen, dann können wir unseren Weg fortsetzen», sagt Jan, immer noch auf Knien, mit unerwartetem Talent zur Theatralik.

Wir lachen Tränen.

«Wenn wir jetzt im belgischen Viertel wären, könnten wir ein Taxi rufen und die Räder an eine Laterne schließen», jammere ich. «Aber nein, für den Herrn musste es ja der Dorfkrug sein.»

Wir betrachten die kleine Landstraße, an der wir uns gerade befinden und die zum Strand führt. Es gibt hier weder Baum noch Haus, geschweige denn eine Straßenlaterne. Wir prusten wieder los, und es dauert Minuten, ehe wir normal weiteratmen können.

Endlich habe ich ein Einsehen und helfe Jan auf die Füße. Es ist schwerer als gedacht, aber es glückt, und als er steht, grinst er mich breit an.

«Endlich kann ich wieder auf dich runterschauen, was, wenn ich das bemerken darf, die einzig wahre Sichtweise ist, die ich haben sollte. Nach oben schauen musst du, auf mich, deinen Begleiter in der tiefen Dunkelheit der winterlichen Nacht. Ohne mich bist du ein Nichts, sei gewiss.»

«Noch ein Wort, und ich stoße dich mit meinem kleinen Finger wieder um. Es liegt nicht in deiner Macht, dich über deine wahre Stellung zu erheben, du Wicht.»

«Herrin, bitte nicht! Ich werde in Zukunft wissen, wo mein Platz ist. Zu deinen Füßen, oh Herrin. Nur ein Spanier kann dein Herz erweichen.»

«Du bist der absolut größte Spinner weit und breit. Wehe, du reitest jetzt weiter auf der Sache mit Raoul rum. Das war nix, hast du gehört, Jan?»

«Weiß der das auch?»

«Boah, hör auf, oder ich stoß dich wirklich!»

Lachend torkeln wir weiter.

«Verdammt, das ist die beknackteste Situation, die ich seit langem erlebt habe, aber ich habe schon lange nicht mehr so einen Spaß gehabt», stellt er kurz darauf fest und eiert weiter. Ich kann ihm nur beipflichten und eiere hinterher.

Gefühlte zwei Stunden und zweihundert Kalauer später lechze ich nach einer Pause. Zusätzlich zu dieser unsäglichen Glätte habe ich nämlich das ungute Gefühl, dass der Alkohol immer noch arbeitet und meinen ohnehin fragwürdigen Zustand weiter verschlimmert. Wenigstens haben wir mittlerweile die Promenade erreicht. Ohne das Eis wären wir in wenigen Minuten am Kurhaus, so gebe ich uns mindestens noch eine Viertelstunde – positiv geschätzt. Zu allem Übel kriege ich noch einen Schluckauf. Die Bank, die unseren Weg kreuzt, kommt mir also gerade recht.

«Bitte, können wir eine Pause machen, hicks?»

«Auf der Bank? Entschuldige, Süße, aber da friert uns doch der Arsch fest.»

«Stimmt, hicks, is mir aber egal. Ich setz mich jetzt da hin.»

«Wenn ich ein Gentleman wäre, würde ich meine Jacke

ausziehen, damit du nicht festfrierst. Aber es ist so verdammt arschkalt, und ich bin viel zu betrunken, um ein Gentleman zu sein. Sorry.»

«Ich setz mich jetzt hin, hicks», antworte ich geistreich und lasse mich schwerfällig auf die Bank plumpsen. «Scheiße, ist das kalt», kreische ich, bleibe aber, wo ich bin.

«Sag ich doch!» Trotzdem lässt sich Jan ebenfalls nieder.

Wir müssen wirklich sehr, sehr betrunken sein. Wir glucksen, und ich hickse abwechselnd dazu. Mein Verstand reicht gerade noch, um zu realisieren, dass ich mir, wenn ich hier länger sitzen bleibe, eine fette Blasenentzündung hole. Deshalb friemele ich mir in einem Anfall spontaner Zurechnungsfähigkeit meinen dicken Wollschal vom Hals und schiebe ihn umständlich unter meinen Hintern. Großmütig biete ich Jan die andere Hälfte an. So kann man es eine Weile aushalten.

«Ist echt schön hier am Meer», stelle ich tiefsinnig fest.

Ganz ruhig liegt sie da, die Ostsee. Ohne richtigen Wellengang wabert und schwappt sie gemütlich an den Strand. Durch eine große Lücke in der Wolkendecke bescheint der Mond silbern das Wasser. Es sind sogar ein paar Sterne zu sehen.

«Ich will hier nie wieder weggehen», seufze und hickse ich gleichzeitig.

«Okay, ich werde deinen Kindern morgen beichten, dass sie ab jetzt nur noch eine TK-Mutter haben.»

Ich kichere. «Ich wusste, die Sache hat einen Haken.»

Jan lacht, dann schweigt er. Er lehnt sich zurück, lehnt sich wieder nach vorne. Sieht mich an. Ich will zu einem weiteren blöden Spruch ansetzen, doch etwas hindert mich daran. Sein Blick ist plötzlich ... ernst.

«Du bist unglaublich, weißt du das?»

Noch ehe ich antworten kann, küsst er mich.

Aus dem Nichts.

Ohne Vorwarnung.

Ohne Erwartung.

Ohne Gedanken.

Mit weichen und warmen Lippen, ganz vorsichtig. Ich lasse ihn, denn ... es fühlt sich gut an. Und richtig. Und als er merkt, dass es bei mir ankommt, wird er forscher. Und, wuuusch, befinde ich mich im Jahr 1991. Ich sitze mit Michael, meiner ersten großen Liebe, auf dem Sofa unter dem Dach eines Eifler Einfamilienhauses. Um uns herum die halbe 8a des örtlichen Gymnasiums. Aus den Lautsprechern dröhnt Musik der Band Pur, von CD, denn Michael ist ganz vorne mit dabei. Der Erste unserer Klasse, der CDs hat, und nicht nur eine. Er küsst mich auf Zunge. Das erste Mal. Und es beamt mich weg. Alles verschwindet. Keine Menschen, kein Sofa, kein Haus. Es bleiben der Kuss und die Musik und der Kuss und das Universum, und nichts kann es enden lassen. Es endet nie. Der Augenblick ist die Ewigkeit, und die Ewigkeit bin ich und dieser Kuss und zwei Körper.

Und so fühle ich mich jetzt. Es haut mich um.

Keine Kälte.

Keine Kinder.

Keine Probleme.

Keine Mütter.

Ich, das Universum und Jan. Kein Vergleich zu dem Kuss mit Raoul. Überrascht es mich, dass Jan mich küsst? Ja. Überrascht es mich, dass ich geküsst werden möchte? Nicht in diesem Augenblick.

Ich seufze, und dann hört der Kuss auf. Jan rückt ein Stück

von mir ab, sieht mich mit schiefgelegtem Kopf an, streicht mit seiner Hand über seine Wangen.

«Alles okay?», fragt er leicht besorgt.

«Noch mal», flüstere ich heiser und hole mir den Augenblick zurück. Eine gefühlte Ewigkeit später lassen wir es gut sein.

«Wow», sage ich atemlos und folge meinem bewährten Muster, irritierende Situationen mit schlechten Witzen zu bewältigen. «Mein Schluckauf ist weg.»

«Dann war's ja für was gut.» Jan grinst mich verlegen an, ich grinse dümmlich zurück.

«Wer, wie, äh, wann, also, warum? Warum? Warum küsst du mich? Ich dachte, wir wären Freunde.»

«Betrunkene Freunde, bitte», sagt Jan und strahlt mich nicht mehr verlegen, sondern verwegen an.

«Und die dürfen das?»

«Ja, die dürfen das.»

«Und was machen gute Freunde nun?»

«Ich weiß nicht», sagt er, «nach Hause gehen? Nüchtern werden?»

Ich lache und bin unheilbar froh, dass keine unangenehme Spannung zwischen uns entstanden ist. Im Gegenteil, wir stehen auf, nehmen unsere Fahrräder und unterhalten uns weiter, fast, als wäre nichts geschehen.

Langsam schlittern wir zum Kurhaus, die Räder als Stütze.

«Warum hast du mich geküsst?», frage ich noch mal, weil ich einfach nicht anders kann.

«Was habe ich getan? Nein, Himmel, verzeih mir.»

«Blödian», ich boxe ihn in die Seite, und er verliert fast wieder das Gleichgewicht, «im Ernst.»

«Gut, im Ernst. Damit dein Schluckauf verschwindet.»

«Grmpf.»

«Okay, okay. Also ich glaube, ich weiß nicht, es war nicht geplant. Es ist irgendwie passiert. Ich bin betrunken, weißt du?»

«Ach nee ...»

«Vielleicht dachte ich mir, was dieser Raoul kann, kann ich auch. Einer muss dich ja vor ihm retten.»

Ich lache. «Vor Raoul musst du mich doch nicht retten.»

«Siehst du, und das bereitet mir Sorgen. Er ist ein elender Frauenheld, ein Schwerenöter. Er wickelt dich um seinen kleinen Finger und zack ...»

«Was und zack?»

«Wickelst du zurück!»

«Hä?», frage ich dümmlich, weil mir nicht ansatzweise klar ist, was Jan mir gerade zu erklären versucht.

«Er findet dich toll. Hast du das wirklich nicht bemerkt? Er sieht dich an, so auf eine ganz spezielle Weise. Vielleicht habe ich dich plötzlich durch seine Augen gesehen. Vielleicht war es das. Und du hast eben selbst zugegeben, dass du empfänglich bist.» Jetzt grinst er.

«Und deshalb musstest du mich küssen?»

«Ja, das musste ich wohl.»

Ich versuche, seine Worte zu verarbeiten, in meinem Kopf gibt es jedoch ausschließlich ein weißes Rauschen. Den nächsten Satz sage ich deshalb quasi im Affekt: «Dann küss mich noch mal.»

«Ehrlich? Warum? Weil aller guten Dinge drei sind?»

«So in etwa.»

Er küsst mich also ein drittes Mal. Was schwierig ist mit den beiden Rädern zwischen uns. Aber er schmeckt so gut. Verdammt, ist Knutschen schön. Wie habe ich darauf nur die letzten Jahre verzichten können? Erst Raoul und nun Jan. Jans Küsse sind ... wärmer. Hätte mir das heute Nachmittag jemand prophezeit, ich hätte ihn schlichtweg ausgelacht. Genau das bin ich wohl im Moment: Verena, die Schwerenöterin, die sich nimmt, was sie kriegt. Und um unsere Freundschaft mache ich mir auch keine Sorgen, so betrunken, wie wir gerade sind. Allerdings ist da noch was. So ein kleines Gefühl, dass ...

Wir sind da. Schweigend schieben wir die Räder hinter die Klinik, schließen sie an die dafür vorgesehenen Ständer und steuern auf den Hintereingang zu. Der verschlossen ist.

«Verdammter Mist, die Tür ist zu», nuschelt Jan erkenntnisreich.

«Wie? Zu?»

«Na, zu halt.»

«Oh nein, scheiße, haben wir es denn schon so spät?»

Die Hintertür wird gegen Mitternacht von der Nachtschwester verschlossen. Das weiß ich von Jenny, die abends spät noch eine rauchen geht.

«Wir sind doch erst um eins am Dorfkrug los», meint Jan, «das hätten wir durchaus bedenken können, wenn das mit dem Denken nur nicht so furchtbar schwierig wäre. Komm, wir gehen vorne klingeln. Die Nachtschwester macht uns bestimmt auf.»

«Das ist ja überhaupt nicht peinlich, so von der Nachtschwester reingelassen werden», gebe ich nur sehr halbherzig zu bedenken. Ich schlottere mittlerweile am ganzen Körper und will nur noch ins Warme.

«Ich kann ja alleine klingeln und dich dann hinten reinlassen», schlägt Jan vor.

«Nee, komm, wir machen das jetzt zusammen. Ist doch egal, was irgendwer denkt.»

Wir stapfen durch den Kies bis zum Haupteingang, wo wir klingeln. Aber nichts geschieht. Minutenlang. Ich klingle ein zweites Mal. Wieder nichts. Ob durch die Kälte oder die unfreiwillige Obdachlosigkeit, mein Kopf wird langsam wieder etwas klarer.

«Scheiße, die können uns hier draußen doch nicht erfrieren lassen! Warum macht denn keiner auf?» Jan wirkt etwas frustriert.

Nach dem vierten Klingeln dämmert uns, dass eine andere Lösung hermuss.

«Jenny», sage ich.

«Jenny? Hast du ihre Telefonnummer?»

«Nee, nach 22:00 Uhr landen die Anrufe an der Rezeption, und die ist ja nicht besetzt. Handynummer hab ich auch nicht. Aber Steinchen. Sie wohnt im ersten Stock. Los!»

Wir gehen den Weg zurück und bleiben vor den ersten drei Balkonen auf der Rückseite stehen.

«Und in welchem Zimmer wohnt Jenny?», fragt Jan und klaubt einige hoffentlich nicht zu große Steinchen zusammen.

«Im zweiten von rechts. Oder im dritten?»

«Hättest du es vielleicht etwas genauer?», spottet Jan. «Auf einer Seite neben ihr wohnt nämlich deine Frau Professor, und die willst du bestimmt nicht hier stehen haben.»

«Stimmt. Ein moralinsaurer Vortrag wäre sicher das Mindeste, was wir von ihr erwarten dürften.»

«Also?»

«Also, ich weiß nicht. Das zweite oder das dritte halt.»

Doch dann fällt mir ein, dass Jenny die Zimmernummer 112 hat. Mein Zimmer hat die 414, das zweite Zimmer neben mir die 412. Drei Stockwerke tiefer muss das Apartment von Jenny direkt unter 412 liegen ...

«Kombiniere, kombiniere. Es ist das zweite Fenster. Habe ich gerade knallhart durch logisches Denken herausgefunden», verkünde ich stolz.

Jan sieht mich skeptisch an, schmunzelt aber dabei. «Dann hoffe ich mal für uns, dass dein Gehirnareal für logisches Denken noch funktioniert. Frau Professor würde dich sonst vermutlich mit ihrem frisch aus dem Hintern gezogenen Stock versohlen.»

«Das hört sich lustig an. Ich bin fast geneigt, es drauf ankommen zu lassen.»

Er wirft die ersten Steinchen. Unsere Geduld wird auf eine harte Probe gestellt, denn erst bei Steinchen Nummer achtzehn geht das Licht an. Der Vorhang wird beiseitegeschoben, und wir entdecken Jennys müdes Gesicht hinter der Scheibe. Wir winken ihr freudestrahlend zu, denn sie wird uns gleich vor dem Erfrierungstod retten. Schlotternd und mit vom Schlaf zerzauseltem Haar erscheint sie auf dem Balkon.

«Was ist denn mit euch los?»

«Wir machen eine Schneeparty. Nein, im Ernst, die blöde Nachtschwester macht uns nicht auf. Wir stehen hier bestimmt schon eine halbe Stunde. Kannst du uns reinlassen? Bitte!»

Jenny lacht müde. «Das ist ja wie bei einer Klassenfahrt. Soll ich die Nachtschwester holen?»

«Vielleicht wäre es besser, wenn wir die da rauslassen», meint Jan, «wir können doch über deinen Balkon reinkommen, oder?»

Ich blicke ihn fassungslos an. Bis zu Jennys Balkon sind

es locker anderthalb Meter. Im Leben komme ich da nicht hoch. Nicht einmal nüchtern und ohne eingefrorene Gliedmaßen.

«Deine Oma würdest du da auch nicht hochklettern lassen, oder?»

Jan schüttelt irritiert den Kopf.

«Okay, mein körperlicher Zustand entspricht gerade in etwa dem deiner Oma», erkläre ich möglichst überzeugend.

«Räuberleiter?», schlägt er vor.

Ich seufze resigniert und setze meinen Fuß in die ineinander verkeilten Hände meines Sauf- und Knutschkumpans. Und schaffe es. Nicht ansatzweise elegant oder sportlich, aber das ist mir mittlerweile eh egal. Hauptsache, wir sind im Warmen. Erleichtert strahlen wir uns an, als wir beide oben stehen.

«So, und bevor meine Kinder aufwachen, seht zu, dass ihr hier rauskommt», flüstert Jenny und schiebt uns auf den Flur.

«Und morgen erzählst du mir, was ihr heute Abend veranstaltet habt», raunt sie mir ins Ohr, ehe sie die Tür leise schließt.

Eine gute Frage. Da hätte ich selbst gern eine Antwort drauf.

Schweigend schleichen wir ins Treppenhaus. Auf dem nächsten Treppenabsatz bleiben wir kurz stehen.

«Und nun?», frage ich.

«Sind wir wieder Freunde?», fragt Jan unsicher zurück.

«Gute Idee», erwidere ich, «gute Freunde dürfen knutschen, wenn sie betrunken sind. Nichts steht zwischen uns.»

«Wenn es Spaß macht, ist es erlaubt», geht Jan weiter darauf ein, auch wenn ich meine, einen klitzekleinen Anflug von Zweifel heraushören zu können.

«Außerdem scheint der Mond so schön.»

«Tolle Begründung, die muss ich mir mal merken.»

«Gute Nacht, Jan.»

«Mach's gut, Freundin», sagt er und verschwindet durch die Zwischentür in sein Stockwerk.

«Mach's gut, Freund», sage ich leise hinter ihm her. Mit einem Gefühl im Bauch wie ein Wollknäuel, das alle Fragen beinhaltet, die ich mir wohl nun stellen muss. Aber heute nicht mehr.

Katerstimmung

*I*ch werde wach. Ach du je! Ein Auge mache ich auf und gleich darauf schnell wieder zu. Gott sei Dank, es ist Sonntag. Keine Termine, spätes Frühstück. Mein Schädel fühlt sich an wie eine überreife Tomate in der prallen Sonne, und mir ist so was von übel. So übel, dass ich am liebsten auf allen vieren ins Badezimmer kriechen würde. Wegen der Kinder reiße ich mich zusammen, ächze aus dem Bett, schleiche matt ins Bad, krame in meiner Medikamententasche und werfe eine Kopfschmerztablette ein. Hoffentlich bleibt sie drin.

«Mama, dürfen wir fernsehen?» Die Kinder dackeln im Doppelpack aus dem Kinderzimmer.

Ich krieche tief unter die Bettdecke. «Ja, aber leise bitte. Und macht bitte das Licht aus. Ja, so ist gut. Ich bin sehr müde und schlafe noch ein bisschen.»

Eine Stunde später wache ich erneut auf. Die Tablette wirkt, jetzt ist mir nur noch schlecht.

«Kinder, nach der Folge macht ihr bitte aus, ja?»

«Jaja!»

Mühsam schleppe ich mich unter die Dusche. Sie tut gut. Während das Wasser, Lebensgeister weckend, auf mich niederprasselt, werde ich langsam wach. Gestern. Was war das nur? Ja, was? Der Abend war lustig. Bis ... Obwohl, danach war er eigentlich immer noch lustig. Hatte doch nichts zu bedeuten, oder? Vor allem nach dem Gefühlschaos der letzten Tage. Da kann so was mal passieren. Ja, so wird es sein. Gleich die Zähne putzen und diesen pelzigen Geschmack aus dem Mund kriegen. Mann, das Wasser tut aber gut, ich kann gar nicht aufhören zu duschen. Vielleicht sollte ich einfach hier drinbleiben, denn draußen wartet ja der Morgen auf mich, und was wird der wohl bringen? Ach was, wird schon gutgehen, wir waren uns schließlich einig gestern, Jan und ich. Da können wir doch einfach da weitermachen, wo wir vor der Knutscherei aufgehört haben.

Gut, das habe ich jetzt geklärt. Und – was mache ich sonst heute? Auf jeden Fall mit den Kindern an die frische Luft gehen, das tut auch meinem Körper gut, und dann werde ich Lynn anrufen und hören, was die dazu sagt. Eine zweite Meinung kann ja nicht schaden.

Wunderbar, da habe ich mich doch fein sortiert.

Ziemlich schrumplig, aber halbwegs wiederhergestellt, steige ich aus der Dusche.

«Können wir jetzt endlich frühstücken?», drängt Ella, als ich in ein Handtuch geschlungen vor ihr stehe und mir die Haare trockenrubble.

«Gib mir zehn Minuten.»

Jedes Mal, wenn ich in mein Brötchen beiße und lange und mühsam darauf herumkaue, weil mein Magen den Sinn des Frühstücks nicht versteht, sucht mein Blick irgendetwas, das es wert ist, betrachtet zu werden. Gott sei Dank gibt es da viel: Die ganzen Mütter und Kinder sind eine dankbare Ablenkung von dem, was mich erwartet, würde ich meinen Blick zum anderen Ende des Tisches wandern lassen. Es ist gar nicht so einfach, wieder zur Tagesordnung überzugehen. Irgendwie ist mir das alles ziemlich unangenehm.

Jan dagegen schaut durchaus zu mir hinüber. Ich spüre sie förmlich, diese Blicke. Sie liegen kurz auf mir, und Fragezeichen schwängern die Luft zwischen ihm und mir. Es gab bisher noch keine Möglichkeit, mit ihm zu sprechen. Alle saßen bereits am Tisch, als wir kamen. Jan sieht ganz schön verkatert aus, aber das bleibt ja nicht aus, nach so einem Abend.

Moni und Jenny bemerken die Anspannung ebenfalls. Sie liegt wie eine Glasglocke über diesem Tisch. Aber wenn ich dem Drang nachgebe, meinen Blick mit seinem zu kreuzen. Nee, wir müssen erst miteinander reden und die Dinge nüchtern ins rechte Licht rücken.

«Na, ihr seid ja ganz schön schweigsam, und blass seid ihr um de Nase. Dat könnt ihr aber auch nich jeden Tach machen mit die Feierei», konstatiert Moni, lässt uns aber sonst in Ruhe. Was mich nachdenklich machen sollte, suhlt sie sich doch sonst sehr gerne in Geschichten, die es wert sind, gehört und seziert zu werden. Zum Glück gibt es die Kinder, die für eine einigermaßen normale Atmosphäre am Tisch sorgen.

«Können wir heute endlich wieder schwimmen gehen?», blökt Lilli quer über den Tisch.

«Ja, Mama, wir wollen unbedingt schwimmen gehen.» Anni nickt heftig mit dem Kopf.

«Wir *müssen*, sonst ist unsere Aufführung akut gefährdet!» Ella setzt mich emotional unter Druck, das kleine Biest.

«Also.» Ich mache eine bedeutsame Pause, denn ich muss meine Argumente sortiert vorbringen, sonst habe ich keine Chance gegen die Bande. «Zuerst gehen wir zum Arzt und lassen ihn auf Annis Wunde schauen. Am besten nimmst du deine Badekappe mit und zeigst sie ihm. Wenn der Arzt sein O. K. gibt, können wir ins Schwimmbad. Einverstanden?

«Der Arzt sagt bestimmt Ja, oder, Mama?» Anni schaut mich bettelnd mit ihren großen braunen Augen an.

«Das kann ich dir nicht versprechen.»

«Menno.»

Jetzt macht sie ein furchtbar trauriges Gesicht, Ella ein trotziges.

«Weißt du was? Wir gehen einfach vom Besten aus, und wenn nicht, denke ich mir etwas Besonderes aus, okay?»

«Na gut», ertönt es müde aus drei Hälsen. Begeisterung sieht anders aus.

Und dann kreuzen sich Jans und mein Blick doch noch, und er nickt mir aufmunternd zu. Ich lächle vorsichtig zurück.

Nach dem Essen verlassen Jan und Jenny zügig den Tisch, beide nehmen an einem von der Klinik organisierten Sonntagsausflug teil. Nun kann ich den ganzen Tag nicht mit ihm reden. Ob ich ihn vorher abfangen soll? Die Kinder habe ich nach oben geschickt, und ich will mich auch auf den Weg machen, als mich Moni energisch am Arm packt und wieder zurück auf den Stuhl zieht.

«Teechen, Verena? Ich hol mir man noch 'nen Kaffee, und dann reden wa mal.»

Widerspruch zwecklos. Gut, rede ich eben mit Moni.

Zwei Minuten später sitzen wir vor unseren dampfenden Tassen. Ich rühre übertrieben lange in meinem Tee.

«Also, jetzt man Butter auf dat Brot, wat is da gestern passiert mit euch beiden?»

Ich zucke mit den Achseln. «Was soll passiert sein? Wir waren zu lange aus, und jetzt sind wir müde.»

«Hahaha, dat kannste Moni aber nich weismachen. Ich spür da man ganz andere Vibrationen. Und jetzt sach ich dir mal wat. Ihr geht da gestern als beste Freunde hin, und heute könnt ihr euch nich mal mehr in die Augen gucken.»

Ich schüttle meinen Kopf und verfalle dann in ein stummes Nicken.

«Also, da gibbet für mich nur zwei Möglichkeiten. Entweder ihr habt euch gestritten, und er hat dir eine geschallert, wovon ich jetzt mal nich ausgehe, oder da is fein wat Romantisches passiert.»

Wieder rühre ich in meiner Teetasse. Als wenn das helfen würde.

«Wusst ich et doch!» Vor Freude schlägt Moni sich auf den Schenkel und kichert wie ein junges Mädchen.

«So offensichtlich?», frage ich leise.

«Kind, ihr hättet auch ein Plakat ans Kurhaus tackern können. Wär nicht weniger auffällig gewesen.»

«Ach, Moni, ich weiß überhaupt nicht, wie das passieren konnte. Wir sind doch nur Freunde. Es war einfach viel zu viel Alkohol.»

«Jetzt schieb dat man nich auf den armen Alkohol. Der kann da gar nix für. Mich wundert eher, dat dat nich schon viel früher passiert ist.»

Jetzt schüttele ich aber ganz energisch den Kopf. «Da war vorher nichts, aber auch gar nichts, und das lasse ich mir auch nicht einreden, nicht mal von einer Moni. Und wir sind uns im Übrigen einig, dass es nur ein Unfall war gestern Nacht, weil wir viel zu viel getrunken haben.»

«Ja», Moni nickt rechthaberisch, «dat glaub ich dir sogar,

aber de Chemie stimmt zwischen euch, und 'ne Freundschaft mit 'nem Mann, Kind, so klein bisse doch auch nich mehr. Und ganz ehrlich – ihr wärt ein schönes Paar.»

Ich seufze aus tiefster Seele. «Du machst mir Spaß. Als ob ich mir jetzt noch ein emotionales Problem aufhalse. Nein, ich mag Jan sehr, aber mehr auch nicht.»

«Warum nich?»

«Na, weil …» Jetzt greife ich schon auf die Lieblingsbegründung meiner Kinder zurück. Weil. Weil weil alles heißt und nichts.

«Kind, jetzt nüchtert ihr erst mal aus, dann lasst ihr et man einfach laufen. Wenn dat Schicksal et so will, könnt ihr eh nix dagegen machen.» Sie grinst und drückt mich an ihre üppige Brust. «Außerdem kannste nix verkehrt machen, find ich, und um den Jan mach dir mal keine Sorgen. Der weiß et vielleicht noch nich, aber der wird dich schon wollen, wenn de die richtigen Knöpfkes drückst. Ist doch 'n Mann.»

«Das ist eben die völlig falsche Grundlage, von der du da ausgehst. Ich will gar keine Knöpfe drücken.»

«Lass man gut sein, Mädchen.» Moni schüttelt nahezu verzweifelt ihr weises Haupt und erhebt sich. «Ich geh jetzt man den Uli anrufen. Der wartet schon sehnsüchtig auf 'ne Meldung von mir, und wenn de die Wahrheit nicht wissen willst …» Im Rausgehen höre ich sie weiter vor sich hin nuscheln.

Was sollte das denn jetzt? Da möchte Moni sich einen Tacken zu gerne eine romantische Geschichte zusammenklöppeln, damit sie zu Hause was zu erzählen hat.

Ich verlasse den Speisesaal als Letzte und nehme den Fahrstuhl.

Oben angekommen, treibe ich meine nölende Töchterschar zusammen und scheuche sie an den Strand. Der Frost hat sich gehalten, und es ist nach wie vor windstill. Immer wieder blitzt die Sonne zwischen den Wolken hervor, es ist wunderschön. Da haben auch die Mädels nix zu meckern, und wir trödeln einträchtig den Strand entlang.

«Und? Freut ihr euch auf die Kurschule morgen?»

«Warum fragen Eltern eigentlich immer, ob wir uns auf die Schule freuen, und hinterher, ob wir Spaß gehabt haben?», fragt Ella kritisch. «Ich meine, ich sag doch auch nicht: Na, Mama, freust du dich auf die Arbeit? Und abends: Na, hattest du Spaß auf der Arbeit?»

Ich lache laut los. «Ach, Ella, du hast so recht. Ich glaube, wir Eltern fragen das, weil uns erstens manchmal nichts Besseres einfällt und weil wir zweitens gerne hören möchten, dass ihr in der Schule Spaß hattet. Damit wir ein besseres Gewissen haben, wenn wir euch jeden Morgen aus dem Haus prügeln.»

«Eltern sind komisch», kommentiert Ella meine Antwort und zieht Anni mit sich.

Gut so, dann kann ich Lynn anrufen und sie endlich auf den neuesten Stand bringen. Die wird sich wundern.

«Also, jetzt lass mich das zusammenfassen», blökt eine völlig überforderte Lynn in den Hörer. «Du bändelst mit der Matrone aus dem Ruhrgebiet an, verhilfst einer blondierten Friseurin zu ihrem Seelenfrieden, und dann, ach ja, so ganz nebenbei machst du mit dem Masseur rum. Also, Verena, ehrlich, was bist du? Mutter Teresa auf Bumstour?»

Ich räuspere mich laut vernehmlich und nutze die kurze Pause, um auf Lynns zugegebenermaßen originellen Spruch noch einen draufzusetzen. «Und dann hab ich gestern Rainer per Mail abserviert und besoffen mit einem Kurvater rumgeknutscht.» Ich kneife die Augen fest zusammen, während ich diese Information aus mir herauspresse.

Stille dröhnt aus dem Telefon. Da fällt wohl selbst Lynn nichts zu ein. Wie auch? Während ich ihr das alles in komprimierter Form um die Ohren knalle, geht mir selbst auf, wie absurd es sich anhört. Aber so ist es eben, und eins war in irgendeiner Form die logische Konsequenz aus etwas anderem. Ich habe das ja nicht geplant. Wenn ich es mir recht überlege, ist sowieso nur meine Mutter schuld. Die hat mich schließlich hierhergeschickt.

So lange dauern die Sekunden, ehe Lynn dann doch etwas sagt.

«Verena?»

«Ja, Lynn?»

«Soll ich dich abholen?»

«Nein, wieso, es geht mir gut. Wirklich.»

«Das stelle ich auch nicht in Frage, nur, so langsam fürchte ich, dass du Wahnvorstellungen hast. Ich meine, es ist so absurd, was du alles erlebst.»

«Lynn, glaub mir, es fällt mir selbst schwer, das zu glauben, doch es ist genau so passiert.»

Und dann muss ich ihr wirklich alles erzählen. Und das dauert natürlich so seine Zeit.

«Und jetzt?», fragt sie. «Sprichst du denn heute noch mit ihm?»

«Auf jeden Fall. Es ist zwar alles geklärt, aber sicher ist sicher. Und dann schließe ich diese Selbstbewusstseins-, Frust-

und Alkoholknutschereien ein für alle Mal ab und widme mich nur noch mir und meinen Kindern. Jawohl.»

Ich bin voll und ganz von dem überzeugt, was ich sage, und Lynn erspart sich Gott sei Dank jeden Kommentar. Jetzt müssen wir nur noch über Rainer reden, das ist aber schnell getan.

«Du hast endlich Stellung bezogen, prima! Und wenn er dich zurückhaben will, muss er sich was einfallen lassen. Und wenn nicht, sei froh, dass du ihn los bist!»

Ich liebe den Pragmatismus meiner besten Freundin, die mich schließlich mit den altbekannten Worten entlässt: «Und bitte, ich will jede Neuigkeit wissen.»

«Ach, da wird nichts mehr kommen, das reicht doch mindestens für drei Jahre.»

«Dann hoffe ich, dass du dich da nicht verkalkulierst.»

Wir verabschieden uns, und ich lege auf. Was haben die Weiber nur alle mit ihren komischen Zweifeln heute?

Am Horizont erkenne ich zwei galoppierende Mädchen. Sind sie so schnell und ich so langsam, oder habe ich so lange telefoniert? Froh um die Ablenkung marschiere ich ihnen stramm hinterher. Wir müssen nämlich zurück ins Kurhaus, um Anni dem Arzt vorzustellen.

Und wir haben Glück: Anni darf wieder schwimmen gehen. Am Hals hängt mir ein glückliches kleines Mädchen.

«Danke, Mama, du bist die beste Mama auf der ganzen Welt.»

«Zumindest bin ich *deine* beste Mama», erwidere ich lachend und bestehe darauf zu betonen, dass sie es dem Arzt zu verdanken hat und nicht mir.

«Das müssen wir unbedingt Lilli sagen», meint Ella.

«Die ist nicht da, die sind doch auf dem Ausflug.»

«Und wann kommen sie wieder?», fragt Anni.

«Ich weiß es nicht, aber es kann heute länger dauern, sie machen ja diese Schiffstour. Aber wisst ihr was? Wir hängen einfach einen Zettel an ihre Tür. Entweder kommen sie, oder sie kommen eben nicht.»

Damit sind die Mädchen einverstanden und gestalten umgehend eine schöne Schwimmeinladung. Also werde ich Jan im Schwimmbad auf den gestrigen Abend ansprechen müssen. Das ist wahrlich ein prima Rahmen für so ein Gespräch unter Freunden.

Das Gute an Annis knallroter Silikonbadehaube ist, dass nicht nur ihre Wunde, sondern auch die Haare darunter komplett trocken bleiben.

«Ich will auch so eine Badekappe», beschließt Ella, weil Anni heute das lästige Haarewaschen und Haareföhnen erspart bleiben.

Die beiden beraten gerade, welche Farbe es denn sein darf, als Lilli und Jan hereinkommen. Jauchzend springt Lilli ins Wasser. Das ist eigentlich streng verboten, aber wir sind unter uns, da kann man ja mal ein Auge zudrücken. Ich schwimme gerade mitten in der Bahn und grinse Jan an. Der springt Lilli hinterher und kommt direkt zu mir geschwommen. Sieht so aus, als hätte auch er Redebedarf. Und plötzlich klopft mein Herz so sehr, dass das Wasser eigentlich Wellen schlagen müsste. Trotzdem schwimme ich stoisch meine Bahn zu Ende, in der Hoffnung, die Gefühle, die wie Wasser über meine Seele schwappen, in irgendeiner Form sortieren zu können. Unsere Wege kreuzen sich kurz vor Ende der Bahn.

«Schwimmst du etwa vor mir weg?»

«Nein, ich wollte nur nicht mittendrin anhalten. Du weißt, ich bin klein, ich kann dort nicht stehen.»

«Soso. Und es hat nichts mit gestern Nacht zu tun?»

Na gut, jetzt hat er eindeutig mir den Schwarzen Peter zugeschoben, und ich muss als Erste Stellung beziehen. Ganz schön gemein, finde ich, auch wenn er mich recht nett dabei angrinst. Mit verschränkten Armen steht er vor mir im Wasser und wartet auf eine Antwort. Welche möchte er wohl hören? Und warum mache ich mir eigentlich Gedanken darüber, welche er hören möchte? Warum gebe ich nicht einfach die Antwort, die meiner Meinung entspricht? Aber welche ist das? Warum denke ich überhaupt darüber nach? Hilfe!

«Nein, wieso sollte es, wir haben doch alles geklärt, oder nicht?» So, jetzt sieh mal, was du damit anfängst.

«Das stimmt.» Jetzt macht Jan eine ganz schön lange Pause, bevor er antwortet: «Es wäre halt schade, wenn das irgendwie zwischen uns stehen würde.»

«Stimmt.»

«Dann ist also alles klar, und wir können wieder unserer gepflegten Konversation nachgehen?»

Ich grinse ihn breit an. «Hey, ho, Ghettofaust.»

Wir klatschen ab und schwimmen jeder für sich weiter. Ein bisschen komisch fühlt sich das an, aber, hey, das muss sich bestimmt erst alles wieder einspielen.

Später unterhalten wir uns tatsächlich noch ganz unbeschwert und lassen den gestrigen Abend Revue passieren. Die Knutscherei umschiffen wir dabei elegant, und irgendwann sind die Kinder müde, und ich merke, dass auch ich ganz dringend schlafen muss. Die fehlenden Stunden Schlaf fordern plötzlich ihren Tribut. Wir scheuchen also die Mädchen aus dem Wasser und gehen in die Dusche, wo Ella plötzlich lachend auf meinen Badeanzug zeigt.

«Mama, was ist denn mit dem passiert?»

«Wieso, was soll damit sein?» Ich schaue an mir runter und sehe, was sie meint. Mein Badeanzug ist irgendwie doppelt so groß wie vorher, der ganze Lycraanteil ist auf die doppelte Größe angewachsen und ganz fadenscheinig.

«Oje, mein Badeanzug ist gestorben. Da werde ich mir morgen wohl einen neuen besorgen müssen, wenn wir weiter schwimmen gehen wollen.»

«In der Stadt?», fragt Anni.

«Muss wohl.»

«Au ja, da wollen wir mit», juchzen beide, und schnell steht das Programm für morgen Nachmittag fest.

Das restliche Abendprogramm absolvieren wir dann zügig, und als ich endlich im Bett liege, überfällt mich binnen Sekunden ein traumloser Schlaf.

Monifizierung

Heute ist Montag, das heißt, es kehrt eine gewisse Routine ein. Als ich nach dem Pilates mit meinem Handtuch unterm Arm die Stockwerke hochächze, begegnet mir auf dem dritten Treppenabsatz eine freudestrahlende Jenny.

«Ach, Verena, wie schön, dich zu treffen. Ich hatte bei Frau Dr. Sprenglein gerade mein Gespräch wegen Emily, und es war so toll. Sie wird sich mit dem Lehrer beraten, und dann werden sie unauffällig nachforschen, ob an unserer Vermutung etwas dran sein könnte. Und falls sie zu demselben Urteil kommen, besprechen wir, wie ich weiter vorgehen kann. Sie hat gesagt, ich werde in jedem Fall Hilfe bekommen – hier und vor allem zu Hause. Egal, ob Emily jetzt hochbegabt ist oder nicht. Ist das nicht großartig?»

«Mensch, das freut mich wirklich für dich, und eigentlich ist doch egal, welches Ergebnis am Ende steht, die Hauptsache ist, Emily bekommt Hilfe. Du bekommst Hilfe!»

«Ich habe das wirklich nur dir zu verdanken.»

«Na ja.» Ich grinse verlegen. «Nicht mir, sondern Anni.»

«Stimmt, aber du warst mutig genug, mir das zu sagen, wo ich doch so schüchtern und abweisend am Anfang war.»

«Schüchtern ja, abweisend war nur ich», gebe ich schmunzelnd zu. «Und ich wäre an deiner Stelle in unserer Gesellschaft auch schüchtern gewesen. Aber das haben wir zum Glück geklärt, nicht wahr?»

«Das haben wir. Sag mal, sollen wir uns heute Abend nicht endlich mal auf ein Gläschen treffen? Du, ich und Moni. Ich finde, es wird höchste Zeit, dass wir das machen.»

Gar keine schlechte Idee – ich nicke zustimmend.

«Supi, dann sage ich Moni Bescheid. Um acht in der Cafete?»

Wieder nicke ich, und freudestrahlend winkend tänzelt Jenny die Treppen hinab. Schön!

Tatsächlich ist es Raoul, der mich heute massiert.

«Ich hab's verwunden, schöne Frau.» Mit diesen Worten begrüßt er mich, womit sämtliche Bedenken hinsichtlich seines seelischen Zustandes dahin sind. Wenn ich darüber nachdenke, ist er genau das, was er mir zu Anfang versprochen hat: ein netter, reizvoller Singlemann, der keine Gelegenheit verstreichen lässt und nie nach hinten blickt. Und deshalb genieße ich die Massage mit den obligatorischen Plaudereien gänzlich unbeschwert. Und bin wirklich stolz auf mich. Habe ich das nicht toll gelöst? Beiden Männern kann ich guten Gewissens in die Augen blicken. Ich klopfe mir innerlich mehr als einmal auf die Schulter.

Nach dem Mittagessen fahren wir, wie geplant, mit dem Bus ins nahe gelegene Städtchen und verprassen unser Taschengeld. Immer im Hinterkopf den Badeanzug, den ich bitter nötig habe. Allerdings erweist sich dieses Anliegen als komplizierter als gedacht, denn wer braucht schon im Winter an der Ostsee einen neuen Badeanzug? Achselzuckende Verkäuferinnen begleiten unseren Weg durch die Stadt.

Wir sind kurz davor, die Hoffnung aufzugeben, und ich beginne mich leidlich damit abzufinden, weiter in einem verrotteten Badeanzug rumzuplanschen, als wir in einer engen Seitenstraße eine kleine Boutique entdecken, die auf edle Unterwäsche und Bademoden spezialisiert ist. Umgehend kleben die Nasen meiner Damen am Schaufenster, und sie betrachten fasziniert ein hübsch drapiertes Unterwäscheset in zartem Grün, mit dezenter Spitze und kleinen, in den Stoff eingewebten Tupfen.

«Mama, du hast mir versprochen, wenn du endlich mal dünner bist, gehst du mit mir zusammen schicke Unterwäsche kaufen. Und dünner bist du jetzt, und die ist soooo schön.»

Anni erinnert mich an ein Versprechen, welches ich gefühlt in einer anderen Zeit gegeben habe. Aber recht hat sie, genau das habe ich ihr versprochen. Kann ja nicht schaden, so neue Unterwäsche, denke ich, und die im Schaufenster sieht wirklich nett aus. Kein Tanga und keine Strapse, schlicht und trotzdem besonders.

Ich grinse sie an. «Na, gut. Aber zuerst der Badeanzug.»

Mit einem Strahlen auf dem Gesicht betreten wir den Laden durch eine filigran geschnitzte antike Holztür, die beim Aufschwingen ein kleines Messingglöckchen bimmeln lässt. Hinter einer kleinen Ladentheke steht eine üppige Dame in den Fünfzigern mit grauem, auftoupiertem Haar und Kennermiene. Beim Anblick der Mädchen strahlt sie wie die Sonne in einer winterweißen Schneelandschaft.

«Guten Tag», sagt sie in gestochenem Hochdeutsch, «kann ich Ihnen behilflich sein?»

«Oh ja», sagt Anni stellvertretend für mich, «meine Mama braucht einen neuen Badeanzug, weil der alte sich aufgedröselt hat. Außerdem braucht sie neue Unterwäsche. Und die muss sehr, sehr schön sein und uns allen gefallen.»

Ich stehe hinter meiner Tochter und grinse wohlgefällig, weil sie so schön neunmalklug ist. Die Frau lacht ebenfalls, und ihr Gesicht verschwindet dabei unter einem Netz von Lachfalten.

«Meine Beraterinnen meinen, das grüne Ensemble im Schaufenster könnte unseren Ansprüchen genügen. Aber ich möchte zuallererst nach dem Badeanzug schauen. Der ist eindeutig wichtiger.»

«Na, dann schauen wir doch mal, was wir für Sie tun können. Wirklich reizende Kinder haben Sie da.» Sie mustert mich von oben bis unten. «Seien Sie doch bitte so freundlich und ziehen Ihre Jacke aus.»

Ich füge mich ihrer Aufforderung, während sie mit einem Handgriff ein Maßband unter der Theke hervorzieht.

«Ich darf doch sicher», sagt sie und vermisst, ohne wirklich eine Antwort abzuwarten, mit geübten Handgriffen meine Brüste sowie den Brustkorb. Die Mädchen finden es ausgesprochen lustig, dass sich die Dame so unverhohlen ans Werk macht.

«Ich würde vorschlagen, wir probieren es mit 75D», sagt sie, nachdem sie mich zu Ende vermessen hat.

«75D?» Ich staune nicht schlecht. «Also, so groß habe ich bisher noch nie gekauft, eher ein B- oder manchmal ein C-Körbchen», protestiere ich, völlig überzeugt davon, dass es sich bei dieser Diagnose nur um einen Irrtum handeln kann.

«Oder X oder Y», ergänzt Anni kichernd.

«Sie wissen ja gar nicht, wie oft ich diesen Satz höre», sagt die Dame wissend. «Die meisten Frauen unterschätzen das.

Wussten Sie, dass die allermeisten Frauen ihr Leben lang die falsche BH-Größe tragen und sich wundern, wenn es zwickt, zwackt oder ständig rutscht?»

«Nein», gebe ich zu. Darüber habe ich mir in der Tat noch nie Gedanken gemacht.

«Und hinzukommt, die Brust verändert sich im Laufe des Lebens. Da kann man doch nicht sein Leben lang die Größe tragen, die man sich mit siebzehn ausgesucht hat.»

«Wie verändert sich denn die Brust? Und was bedeuten die Zahlen und Buchstaben?», fragt Ella interessiert.

«Nun, die Zahlen, das sind die Zentimeter einmal um die Mama herum unter der Brust. Und der Buchstabe zeigt, wie groß die Brust ist. Je höher der Buchstabe, umso größer die Brust.»

«Und wenn man zwei verschiedene hat?», fragt Anni und fasst mir beherzt an die kleinere meiner beiden Brüste. Danke, liebes Kind.

«Ach, das ist bei fast jeder Frau so. Das ist ganz normal. Meist ist der Unterschied nicht sehr groß. Und wenn *ihr* einmal Brüste bekommt, dann sagt ihr der Mama, sie soll mit euch in ein gutes Geschäft gehen, damit ihr ordentlich vermessen werdet und immer die richtige Größe tragt.»

Jetzt ist es Ella, die rot wird. Tja, Kind, du bist die Kundschaft von morgen, und die möchte früh auf Linie gebracht werden.

«Ich kriege keine Brüste, die sind ja für gar nichts gut», setzt uns Anni in Kenntnis, und zwar so überzeugend, dass ich als Brust auch nicht anfangen würde zu wachsen.

Nachdem ich also fachmännisch vermessen bin, kümmern wir uns fürs Erste um einen Badeanzug, während die Kinder mit staunenden Augen die Dessousauswahl durchforsten. Meine Wahl fällt auf einen schlichten schwarzen Einteiler, der dank der Profiaugen der Verkäuferin wie angegossen sitzt. Gefällt, passt, gekauft, da kenne ich nix. Weiter geht es zur Unterwäsche. Der grüne BH ist leider nicht in meiner neuen, riesenhaften Größe da, dafür zaubert die Verkäuferin das gleiche Modell in einem schönen Taubenblau aus der Schublade. Ella und Anni geben das Modell frei, und ich verschwinde damit in der Umkleidekabine.

Gerade als ich mich oben herum nackig gemacht habe, schiebt plötzlich die Verkäuferin den Vorhang beiseite und gesellt sich mit den Worten «Wenn Sie nichts dagegen haben, helfe ich Ihnen beim Anziehen, dann kann ich direkt sehen, ob das gute Stück auch richtig sitzt» zu mir.

Völlig geplättet, nicke ich folgsam, auch wenn ich das Thema BH-Kauf in, äh, etwas diskreterer Erinnerung habe. Sie quetscht sich also mit in die Kabine. Dazu stecken die Kinder, die sich das Spektakel nicht entgehen lassen wollen, ihre Köpfe auch in die Kabine. Nun ist es richtig kuschelig hier drin.

«Könnt ihr vielleicht noch ein paar Leute von der Straße holen, sonst fühle ich mich hier so einsam», kann ich mir nicht verkneifen zu sagen. Finden die Kinder natürlich lustig, und ich muss prompt Anni zurückpfeifen, die sich spontan Richtung Ausgang aufmacht.

«Sie müssen sich nicht genieren», sagt die Verkaufsdame und hält mir den BH hin, damit ich hineinschlüpfen kann. «Umdrehen bitte. Mein Ziel ist es, jede Frau mit dem Gefühl nach Hause zu schicken, den perfekten BH gekauft zu haben. Glauben Sie mir, fünfundneunzig Prozent meiner Kundinnen sind Wiederholungstäterinnen, und ich habe fast nur Stammkundschaft. Deswegen freue ich mich ganz besonders, wenn ich einen neuen Busen verpacken darf.»

Sie lacht. Ihr gewaltiger Resonanzkörper lässt die dünnen Wände der Kabine zittern. Sorgsam schließt sie die Häkchen und dreht mich um. Irgendwie komme ich mir vor wie ein kleines Mädchen, das vor seiner Mutter steht. Fühlt sich eigentlich recht heimelig an. Na ja, bis ich fassungslos dabei zusehen muss, wie sie beherzt in das rechte Körbchen greift und die darin liegende Brust ordentlich zurechtzuckelt, damit sie ordentlich sitzt. Die gleiche Prozedur wiederholt sie auf der anderen Seite.

«Wie Ihre Tochter ja schon festgestellt hat, ist sie ein bisschen kleiner als die andere, aber das ist nicht weiter schlimm. Wenn Sie möchten, können wir noch eine kleine Einlage mit hineinlegen, dann wäre das Dekolleté ein wenig runder, aber ich finde, es geht auch so.»

«Hatte meine Mama schon mal, hat sie aber verloren», platzt Anni heraus. Nochmals herzlichen Dank, liebes Kind.

«So», sagt die Verkäuferin, die Annis Anmerkung glücklicherweise einfach ignoriert und die Träger richtet, «nun sitzen auch die Träger.» Mit einem Finger fasst sie unter das Brustband. «Gerade ein Finger sollte darunterpassen, und das Körbchen darf die Brust nicht quetschen, sondern soll sie umhüllen und stützen. Und – finden Sie immer noch, dass ein D-Körbchen übertrieben ist?»

Ich betrachte mich im Spiegel. In der Tat, es ist alles sehr hübsch verpackt. Nur ganz kurz blitzt der Gedanke auf, wer außer mir das eigentlich je zu Gesicht bekommen soll, und mir wird plötzlich ganz warm im Bauch. Hallo? Warum denn das jetzt? Schnell weiterdenken und dem Unterbewusstsein keine Chance geben.

«Nein, es sieht wirklich sehr, sehr gut aus und fühlt sich auch gut an. Ich habe viel gelernt. Vielen Dank dafür.»

«Keine Ursache, das freut mich. Den Schlüpfer benötigen Sie in Größe vierzig?» Die gute Frau hat wirklich einen Kennerblick.

«Ja, genau.»

Die Verkäuferin zieht sich aus der Kabine zurück. Endlich habe ich meinen Ballsaal wieder.

«Und – nimmst du den jetzt?», fragt Ella.

«Soll ich?»

«Jaaaa», rufen die beiden wie aus einem Mund. Ich scheuche die Mädels lachend aus der Kabine und betrachte mich in Ruhe vor dem Spiegel. So schlecht ist es nicht, was ich dort sehe, das Gesamtpaket sozusagen, trotz Umkleidekabinenphänomen. Ich werfe mir selbst eine alberne Kusshand zu und ziehe den BH wieder aus. Wie viel kostet der eigentlich? Holla, hundertneunundzwanzig Euro nur für den BH? Egal. Man muss auch gönnen können. Besonders sich selbst.

Auf dem Rückweg fährt der Bus leider nicht bis zur Strandpromenade. Das ist auf der einen Seite doof, weil wir nun bestimmt einen Kilometer laufen müssen, auf der anderen Seite kommen wir so durch Zufall direkt an der kleinen Werkstatt des Bernsteinsammlers vorbei. Ich bin ganz angetan, weil er mich sofort erkennt, und als ich ihm stolz den Bernstein zeige, den ich an meinem schlimmen Tag gefunden habe und seitdem in meinem Geldbeutel mit mir herumtrage, ist er mehr als beeindruckt.

«Na, sehen Sie, da hat meine kleine Einführung doch geholfen. Halten Sie die Augen ruhig weiter offen, es soll in den nächsten Tagen durchaus noch von der richtigen Seite her stürmen. Bestes Bernsteinwetter im Anmarsch, sozusagen.»

«Danke für den Tipp, ich werde auf jeden Fall weitersuchen, denn ich befürchte, ich bin süchtig geworden. Ich kann das Meer gar nicht mehr richtig genießen, weil ich nur noch vor meine Füße starre.»

Der Mann lächelt seine tausend Falten. «Wissen Sie, wie man sagt?»

Ich schüttle meinen Kopf.

«Am Anfang sucht der Mann den Bernstein, und dann sucht der Bernstein den Mann. Nun ja, auf Frauen kann das natürlich genauso zutreffen.»

Ich nicke erneut, denn ich weiß genau, was er meint. Die Kinder streifen derweil staunend durch die kleine Werkstatt, die vom Boden bis an die Decke mit Bernsteinen in allen Formen, Farben und Verarbeitungszuständen gefüllt ist. Der Bernsteinsammler nutzt ihr Interesse und gönnt ihnen eine kleine Privatführung. Er öffnet sogar seinen Giftschrank, in dem die besonders großen Exemplare verschlossen sind, und die Kinder dürfen staunend erleben, wie leicht Bernstein wirklich ist.

«Wie Plastik», staunt Ella.

Ich bin, wie schon beim ersten Mal, ganz hingerissen von dem alten Herrn. Bevor wir schweren Herzens aufbrechen, weil wir sonst zu spät zum Abendessen kommen, trage ich noch meine Bitte vor.

«Sagen Sie, ist es möglich, aus meinem Bernstein ein Erinnerungsstück für jede von uns zu fertigen?»

Er überlegt. «Wie lange sind Sie denn noch hier?»

Ich rechne kurz nach. «In neun Tagen fahren wir.»

«Na, das müsste machbar sein. Haben Sie irgendwelche Wünsche?»

«Nein», sage ich, «machen Sie etwas, von dem Sie meinen, dass es zu uns passt. Und wir lassen uns gerne überraschen.»

Er lacht. «Das ist ein toller Auftrag. Ich bin sicher, ich werde etwas Schönes für die Damen herstellen.»

Wie verabschieden uns überschwänglich, und ich treibe zwei meckernde junge Damen durch die eisige Kälte nach Hause.

Bevor ich zu unserer heiteren Dreierrunde aufbreche, wartet natürlich noch das Schwimmbad. Ich wäre eine fürchterliche Mutter, wenn ich meinen Kindern das nehmen würde. Allerdings ist mir heute so gar nicht nach Wasser, und so setze ich mich gemütlich mit meinem Buch auf eine Liege am Beckenrand und überlasse Jan den Job im Becken. Was ich allerdings gar nicht bedacht habe, ist, dass es im Schwimmbad ganz schön warm ist. Als ich anfange zu schwitzen, gebe ich auf. Egal, so kann ich wenigstens meinen neuen Badeanzug einweihen. Ich marschiere also in die Umkleidekabine, kehre neu gewandet wieder und hüpfe ins Wasser.

«Na, da bist du ja endlich, ich dachte schon, du gehst mir doch aus dem Weg.» Jan kommt sofort zu mir geschwommen und hängt nun mit beiden Armen rücklings am Beckenrand.

«Mit solchen Kommentaren sorgst du nicht gerade dafür, dass es einfacher wird zwischen uns», sage ich ernster als beabsichtigt. Es sollte eigentlich ein lockerer Spruch sein.

Er schaut mich an, als wolle er ergründen, was in meinem Kopf vorgeht. «Also beschäftigt es dich doch?»

Es ist mehr eine Feststellung als eine Frage. Was soll ich

darauf antworten? Ich weiß doch selbst nicht, warum ich es gesagt habe. Was will er wohl hören?

«Nee, natürlich nicht, aber ich habe das Gefühl, du nimmst mich auf den Arm, und das finde ich doof.»

«Ohhh», sagt Jan gespielt mitleidig, und ehe ich mich versehe, hat er mich auf den Arm genommen, also in echt jetzt.

«Jan», quieke ich erschrocken, sodass sich sogar die Kinder nach uns umdrehen, «was soll das?»

«Na, jetzt habe ich dich auf den Arm genommen, und jetzt gehen wir endlich wieder normal miteinander um, okay?»

«Ich hab's verstanden», murre ich, und er lässt mich langsam runter. Noch Minuten später spüre ich seine Hände auf meinem Körper.

«Schätzken, du machst uns echt Spaß hier inne Kur. Wenn wir dich nich mit dabeihätten, wär et richtiggehend langweilig. Na ja, vielleicht wär et dann wenigstens erholsam gewesen.»

Zwei Wein und vier Bier sind bereits vernichtet, dazu 'n lecker Likörchen, das Moni aus ihrer Tasche gezaubert hat.

«Den macht meine Nachbarin Annemarie, und ich sach euch, der verzwirbelt euch die Synapsen.» Mit diesen Worten kippt sie jedem von uns einen großzügigen Schluck in ein Wasserglas und zwingt uns, das Zeug auf ex zu kippen. Gar nicht mal schlecht, das Likörchen, und kein Wunder, dass es nicht einmal eine Stunde dauert, bis ich anfange, aus dem Nähkästchen zu plaudern, und nun auch Jenny die ganze Geschichte kennt.

«Oh, das ist ja so süß», quietscht sie völlig begeistert, «oh, bitte, Verena, überleg es dir doch noch mal. Ich meine, kann man denn so einen Mann überhaupt abweisen?»

«Ich habe ihn nicht abgewiesen», erkläre ich zum gefühlt hundertsten Mal. «Wie oft soll ich das denn noch erklären? Wir sind uns einig. Und außerdem, selbst wenn, und das ist jetzt wirklich rein hypoterisch, ähm, hypothetisch, ich habe gerade erst meinen Ehemann abserviert, obwohl, letztendlich geklärt ist da noch nix. Also, selbst wenn ich wollte, ich könnte mich gar nicht in was Neues stürzen. Ausgeschlossen.»

Moni und Jenny nicken einfältig, und ich merke, sie glauben mir kein Wort. Ich schmeiße ein Päckchen Taschentücher nach ihnen.

«Ihr nehmt mich nicht ernst», brumme ich unzufrieden.

Die beiden kichern selig und werfen sich einen verschwörerischen Blick zu.

«Jennylein, ich glaub, wir lassen dat Verenken jetzt man mit die Männers in Ruhe, sonst redet die morgen kein Wort mehr mit uns.» Moni schüttet uns in aller Seelenruhe einen weiteren Schnaps ein.

«Ihr macht mich total fertig. Wenn das so weitergeht, bin ich irgendwann monifiziert und kann nix dagegen tun. Außerdem wollt ihr mich doch nur abfüllen, damit ich auch wirklich alles erzähle. Aber jetzt ist Schluss, ich trinke nichts mehr. Meine Leber macht schon Überstunden. Ende. Aus.»

«Nee, wir wollen dich nicht abfüllen, nur 'n bisschen gefügiger machen.» Moni grinst. «Und ich empfinde es als große Ehre, dat du glaubst, monifiziert werden zu können.»

«Ach, Moni, ich muss euch einfach nur dankbar sein. Weil ihr für mich da seid, weil wir so viel Spaß haben und weil ihr mein Bild von der Welt ins rechte Licht gerückt habt.»

«War gar nich so einfach, so 'ne studierte Nuss zu knacken», giggelt Moni, und dann nehmen wir uns gefühlsduselig in den Arm. Ich nutze den Moment, um endlich den Absprung zu schaffen.

«Wisst ihr was, das müssen wir unbedingt wiederholen, aber ich glaube, jetzt muss ich ins Bett. Es ist schon», ich schaue auf mein Handy, «ähm, na ja, nicht so richtig spät jetzt, aber auf jeden Fall, ich glaube, ich möchte jetzt schlafen gehen.»

«Du sprichst mir aus der Seele, Kind, ich bin ja auch nich mehr die Jüngste, und das Sportgedöns hier bringt mich noch um.»

So beschlossen, wandern wir in unsere verschiedenen Stockwerke. Und dann gibt es diese eine Sache, die Jenny sagt, bevor sich unsere Wege trennen.

«Lass doch mal deinen Verstand weg, Verena, vielleicht hat der auch mal nicht recht.»

Und das arbeitet nun in mir.

Ich stehe leicht angeschickert vor dem Spiegel und wasche mir das Gesicht. Das diffuse Gefühl, das mich seit Tagen umtreibt, lässt sich nicht mehr verdrängen. Und ich will es auch gar nicht. Das wird mir in diesem Augenblick klar.

Ob es der Alkohol ist oder das nette, verwegene Gesicht, das mich aus dem Spiegel angrinst ... Was ist es eigentlich, was da in meinem Bauch vor sich hin rumort und was ich pflichtbewusst und vorsätzlich seit vorgestern ignoriere? Ich schaue mir selbst ernst ins Gesicht. Lasse die Erkenntnis an die Oberfläche. Versuche, sie mit dem in Einklang zu bringen, was getan und was gesagt wurde.

«Scheiße, Verena Teenkamp», beichte ich dieser Spiegel-Frau, «ich glaube, du hast dich verkalkuliert.»

Ich verlasse das Badezimmer, gehe ich den Wohnraum

und setze mich aufs Sofa. Stehe wieder auf, stromere durch das Apartment, schaue aus dem Fenster in die Schwärze der Nacht. Setze mich aufs Bett, lege mich hin, stehe wieder auf. Scheiße.

Und dann werfe ich mir fast wie in Trance meine Fleecejacke über den Schlafanzug, nehme den Schlüssel in die Hand, trete auf den Flur und schließe so leise wie möglich die Tür hinter mir. Mein Herz schlägt bis zum Hals, und als ich barfuß die Treppen hinuntertape, weil ich nicht einmal Hausschuhe angezogen habe, hallen die Schritte meiner nackten Füße durch das stille Treppenhaus. Die Tür ins zweite Stockwerk quietscht ohrenbetäubend, und ich habe das Gefühl, jeder im Umkreis von zwei Kilometern hört es. Ich husche über den Gang und stehe vor Jans Tür.

Mein Verstand meldet sich vorsichtig zu Wort. Was will ich hier eigentlich? Im Schlafanzug? Was für eine beknackte Idee. Wir sind doch nur Freunde. Er hat es selbst gleich mehrfach betont. Geht's noch? Aber warum fühlt es sich trotzdem so verwegen und mutig und richtig an, was ich tue? Das Kuss-Gefühl steht über allem, aber das darf doch nicht sein! Ich sortiere meine verschwurbelten Gedanken, versuche es zumindest und sage leise zu mir selbst: «Du spinnst, Verena Teenkamp. Es ist schon fast Mitternacht. Geh ins Bett. Und außerdem. Wenn dich hier jemand sieht.» Ich schüttle dabei meinen Kopf, will gerade den ersten Schritt in Richtung meines rettenden Apartments machen, als sich die Tür öffnet und Jan mich in seinem Schwung fast über den Haufen rennt.

Mit einer Tasse in der Hand und im Schlafanzug. In einem rosa Schlafanzug.

«Äh, Verena?», fragt er völlig überrumpelt.

«Rosa?», frage ich.

«Hä? Rosa?» Er sieht an sich hinunter.

«Ah, Rosa. Ja, den hat Lilli mir angedreht. Du weißt, sie kann sehr überzeugend sein.» Seine Augen leuchten, als er das sagt.

«Das ist echt süß», sage ich. «*Du* bist süß», hätte ich am liebsten gesagt, und mein Herz klopft und vollführt Bocksprünge. Meine Knie sind wie Wackelpudding, und ich will augenblicklich ganz, ganz doll jegliche Realität hinter mir lassen. Jetzt ist es doch sowieso egal, oder? Ich will jetzt wissen, was passiert. Oder ob ich irgendwie aus der Nummer wieder herauskomme.

Jan mustert mich mit einem unergründlichen Ausdruck.

«Warum stehst du denn vor meiner Tür?», fragt er erwartungsvoll, neugierig und stützt sich dabei mit seinem Unterarm gegen den Türrahmen.

«Ich weiß es nicht», antworte ich, weil das die Wahrheit ist.

«Soso, du weißt es nicht. Das ist aber ein lustiger Grund. Meinst du, dir fällt noch etwas ein, oder soll ich dich ahnungslos wieder nach oben schicken?» Sein feines Lächeln ist einem breiten Grinsen gewichen. Er nimmt mich tatsächlich auf den Arm.

«Jaja, schick mich wieder nach oben. Du hast recht.»

«Aha, und du wolltest nicht mit mir reden?»

«Reden, ja, wir können reden. Reden wir. Worüber reden wir?»

Was für ein schwachsinniger Käse, aber das mit dem Denken klappt gerade nicht so gut. Erst mal eine Gegenfrage. Oh ja, das ist gut.

«Wolltest du dir einen Tee machen?»

Er sieht erstaunt auf seine Tasse, von der er wohl vergessen hat, dass er sie in der Hand hält. «Ähm, ja, das wollte ich eigentlich.» Dann legt er den Kopf schief.

Einen Groschen für seine Gedanken. Ich stelle die nächste dumme Frage. «Schläft Lilli?»

«Ja, sie schläft.»

Und bevor ich mir die nächste dumme oder peinliche Frage ausdenken kann, nimmt er kurzentschlossen meine Hand und zieht mich sanft in den kleinen Vorraum seines Apartments. Hinter mir schließt er die Tür, und dann schließt er auch noch die Tür zu seinem Schlafzimmer, von dem auch Lillis Zimmer abgeht. Die Teetasse stellt er auf den Boden. Lediglich das Licht im kleinen Bad brennt, und so stehen wir einander im diffusen Licht dieses winzigen Flurs gegenüber.

Keiner von uns sagt etwas. Ich stehe mit dem Rücken zur Tür, er mir gegenüber. Verlegen blicke ich auf meine Füße. Wie absurd ist das eigentlich? Ich in meinem blauen Snoopy-Schlafanzug und er im rosa Pyjama.

«Bist du etwa verlegen?», fragt er mich amüsiert.

«Snoopy macht mich verlegen.» Ich grinse schief und deute mit beiden Zeigefingern auf mein Oberteil.

«Sieht doch niedlich aus. Ich steh auf Snoopy, echt. Ich habe den als Kind geliebt.»

Jan lehnt sich mit einem Arm gegen die Wand. Er ist mir dadurch ein paar Zentimeter näher gekommen. Ich kann ihn riechen. Er riecht gut. Ich kann die Wärme seines Körpers spüren, und es rauscht in meinen Ohren. Ich schlucke schwer, als sich alle Wärme in meiner Körpermitte sammelt und wohlige Gefühle verströmt. Bitte mach, dass ich keine komplette Idiotin bin. Ich reiße den Blick von meinen Füßen los und traue mich, ihm in seine grauen Augen zu schauen. Sag was, bitte!

Er nimmt meine Hand, spielt mit meinem Zeigefinger, bevor er tatsächlich etwas sagt. «Aber wo du schon einmal hier bist. Vielleicht ist es völlig daneben, was ich jetzt sage. Dann vergiss es einfach. Aber ... das mit den Freunden, das stimmt so nicht. Ich will ... ich kann es nicht beschreiben, aber es war vielleicht doch nicht nur der Alkohol. Ehrlich gesagt, schwirrst du seitdem, oder vielleicht auch schon vorher, ganz schön rege in meinem Kopf herum, und ich krieg dich da nicht mehr raus.»

Er macht eine Pause und sieht mich kurz an, sucht nach einer Reaktion in meinem Gesicht, aber ich kann nicht reagieren, will nur wissen, was er noch sagt.

«Und das Schlimme ist, ich will dich da auch gar nicht mehr rauskriegen.»

Er sieht mich weiter an, mein Gesichtsausdruck scheint ihm zu gefallen, denn nun beugt er sich nach vorne und küsst mich. Ganz vorsichtig, so als könne ich meine Entscheidung noch rückgängig machen, und dann wird er mutiger. Endlich! Warum nur merke ich erst jetzt, wie sehr ich das will?

Sanft drängt Jan mich gegen die Wand und nimmt mich in den Arm, während er mich weiterküsst. Beide haben wir nur diese lächerlich dünnen Schlafanzüge an, und so ist der erste Körperkontakt in der Umarmung überwältigend. Mir bleibt fast die Luft weg, als ich seinen großen Körper an meinem spüre, deutlich und klar. Ich umschlinge ihn ebenfalls, spüre seinen breiten Rücken. Dieser Mann fühlt sich gut an, es könnte ewig so weitergehen, aber dann drücken mich gleich zwei Dinge ...

«Oh, das drückt», sage ich.

Jan fährt zurück, sieht mich verunsichert an. Ich fange an zu lachen, und jetzt sieht er ziemlich verwirrt aus.

«Nicht du, Dummi, also du auch, aber die Türklinke ist so lästig.»

Entgeistert schaut er mich an, dann prusten wir los. Tja, die Spannung ist dahin. Macht nichts, auch das ist schön.

Ich sage versöhnlich: «Das andere Drücken hat mich nicht gestört. Meiner hätte auch gedrückt, wenn ich einen hätte.»

Und wir lachen noch mehr und versuchen, auf Teufel komm raus dabei leise zu sein.

Dann aber vergrabe ich meine Hände in seinem Haar, spüre an meinen Handflächen den Ansatz seines Bartes, der im Laufe der letzten Tage schon wieder gewachsen ist, und küsse ihn wieder und wieder. Seine Hände streicheln über meine Arme bis hinunter zu meiner Taille, legen sich darauf und finden wie von selbst das Stück nackte Haut über dem Bund der Hose, wandern weiter. Ich trage ja nicht einmal einen BH, keine Grenze ist im Weg, und seine Hände sind überall, streicheln und liebkosen, und ich spüre und genieße. Nun wandern auch meine Hände, ich fühle seinen schönen, warmen Körper, streiche über seinen glatten Rücken und nehme seine Wärme in mich auf und verwandle sie in etwas noch Wärmeres. Ich rechne damit, dass er sich weiter nach unten vorarbeitet, bin schon ganz aufgeregt deswegen, aber dann hält er plötzlich inne, und seine warmen Hände bleiben auf meiner nackten Taille liegen.

«Alles okay?», fragt er sanft.

Ich nicke. «Ja, es geht mir gut. Können wir weitermachen? Bitte.»

Jan unterdrückt das Lachen, das immer noch in ihm drin

ist. «Du hast echt eine Vollmeise. Weißt du das? Was mach ich jetzt nur mit dir?»

«Wir können keinen Sex haben, ich nehme in Mutter-Kind-Kuren so selten Kondome mit», sage ich.

«Aber es ist schön, wenn du mit dem Gedanken spielst», flüstert er.

Ich grinse ziemlich verlegen, und dann hören wir endlich auf zu reden und machen da weiter, wo es gerade so schön war.

Gefühlte Stunden später lösen wir uns voneinander in dem kleinen Vorraum im schummrigen Licht. Mein schlechtes Gewissen ruft mich ins Apartment zurück.

«Was nun?», stelle ich die Frage, die sich am meisten aufdrängt.

Jan hält mir seinen Zeigefinger an die Lippen. «Heute nicht», sagt er und küsst mich leicht auf die Nasenspitze. «Geh zu deinen Kindern und lass uns bei Tageslicht darüber reden.»

Er hat recht, alles andere passt nicht hierher. Ein letztes Mal stelle ich mich auf die Zehenspitzen und küsse ihn. Dann schwebe ich in den vierten Stock und kann sehr, sehr lange nicht einschlafen.

Biikebrennen

Jedes Jahr am 21. Februar brennen an der schleswig-holsteinischen Küste, auf den Inseln und Halligen große Feuer, die die «Wintergeister» vertreiben und den baldigen Frühling willkommen heißen. Die leuchtenden Flammen symbolisieren die Austreibung des Winters und den Beginn des Frühlings. Mancherorts treffen sich die Einheimischen im Anschluss an das Feuer zum gemeinsamen Grünkohlessen mit Kasseler und Schweinebacke, Teepunsch oder Grog.

Moni steht nach dem Frühstück vor der großen Anschlagtafel neben der Rezeption und studiert mit wachsender Begeisterung das Plakat, das dort hängt. Ich bleibe neben ihr stehen und lese, was ihre Aufmerksamkeit erregt.

BIIKEBRENNEN
21. Februar 2018

18:00 Uhr: gemeinsamer, mit Musik begleiteter Fackelumzug vom Feuerwehrhaus zur Strandpromenade

19:00 Uhr: Entzündung der Biike

Anschließend sorgen DJ Wolfgang sowie Bianca für die richtige Stimmung und heizen den Teilnehmern auch bei kühleren Temperaturen ein.

Für das leibliche Wohl ist ebenfalls gesorgt.

«Mensch, Kindken, dat is doch mal 'n Angebot, da geh'n wa heute Abend hin. Is doch die Gelegenheit, meinste nicht?»

Ich zucke müde mit den Achseln. «DJ Wolfgang sowie Bianca? Ich weiß nicht, ob ich unbedingt zur Zielgruppe gehöre.»

«Ach, mach dich doch mal locker. Stöcksken war doch schon draußen. Kann doch witzig werden. Endlich mal raus aus diesem Kurhaus und rein in die Stimmungsbude, bissken abrocken. Mal wat anderes seh'n als die ganzen Saftsocken hier. Und wenn et dir zu peinlich ist, trinkste halt 'nen Rotwein oder zwei. Wa?»

Ich schmunzle. Schon wieder trinken? Aber welchen Wunsch kann ich Moni eigentlich abschlagen? Alleine, um zu sehen, wie Moni abrockt, ist es den Spaß wert. «Du lässt mir eh keine Wahl. Und vielleicht ist es wirklich ganz nett.»

«Fein, die beiden anderen Schaluppis werd ich auch noch klarmachen, da mach dir mal keine Sorgen», verspricht sie und walkürt davon.

Kopfschüttelnd gehe ich meines Weges. Die Moni. Allzeit bereit.

Ob es den Mädels und Lilli wohl gefällt, für ein Feuer am Strand das Schwimmen ausfallen zu lassen? Und Jan? Ich habe ihn heute noch nicht gesehen, denn beim Frühstück war er nicht. Was bedeutet das? Egal, was, es bereitet mir sehr, sehr zwiespältige Gefühle.

Und jeder Versuch, den ich seit heute Morgen starte, das Chaos in meinem Kopf zu ordnen, scheitert kläglich. Mein Gehirn ist wie leer gefegt. Pros, Contras, Optionen. Nichts lässt sich in irgendeine Form pressen. So als müsse mein Kopf erst einmal verdauen, was gestern Abend passiert ist.

Es hat mir gefallen, allein daran gibt es nichts zu deuten.

Es war ... hundert Prozent reines Gefühl. Heute Morgen bin ich mit einem Lächeln auf dem Gesicht aufgewacht. Möchte ich das noch mal? Es hängt so viel mehr an diesem Gedanken, als mir im Moment lieb ist, und deshalb fange ich das Denken gar nicht erst an.

Und so verbringe ich den Tag in gedankenloser, fast träumerischer Kurroutine, fertige die Kinder ab, reiße meine Termine runter. Jedes Mal, wenn ich durch die Flure der Klinik streife, habe ich die vage Hoffnung, Jan zu begegnen, damit wir reden können, damit wir vielleicht zusammen denken können. Den Mut, ihn aktiv zu suchen, habe ich nicht.

Auch beim Mittagessen keine Spur, und dann beginnt es doch, das Kopfkino. Flüchtet er vor mir oder dem, was gestern war? Indem er sich so rarmacht, muss ich automatisch Stellung beziehen. Er sticht in der Seele, der Gedanke, er könnte mir aus dem Weg gehen. Ein mulmiges Gefühl breitet sich langsam aus.

«Der is mit der Lilli schon heute früh nach Heiligenhafen gefahren und isst dort zu Mittag», beantwortet Moni Jennys Frage nach Jans Abwesenheit und sieht dabei mich an.

Nun weiß ich zwar, wo er ist, aber leider immer noch nicht, warum er dort ist.

«Kommt er denn heute Abend mit?», fragt Jenny, die wohl schon von Moni zum Biikebrennen angeworben wurde.

«Keine Ahnung.» Moni zuckt mit den Achseln und rührt in ihrem Kartoffelpüree. «Hab ihn heut Morgen nur kurz gesehen, und dann is er schon mit Lilly abgezogen. Aber den werd ich mir schon noch zurechtzuppeln, wenn er wieder da is, da macht euch mal keine Sorgen.»

Wieder sieht sie mir direkt in die Augen. Ich werde rot und wende den Blick ab.

Dick eingemummelt kommen wir abends ins Foyer und treffen auf Moni und Jenny samt Anhang, um zum Biikebrennen aufzubrechen.

Und wieder kein Jan.

Die Gedanken regnen in dicken, traurigen Tropfen auf mich hinab. Warum ist er nicht da? Was war das dann gestern? Ihm hat es doch auch gefallen, oder? Warum geht er mir dann aus dem Weg? Und warum nur macht mich das so traurig?

Jenny stellt sich neben mich. «Moni hat Jan einen Zettel an die Tür gepinnt, er war eben immer noch nicht zurück. Er weiß gar nichts von seiner Verabredung, brauchst also gar nicht traurig zu sein.»

Ich lächle sie trotzdem traurig an. «Ist es so offensichtlich?»

«Oh ja. SEHR offensichtlich.»

Moni hat ihre Ohren wieder auf Empfang. «Schätzken, der Jan kommt schon noch.»

«Na ja, ihr kennt ja auch nicht die ganze Geschichte», murmle ich leise vor mich hin.

«Aber erraten können wir sie, bei dem Gesichtchen, wat de heute den ganzen Tach ziehst. Und dat wir recht hatten, wussten wir auch schon gestern. Und einen Tipp geb ich dir noch: Wenn de weißt, wat de willst, musst de machen, dat de hinkommst. Aber jetzt ist gut. Gehen wa 'n bisschen die Dörfler aufmischen.» Energisch schiebt sie mich nach draußen.

Schon von weitem ist das Feuer zu riechen, dann auch zu sehen.

«Ist ja wie das Martinsfeuer, nur am Strand», stellt Ella fest.

«Das qualmt aber verdammt heftig», sagt Jenny und presst sich ihren Schal vor die Nase.

«Kommt, wir gehen auf die andere Seite, da zieht der Qualm weg», schlage ich vor.

Langsam umrundet unser Trupp das Feuer. Es ist ziemlich voll. Das ganze Dorf samt kichernder Dorfjugend scheint anwesend zu sein und bereit, den Winter zu vertreiben. Schade eigentlich, denn wo er gerade so schön da ist, kann er von mir aus ruhig noch eine Weile bleiben. Das Feuer wärmt, knistert und knackt, Funken fliegen in die schwarze Nacht. Es drückt seine Hitze auf unsere Gesichter und lässt sie glühen.

Das Feuer passt zu meiner melancholischen Stimmung, die sich gemeinsam mit einem Knubbel Tränen, der kurz vor der Oberfläche verharrt, festsetzt und mich umschließt. Ich sehe Paare, die sich im Schein des Feuers im Arm halten, sich küssen und tief in die Augen blicken, und plötzlich fühle ich mich so alleine. Aber ich bin es nicht. Ich nehme meine Mädels fest in den Arm, drücke sie an mich und genieße es, sie für mich zu haben. Es sind so tolle Mädchen, und ich liebe sie so sehr. Vielleicht sollte mir das für mein Leben reichen? Alles andere ist doch nur schmückendes Beiwerk, ein Abenteuer, ein Spaß. Ich sollte bloß nicht anfangen, einen tieferen Sinn in meine Eskapaden zu deuten. Es sollte Spaß sein, nur Spaß. Und deshalb kann es mir völlig egal sein, ob Jan jetzt hier ist oder nicht. Jawoll! Aber warum setzt sich dann diese scheiß Traurigkeit an meiner Mageninnenwand fest und will überhaupt nicht mehr gehen?

«Hallo, Verena.»

Erschrocken, weil völlig gefangen im meinem abstrusen Gedankengang, drehe ich mich um und sehe in Jans graue Augen, Augen so grau wie mein Parkplatzmeer. Meine Gedanken irren umher, gleich einem Schwarm Bienen, denen der Stock gemopst wurde. Meine Güte, was kommt nun? Will ich überhaupt, dass etwas kommt? Wieder einmal ist mir schlecht, der Knubbel Traurigkeit wächst zu einem Ungeheuer an Unsicherheit.

Jan lächelt vorsichtig, stellt sich neben mich, und Anni und Ella gesellen sich zu Lilli.

«Wie geht es dir?», fragt er leise.

«Ich weiß es nicht», sage ich wahrheitsgemäß, denn wie es mir geht, das wird er bestimmen, eine andere Möglichkeit gibt es nicht.

Er sagt lange, lange nichts. Ich fühle mich, als säße ich in einem alten Theater, und das Schweigen ist der samtene Vorhang, der vor einer Premiere all das verheißt, was nun kommen mag. Sei es ein trauriges, ein lustiges oder romantisches Stück. Ich stelle das Atmen ein und fange erst wieder damit an, als er vorsichtig und heimlich seine Hand in meine Jackentasche schiebt und fest und warm meine Hand drückt.

Ich kann mich gerade noch davon abhalten, seufzend meinen Kopf gegen seine Schulter zu lehnen, und schenke ihm mein schönstes Lächeln.

Es ist einer dieser Augenblicke, die nie enden dürften. Aber sie tun es doch, und nachdem das Feuer nur noch leise vor sich hin lodert und sich der Menschenpulk Richtung Gemeindepavillon aufmacht, setzt sich unser Trüppchen ebenfalls in Bewegung. Weil die Kinder mit sich selbst beschäftigt sind, können wir ein paar Sätze wechseln.

«Du warst heute den ganzen Tag nicht da», stelle ich sinnigerweise fest.

«Hat dich das beunruhigt?»

Jans Stimme ist warm und gefühlvoll, vielleicht ein wenig belustigt. Wir gehen nahe genug nebeneinanderher, damit wir leise sprechen können, aber weit genug voneinander entfernt, damit es nicht zu auffällig ist.

«Ein bisschen, ja ... vielleicht auch mehr als ein bisschen», sage ich ehrlich.

«Das muss es nicht, ich musste nur ... ich musste mich sortieren. Du machst es mir nicht leicht, weißt du?»

«Ich denke, das kann ich nachvollziehen.»

Pause.

«Was ist das mit uns, Verena?»

Ich zucke unsicher mit den Achseln. «Ich weiß es nicht. Es ist alles so viel.»

«Und sollen wir uns wieder einreden, dass es nichts zu bedeuten hat?»

«Nein ... nein.» Ich sage, was ich in diesem Augenblick fühle, so klar und deutlich wie nie zuvor. Ich blicke ihm dabei fest in die Augen, will es weiter begründen, aber er kommt mir zuvor.

«Du brauchst nichts zu sagen, nichts zu begründen. Ich kann mir vorstellen, wie es in dir aussieht. Ich will nichts erwarten und nichts fordern. Aber ich will es auch nicht aufhören lassen. Dazu gefällt es mir viel zu gut.» Jetzt schmunzelt er.

«Mir gefällt es auch», sage ich leise.

«Dann lass uns das einfach hier und jetzt erleben, du machst dir keine Gedanken, und ich mache mir auch keine, und wir sehen einfach, was passiert?»

Meine Güte, mein Herz bumpert wie eine mittelgroße Turbine. Er ist so toll. Oh Mann, er ist einfach nur toll. Ich grinse ihn an, ein bisschen verlegen und auch traurig. Denn eines wissen wir beide. Es ist eine verdammt doofe Situation, in die wir da geschlittert sind. Und noch etwas wird mir in diesem Augenblick klar. Ich bin bis über beide Ohren in diesen Menschen verknallt. Verdammt. Und wie es scheint, geht es ihm nicht anders.

«Das Angebot kann ich schwerlich ablehnen», sage ich, und wir grinsen uns an. Und da ist sie wieder, diese Unbeschwertheit, die unser Verhältnis von Anfang an getragen hat.

Es braucht erst einmal keine Worte mehr. Wir schließen zu den anderen auf und mischen uns wieder unter unsere Familien. Von dem Feuer und der Kälte haben die Kinder ausnahmslos knallrote Wangen, und sie haben Durst, weshalb wir uns aufteilen. Moni und Jan kaufen die obligatorischen Bons, Jenny und ich stellen uns an der Getränkeausgabe an. Die Kinder (alle außer Jan-Hendrik, der ist mit seinem Smartphone lieber zu Hause geblieben, und Kathy, die müde an Jennys Arm hängt) platzieren wir gut sichtbar in der Nähe der Bühne, auf der die Provinzcombo schon ihr Instrumentarium aufgebaut hat. Es ist zwar nicht übermäßig voll im Saal, aber alle, die da sind, wollen auch etwas trinken, und so stellen wir uns auf eine längere Wartezeit ein. Zeit, die Jenny natürlich gnadenlos nutzt, um mich auszuquetschen.

«Was ist das denn jetzt zwischen euch?», fragt sie.

«Ach, Jenny, ihr wisst es doch eh schon.»

«Jaaaa, dass ihr verknallt seid, wissen wir schon lange, aber irgendwas muss doch passiert sein. Moni ist schon ganz aufgeregt, weil sie so scharf darauf ist zu erfahren, wie es weitergeht.»

«Na, dann bin ich aber froh, dass ich mit dir hier stehe und nicht mit Moni. Du bist eindeutig dezenter unterwegs.»

Jenny kichert. «Ob Jan das wohl genauso sieht?»

Stimmt, Jan befindet sich in Monis Klauen. Der Arme.

«Aber jetzt mal ehrlich, Jenny. Auch wenn ihr es nicht glaubt, bis vor zwei Tagen war es wirklich nichts, wir waren nur gute Freunde. Aber jetzt, na ja, irgendwie ist was passiert. Also, eigentlich nicht nur irgendwie, sondern weil du mich gestern auf der Treppe so angespitzt hast.»

Jenny lacht. «Sooo, ich bin also schuld. Bist du echt noch zu ihm gegangen? Mann, ihr seid so niedlich, wie zwei Teenies. Moni sagt immer, sie ist gespannt, wann ihr endlich schnallt, dass ihr von Anfang an geflirtet habt, ohne dass einer von euch beiden es bemerkt hätte. Und das fand sie immer so schnuckelig.»

Ich bin sprachlos. So haben die beiden uns gesehen?

«Und biste jetzt verknallt? Also richtig, mit Schmetterlingen und so?»

Ich werde rot wie die Sonne, kurz bevor sie im Meer versinkt, strahle debil vor mich hin und erspare mir jeden Kommentar.

Moni und Jan kommen mit den Bons, und wir besorgen Getränke für die Meute. Ich bleibe heute lieber bei Kinderpunsch, ich bin aufgedreht genug. Jan und ich versuchen, uns nicht ständig anzusehen, sonst könnten wir vermutlich gleich vorne eine Ansage übers Mikro machen. Achtung, Achtung, da läuft was!

Auftritt Wolfgang und Bianca. Stimmung schneit in die Bude. Endlich dürfen sie zeigen, was sie können. So bieder, wie die beiden mittelalten Provinzmusiker aussehen – es könnte schlimmer sein. Sie spielen ausschließlich solide Rock- und Popmusik, und nicht ein Helene-Fischer-Song schallt aus den Boxen. Wir wippen im Takt, halten uns an den Getränken fest und bewerten schamlos die diversen Tanzeinlagen der feierlustigen Dörfler.

Jenny streicht die Segel als Erste, ihre Kinder sind müde. Emily läuft nach wie vor alleine durchs Leben und macht keine Anstalten, mit den anderen Mädels in Kontakt zu treten, die mittlerweile ausgelassen über die Tanzfläche hopsen. Wir wünschen ihr eine Gute Nacht, stehen nur noch zu dritt am Rand der Tanzfläche und kalauern uns weiter von einem Lied zum nächsten.

«So», sagt Moni und baut sich plötzlich vor uns auf, «ich geh man jetzt auf die Tanzfläche und zeich denen hier oben, wat 'ne Harke is und wie man richtig tanzt. Und ihr» – sie deutet mit ihrem Zeigefinger zwischen Jan und mir stakkatomäßig hin und her –, «ihr geht jetzt mal 'n bissken an die frische Luft. Die Kinder hab ich im Blick, die treib ich inner Stunde nach Hause. Und ich will nix hören. Dat is 'n Befehl von Mutti.»

Sie genießt die dummen Gesichter, die wir augenscheinlich machen, und hopst auf die Tanzfläche wie ein junges Reh. Wir schauen uns an und prusten los.

«Meine Güte, ich könnte es nicht glauben, wenn es nicht wahr wäre, die Tante ist soo schräg», sagt Jan.

«Wenn es sie nicht gäbe, müsste man sie erfinden. Und», frage ich kichernd, «sollen wir das Angebot annehmen?»

«Wir wären blöd, wenn nicht.» Kurz schaut er nach den Kindern, die völlig mit sich selbst beschäftigt sind, nimmt meine Hand und zieht mich nach draußen.

Die Dunkelheit umfängt uns mit ihrer Anonymität, und wir schaffen es gerade zehn Meter weit, bevor er mich das erste Mal küsst. Dann noch mal und noch mal, bis wir beide völlig außer Atem sind.

«Was machen wir mit Monis Geschenk?», fragt er, und in der Dunkelheit leuchten mich seine Augen verheißungsvoll an.

«Eine Stunde ist nicht lang ...», sage ich und lasse den Rest des Satzes in der Luft schweben.

Seine Hände umfangen mein Gesicht, er zieht mich ganz nah an sich heran. Schaut mir fest in die Augen. «Aber lang genug, um ein paar schöne Sachen mit dir anzustellen.»

Er grinst mich verwegen an, dann eilen wir zum Kurhaus, getrennt, erhitzt und aufgeregt, und stehlen uns in sein Apartment, und dann tun wir eine Stunde lang Dinge, die sich in einem Mutter-Kind-Haus so gar nicht gehören.

Seifenblase

Die folgenden Tage gleiten an mir vorbei. Ich bin da und bin es doch nicht, mein Herz ist in eine Seifenblase gestiegen und schwebt in einer träumerischen Zwischenwelt. Ich denke nicht an gestern und nicht an morgen. Genieße den Tag, die Stunde, die Minute, als seien sie eine Essenz meines glücklichen Selbst. Jetzt ist jetzt, und alles andere ist egal.

Die Zeit fließt. Gleichförmig, aufregend, irreal. An der Oberfläche die Kurroutine, die Kurse, das Essen, die Kinder. Dazwischen: gestohlene Minuten voller Glücksgefühle. Wir halten uns an unsere Abmachung. Besprechen nichts, was desillusionieren würde. Kommt einer von uns ins Wanken, bringt der andere ihn mit einem Blick, einem Wort, einer Geste wieder zur Raison. Denn darüber nachdenken hieße, über die Zukunft nachzudenken. Eine Sperre in meinem Kopf verhindert das. Darüber nachdenken hieße, das volle Programm durch meinen Kopf laufen zu lassen, und das ist viel zu groß und ungeheuerlich, um es zu fassen, und deshalb denke ich diese Gedanken erst gar nicht. Ich vermute, Jan geht es ähnlich, und deshalb schweben wir in dieser irrationalen, zerbrechlichen und gleichsam schönen Seifenblase durch die Augenblicke.

Ich mag mit niemandem über das reden, was ist. Mit Jenny und Moni lässt es sich nicht vermeiden, aber sie sind hier, direkt neben meiner Seifenblase. Ich habe das Gefühl, würde ich mit Lynn reden über das, was passiert, würde alles profan wirken und der Zauber zerstört. Außerdem ist es mir ein bisschen peinlich, so vehement, wie ich zuvor alles abgestritten habe. Dabei ist es nur halb so verrückt, wie es sich anhört, wenn ich mit Jan zusammen bin. Und es scheint, als dürfe es gar nicht anders sein.

Was den Reiz zusätzlich erhöht, ist die Heimlichkeit, mit der wir uns die Augenblicke stehlen. Im Verborgenen geben wir unseren Gefühlen nach, immer die Möglichkeit im Blick, entdeckt zu werden. Die Minute im Fahrstuhl, der Spaziergang durch die Felder, die halbe Stunde im Apartment – wie zwei Teenies, die von ihren Eltern nicht entdeckt werden dürfen. Mal reicht eine kleine Umarmung, mal die Hand in meinem Rücken, die mich voller Verheißung in eine stille Ecke schiebt. Es prickelt vierundzwanzig Stunden am Tag, weil das nächste Mal ganz nah oder auch weit weg sein kann.

Und die rosarote Brille, die ich trage, ist dick und schwer, und ich trage sie voller Stolz und lasse keine dunklen Gedanken daran vorbei.

Nur dann und wann verlasse ich die Seifenblase, weil das Alltägliche Überhand gewinnt. Wenn Anni und Ella sich streiten oder Jenny und Moni mich aus meinem Liebeskoma erwecken. Oder wenn ich nicht verdrängen kann, dass die letzte Woche angebrochen ist und ein Ende und damit eine Entscheidung hinter diesen Dingen steht. Irgendwann muss sie getroffen werden, aber bitte nicht hier.

Und nicht jetzt.

Irgendwann an Tag zwei nach dem Biikebrennen sitze ich mit Moni in der Cafeteria und rühre abwesend in meinem Tee. Moni, die gute Seele, meint es gut mit uns, lässt uns die meiste Zeit in Ruhe, aber auch ihr ist klar: Irgendwann müssen die Dinge angesprochen werden.

«Verena?»

«Ja.»

«Der Tee hat schon 'nen Drehwurm, und eh der sich gleich auf den Tisch erbricht, sach mal, wie soll et eigentlich weitergehen nach der Kur mit euch?»

«Sollte es denn weitergehen?», frage ich, immer noch nicht ganz da.

«Die Frage solltet ihr euch langsam mal stellen, meinste nich?»

«Ach, Moni.»

«Ach, Moni», äfft sie mich liebevoll nach, «ganz ehrlich, Mädchen, ich weiß ja, wat der Jan gerne mag, aber wat willst du? Mit deiner ungeklärten Situation haste et nich leicht, dat weiß ich wohl, aber irgendwie musste dir dat doch vorstellen.»

«Ich will nicht, dass es aufhört», sage ich leise und traurig, «aber ich weiß auch nicht, wie das alles in meinen Alltag passen soll. Und dann ist da ja auch noch Rainer. Ich meine, ich habe ja die Mail geschrieben, aber was heißt das eigentlich genau? Ach, ich weiß es wirklich nicht.»

«Hat der sich denn mal gemeldet?»

Ich schüttle den Kopf.

«Und wenn der wieder antanzt?»

«Ach, Moni.»

«Darf ich dir denn mal sagen, wat ich an deiner Stelle tun tät?»

Ich nicke neugierig.

«Also, ich tät dem Jan sagen, dat du dat erst mal mit dem Rainer zu Ende klären musst. Und dann mal ein paar Wochen Pause machen. Zu Hause drüber nachdenken und gucken, wat de für Gefühle für den Jan hast, wenn de wieder in deinem Alltag bist. Und der Jan muss dat auch. Dat is hier ja alles nicht real, weißte. Und dann macht ihr 'nen Zeitpunkt aus, und dann guckt ihr mal, ob et vielleicht mehr is wie 'ne kleine Urlaubsliebelei.»

«Du meinst, ich soll ihn in die Warteschleife hängen, so wie Rainer das mit mir gemacht hat?»

«Nee, dat is schon wat anderes. Bedenkzeit, für euch beide. Der Jan muss sich ja auch wat klarmachen. Der trägt zwar nicht ganz so viel Ballast mit sich rum, aber dat muss ja nix heißen. Und weißte wat, ich kann mir auch schon denken, wie dat alles ausgeht, aber dat verrat ich dir nich, denn dat musste schon selbst rausfinden.»

«Moni, du bist eine weise Frau mit Hang zum Sadismus, weißt du das?»

«Ich bin nur ehrlich und mein et gut mit euch.» Und dann grinst sie ganz breit. «Aber eins musste mir versprechen. Ich will dat Ende von dieser Liebesschmonzette mitkriegen, sonst bin ich beleidigt.»

«Das ist nicht schwer. Der Rest ... ich werde drüber nachdenken, aber danke, ja?»

Sie legt ihre manikürte Pranke auf meine Hand. «Dat kriegste schon hin, Kind, und jetzt genieß noch man die paar Tage.»

«Und wie sage ich das Jan?»

«Der ist ja nich doof, Verena, der weiß dat alles schon längst. Dem ist auch klar, dat dat nich so weiterjehen kann.»

«Und wenn er gar nicht weitermachen will?»

Moni lacht dröhnend. «Verena, wat der will, dat weiß ich ganz genau. Den haste an der Angel, Schätzken.»

Ich seufze schwer, und gleichzeitig wird mir ganz warm. Sollte es möglich sein, dass Jan mehr will? Und wie würde ich das finden? Ich glaube, ich muss langsam aus meiner Seifenblase aussteigen.

Für den Abend haben Jan und ich uns am Strand verabredet. Der Himmel ist klar, die Sterne zeichnen ein wundersames Bild an den Himmel, und es ist nach wie vor windstill. Wir beide haben die Telefone aktiviert und sind in wenigen Minuten zurück im Kurhaus, falls etwas sein sollte.

Weil uns niemand sieht, wir ganz alleine sind, laufen wir in enger Umarmung den Strand entlang, halten dann und wann an, und ich schiebe meine kalten Hände unter Jans Jacke und seinen Pullover und wärme sie auf, bis er kläglich das Gesicht verzieht, weil meine Kälte in ihn hineinkriecht.

Wir unterhalten uns über dies und das, erzählen von uns, lernen uns besser kennen. Finden Gemeinsamkeiten und Unterschiede, reden ernst und entdecken dann wieder ein Thema, das uns zum Lachen bringt und den feinen oder flachen Humor herausschält, der uns am meisten Spaß macht, wenn wir zusammen sind.

Wir finden eine Bank, und trotz der Kälte setzen wir uns. Ich schlage meine Beine über seine, lehne mich an ihn, und wir betrachten den Sternenhimmel und das Meer. Ich denke an den ersten Kuss, daran, wie betrunken wir waren, und dass es vielleicht nur deshalb überhaupt so weit gekommen ist mit uns beiden.

«Ich will nicht, dass es aufhört», wimmere ich.

«Du bist die Herrscherin über Raum und Zeit», nuschelt er mir ins Ohr, «das sagen sogar deine Kinder.»

«Ach, Mensch, das ist ja das Schlimme, ich will das gar nicht sein.»

Er nimmt mich noch fester in den Arm, als er es ohnehin schon tut, und schweigt.

«Willst du, dass es aufhört?», frage ich.

«Ehrlich?»

«Ja.»

«Ich will auch nicht, dass es aufhört, ich fühle mich gerade ziemlich wohl, und mit wem soll ich meine Witze machen, wenn das hier vorbei ist?»

«Na ja, hier ist hier, und zu Hause haben wir beide ein anderes Leben. Es ist so, als wäre in mein Gehirn eine Schranke eingebaut, und ich kann deshalb nicht weiter als bis nächsten Mittwoch denken. Es ist einfach unmöglich.»

«Na ja», schmunzelt er, «immerhin versuchst du, weiter als bis nächsten Mittwoch zu denken, das ist doch auch schon mal was.»

«Kannst du weiter denken?»

Er küsst mich auf die Nasenspitze. «Das verrate ich dir nicht.»

«Warum nicht?»

Er sieht mich ziemlich ernst an. «Weil es von dir kommen muss. Deine Entscheidung. Ich muss meine treffen und du deine, und dann müssen wir schauen, ob es zusammenpasst.»

«So eine Scheiße», sage ich, und dann knutschen wir wieder ein bisschen, einfach, weil es schön ist ... und so endlich.

Als ich wieder in meinem Apartment bin und in meinem Bett liege, ist es das, was mich vor dem Einschlafen umtreibt.

Könnte ich mir mehr vorstellen?

Theoretisch?

Praktisch?

Und Jan?

Und wie gehen wir auseinander nächsten Mittwoch?

Ich habe keinen blassen Schimmer, und es macht mich traurig.

Endzeitstimmung

Weil das alte Leben langsam, aber sicher mit seinen Fingern nach uns greift, müssen wir es bis zu einem gewissen Grad an uns heranlassen. Heute ist so ein Zeitpunkt. Es ist Samstag, und wir sitzen an unserem kleinen Tisch und gehen die Aufgaben durch, die Ella und Anni von der Schule bekommen haben. Inventur, nenne ich das und will wissen, was sie geschafft haben und wo ich sie in den nächsten Tagen noch ärgern muss. Überall auf dem Tisch und auf dem Boden liegen Arbeitsblätter, Hefte und Bücher, und der Ton ist maulig. Keine von uns will wahrhaben, dass es bald wieder nach Hause geht.

Ella beschwert sich gerade inbrünstig über irgendein Arbeitsblatt, das sie so doof findet, dass sie es auf keinen Fall bearbeiten will, und die Stimmung droht gänzlich zu kippen. Eine kleine Pause ist nötig, deshalb schicke ich sie in die Cafeteria, um sich eine kleine Stärkung zu holen, damit es anschließend weniger hitzig weitergeht. Ich gehe derweil auf die Toilette und will anschließend kurz den obligatorischen Anruf bei meiner Mutter hinter mich bringen. Ich suche gerade ihre Nummer in meinem Handy, als das Telefon klingelt. Das hat es bisher noch nie getan. Kurz bin ich irritiert, dann hebe ich ab.

«Ja, hallo?»

«Guten Tag, Frau Teenkamp», meldet sich die nette Dame von der Rezeption, «entschuldigen Sie die Störung, aber ich wollte Ihnen nur kurz mitteilen, dass an der Rezeption Besuch für Sie wartet.»

«Ähm, ja, okay, ich komme sofort.»

Ich lege auf. Wer will mich besuchen? Auf die Schnelle bin ich ziemlich ratlos und gehe in Gedanken potenzielle Kandidaten durch. Irina? Möglich. Raoul? Nein, sicher nicht. Aber wer noch? Lynn, oder gar meine Mutter? Oje, das wäre ja was. Ich seufze. Die kann ich hier ja nun gar nicht gebrauchen. Aber eigentlich ist das nicht möglich, sie reist mir bestimmt nicht hinterher. Bleiben Irina oder Lynn. Über beide würde ich mich freuen. Aber würde Lynn den weiten Weg in Kauf nehmen, nur um mich zu besuchen? Um einen Blick auf meine Kurkumpane zu werfen, würde ich ihr das durchaus zutrauen, neugierig, wie sie ist. Ich beschließe, mich überraschen zu lassen, gehe kurz ins Bad und schlüpfe in meine Strickjacke. Anschließend hüpfe ich voller Erwartung die Treppe hinunter. Als ich um die Ecke zur Rezeption biege, ist niemand zu sehen, und auch im restlichen Eingangsbereich entdecke ich niemanden. Seltsam. Ich versuche es in der Cafeteria, aber auch dort Fehlanzeige. Also gehe ich zurück zur Rezeption und frage freundlich nach, wer mich nach unten bestellt hat.

Es heißt, mein Besuch sei mit den Kindern ins Spielhaus gegangen, was mich wieder wundert, denn nun scheidet Irina definitiv aus. Auf dem Weg dorthin freue ich mich also auf Lynn, denn sie ist die einzige Variante, die noch einen Sinn ergibt. So ein verrücktes Huhn. Fünfhundert Kilometer durch Deutschland zu düsen, nur um einen Blick auf mich und meine Bekanntschaften zu werfen, das sieht ihr ähnlich.

Grinsend überlege ich mir einen passenden Spruch, mit dem ich sie begrüßen will, und freue mich schon darauf, mit ihr zu quatschen und die letzten Tage zu analysieren. Gesprächsstoff würden wir auf jeden Fall genug haben, zumal sie ja das Wichtigste immer noch nicht weiß.

Mein Grinsen gefriert, und es läuft mir eiskalt den Rücken runter, als ich um die Ecke biege und meinen Besuch erkenne. Rainer! Ich keuche, und mir wird schlecht. Mein Herz scheint von jetzt auf gleich in der doppelten Frequenz zu schlagen.

Hass, Wut und Enttäuschung übermannen mich. Was nimmt dieses Arschloch sich eigentlich raus? Platzt ohne Ankündigung in mein Leben, dem ich gerade eine andere, noch nicht zu Ende gedachte Richtung geben will. Geht's noch?

Und trotzdem durchströmt mich eine tiefe Rührung, als ich sehe, wie die Kinder links und rechts an seinen Armen hängen; strahlend, aufgeregt und völlig überwältigt von seinem plötzlichen Erscheinen. Jaja, das Muttertier in mir. Durch nichts zu erschüttern.

Ich trete ein paar Schritte zurück und verberge mich hinter einer Betonsäule. Noch haben sie mich nicht gesehen, und das gibt mir die Zeit, mich zu sammeln und mir zu überlegen, wie ich ihm gegenübertreten will. Und Zeit, um ihn mir anzuschauen. Verändert sieht er aus. Braun gebrannt von der Sonne Jordaniens, die Haare länger als sonst. Das ist mir am Bildschirm gar nicht aufgefallen, vielleicht habe ich auch nicht darauf geachtet. Die Sachen, die er trägt, kenne ich nicht. Sportlich leger in einer hellen Leinenhose (völlig unpassend zu dieser Jahreszeit an der Ostsee) und einem gestreiften, langärmligen Poloshirt, an den Füßen moderne, neue Sneakers. Alles recht ungewöhnlich für Rainer, dem nie etwas daran gelegen hat, wie er herumläuft, und der normalerweise Sachen trägt, bis sie von selbst auseinanderfallen, wenn man ihn nicht zwingen würde, sich zweimal im Jahr wenigstens ein paar neue Teile zu kaufen. Ich kann mir kaum vorstellen, dass er alleine für sein Outfit verantwortlich ist, und vermute die ominöse, fremde Geschlechtspartnerin dahinter. Eine Frechheit, mir das so unter die Nase zu reiben. Was will er hier?

Ich beschließe, aus meinem Versteck zu kriechen. Ohne Strategie, die kommt bestimmt von alleine um die Ecke. Mit möglichst nichtssagendem Gesicht, meinen Wutkloß wegen der Kinder hinunterschluckend, gehe ich auf die drei zu. Sie entdecken mich erst, als ich schon fast vor ihnen stehe. Anni und Ella strahlen mich an, Rainer weicht meinem Blick aus.

«Hallo, Rainer, mit dir habe ich am allerwenigsten gerechnet.»

«Hallo, Verena.»

Er lächelt gezwungen und drückt mir einen flüchtigen, fischartigen Kuss auf die Wange. «Überraschung!»

«In der Tat. Die Kinder scheinen sich sehr zu freuen.»

Meine Stimme ist eisig. Eisiger als wegen der Kinder beabsichtigt. Das bringt Rainer augenblicklich aus dem Konzept, so er denn eines gehabt hat.

«Also, es ist so, ich habe einen Termin in Hamburg, heute Abend, also, ich musste mir den legen, um die Reise überhaupt buchen zu können. Ich habe also nur Zeit bis heute Nachmittag.»

Fragend hebe ich eine Augenbraue. Was soll der Scheiß?, soll das heißen.

«Verena, ich würde gerne mit dir reden, aber natürlich

auch Zeit mit den Kindern verbringen.» Um ihnen das zu beweisen, knuddelt er sie übertrieben herzlich. Sie quieken vor Vergnügen.

«Das ist so toll, dass Papa uns besuchen kommt, oder, Mama?» Anni blickt mich begeistert an.

Ich stimme ihr zähneknirschend zu. Was soll ich sonst tun?

«Hast du eine Idee, was wir machen können? Hier im Kurhaus darf ich ja nicht bleiben. Nur, weil ich dem Drachen an der Rezeption gesteckt habe, dass ich gerade frisch aus dem Nahen Osten komme, durfte ich überhaupt diese heiligen Hallen betreten.»

Ich schlucke meine Wut über die Abkanzelung des Kurhauses hinunter. So ist er eben. Immer auf seiner Seite. Nie ist berechtigt, was andere an Regeln aufstellen, solange sie ihm nicht schlüssig erscheinen. Ich beantworte seinen Sermon sachlich.

«Mittagessen gibt es um zwölf, da müssen wir hin. Lass uns jetzt reden, dann gehe ich mit den Kindern essen, und anschließend kannst du oder können wir mit Ella und Anni an den Strand gehen.»

Geschäftsmäßig wickle ich die Organisation dieses seltsamen Geschäftes ab, während es in meinem Inneren brodelt. Trotzdem brenne ich darauf zu erfahren, warum er so mir nichts dir nichts an die kalte Ostseeküste gereist ist. Rainer verabschiedet sich wortreich von den Kindern und erntet dennoch enttäuschte Gesichter.

«Papa, warum gehst du denn direkt wieder? Du bist doch gerade erst gekommen. Du kannst doch mit Mama auch hier reden und uns wenigstens dabei zusehen, wie wir klettern.» Anni zieht den süßesten Flunsch, der ihr möglich ist.

Ella sagt gar nichts.

Ich würde später herausfinden müssen, wie Rainers Besuch auf die beiden gewirkt hat. Denn obwohl sie sich sichtlich freuen, meine ich auch, Unsicherheit in ihren Blicken entdecken zu können. Vermutlich können sie Rainers Überfall ebenso wenig einordnen wie ich.

Ich schicke die Kinder aufs Zimmer, erlaube ihnen eine Runde Fernsehen, und wir machen uns auf den Weg zum Ausgang. Dort – ich habe den ersten Schock noch nicht verdaut – läuft uns, als wolle das Schicksal über mich lachen, Jan über den Weg. Er kommt freudestrahlend auf mich zu, sieht Rainer, zählt eins und eins zusammen, und sein Strahlen verschwindet binnen einer Millisekunde, um einem unergründlichen Gesichtsausdruck Platz zu machen. Ohne ein Wort rauscht er an uns vorbei. Wie gerne würde ich Rainer jetzt stehen lassen, ihm hinterherlaufen, aber der Eklat, der unweigerlich folgen würde, verbietet es mir. So wahre ich mein Gesicht und folge meinem rätselhaften Ehemann. Schweigend und wütend, weil er nun, egal, was er tut oder sagt, einfach alles durcheinanderbringt, was gerade im Begriff ist, sich zu sortieren.

Grisseligen Schneeregen klatscht mir der Wind ins Gesicht, als ich an Rainers Seite nach draußen trete. Der Wind jault, die See braust, und die kargen Bäume biegen sich bedenklich. Das ist ein passendes Wetter für einen Umstand wie diesen, befinde ich, denn so können wir uns am Strand wenigstens ungehört anschreien. Denn dass wir uns anschreien werden, ist sicher.

Schweigend überbrücken wir den Weg bis zum Strand und biegen an der Seebrücke links ab. Dass ich diesen Weg – meinen Weg – nun mit Rainer an meiner Seite gehen muss, passt

mir überhaupt nicht. Als Eindringling in meine sorgsam auf-
gebaute Parallelwelt zerstört er das Magische dieses Ortes und
besudelt ihn mit profaner Alltäglichkeit.

«Okay, wir können jetzt reden. Was willst du? Warum bist
du hier?», frage ich daher alles andere als freundlich.

«Verena, sei doch nicht so.» Fast flehentlich drückt er diesen Satz aus seiner Kehle, allerdings, ohne mir dabei in die
Augen zu sehen. Unsicherheit pur.

«Wie sollte ich deiner Meinung nach denn sein?», frage
ich spitz.

«Bitte, so machst du es mir schwerer, als es sowieso schon
ist. Hör mir einfach zu, okay?»

«Also gut, ich höre.» Beschwichtigend hebe ich die Hände.

Rainer seufzt tief. Diesmal schafft er es sogar, mir in die
Augen zu schauen, auch wenn er seine kaum offen halten
kann, weil er unentwegt die klatschenden Schneeflocken
wegblinzeln muss. «Verena, ich weiß, wie überraschend das
für dich sein muss. Vor allem, nachdem ich dir letzte Woche
das mit, na ja, du weißt schon, gesagt habe ...»

Er räuspert sich gleich mehrmals hintereinander. Mir liegt
der passende Spruch auf den Lippen, aber ich reiße mich
zusammen. Schließlich habe ich versprochen, ihn in Ruhe
ausreden zu lassen.

«Also, ich, also, mir, mir ist klargeworden, dass ich einen
Fehler gemacht habe. Nein, eigentlich nicht nur einen Fehler,
sondern ganz viele. Dir gegenüber, den Kindern gegenüber.
Verena, es war falsch, euch im Stich zu lassen. Und wenn du
bereit bist, mir eine Chance zu geben, werde ich diese Chance
nutzen und alles tun, damit wir wieder eine Familie werden.
Ich werde den Job so schnell wie möglich abwickeln und
komme zu euch zurück.»

«Hat sie dich abserviert, oder was?»

Er sieht mich irritiert an, und in diesem Augenblick weiß ich, das ist es nicht. Rainer kann einfach nicht lügen, und wenn die Tante ihn abserviert hätte, wüsste ich es jetzt. Dabei würde es so schön in mein Bild von ihm passen. Aber nein, so ist es eben nicht. Der reuige Ehemann hat tatsächlich erkannt, was er an seiner Familie hat, und will reumütig in den Schoß der Familie zurückkehren, wo er mit vorwurfsvollem Blick, aber dennoch mit offenen Armen empfangen wird.

So sollte es sein, oder? Aber so spielt das Leben leider nicht. Noch vor drei Wochen wäre es vielleicht genau so gekommen, egal, ob es sinnvoll gewesen wäre oder nicht. Heute aber nicht. Denn es ist verdammt viel passiert, und das macht eine spontane Reaktion, geschweige denn eine Entscheidung, schier unmöglich.

«Jetzt sag doch was», fleht er mich an.

Ich habe tatsächlich die Macht, ihn vor den Kopf zu stoßen. Binnen weniger Tage haben wir die Rollen getauscht. Ich bin nicht länger die gehörnte Ehefrau. Ich bin diejenige, die angebettelt wird. So schlecht ist das jetzt nicht!

«Das ist ganz schön harter Tobak, den du mir da vor die Füße spuckst. Glaubst du wirklich, ich falle dir jetzt in die Arme, und alles ist wieder gut?»

«Nein, natürlich nicht, oder vielleicht doch. Doch, vielleicht habe ich genau das gehofft. Wir können doch nicht einfach so aufgeben, was wir all die Jahre miteinander aufgebaut haben.»

Hallo? Geht's noch? ICH will eine jahrelange Beziehung aufgeben? Der hat sie doch nicht mehr alle. Bescheißt mich nach Strich und Faden und versucht dann mit zwei, drei

Sätzen, mir den Schwarzen Peter in die Schuhe zu schieben. Plötzlich kommt mir diese ganze Nummer so verlogen vor.

Ich kläffe ihn an. Endlich ist sie da, die Schreierei. «Findest du es etwa nicht total daneben, einfach hier aufzutauchen, nachdem du mich nach Strich und Faden beschissen und die Kinder im Stich gelassen hast, um dir in Jordanien ein schönes Leben zu machen? Und nachdem du feststellst, es ist alles nicht so toll, wie du es dir ausgemalt hast, reichen drei laue Sätze, und ich springe dir jubelnd in die Arme? Weißt du was, Rainer? Das ist so was von daneben. Und weißt du noch was? Ich gehe jetzt mit den Kindern essen, und dann kannst du mit ihnen an den Strand gehen. Ich für meinen Teil habe echt genug von dieser ganzen Scheiße.»

Barsch drehe ich mich um und laufe im Stechschritt den Weg zurück zum Kurhaus, wütend bis ins Mark.

Rainer rennt hinter mir hier, zerrt an meinem Arm. «Ich liebe dich, Verena, ich liebe dich. Ich habe es doch einfach nur vergessen. Der Alltag, das Alter. Es war einfach alles zu viel. Vielleicht wollte ich wirklich nur weglaufen. Aber ohne dich, ohne euch, ist doch alles sinnlos.» Er brüllt es in die Gischt, in den Wind, in den Schnee.

«Du liebst mich?», schreie ich ihn an. «Wenn du mich lieben würdest ...» Weiter rede ich nicht, denn Worte helfen nicht mehr gegen das Gefühl, das meinen Körper überflutet wie ein Tsunami eine kleine Südseeinsel. Ich hole aus und verpasse ihm eine schallende Ohrfeige. Überrascht und schockiert halten wir beide inne, sehen uns an – und die Zeit bleibt stehen.

Und dann fange ich an zu heulen, und Rainer nimmt mich in den Arm, und ich klammere mich an ihn, und er klammert sich an mich, und wir betrauern unsere Beziehung, die wir gerade vielleicht zerstören. Die Tränen laufen mir über die Wangen, als ich mich nach einer gefühlten Ewigkeit von ihm löse. Ihre reinigende Wirkung und vielleicht auch die Ohrfeige lassen mich wieder klarer sehen.

«Lass es gut sein für den Augenblick. Gib mir Zeit, ja?», sage ich matt und lasse ihn damit wieder ins Spiel. Was auch immer das bedeutet.

Schweigend bringt er mich zurück. Dann setzt er sich in die Cafeteria, während ich zum Mittagessen gehe, das bereits in vollem Gange ist.

Die Blicke, die mich dort empfangen, sind ... voller Mitleid.

«Ist dein Mann echt aus Jordanien gekommen?», raunt Jenny mir zu, als ich mich setze.

Ich nicke und werfe einen Blick hinüber zu Jan. Doch da ist nichts zu machen. Er sitzt tief über seinen Teller gebeugt und stochert lustlos in seinem Essen herum. So schweigsam wie an diesem Tag ist noch kein Essen während unseres gesamten Kuraufenthaltes verlaufen. Kunststück. Alle Erwachsenen am Tisch wissen schließlich, was zwischen Jan und mir läuft und dass Rainers Auftauchen darüber entscheidet, wie es weitergeht. Meine Güte, was soll ich jetzt tun? Ich bringe keinen einzigen Bissen hinunter. Stattdessen lege ich mein Besteck auf den Teller, entschuldige mich damit, dass ich dringend zur Toilette muss, und flüchte aus dem Speisesaal. Tränen drücken sich durch meine zugeschnürte Kehle, und ich weiß, wenn ich nicht schnell mache, werde ich bereits im Treppenhaus hemmungslos anfangen zu schluchzen. Also renne ich die Treppen hinauf in der Hoffnung, dass die Anstrengung die Tränen bis zum Apartment zurückhält. Mit zittrigen Händen schließe ich die Tür auf und werfe mich hemmungslos schluchzend auf mein Bett. Kein Elend der Welt könnte mich gerade mehr treffen.

Als ich mein Kopfkissen mit gefühlt einem Liter Tränenflüssigkeit gefüllt habe, klopft es an der Tür. Notdürftig wische ich mir den Rotz vom Gesicht und tapere zur Tür.

«Wer ist da?», frage ich mit knatschiger Stimme.

«Jenny», sagt Jenny, und ich öffne die Tür einen Spaltbreit.

«Ach, Süße», sagt sie, «was machst du denn jetzt?»

«Ich weiß es nicht», schluchze ich, und mein Gesicht macht sich bereit für die nächste Tränenorgie.

«Was machen Ella und Anni?», frage ich, erfüllt von dem schlechten Gewissen, meine Kinder einfach sitzengelassen zu haben.

«Mach dir um die keine Sorgen, die sind ganz fröhlich. Moni nimmt sie gleich mit ins Spielhaus, dann kannst du in Ruhe runterkommen. Kann ich dir irgendwie helfen?»

«Komm rein», sage ich. «Das ist so eine verdammte Scheiße. Ich meine, ich war gerade echt auf Wolke sieben, habe den ganzen Mist mit Rainer hinter mir gelassen und die Geschichte mit Jan einfach nur genossen. Ich will mir noch keine Gedanken machen, was das überhaupt ist. Und dann steht plötzlich mein Mann vor der Tür und macht alles so ernst. Ich will aber gerade nicht ernst sein, sondern leicht. Alles war so leicht in den letzten Tagen, und nun ist alles im Eimer.»

Jenny hat aus dem Bad eine Rolle Klopapier besorgt und hält mir eine Papierkugel unter die Nase. Dankbar nehme ich das Knäuel und schniefe geräuschvoll hinein. So viel Rotz und Tränen müssen kraftvoll entsorgt werden.

«Warum ist er denn so plötzlich aufgetaucht?»

«Er will zu uns zurück. Er kommt einfach so vorbei und will sein altes Leben zurück.»

«Oh wei», sagt Jenny, «und was hast du gesagt?» Sie wickelt das nächste Knäuel Klopapier ab.

«Irgendwie weiß ich das gar nicht so richtig. Zuerst habe ich ihn auflaufen lassen, dann hab ich ihn angeschrien, dann eine gescheuert, und dann haben wir uns in den Armen gelegen», fasse ich unseren Strandgang zusammen.

Jenny nickt wissend. «War mir klar, dass du ihn irgendwo noch liebst. Dass du dir das nicht eingestanden hast, war doch reiner Selbstschutz. Aber ehrlich, verdient hat er das nicht. So, wie er euch behandelt hat. Und Jan auch nicht, der ist viel zu gut, um jetzt von einem Arschloch einfach wieder ausgebootet zu werden. Das hat der echt nicht verdient.»

So, wie sie dasitzt und versucht, mein Elend in eine Form zu gießen, kommt sie mir auf eine seltsam simple Art weise vor. Wie nennt man das doch gleich? Ach ja, emotionale Intelligenz.

Jennys Anwesenheit und ihre einfühlsamen Worte beruhigen mich und helfen mir, meine Gefühle zumindest grob zu sortieren.

«Das ist es ja. Als Jan meinen Mann gesehen hat, da war plötzlich die ganze Leichtigkeit weg. Ein Blick hat gereicht, und ich wusste, ich habe ein echtes Problem.»

«Nämlich zwei Männer.» Jenny grinst, und in meine letzten Tränen hinein fange ich verzweifelt an zu lachen.

«Genau. Zwei Männer. Ach, Jenny, was soll ich denn nur tun?»

«Wenn du mich fragst ...»

«Ja?»

«Ich glaube ja, Jan hat sich richtig in dich verliebt. Also nicht nur so verknallt, sondern richtig verliebt. Du würdest dem Armen sein Herz brechen, wenn du ihn jetzt absägst.»

«Na toll, das beruhigt mich sehr.»

Jan in mich verliebt? Ist das so? Habe ich das eigentlich gewusst oder geahnt? Ich gestehe mir ein, dass ich es gewusst habe. Der Mantel der Unverbindlichkeit war eine Möglichkeit, nicht über die Kur hinausdenken zu müssen. Und bin ich in Jan verknallt? Ja, das bin ich. Und zwar bis über beide Ohren. Die letzten Tage waren ein einziger Teenietraum. Aber bin ich ihn verliebt? Mir wird schwindelig bei dem Gedanken, dass ich die Antwort darauf längst kenne.

Und Rainer? Liebe ich ihn noch? Auch das. Zwei Männer. Das ist der Status quo und augenscheinlich meine Hausaufgabe für die nächsten Tage. Allerdings ist es mir ein Rätsel, wie ich aus der Nummer wieder rauskommen soll.

«Also, was soll ich denn nur tun?», stelle ich die alles entscheidende Frage ein zweites Mal.

«Schick deinen Mann nach Hause und lass ihn schmoren, wie er dich hat schmoren lassen. Und dann bringst du die Sache mit Jan in Ordnung und findest heraus, ob er dir auch nach der Kur guttun würde. Also, falls er noch will. Er sah beim Essen echt kreuzunglücklich aus und hat Lilli so sitzenlassen wie du deine Kinder. Ist einfach rausgestürmt.» Jenny grinst. «Passt gar nicht zu euch, dass ihr euch einfach so verpisst, euch muss es echt erwischt haben.»

Plötzlich ist mir glasklar, was ich tun werde. Ich springe vom Sofa auf und schmeiße mich in Jennys Arme, um sie mit meinem Dank zu erdrücken.

«Du hast recht, recht, recht. Genauso mache ich es. Ein Schritt nach dem anderen. Keine Ahnung, wie die Sache ausgeht, aber alles andere hat keinen Sinn. Rainer nach Hause schicken, das schaffe ich. Aber ich habe echt keine Ahnung, wie ich Jan noch unter die Augen treten soll.»

«Auch dafür wirst du eine Lösung finden.»

«Oje», seufze ich, «da kann ich mich auf was gefasst machen. Also pass auf. Sagst du Rainer, er soll mit den Kindern an den Strand gehen? Und sag ihm einfach, ich komme nach. Ich müsste vorher noch was erledigen.»

«Gerne», antwortet Jenny und macht sich auf den Weg.

Ich schließe die Tür hinter ihr und setze mich an den kleinen Tisch am Fenster, frage die Ostsee um Rat und schreibe das erste Mal seit vielen Jahren einen richtigen Brief.

Lieber Rainer,

ich sitze hier oben am Fenster und sehe dich und die Kinder den Strand entlanglaufen. Meine Familie. Es bricht mir das Herz, euch so zu sehen und gleichzeitig zu wissen, was hinter uns liegt, und nicht zu wissen, was uns noch bevorsteht.

Es ist so viel passiert in den letzten Monaten, ich denke, keiner von uns beiden wollte, dass es je so weit kommt. Wir waren doch ein Team. Warum nur sind wir es nicht mehr? Vielleicht wäre es einfacher, dir das alles persönlich zu sagen, aber ich glaube, dies ist der bessere Weg. Ich habe mich ein wenig beruhigt, sacken lassen, was du mir eben gesagt hast, und glaube, dass ich dir jetzt eine ehrliche Auskunft geben kann. Nur eine Auskunft, keine Lösung unseres Problems, und schon gar kein Versprechen. Trotz allem ist mir nämlich eines klargeworden: Du warst von Anfang an und jederzeit ehrlich zu mir. Und egal, was sonst passiert ist, das rechne ich dir sehr hoch an. Und deshalb hast Du es verdient, dass ich ebenso ehrlich zu dir bin.

Ich habe mich verliebt.

Ich habe das nicht geplant, es ist einfach passiert. Zu Anfang dachte ich, es ist die Verzweiflung und vielleicht auch der Trotz, der das passieren ließ, eine kleine Liebelei, mehr nicht. Aber so ist es nicht. Es geht viel tiefer, und es tut mir gut. Du brauchst nicht zu wissen, wer es ist oder ob es auf Gegenseitigkeit beruht. Wichtig ist, dass ich trotzdem nicht aufgehört habe, auch dich zu lieben, trotz der Enttäuschungen und der Probleme, die wir haben. Ich habe mir in den letzten Tagen und Wochen eingeredet, nichts mehr für dich zu empfinden, aber so ist es nicht. Das ist mein großes Dilemma, und das muss ich ganz alleine und für mich lösen. Ich bitte dich deshalb inständig darum, mir Zeit zu geben. Ich erwarte nicht, dass du auf mich wartest. In der Warteschleife, in der ich mich gefangen sah, möchte ich dich nicht sehen. Und wenn ich mich für unsere Familie entscheide und du nicht darauf warten willst, so ist es mein Problem und meine Schuld. Aber lass mir die Zeit, dränge mich nicht.

Ich werde die Kur abschließen und über das nachdenken, was ich will. Unabhängig von dir und von dem anderen Mann. Bitte akzeptiere das. Und, Rainer — es tut mir unendlich leid, dass es zwischen uns so weit kommen musste.

Ich werde mich bei dir melden, so schnell es mir möglich ist, und dann reden wir in Ruhe wie zwei erwachsene Menschen. Uns und den Kindern zuliebe.

Danke.

Deine Verena

Ich weine schon wieder, als ich den Brief zusammenfalte. Ein Wunder, dass das Papier überhaupt trocken genug blieb, um das Ganze zu Ende zu bringen. Mein Elend in ein paar Sätzen.

Dann ziehe ich mich an und gehe an den Strand zu meiner Familie. Um den Kindern für ein paar Augenblicke Normalität zu schenken. Natürlich versucht Rainer, mit mir zu reden, doch ich überzeuge ihn davon, dass es hier und heute keine Lösung geben kann und wir jetzt nur für die Kinder da sind. In einem unbeobachteten Augenblick gebe ich ihm den Brief mit der Bitte, ihn erst zu lesen, wenn er weg ist. Natürlich ist er misstrauisch, trotzdem schafft er es, sich zusammenzureißen, und wir verbringen den Nachmittag auf eine gute Art und Weise. Als er sich von den Kindern verabschiedet, fließen Tränen, und er verspricht ihnen, bald wieder nach Hause zu kommen.

«Egal, wie das Ende aussieht», raunt er mir zu, und das macht mich für die Kinder glücklich. Wie erwachsene Menschen nehmen wir uns in den Arm, ehe er sich mit meinem Brief in der Tasche verabschiedet und uns wieder unserer Kur überlässt.

Die Kinder schlafen bereits, als ich all meinen Mut zusammennehme und zu Jan hinuntergehe. Ich habe Angst. Vor dem, was er mir sagt, und vor dem, was ich ihm sagen möchte. Ich habe keinen Plan für dieses Gespräch, aber ich weiß, alles hängt davon ab.

Ganz leise klopfe ich an die Tür. Vielleicht hört er es ja nicht, dann kann ich in mein Apartment zurückkehren und ein anderes Mal wiederkommen. Als ob das helfen würde, schelte ich mich. Es verschiebt das Ganze doch nur.

Aber er hört mich, vielleicht hat er darauf gewartet. Er öffnet die Tür und sieht nicht glücklich aus.

«Hallo, Jan. Können wir reden?» Ich kann ihm nur schwer in die Augen schauen.

«Wie du meinst», sagt er, und ich habe das Gefühl, ich bringe ihn zu seiner eigenen Hinrichtung. Er geht vor, setzt sich wie ein kleiner Junge, dem gleich die Strafe durch den gestrengen Vater droht, auf einen Stuhl, und ich nehme auf dem Sofa ihm gegenüber Platz. Sicherheitsabstand.

«Dein Mann will dich wieder zurück», stellt er fest.

Ich nicke, schaue ihn traurig an und versuche, die Worte zu sammeln, die mir durch den Kopf schwirren. «Ich wusste nicht, dass er kommt.»

«Ich weiß.»

«Wir waren fast zwanzig Jahre zusammen, ich kann das nicht einfach wegwischen.»

«Ich weiß.»

«Was denkst du denn darüber.»

«Was soll ich darüber denken? Das ist doch egal. Ich bin doch nur ...»

«Hör auf», sage ich fast giftig, «das passt gar nicht zu dir, so resigniert zu sein.»

Er zuckt ratlos mit den Schultern.

«Jan, ich dachte, so etwas gibt es gar nicht wirklich. Nichts von dem, was zwischen uns passiert ist, war unehrlich. Aber als Rainer heute vor mir stand ... Es ist ja nicht so, dass ich ihn nie geliebt hätte. Und zwischen uns, du hast selbst gesagt, wir genießen das Hier und Jetzt, machen uns keine Gedanken, was danach kommt, es ist kein Alltag. Wir kennen uns doch nur hier ...»

Ich mache eine Pause, weil ich merke, dass meine Worte ins Nichts führen, und Jan sitzt so geknickt auf seinem Stuhl, dieser gute, nette, witzige, liebenswerte Kerl. Und meine Gedanken fahren Karussell, und dann denke ich nicht mehr, sondern handle einfach, weil ich ihn so traurig nicht sehen will.

Ich stehe auf, fixiere ihn und zwinge ihn, mich anzusehen.

«Das geht überhaupt nicht, wie du da rumsitzt.»

Jetzt schaut er mich einigermaßen verständnislos an.

«Wie soll ich denn weiterreden, während du so dasitzt, als säßest du auf der Anklagebank. Das bist doch nicht du, so, wie ich dich kennengelernt habe. Ich will nicht, dass du da wegen mir so rumsitzt.»

«Dann tut es mir leid, wenn ich falsch herumsitze», sagt Jan leicht dümmlich und beäugt mich dabei kritisch.

«Nein, es soll dir auch nicht leidtun. Ach, Mann, Jan, ich will das alles nicht, ich will am liebsten alles wegmachen, einfach weitermachen. Aber das geht ja nicht, und weißt du auch, warum? Weißt du, was Rainer mir heute klargemacht hat?»

«Du hast es doch schon gesagt.»

«Nein, habe ich nicht, nicht alles. Er hat mir klargemacht, dass ich mich in dich verliebt habe, und zwar ganz schön hemmungslos. Ich denke seit Tagen an nichts anderes mehr als an dich, und ja, ich liebe Rainer auch noch irgendwie, und das bringt mich in eine verdammt große Zwickmühle. Da muss ich selbst rauskommen, das ist mir klar. Aber an meinen Gefühlen für dich hat es nichts geändert, und das habe ich Rainer im Übrigen auch genau so mitgeteilt. Und jetzt teile ich es dir mit.»

«Du bist in mich verliebt und hast das deinem Rainer gesagt?» Ein leichtes Grinsen erobert meinen Jan zurück. Steht ihm sowieso viel besser, finde ich.

Und dann nimmt er endlich seine vor der Brust verschränkten Arme auseinander und zieht mich auf seinen Schoß, und der Schalk kehrt ein klein wenig in seine Augen zurück, dieser Schalk, in dem ich den ganzen Tag versinken könnte.

«Ja, bin ich, du Dummkopf, und egal, wie die ganze Sache ausgeht, und ganz egal, wie DU dich entscheidest und wie du mit dieser kaputten Frau umgehst, die gerade auf dir sitzt. Ich will, dass du das weißt.»

Jan schüttelt die ganze Zeit den Kopf. «Ich bin doch selbst schuld, wenn ich auf so eine verkorkste Frau hereinfalle, hat mich ja niemand gezwungen. Und falls es dich interessiert. Ich bin auch in dich verliebt.»

Wir lehnen uns mit der Stirn aneinander. Was soll man dazu noch sagen?

«Scheiße», sage ich, und dann knutschen wir einfach, als würde uns das alles nichts angehen und weil so ein Verliebes-geständnis ja auch irgendwie besiegelt werden muss.

Na ja, bis die Tür von Lillis Zimmer aufgeht und ein klei-ner Nachtgeist im Raum steht.

Ich halte entsetzt die Luft an. Weil ich immer noch auf Jans Schoß sitze, können wir uns jetzt ganz schlecht rausreden.

«Ähm», räuspere ich mich, und Jan versucht, etwas zu sagen, aber die verwuschelte Lilli ist an Coolness nicht zu überbieten.

«Ach, hallo, Verena, na ja, der Papa ist ja in dich verliebt, das weiß ich doch eh schon. Ich hab Durst, Papa, kann ich ein Glas Wasser haben?»

«Ähm, ja klar, hol dir eins.»

«Soll ich gehen?», flüstere ich Jan zu.

«Du bleibst schön hier», flüstert er zurück, und wir be-trachten gemeinsam, wie Lilli völlig schmerzfrei durch den Raum tapert und ein großes Glas Wasser auf ex trinkt.

«Gute Nacht, Verena, gute Nacht, Papa.» Und weg ist sie wieder.

«Was war DAS denn?» Ich halte mir die Hand vor den

Mund und weiß nicht, ob ich lachen oder schockiert sein soll.

«Töchter!», sagt Jan und zuckt mit den Achseln. «Mach dir keine Sorgen, Lilli kann schweigen, ich regel das morgen schon. Und, Verena?»

«Ja?»

«Können wir uns bitte woanders hinsetzen, ich will jetzt nicht sagen, dass du zu schwer bist, aber mein Hintern ist schon eingeschlafen.»

Ich lache, und dann setzen wir uns nebeneinander auf das Sofa, kuscheln und reden. Darüber, dass wir nicht ändern können, was mit uns passiert ist, und dass wir die Realität namens Rainer nicht einfach ausblenden können. Darüber, dass es an mir hängt.

«Das ist aber ganz schön doof, dass ich nun die Böse bin», maule ich gespielt. «Und mit deinem ewigen Verständnis machst du es mir auch nicht leichter.»

«Da musst du wohl durch.» Er schmunzelt und küsst mich mal wieder, der Sack.

«Mann, wie soll ich dich denn je wieder aus meinem Kopf rauskriegen?»

«Von mir aus gar nicht. Aber sag mir, wie soll ich DICH aus meinem Kopf kriegen, wenn du mich nach der Kur einfach vergisst?»

«Doofmann», erwidere ich und halte mir mit beiden Händen die Ohren zu. Und dann bin ich schließlich eine Frau, und die will wissen, wann es eigentlich bei ihm angefangen hat, wann er gemerkt hat, dass ich mehr bin als ein Kumpel ohne Bart.

«Das ist doch sonnenklar. Es war dein Po! Als der in der Dusche so lustig vor meinen Augen gewackelt hat, und von dem ich diesem Augenblick dachte, dass es ein sehr schöner Po ist.»

Ich boxe seinen Oberarm und küsse ihn ganz schnell, denn ein wenig schäme ich mich nachträglich, als ich an die Sache mit der Dusche denke. Gleichzeitig danke ich meinem Po, der das alles hier wohl ins Rollen gebracht hat ...

Kein Stück weiter bin ich also, als ich wieder in mein Apartment schleiche. Tolle Wurst.

Abschiedstränen

Die Zeit ist reif.

Zwei Tage bevor unser Kurgang die Segel streicht, ist die Aufbruchsstimmung, die das Haus ergreift, an allen Ecken und Enden zu spüren. Ameisenhafte Betriebsamkeit allüberall. Fenster werden geputzt, Abschlussberichte geschrieben, Zettel liegen nun täglich in unseren Postfächern, auf denen sich Anweisungen zu den Dingen befinden, die noch getan oder bedacht werden müssen. Das Haus ist bereit, uns wieder auszuspucken und in die echte Welt hinauszuschicken.

In diesen Tagen kommen die Dinge, die ich ein letztes Mal tue. Klein fängt es an. Ein letztes Mal zum Pilates, ein letztes Mal zur Wassergymnastik, ein letztes Mal die Kinder in den fünften Stock zur Schule schicken. Wenn ich durch das Treppenhaus laufe, sind es die Geräusche der Schritte, an die ich mich so gewöhnt habe, das Quietschen der Etagentür, das Geräusch des Aufzugs. Die Gespräche, die aus den Ritzen schlüpfen, das Kinderlachen, das Weinen und Schimpfen. Es ist ein Gefühl von Zuhause, das ich hier erleben durfte. In zwei Tagen gehört das alles der Vergangenheit an.

Die letzten Male aber weiten sich bedrohlich aus, sie erfassen die Dinge, die mir lieb geworden sind, und hinterlassen anschließend eine Leere, die wieder gefüllt werden muss. Es kommt die Zeit der Tränen.

Das erste Mal, als es weh tut, ist meine letzte Massage. Ich gebe zu, ich habe meine beiden Kurretter in den letzten Tagen sträflich vernachlässigt. Zwar bin ich regelmäßig zur Massage gegangen, und wir haben uns immer nett unterhalten, aber sowohl Raoul als auch Irina haben keine Ahnung, was noch passiert ist nach diesem Abend im Dorfkrug. Ich habe nicht direkt ein schlechtes Gewissen, gleichwohl fühle ich mich ihnen gegenüber verpflichtet. Oft war ich kurz davor, Irina die Geschichte zu erzählen, aber es ist das Gleiche wie bei Lynn. Das Gefühl, würde ich die Geschichte mit zu vielen Menschen teilen, würde sie das genau zu dem zusammenschrumpfen lassen: zu einer Geschichte. Meine beiden Vertrauten waren und bleiben Moni und Jenny. Wenn mir das zu Anfang jemand gesagt hätte, ich hätte mich gekringelt vor Lachen.

Der letzte Termin also. Ich bin bei Irina. Wir lassen es uns nicht nehmen, die Raoul-Geschichte Revue passieren zu lassen, wir lachen und scherzen, und doch ist das Thema Raoul weit weg, so als wäre es gar nicht passiert. Trotzdem. Raoul hat mich in gewisser Weise vor mir selbst und meinem Missmut gerettet und mich als sexuelles Wesen wiedererschaffen. Dafür kann ich ihm nicht dankbar genug sein. Die Verabschiedung nach der Massage ist herzlich. Raoul kommt extra aus seinem Termin, und wir nehmen uns fest in den Arm, beklagen den Umstand, aufgrund der Entfernung keine Freunde werden zu können, und tauschen trotzdem unsere Nummern aus. Ein kleines Tränchen streiche ich aus meinen Augenwinkeln, als ich das letzte Mal die Stufen des Kurmittelzentrums hinuntergehe.

Ich gehe das letzte Mal zu Frau Dr. Sprenglein.

Ja, die Kur habe mir gutgetan, das würde man sehen. Ich

hätte rosige Wangen und ein Glänzen in den Augen, welches zu Beginn nicht da gewesen wäre. Was ich aus dieser Kur mitnehmen würde?, fragt sie mich.

«Dass die Menschen mehr zu geben haben, als es auf den ersten Blick scheint», antworte ich.

Sie findet, dass das eine sehr schöne Antwort ist.

Der profane Gang auf die Waage, der offensichtliche Beweis, dass ich hier gewesen bin, zeigt Erfreuliches. Ich habe das erste Mal seit meinen Schwangerschaften wieder mein altes Gewicht. Schön, aber bestimmt nicht der Erfolg des Kurhauses. Denn Frustessen musste ich hier wirklich nicht. Aber das sage ich ihr lieber nicht.

Auf dem Weg nach unten treffe ich Jenny, die ebenfalls ihr Abschlussgespräch hatte. Ich frage sie, wie es mit Emily weitergeht.

«Es ist was dran an Annis Vermutung», sagt sie glücklich, «das sehen sie hier genauso, und mit der richtigen Hilfe wird der Alltag zu Hause besser laufen. Ich habe Adressen von Psychologen und von einer Schule in unserer Nähe bekommen, die auf Kinder spezialisiert ist, die mehr Herausforderung brauchen.»

«Das freut mich so sehr für euch», sage ich und nehme sie fest in den Arm.

Fast finde ich es ein bisschen schade, dass meine eigene Geschichte mir den Blick auf die Geschichten der anderen versperrt hat. Ich glaube, ich hätte meine Kurfreundinnen viel besser kennenlernen können, wenn mein Blick offener gewesen wäre.

«Meinst du, wir schaffen es, auch nach der Kur befreundet zu bleiben?», frage ich Jenny erwartungsvoll.

«Auf jeden!», sagt sie und strahlt mich dabei an.

Bin ich am Ende eigentlich ein besserer Mensch geworden? Das frage ich mich auf dem Weg in mein Apartment. Ich hatte so viele Vorurteile, als ich herkam, und musste einige von ihnen über den Haufen werfen. Also vielleicht ein bisschen? Zumindest habe ich gelernt, hinter die Fassade zu schauen und nicht immer nur mein Weltbild auf die Dinge und die Menschen zu projizieren. Aber eben nur ein bisschen, denn ich bin immer noch ich. Nach wie vor finde ich, es gibt viele Frauen, mit denen ich nichts anfangen kann. So hat Frau Professor für mich weiterhin einen viel zu großen Stock im Hintern, und auch Leopardenfrau würde weiterhin nichts als Verwunderung in mir hervorrufen. Aber auch solche Menschen haben eine Geschichte, einen Rucksack an Sorgen und Verpflichtungen, den sie tragen müssen, und eine Vergangenheit. Und nur, weil jemand ein einfacheres Leben führt oder gemachte Nägel hat, scheidet er nicht gleich als Seelenverwandter aus. Das ist etwas, was ich mitnehmen will: die Option, hinter die Fassade zu schauen und Überraschendes zu erleben.

Im Apartment packe ich unsere Sachen. Die Umzugskartons werden früher losgeschickt. Ich lasse nur das beiseite, was wir dringend brauchen und deshalb im Handgepäck mit nach Hause nehmen. Als ich die Badesachen dazupacke, schmunzle ich. Dass ausgerechnet sie mir das wichtigste Utensil in dieser Kur sein würden, war wirklich nicht absehbar. Wie sehr werde ich das Schwimmen vermissen. Den Geruch, das Gefühl, die Geräusche. Die Gespräche. Damit untrennbar verbunden: Jan. Schnell packe ich die Badesachen zurück in den Schrank, damit ich diesen Gedanken nicht weiterdenken muss.

Ich packe Bilder ein, die die Kinder gemalt haben, Gebasteltes, Muscheln, die wir gesammelt haben, das einzige Buch, das ich geschafft habe zu lesen. Jedes Stück eine Erinnerung. Denn das werden sie am Ende sein: Erinnerungen. Nicht mehr die Realität. Ein bitterer Gedanke.

Als die Kartons voll sind, klebe ich sie sorgfältig zu, staple sie aufeinander, und unser Apartment sieht nicht mehr aus wie unser Apartment. Es macht sich bereit, neue Gäste und neue Geschichten aufzunehmen.

Ich hänge die Zettel an der Pinnwand ab, die Regeln, die Bitten, die Essenspläne. Meinen Kurplan. Unsere Kurziele. Ich schmunzle, als ich sie mir ein letztes Mal durchlese. Auch das ist nun eine Erinnerung.

Als alles getan ist, suche ich meine Kinder, und wir spazieren ins Dorf. Dort haben wir noch etwas Wichtiges vor. Wir müssen beim Bernsteinsammler abholen, was er für uns geschaffen hat. Wir sind ganz aufgeregt, was das wohl sein wird.

«Ah, da sind die Damen ja.»

So nett werden wir von dem alten Herrn begrüßt, als wir in die kleine Werkstatt treten. Die Kinder strahlen in freudiger Erwartung um die Wette.

«Was hast du für uns gemacht?», fragt Anni und hibbelt auf der Stelle herum.

«Na, das möchtest du wohl gerne wissen», sagt er schmunzelnd.

«Jajaja!», ruft sie.

«Hast du denn eine spezielle Vorstellung?»

«Ich weiß nicht, aber auf jeden Fall was ganz Schönes.»

«Na, dann will ich doch mal schauen, ob es deinen Ansprüchen genügt, was ich für euch gemacht habe.» Er zieht eine kleine, hölzerne Schublade auf und legt zwei feine Silberketten auf die Theke, an denen je ein kleiner Anhänger in Form eines Schmetterlings hängt. Wunderschön filigran gearbeitet und genau das Richtige für meine beiden Mädels.

«Oh, sind diiiiie schön», sagt Ella und streicht immer und immer wieder über das glatte, warme Material. «Und das haben Sie wirklich aus dem Bernstein gemacht, den meine Mama gefunden hat?»

«Aber sicher», entgegnet er, «es war wirklich ein sehr schöner Stein, da hat deine Mama Glück gehabt. Es war fast ein bisschen schade, drei Schmuckstücke daraus zu machen.»

«Und was hast du für meine Mama gemacht?» Anni hat sich schon der nächsten Überraschung zugewandt.

Der alte Mann lächelt und greift erneut in die Schublade. Zum Vorschein kommt ebenfalls eine Kette. Der Anhänger ist gestaltet wie ein kleiner Zweig. Silberne, kleine Äste, an deren Ende kleine, mandelförmige Bernsteinblätter eingefasst sind. Nur ein Blatt tanzt aus der Reihe, denn es hat die Form eines Herzens. Es ist wunderschön geworden, und das sage ich ihm auch.

«Das mit dem Herzen konnte ich mir nicht verkneifen, wo ich doch gemerkt habe, dass Sie Ihr Herz an den Bernstein verloren haben», verrät er mir verschmitzt.

«Ich habe mein Herz nicht nur an den Bernstein verloren», sage ich, ohne nachzudenken. Zum Glück scheint es außer mir niemand gehört zu haben. Dann nehme ich die Kette und lege sie mir um den Hals. Sie ist ganz leicht und wiegt doch schwer, weil so viel mit ihr verbunden ist. Sie wird mich an alles hier erinnern.

«Es freut mich, dass es Ihnen gefällt, und denken Sie daran, Sie werden wiederkommen an die Ostsee und mehr Steine finden, das weiß ich aus Erfahrung», sagt der Bernsteinsammler, und ich glaube ihm sofort. Wir bedanken uns ein zweites und ein drittes Mal, bezahlen und gehen glücklich aus dem Laden, verlassen das Dorf, gehen zurück zum Kurhaus. Und auch das ist also ein letztes Mal.

Schon an diesem Montagabend gehen wir zum letzten Mal ins Schwimmbad, denn danach wird es für den nächsten Kurgang vorbereitet. Auch das ist schlimm.

Jan und ich haben uns den ganzen Tag nur im Vorbeigehen gesehen, immer ein bedeutsames Lächeln auf den Lippen, und ich habe mir vorgenommen, mir heute Abend durch nichts, aber auch durch gar nichts, die Laune vermiesen zu lassen. Als wir aus der Umkleidekabine treten, braucht es nur einen Blick, und ich weiß, es geht ihm genauso.

Dann schleicht er sich von hinten an die Mädels heran, die einträchtig am Beckenrand stehen und sich darüber beraten, wie der heutige Abend gestaltet werden soll. Denn heute ist er da: der große Tag der Nudelaufführung. Fast drei Wochen haben sie geprobt, immer und immer wieder, und nun sind sie ganz aufgeregt, endlich zeigen zu können, was sie einstudiert haben. Dass sie dabei nur zwei Zuschauer haben, stört sie nicht im Geringsten.

Jan steht mittlerweile genau hinter ihnen, und ohne Vorwarnung nimmt er sich eine nach der anderen und schmeißt sie beherzt ins Wasser. Der Protest ist ohrenbetäubend. Wie kann er es auch wagen, die drei bei dieser wichtigen Sitzung zu stören? So vehement verteidigen sie ihre Position, dass ich vor Lachen fast zusammenbreche. Was sie nur noch wütender macht, und plötzlich bin ich diejenige, die alles abbekommt.

«Boah, Mama, das ist so unfair. Wir werden bei unserer Arbeit gestört, und du lachst uns aus.»

Anni ist aus dem Wasser geklettert, und ein kleiner, sehr entrüsteter Zwerg baut sich vor mir auf. Die anderen sind ebenfalls im Anmarsch. Plötzlich kommt Jan von hinten, umfasst mich und ruft den Mädels zu: «Soll ich sie für euch bestrafen?»

«Jaaaaa!», ertönt es aus drei Kinderkehlen, und unter großem Protest nimmt Jan mich auf den Arm und schmeißt mich im hohen Bogen ins Becken.

So was kann ich überhaupt nicht leiden! Kaum bin ich wieder über Wasser, versuche ich meinerseits, Jan ins Wasser zu zerren, was mir nur halbwegs gelingt. Wir fallen nämlich beide gemeinsam hinein. Das Gekreische erreicht seinen Höhepunkt, als die Mädels dazuspringen, und jeder, der am Schwimmbad vorbeikommt, muss denken, hier tobt eine ganze Schulklasse. Die Ausgelassenheit ist großartig. Wir balgen uns alle miteinander, bis wir irgendwann aus der Puste sind, die Kinder endlich ihre Aufführung weiter vorbereiten und ich atemlos vor Jan im Wasser stehe und wir uns anstrahlen wie zwei Atomkraftwerke.

«Meine Güte, ihr macht mich echt fertig», keucht er und streicht sich die nassen Haare aus der Stirn.

Ich sage nichts, schaue ihn heftig atmend an, und ich schwöre, wenn die Kinder jetzt nicht hier wären, ich würde über ihn herfallen, egal, wer uns sähe oder hörte.

«Ich weiß genau, was du jetzt denkst», sagt Jan, und trotz allem, was wir nun schon miteinander erlebt haben, werde ich rot wie eine Tomate.

«Macht nix», sagt er, schaut sich kurz nach den Kindern um, umfasst mich unter Wasser von hinten und drückt mich an sich.

«Na, an deiner Stelle würde ich jetzt aber im Wasser bleiben», bemerke ich neckisch.

«Mach nur weiter so, dann zerre ich dich in die Dusche», droht er mir, und weil die Kinder gerade komplett mit sich selbst beschäftigt sind, springe ich ihm auf den Arm und küsse ihn kurz und fest.

«Darf ich nachher zu dir kommen?», frage ich.

«Ich wäre sehr enttäuscht, wenn du es nicht tätest.»

Die Nudelaufführung ist großartig. Die Mädchen singen, tanzen und vollführen fragwürdige Kunststücke. Wir beide applaudieren, als wären wir zwanzig Leute, bis uns die Handflächen brennen. Anschließend beenden wir den Abend.

«Mama, ich finde das richtig doof», sagt Anni, als sie sich in der Umkleidekabine in ihren rosa Schlafanzug friemelt. «Was machen wir denn jetzt zu Hause nach dem Abendessen?

«Na, das Übliche: Sachen packen, spielen. Euch wird bestimmt schnell wieder was einfallen. Freut ihr euch denn auf zu Hause?»

«Nein», ertönt es zweistimmig.

«Nicht ein kleines bisschen?»

«Na gut», beruhigt mich Ella, «vielleicht ein bisschen, auf Eddi und unsere Freunde und unser Spielzeug. Aber nicht auf die Schule.»

«Nee, auf die Schule bestimmt nicht. Die ist hier viel cooler», bestätigt Anni.

«Das kann ich mir vorstellen», sage ich schmunzelnd. «Zwei Stunden sind definitiv besser als sechs.»

«Außerdem bin ich traurig, weil wir Lilli dann nicht mehr sehen», sagt Anni und wird plötzlich ganz wehmütig. «Mama, meinst du, wir können Lilli wiedersehen?»

«Schaun wir mal», antworte ich ausweichend, «aber ihr könnt euch vielleicht schreiben.»

«So weit wohnt sie doch gar nicht weg», insistiert Ella, «da können wir sie doch besuchen, und du magst den Jan doch auch. Also!»

Das ist jetzt eher ein Befehl als eine Aussage.

«Ach, Kinder, jetzt lasst uns doch erst einmal in Ruhe zu Hause ankommen.» Es gibt Fragen, die ich gerade großräumig umschiffen muss ...

Wir verlassen das Schwimmbad und schließen die Tür hinter uns. Ein letztes Mal. Ich verschwende keinen weiteren Gedanken daran und freue mich lieber auf den Rest des Abends.

Der letzte ganze Tag bricht an. Das vorletzte Frühstück, das letzte Mittagessen, das letzte Abendessen. Wir alle am Tisch sind uns einig: Diesen Abend verbringen wir gemeinsam. Das Kurhaus hat eine Überraschung vorbereitet. Wenn die Kinder schlafen, gibt es für die Mütter und Väter ein Abschiedsbuffet, dazu Wein, Bier und Bowle.

Den Tag verbringen wir mit Verabschiedungen. Wir verabschieden den Strand und das Spielhaus. Den Bastelraum und das kleine Lädchen an der Strandpromenade. Die Cafeteria mit einem Stück Kuchen und unserem Lieblingspuzzle. Lilli und Jan stoßen zu uns, und wir puzzeln gemeinsam. Wieder nerven die Kinder damit, wie es mit ihnen weitergeht nach der Kur, und wir drucksen hilflos herum.

Noch ist nichts geklärt. Gar nichts.

Die Kinder können nicht einschlafen.

«Ist doch klar, dass wir nicht schlafen können», meint Ella, «wir waren schließlich nicht schwimmen und sind nicht ausgelastet. Außerdem fahren wir nach Hause und sind deshalb aufgeregt.»

«Ihr habt ja recht», antworte ich, «aber ich muss wirklich gleich runter. Was machen wir denn jetzt?»

«Fernsehen?», fragt Anni.

Ich seufze. «Na gut, aber nur eine Sendung. Und dann geht ihr schlafen oder lest noch, aber kein Fernsehen mehr. Das mit dem Fernsehen wird sich zu Hause definitiv wieder ändern!»

«Danke, Mama.» Anni strahlt, und ich darf gehen.

Sie sind alle drei schon versammelt. Sitzen nicht an unserem gewohnten Tisch, sondern haben einen kleinen, gemütlichen mit Bank in der Cafeteria erobert. Wir sind ein richtiges Quartett geworden, denke ich. Es ist so schade, dass es vorbei sein soll.

«Komm, setz dich, Schätzken, Weinken steht schon bereit», zitiert Moni mich auf den Platz auf der Bank neben Jan.

Fast verlegen begrüßen wir uns.

«Das Buffet sieht total lecker aus», sagt Jenny.

«Habt ihr schon gegessen?», frage ich, und als sie verneinen, stürmen wir zu viert das Angebot. Wirklich lecker. Wir schmatzen und trinken und lassen die Kur Revue passieren. Moni erzählt noch einmal die Geschichte, wie wir im Bus «so wat Ähnliches wie Freundschaft geschlossen haben».

«Ich war wirklich eine arrogante Zicke», gebe ich zu, «und es tut mir immer noch leid.»

«Wie sach ich immer so gerne, Schätzken, unterm Anzuch

sind wa alle nackt. Da braucht man eben 'n bissken Lebens-
erfahrung für, um dat rauszufinden. Und mich muss man ja
auch erst mal verarbeiten», sagt Moni verständnisvoll, «und
bist ja auch mit ganz anderen Problemen hier angekommen,
da hab ich dafür doch Verständnis.»

«Na ja, meine Probleme haben sich leider nicht unbedingt
verkleinert», seufze ich.

Ein Blick wandert zwischen vier Augenpaaren hin und her,
und dann seufzen wir im Quartett.

«So, jetzt aber man hoch die Tassen, heute Abend wird
kein Trübsal geblasen, jeder erzählt einen Schwank aus seinem Leben, und der muss lustig sein. Und bei wem nich gelacht wird, der trinkt 'nen Schnaps aus Monis Geheimtasche,
jawoll.»

Wie immer gehorchen wir, heben die Gläser und machen
es uns ein letztes Mal gemütlich.

Jan und ich rücken im Laufe des Abends fast unmerklich
Stück für Stück näher, der Alkohol lässt uns übermütig werden. Irgendwann nimmt er unter dem Tisch meine Hand,
ich presse meinen Oberschenkel an seinen. Uns ist es egal,
wer zusieht oder wer auch nicht zusieht, oder wer was denken könnte. Ich lehne mich an ihn, genieße die Wärme und
denke, dass ich mich daran gewöhnen könnte. Mit Jan und
Freunden in der Öffentlichkeit an einem Tisch zu sitzen. So
selbstverständlich, wie es bisher nicht möglich ist. Jan scheint
das zu merken, er sieht mich verwundert an, zögert und legt
dann doch den Arm um mich.

«Guck mal, Jenny», sagt Moni, «jetzt sehen wa unser süßes Pärchen endlich mal in Aktion. Sind se nich entzückend
zusammen?»

Jenny, die schon ein Gläschen zu viel intus hat, giggelt los, und Jan und ich werden gemeinschaftlich rot und rücken wieder auseinander.

«Kommt, Kinners, is doch der letzte Tach, die Leute seht ihr alle nich wieder. Genießt einfach den Abend.»

Und dann wirft sie Jan einen ganz seltsamen Blick zu, den ich so gar nicht einordnen kann, den ich aber auch gleich wieder vergesse, weil ich mich wieder an ihn kuscheln darf.

Aber leider ist auch dieser letzte Abend irgendwann zu Ende, viele Mütter sind bereits gegangen, und wir sitzen fast alleine in dem leeren Raum. Moni gähnt effektvoll wie ein Löwe, nachdem er eine komplette Gazelle vertilgt hat, und nimmt den letzten Schluck aus ihrem Glas.

«Ich muss jetzt in die Poofe, sonst schlafe ich morgen auf der Autobahn ein. Komm, Jennylein, wir lassen unser Pärchen jetzt mal alleine. Außerdem seh'n wir uns ja zum Frühstück, dann können wir uns immer noch anständig in die Taschen heulen.»

Ehe Jenny weiß, wie ihr geschieht, hat Moni sie an der Hand genommen und zieht sie aus der Cafeteria. Doch bevor sie geht, klopft sie Jan noch aufmunternd auf die Schulter.

Als sie weg sind, sehen wir uns an.

«Das war aber jetzt ganz schön abrupt», bemerke ich.

Jan sieht mich mit einem seltsamen Blick an. «Komm, wir gehen noch ein bisschen raus», sagt er leise, und plötzlich ist da ein ganz dicker Kloß in meinem Magen. Obwohl ich genau weiß, dass dieser Zeitpunkt kommen muss, überwältigt er mich mit seiner schieren Unglaublichkeit. Es ist der LETZTE Abend. Ich muss eine Entscheidung treffen. JETZT.

Wie soll es weitergehen? Soll es weitergehen? Es muss weitergehen!

Es überrascht mich nicht wirklich, dass ich so fühle. Wie die Zwiebel, die nach und nach den Blick auf ihr Inneres freigibt, hat sich in meinem Inneren Stück für Stück eine Erkenntnis zusammengesetzt, die nur eine Richtung zulässt. Nur wie genau es weitergehen soll, hat mir meine Gefühlszwiebel nicht verraten. Alles Nachdenken bleibt an einem Punkt stecken – der Unmöglichkeit, das alles in die reale Welt zu übersetzen, mir ein Leben mit Jan wirklich vorzustellen. Ist das ein schlechtes Zeichen, oder ist es normal? Es ist zumindest ein kleiner Stachel, der da in meinem Körper sitzt. Meine Güte, ich habe nach wie vor keinen blassen Schimmer, was ich Jan mit auf den Weg geben soll. Es darf nicht aufhören, das weiß ich. Ob das Gefühl des Augenblicks über meine Zukunft entscheiden darf?

Mut, denke ich, den brauche ich jetzt.

Wir lassen das Kurhaus hinter uns und laufen schweigend durch die dunkle Nacht. Die geschlossene Wolkendecke schließt Mond und Sterne aus. Ich bin auf der Suche nach Worten und frage mich, wie Worte nur so abwesend sein können. Wo sind die richtigen Worte, wenn man sie am nötigsten braucht?

Vielleicht kommen sie ja von selbst, denke ich, und dass ich einfach anfangen sollte. Ich bleibe stehen, tapse unruhig mit den Füßen umher, streiche mehrfach über meine Lippen und suche Jans Augen in dem wenigen Licht, das eine Laterne aus der Ferne spendet.

«Jan, ich …»

«Nicht», sagt er leise, legt seinen Zeigefinger an meine Lippen, nimmt meine Hände, streicht mit seinem Daumen darüber und sieht mich an. Tja, wie sieht er mich eigentlich an?

«Verena», sagt er vorsichtig, «ich muss dir was sagen. Egal, was du gerade sagen wolltest, lass es. Bitte. Ich möchte nicht, dass du hinterher etwas bereust.»

Der Boden unter mir wird weich, wahrscheinlich sind es eher meine Knie. Es schwirrt um mich herum. Das Alles und das Nichts. Alle Zukunft liegt in diesem Augenblick.

«Verena, es ist …» Er macht eine kurze Pause, schluckt und fährt mit gepresster Stimme fort, so als müsse er die Worte zwingen, aus seiner Kehle zu klettern: «Wenn ich nicht wäre, du würdest zu deinem Mann zurückkehren. Das weiß ich, und das weißt du.»

Oh nein, was wird das denn jetzt? Hilfe, will ich schreien, das kann doch gar nicht sein, so war das nicht geplant! Ich versuche, etwas zu sagen, will das Ganze im Keim ersticken, aber ich habe keine Chance.

«Es tut mir leid, aber ich zerstöre keine Familie. Ich kann das nicht, und ich will das auch nicht», fährt er fort, holt tief Luft und erschlägt mich mit wenigen Worten. «Das waren gerade zwei Wochen hier mit uns. Es war schön, aber wir sollten dem nicht allzu viel Bedeutung beimessen, es größer machen, als es ist. Du kehrst in dein Leben zurück und ich in meines. Es tut mir leid, wenn du vielleicht mehr erwartet hast, aber glaub mir, wenn du wieder zu Hause bist, wirst du es genauso sehen wie ich. Ich werde morgen sehr früh abreisen, damit du mich nicht mehr sehen musst. Glaub mir, es ist besser so.»

Er legt seine Hand kurz an meine Wange, sein Blick ist beherrscht, er zögert. «Mach's gut, Verena.»

Und ehe ich etwas erwidern kann, ehe ich die Chance habe

zu reagieren, irgendwie, dreht er sich um und geht, und ich schrumple zusammen auf die Größe eines Kirschkerns. Ich sehe, wie er geht, gebückt, die Hände tief in seinen Hosentaschen vergraben, aber entschlossen. Und das Letzte, was ich von ihm sehe, ist seine Rückseite, als er Richtung Kurhaus geht, und er hinterlässt nichts als seinen Geruch und seine Wärme, für einen winzigen Augenblick, ehe das alles und viel mehr zerplatzt wie eine Seifenblase. Unsere Seifenblase.

Eine gefühlte Ewigkeit stehe ich da und denke an nichts, einfach an nichts. So als weigere mein Kopf sich zu verarbeiten, was gerade geschehen ist. Ich verstehe es nicht. Das alles passt doch gar nicht zusammen. Warum tut er das? Warum? Warum gibt er uns nicht wenigstens eine Chance? Dass Tränen fließen, merke ich erst, als sie schon auf meine Hände tropfen. Wie in Trance kehre ich zurück ins Kurhaus, habe immer noch nicht richtig verstanden, was da eben passiert ist.

Und da steht Moni. Sie sieht mich und zieht mich mit sich, in ihr Apartment. Noch ehe die Tür ins Schloss gefallen ist, fange ich richtig an zu heulen.

«Moni ...»

Ich brauche nichts weiter zu sagen, denn ich erkenne es an ihrem Blick. Diesem Blick voller Mitleid und voller Schuld. Und in dem Augenblick weiß ich, dass sie es weiß. Und vorher wusste. Dass Jan mich heute in die Wüste schickt.

«Du wusstest es?»

Sie nickt, und es ist einer der wenigen Augenblicke, wo selbst sie keine Worte hat.

«Warum? Warum wusstest du es? Warum hat er das getan?»

«Ach, Kindken, mit irgendjemand muss der arme Kerl doch auch reden, und et hat mir fast dat Herz gebrochen, als ich euch heute Abend gesehen habe und wusste, es sind die letzten Augenblicke.» Sie schaut beschämt zu Boden. «Verenken, et tut mir so leid, für euch beide, aber et is besser so. Weisste, dat hättest de nie so aufgedröselt, dat dat 'ne Zukunft gehabt hätte. Und ihr habt doch hier 'ne schöne Zeit gehabt, da musste auch mal dran denken.»

Ich höre fassungslos zu, während die Tränen mein Gesicht hinunterlaufen. Moni hat recht, so wie Jan recht hat, aber das ist alles so schrecklich vernünftig, und es schmerzt so sehr, am liebsten würde ich mich im dunkelsten Loch der Erde verkriechen. Es soll aufhören. Sofort.

«Aber warum gibt er uns nicht wenigstens eine Chance, vielleicht hätten wir eine Chance gehabt.»

Ich wimmere vor mich hin wie ein kleines Mädchen. Moni nimmt mich in den Arm, drückt mich an ihre Brust.

«Ach, Verenken, ein Vielleicht reicht für so einen Mann wie den Jan nich. Dat hat der nich verdient. Der verschenkt sein Herz nur ganz. Lass ihn los. Du hättest ihn unglücklich gemacht. Jetzt kann er noch raus. Und 'ne Familie zu zerstören, dat bringt der nich.»

Ich weine und weine und weine, und ich möchte nie wieder aufhören.

Aber irgendwann reiße ich mich doch zusammen, denn ich muss zurück in mein Apartment, mich in den Schlaf weinen, aufwachen, mein Gepäck zusammensuchen und meine Kinder nach Hause bringen. Und am besten dabei lächeln, als wäre das alles nicht passiert. So, wie es das Muttertier in mir verlangt.

Wir sitzen im Bus, der uns zum Bahnhof bringt. Es ist die Ironie des Ganzen, dass wir das Meer verlassen, wie wir es begrüßt haben. Der Schnee ist komplett weggetaut, hinterlassen hat er eine matschige graue Landschaft. Kein Fitzelchen Sonne schafft es durch die dicke Wolkendecke, die ganz tief hängt. Ich werfe einen letzten Blick auf das Parkplatzmeer, das mich unfreundlich empfangen hat und ebenso unfreundlich entlässt. Was für ein Menschenschinder ist doch dieses Meer. Hätte es sich diesen ganzen Scheiß nicht sparen können? Warum nur muss ich drei Wochen zur Kur fahren, wenn ich hinterher unglücklicher bin als zuvor? Das Leben kann nur ein männlicher Schweinehund sein!

Langzeitwirkung

Viele Wochen später

Ich habe es mir auf der Couch gemütlich gemacht, die Glieder ausgestreckt und unter einer Wolldecke drapiert. Neben mir steht ein Glas Wein. Ich finde, das habe ich mir heute verdient.

Zunächst war ich den ganzen Tag arbeiten, habe dann Anni bei einer Freundin abgeholt und anschließend mit Ella Vokabeln gelernt. Dann war ich noch einkaufen, habe das Abendessen gemacht und anschließend alles wieder weggeräumt, die Spülmaschine ausgeräumt und eingeräumt, die Brote für den nächsten Tag vorbereitet und noch eine Ladung Wäsche angestellt. Natürlich musste dafür die vorige Ladung aufgehängt werden und dafür wiederum der Wäscheständer leergeräumt, die Wäsche gefaltet und in die Schränke gelegt werden, aber das macht man ja in einem Rutsch. Den Kater habe ich gefüttert und ihm dann die halbe Maus abgejagt, die er von draußen mitgebracht hat. Danach die Kinder ins Bett gebracht, eine Bluse gebügelt, eine wichtige E-Mail ans Finanzamt geschrieben, ein paar Überweisungen getätigt. Und nun sitze ich ganz entspannt auf dem Sofa und nippe an meinem Wein. Hm, lecker. Es ist zwar noch nicht Freitag, aber morgen, und deshalb gönne ich mir das einfach mal.

Was mache ich nun mit dem Rest des Tages? Vielleicht einen Film schauen oder doch lieber lesen? Oder vielleicht einfach nur schlafen, weil ich ja doch irgendwie ganz, ganz schrecklich müde bin?

Wie war das eigentlich damals in der Kur, wo ich nichts anderes zu tun hatte, als mich um mich selbst zu kümmern?

Knapp drei Monate ist sie nun her, und es erscheint mir wie eine kleine Ewigkeit. Der Alltag, oder das, was zu dem Zeitpunkt der Alltag für mich war, hatte mich schneller wieder im Griff, als mir lieb war. Ich lasse Revue passieren, was nach meiner Rückkehr passierte. Das Ganze lief in mehreren Phasen ab.

Phase 1: Ein Loch namens Liebeskummer
So groß und tief, ich kam mir so schrecklich verloren vor, egal, wo ich war oder was ich tat. Ich war darüber schockiert, wie mich dieses Gefühl mitgerissen hat, wie es in meinem Inneren alles eingerissen hat, was mich ausmacht. Es war so verdammt schwer, da wieder rauszuklettern, dass ich mich zwangsläufig fragte, wie so etwas eigentlich passieren konnte – nach nur drei Wochen. Was war das zwischen Jan und mir, was mir den Abschied so unglaublich schwermachte? Es war so viel mehr, als es nach außen den Anschein hatte. Und dann durfte ich nur heimlich trauern, die Kinder sollten eine normale Mutter haben, und da konnte ich mich schlecht für zwei Wochen in einem Zimmer einschließen und heulen, bis die Tränen aus waren ... Nein, das ging nicht, und das machte es nicht einfacher.

Phase 2: Der Realität ins Auge blicken

Einsehen (oder auch einreden), dass die Entscheidung, die Jan für uns getroffen hatte, richtig war. Er gab mir die Möglichkeit, die positiven Seiten meiner Ehe hervorzukramen. Vorsichtig und mit schlechtem Gewissen. Denn: Hätte ich mit Rainer Kontakt aufgenommen, wenn Jan uns eine Chance gegeben hätte? Ich weiß es nicht, aber natürlich tat ich es dann doch, vor allem wegen der Kinder.

Wir haben viel geredet, Rainer und ich. Stundenlang. Vernünftig, sachlich. Haben uns endlich wieder auf derselben Ebene getroffen. Wir wollten es noch einmal versuchen. Nicht nur wegen der Kinder, sondern auch und vor allem wegen uns. Binnen drei Wochen hatte Rainer seinen Job abgewickelt, und wir waren wieder eine Familie.

Phase 3: Ein Hoch namens Rainer

Wir fanden andere Töne, neue Ansätze, mehr Verständnis füreinander. Es waren schöne Wochen, in denen es so aussah, als hätten wir es geschafft.

Phase 4: Die Phase der Ernüchterung

Das Aufplatzen alter Wunden, das Hervorkramen alter Vorwürfe, die Rückkehr der Teenkamp'schen Streitkultur. Keine schöne Zeit.

Phase 5: Die Erkenntnis

Es wäre schön gewesen, wenn es geklappt hätte. Aber wir konnten es nicht aufrechterhalten. Unsere Leben passten nicht mehr zueinander. Das merkten wir beide, doch eines merkte nur ich. Dass ich an Jan dachte. Immer und mit schlechtem Gewissen.

Phase 6: Endgültige Trennung

Das war hart. Nie mehr im Leben möchte ich so ein Gespräch führen müssen. Zwei erwachsene Menschen sitzen voreinander und erkennen, es ist vorbei. Sie jagen einer Erinnerung nach. Sie mögen sich, aber als Paar reicht es nicht mehr. So gerne wir das für die Kinder vielleicht gehabt hätten. Nachdem wir uns über eine endgültige Trennung einig waren, haben wir uns an eine Psychologin gewandt, haben mit ihr besprochen, wie wir weiter vorgehen, wie wir die Kinder einbinden und wie unsere Zukunft aussehen soll. Denn eines ist klar, wenn man sich als Familie trennt: Man bleibt durch die Kinder miteinander verbunden und wird den anderen nie wirklich los. Und wir wollten uns auch gar nicht loswerden, denn auf einer freundschaftlichen Ebene mögen wir uns immer noch. Nur reicht es eben nicht mehr für die Liebe oder das Zusammenleben.

Phase 7: Ein Damentrio

Wir drei wohnen weiterhin in unserem Haus. Die Kinder haben es besser aufgenommen, als ich vermutet hätte. Rainer wohnt ein paar Straßen weiter in einer kleinen Wohnung. Ella und Anni dürfen ihn besuchen, wenn ihnen danach ist, und manchmal fahre ich übers Wochenende zu meiner Mutter und überlasse ihm Haus und Kinder. Damit der Papa weiterhin zu ihrer Normalität gehört. Und die findet eben nicht in einer kleinen Zwei-Zimmer-Wohnung statt.

Bisher klappt alles ganz gut, mit all seinen Vor- und Nachteilen, aber wie könnte eine Trennung auch keine Nachteile haben?

Und so sitze ich nun auf meinem Sofa und lebe seit ein paar Wochen das Leben einer Alleinerziehenden mit all seinen Begleiterscheinungen. Wie gesagt, das Glas Wein habe ich mir verdient.

Natürlich denke ich immer noch an Jan. Täglich. Und natürlich frage ich mich immer wieder, was wohl aus uns geworden wäre, wenn er nicht Schluss gemacht und ich mich für ihn entschieden hätte, so wie ich es vorhatte an jenem letzten Abend. Und natürlich frage ich mich, ob ich mich bei ihm melden soll. Aber es fühlt sich falsch an. So als würde ich bei ihm anklopfen, nur weil es mit Rainer nicht geklappt hat.

Außerdem ist die Kur so lange her, und unsere Affäre hat nicht einmal zwei Wochen gedauert. Wie vermessen wäre es da zu glauben, es bestehe noch eine Möglichkeit für mich? Oder ob ich nicht einem Traum nachjage, einer Illusion? Als ich Lynn nach meiner Rückkehr die ganze Geschichte erzählte und gleich dazu meinen ganzen Liebeskummer über ihr auskippte, kam sie aus dem Staunen nicht mehr raus, aber sie findet bis heute, ich könne froh sein, dass «der Typ» mich abgeschossen hat.

«So eine Affäre im Urlaub, ehrlich, Verena, das hält der Realität doch nicht stand.»

Vielleicht hat sie recht, aber ich konnte ihr bis heute nicht vermitteln, dass es alles war, nur keine Affäre. Das lasse ich mir auch nicht nehmen. Es war etwas Besonderes zwischen ihm und mir. Zur falschen Zeit am falschen Ort. Das Scheitern unserer Ehe hat mit Jan nichts zu tun. Das weiß ich, und das weiß auch Rainer.

Ich nehme noch einen Schluck und lächle dümmlich in mich hinein, als ich mir wieder einmal die Einzelheiten meiner Kureskapaden in den Kopf rufe. Ein lieb gewordenes Ritual, weil es schließlich das Aufregendste ist, was mir in den letzten zwanzig Jahren passiert ist.

Ich denke an den Besuch im Dorfkrug, unseren ersten Kuss, den Teeniesex im Snoopyschlafanzug und an das Biikebrennen. An unser Verliebesgeständnis mit einem schmerzhaften Lächeln auf den Lippen.

Es sind schöne Erinnerungen, aber sie tun auch immer weh.

Mit Moni und Jenny habe ich den Kontakt gehalten. Sie waren mir in den letzten Wochen näher als alle anderen. Denn nur sie kennen die ganze Geschichte. Wir telefonieren, haben eine WhatsApp-Gruppe gegründet und tauschen regelmäßig Neuigkeiten aus. Als ich mich von Rainer getrennt habe, konnten sie mich besser verstehen als alle anderen. Und Jennys einfache Weisheiten und Monis aufmunternde Sprüche waren so etwas wie gute Wünsche aus dem Universum. Sie haben mir geholfen, diese schwere Zeit einigermaßen unbeschadet zu überstehen.

Ich nehme noch ein Schlückchen und beschließe, das Grübeln sein zu lassen. Soll ich schlafen gehen oder doch noch einen Film schauen? Gesellschaft fände ich gerade nicht schlecht, die würde mich ablenken.

Einer inneren Eingebung folgend, schnappe ich mir mein Handy und schaue, ob Moni oder Jenny online sind. Sind sie. Beide. Besser als nichts, denke ich, und sende einen Gedanken in den Äther.

Ich: Noch jemand wach aus meinem Kuruniversum?
Jenny: Jepp, bin noch wach und allzeit bereit :-)
Moni: Bisse wieder am Grübeln, Kind?
Ich: Du bist doof, Moni.

Moni: Wat denn, deine komischen Schwingungen spür ich bis
   nach Schalke. Rück raus, ich hab Zeit, der Uli guckt dat Spiel.

Ich: Wann guckt der eigentlich kein Spiel?

Moni: Wenn er mit Moni kuschelt.

Jenny: Gröl.

Ich: Ich hätte euch jetzt gerne hier, dann hätten wir es schön.
   Weinchen, Bierchen gefällig?

Moni: Bierchen. Lass rüberjucken!

Jenny: Habt ihr auch Rum-Cola?

Moni: Jau, immer da, hier, dein Glas.

Jenny: Danke, schmeckt super! :-))))

Ich: Ihr habt echt 'nen Knall!

Moni: Dat ist ja mal wat ganz Neues.

Ich: Ist das eigentlich angeboren bei dir? Niemand glaubt mir,
   dass es dich wirklich gibt.

Moni: Na sicher, kannste nich kaufen. Vielleicht hättest de man
   dat mit dem Studieren sein lassen sollen, dann hättest de mehr
   echte Leute kennengelernt.

Ich: :-))))

Jenny: Ich will auch mitmachen. Menno.

Ich: Dann trink noch einen, dann bist du auf derselben Ebene!

Jenny: Klar, mach ich, ah, jetzt ist es schon besser.

Moni: Kinder, ich brauch euch mal wieder in echt. Sollen wir uns
   nicht mal treffen?

Jenny: Oh, da bin ich sofort dabei!

Ich: Ich bin in einer Stunde da!

Moni: Ernsthaft, Trauerzeit beendet, bereit fürs echte Leben?

Ich: Auf jeden ... ;-))

Ich grinse, nehme einen weiteren Schluck, stehe auf und gieße nach. Ein Treffen mit Moni und Jenny? Keine schlechte Idee. Auch wenn dann einer fehlt ...

Ich: Ich will mich gerne mit euch treffen, auch wenn dann einer fehlt.
Moni: Och nee, nicht wieder die Leier. Verenken, Leben ist jetzt.
Ich: Jajaja, hast ja recht.
Jenny: Waaaahannn, wohoooo?

So geht es noch eine Weile hin und her, und am Schluss haben wir tatsächlich eine Verabredung. Nächsten Samstag in der Essener Innenstadt. Die ist für uns alle gut zu erreichen, und die Kinder fahren mit Rainer übers Wochenende zu seinen Eltern. Eine schöne Aussicht, finde ich und gehe dann lieber schlafen, bevor ich noch das dritte Glas Wein leere.

Eine Woche später

Aufgeregt steige ich aus dem Zug am Essener Hauptbahnhof, schließlich habe ich Jenny und Moni seit der Kur nicht mehr gesehen. Wann bin ich eigentlich das letzte Mal ganz alleine Zug gefahren? Meine Güte, das ist so entspannend, fast so entspannend wie eine Massage bei Raoul ... Ich grinse still in mich hinein.

Die Essener Innenstadt grenzt direkt an den Hauptbahnhof. Gut, so kann ich laufen. Ich orientiere mich kurz auf dem Stadtplan am Bahnhofseingang und trödle entspannt und zielsicher zu dem Café, das wir als Treffpunkt anvisiert haben.

«Da gibt et lecker Frühstück», hat Moni uns versichert.

Es dauert nicht lange, bis ich es gefunden habe, und es sieht wirklich nett aus. Klein und kuschelig, und das Frühstück, das die anderen Gäste auf ihren Tellern haben, sieht lecker aus. Moni und Jenny sind noch nicht da, aber ich bin auch zu früh, deshalb suche ich mir einen gemütlich wirkenden Tisch im hinteren Bereich und setze mich auf die bequeme, mit braunem Samt bezogene Sitzbank. Die Kellnerin kommt, ich bestelle einen schwarzen Tee und hole mein Buch aus der Tasche. Zwanzig Minuten dauert es noch bis zu unserer Verabredung, und mein Buch ist gerade ganz besonders spannend.

«Entschuldigen Sie, ist hier noch ein Platz frei?»

Gedankenverloren nehme ich wahr, dass jemand mit mir gesprochen hat. «Nein, leider nicht, es kommt noch jemand», nuschle ich, fast genervt und ohne aufzublicken, weil mein Buch so spannend ist.

«Das ist aber sehr schade, ich hätte mich gerne mit einer schönen Frau unterhalten.»

Bitte? Völlig bewegungsunfähig schaue ich vorsichtig – so als könne gar nicht sein, was gerade passiert – hoch und blicke in unsicher wirkende graue Augen.

Die Zeit bleibt stehen, in der wir uns nur anschauen. Ich bin nicht in der Lage, mich zu bewegen, und meine Gedanken rotieren im Viereck. Sämtliche Szenarien, die das hier bedeuten könnte, vermischen sich zu etwas nicht Fassbarem.

«Vielleicht ist doch noch ein Platz frei», antworte ich schließlich, und Jan setzt sich mir gegenüber auf einen Stuhl.

«Das ist sehr freundlich von Ihnen», sagt er und reicht mir seine Hand über den Tisch.

«Ich bin Jan, Jan aus Düsseldorf.»

Wie hypnotisiert reiche ich ihm meine, und er drückt sie fest und warm und lässt sie nicht mehr los.

«Ich bin Verena. Verena aus der Nähe von Köln», antworte ich mit piepsiger Stimme. Mir ist speiübel.

«Hallo, Verena.»

Wir schauen uns an und schauen uns an und schauen uns an. Ich weiß nicht, was ER hier will, aber ich weiß in diesem Augenblick, was ICH will. Alles ist wieder da. Das Gefühl von Vertrautheit, die Wärme, der Schalk in seinen Augen. Unsicher zwar noch, aber da ist etwas drin, das mir das Selbstvertrauen gibt zu wissen, WARUM er hier ist.

Fragen kann ich aber ja trotzdem mal.

«Warum bist du hier?»

«Um dich zurückzuholen.»

Pause. Seine Augen lächeln, sein Mund noch nicht.

«Wenn du mich lässt.»

Scheiße, ist das romantisch, oder ist das romantisch? Mir steigt eine Träne ins Auge.

«Aber warum, warum bist du dann einfach gegangen?»

Jetzt grinst er doch. «Das war Monis Idee.»

«Monis Idee?», quieke ich.

«Ja, das erzähle ich dir später. Wenn ich darf. Darf ich? Ich weiß, das alles kommt sehr überraschend für dich, aber ich warte seit Wochen auf diesen Augenblick. Dich endlich wiedersehen zu dürfen. Wenn du magst.»

Ich schlucke. «Was meint Moni denn, was ich mag? Sie ist ja anscheinend bestens informiert.»

«Willst du das wirklich wissen?»

«O ja, das will ich auf jeden Fall wissen.»

Mittlerweile grinsen wir uns ziemlich unverblümt an. Die

anfängliche Unsicherheit weicht einem leisen Gefühl von Gewissheit. Und ganz leise sagt er das Folgende, denn er weiß, er legt jetzt alles in eine Waagschale.

«Sie hat gesagt, ich kann dich jetzt endlich haben und soll gefälligst meinen Hintern bewegen, den weißen Gaul satteln und mein Prinzessken abholen.»

Ich fange schallend an zu lachen, das Eis ist endgültig gebrochen. Ich rutsche von meiner Bank, lande undamenhaft auf seinem Schoß, und dann küsse ich ihn, meinen Jan, von dem ich dachte, ihn verloren zu haben, und den ich jetzt haben kann, ohne mir diese ganzen Gedanken machen zu müssen.

«Sei vorsichtig, ich lasse dich nie wieder los», nuschelt er, bevor ich dafür sorge, dass er nicht mehr reden kann.

Als wir wieder sprechen können, weil wir nachgeholt haben, was wir die letzten Wochen vermisst haben, will ich mehr wissen.

«Und jetzt will ich bitte schön wissen, was für ein perfides Ding ihr da gedreht habt.»

«Das ist aber sehr, sehr persönlich», entgegnet er mit verschränkten Armen und gespielt entrüstetem Blick.

«Her damit! Sag mal, kommen die beiden jetzt eigentlich noch, oder waren sie nur Lockvögel?»

«Lockvögel. Also es war so.»

Und dann erzählt er mir die Geschichte. Nämlich, wie Moni am letzten Nachmittag vor ihm stand und Folgendes sagte:

«Jannchen», sagte sie, «dat sieht 'n Blinder mit 'nem Krückstock, dat de dein Herz an die Verena verloren hast. Aber ich sach dir wat. Wenn de se haben willst, dann musste se erst mal zum Teufel jagen.»

«Was meinst du damit?»

«Überleg doch mal. Der Rainer will se wiederhaben, und sie liebt den ja auch noch irgendwie. In dich is se auch verliebt, dat weiß se zwar, aber viel mehr noch nich. Und wenn se jetzt die Wahl hat zwischen euch, dann gibt et zwei Möglichkeiten. Erstens: Sie verlässt ihren Mann, und du bist immer derjenige, der ihre Familie auseinandergerissen hat. Dat is keine schöne Grundlage für 'ne Zukunft, dat sach ich dir. Dat steht dann immer zwischen euch. Zweitens: Und dat is für mich viel wahrscheinlicher, weil se doch ihre Kinder so liebt, sie bleibt bei ihrem Mann. So oder so bisse der Gelackmeierte. Aber wenn de mit ihr Schluss machst, dann kann se frei entscheiden, und ich glaub ja, die versuchen et noch mal und stellen dann fest, dat et nich mehr funktioniert. Und dann kannste se dir schnappen, und ihr macht einen auf weißer Schimmel mit Prinz.»

Ich lache herzhaft, als er mir das erzählt, denn so kennen wir unsere Moni. Die weiseste und gleichzeitig prolligste Frau, die mir je über den Weg gelaufen ist.

«Schnappen? Weißer Schimmel? Meine Güte, die Frau taugt echt zur Kupplerin. Sie sollte sich das mit den Nägeln wirklich noch mal gut überlegen.»

Jan lacht ebenfalls, wird aber noch einmal ernst. «Verena, es hat mir das Herz gebrochen, dich so vor den Kopf zu stoßen. Es war so schlimm, dich da stehen zu lassen, ich wäre am liebsten sofort zurückgegangen, um dich anzuflehen, dich für mich zu entscheiden. Aber ich hatte keine Wahl. Ich wusste, Moni hat recht, und ich wollte dich so sehr. Ich habe gelitten wie ein Hund in den letzten Wochen, vor allem, als Moni mir sagte, dass Rainer wieder bei euch wohnt.»

Seine Beichte macht mich sprachlos. «Du hast echt auf mich gewartet?»

Er seufzt. «Ja, so ist das wohl.»

«Und wenn es mit Rainer und mir geklappt hätte?»

«Hätte ich Uli die Moni ausgespannt», behauptet er mit einem Lausbubengrinsen auf dem Gesicht.

«Doofmann, im Ernst.»

Da wird sein Blick wieder ernst. «Keine Ahnung ... Es musste einfach klappen ... Es musste!»

Wir sehen uns an, eine halbe Ewigkeit, er hält meine Hände in seinen und streichelt mit seinem Daumen immer wieder über meine Handoberfläche.

«Ich habe immer an dich gedacht», sage ich leise, «immer.»

«Und was machen wir jetzt?», fragt er vorsichtig.

Ich sehe ihn an, lege meine Hände links und rechts auf seine Wangen und küsse ihn sanft auf die Nasenspitze.

«Jetzt nehme ich dich und deinen weißen Gaul mit nach Hause.»

Und dann fahren wir nach Hause. In mein Haus. Denn in einem Haus ohne Kinder, da kann man alles machen, was sich nicht gehört.